新华剧作

长啸集

李新华○著

SPM 南方传媒 | 花城出版社

中国·广州

图书在版编目（CIP）数据

长啸集：新华剧作 / 李新华著. -- 广州 ：花城出
版社，2025. 2. -- ISBN 978-7-5749-0192-6

Ⅰ. I230

中国国家版本馆CIP数据核字第2024AM2841号

出 版 人：张　懿
责任编辑：陈诗泳
责任校对：汤　迪
技术编辑：凌春梅
装帧设计：姚　敏

书　　名	长啸集：新华剧作
	CHANGXIAO JI：XINHUA JUZUO
出版发行	花城出版社
	（广州市环市东路水荫路 11 号）
经　　销	全国新华书店
印　　刷	广州小明数码印刷有限公司
	（广州市天河区高普路 83 号 B 栋 C5 号）
开　　本	787 毫米 ×1092 毫米　16 开
印　　张	27　2 插页
字　　数	490,000 字
版　　次	2025 年 2 月第 1 版　2025 年 2 月第 1 次印刷
定　　价	168.00 元

如发现印装质量问题，请直接与印刷厂联系调换。

购书热线：020-37604658　37602954

花城出版社网站：http://www.fcph.com.cn

　　李新华，1971 年生于广东鹤山，现为广州文学艺术创作研究院副院长、一级编剧，系全国文化系统先进工作者、第三届广东省中青年德艺双馨作家、广东"特支计划"宣传思想文化领军人才、广州市高层次人才（优秀专家）、广州市宣传思想文化领军人才、第十四届广州市政协委员。

　　从事戏剧创作以来，已经有 5 部作品获得国家艺术基金项目扶持、4 部作品入选文化和旅游部剧本扶持或剧本孵化计划项目。作品连续五届获得广东省艺术节编剧一等奖、剧目一等奖等奖项，连续三届获得广东省"五个一工程"奖，连续两届获得广东省鲁迅文学奖（艺术类）。历史剧《康有为与梁启超》获得第二十一届曹禺剧本提名奖，并已经在全国 30 个省、自治区、直辖市的 50 多座城市巡演 120 多场，进入了清华大学等 10 多所高校，系第十四届中国戏剧节优秀入选剧目。执笔创作的电影文学剧本《抢花炮》由中宣部电影卫星频道节目制作中心、北京述宁文化发展有限公司等单位联合摄制，2021 年 3 月在全国院线上映，并在中央电视台电影频道（CCTV-6）黄金时段播映。《抢花炮》影片作为国家电影档案，已被中国电影资料馆永久收藏。

序 言
广东故事的讲述者

| 唐 栋

戏剧的繁荣，首先来自戏剧创作队伍的兴旺。

推出一部剧目固然重要，但通过创作、演出的实践活动，锻炼、培养和发现戏剧创作人才同样重要。

我们常说，剧本，剧本，一剧之本。失去了剧本创作，戏剧便如同无源之水、无本之木，不可久矣。

剧本是要人去创作的，而创作者的新老更替又是不可违抗的自然规律。所以，多年来我一直专注于发现年轻的戏剧创作人才。然而，当今爱好戏剧创作并且具有一定才华的人真是凤毛麟角，个中原因，大家也都不言自明。

这时候，李新华出现了。

其实李新华作为广东本土的一位年轻剧作者，早几年就已经涉足戏剧创作，只是他那时还是比较偏远的清远市艺术研究室的一名基层创作员，大大小小的剧本写了不少，但缺少相应的演出平台，"窝"在那儿了。

大约是2011年底，我受邀参加了广东省委宣传部组织的创作选题研讨会。那次收到的选题比较多，其中有一个叫《康梁》（后改名为《康有为与梁启超》）的话剧剧本大纲让我眼前一亮。这虽然只是3000字左右的大纲，却把戏剧故事叙述得十分清晰，写出了康有为与梁启超师徒二人因为变法维新而走到一起的历史契合，写到了这对师徒后来因为对国家前途命运的不同理解而走向分裂的精神痛楚。而且人物形象已经在纷杂的故事中浮现出来，作品的题旨深度也初见端倪。这使我为之兴奋，一问，这个提纲的作者就是清远的李新华。我毫不掩饰地对当时主管文艺的广东省委宣传部副部长顾作义说："这个题材值得抓下去，这个剧本的作者可以关注培养。"

顾作义副部长是一位重视戏剧创作、爱惜创作人才的领导，他委托我跟进《康梁》这个剧本，必要的时候给作者以指导帮助。这样，我和李新华开始有了接触和交往。后来的事实证明，这一次看准了剧本，看准了人。《康有为与梁启超》

由佛山粤剧传习所搬上舞台后，于2014年开启了全国巡演，广受好评，并获得了广东省艺术节优秀剧目一等奖、优秀编剧奖等奖项。

这些年来，我注意到李新华一直都没有停下剧本创作，这10多年来的广东省艺术节，每届都有他的戏剧作品参赛，连续五届获得剧目一等奖和编剧一等奖，还先后四次获得国家艺术基金的项目扶持，在他这一代戏剧编剧中，属于优质高产的剧作家了。现在，他把最近这几年创作的剧本结集出版，包括粤剧、话剧、音乐剧、歌剧等剧种在内的9部大型舞台剧本，以及2部广播剧。

收进这本集子里的11部剧本，有一个显著的特征，即李新华擅长挖掘有价值的本地题材，作品基本没有离开广东这片土地，都是在写广东的人物，在讲广东的故事。新华在部队服役的时候曾经当过新闻报道员，他似乎是在用当年寻找新闻题材的眼光，去寻找如今的戏剧创作题材，去发现他想要演绎的戏剧故事。新华高中毕业后参军入伍，在他的身上我似乎看到当年自己的身影，不过他的军旅生涯并不算长，当完3年义务兵役后就退伍回家。那年在广州黄花岗剧院看完话剧《康有为与梁启超》的首演，我半开玩笑地对顾作义副部长说："你再不把新华调到省里来，我们'战话'就要他了！"当时我还在广州军区政治部战士话剧团的领导岗位上，特招入伍的政策虽然很是严格，但通过人才引进把李新华招到"战话"来，也不是完全没有可能。我是觉得，像新华这么优秀的青年编剧，应该给他提供更为合适的工作环境和创作平台，以利他写出更多、更好的剧本。顾副部长听了我的建议后，真的开始为李新华工作调动的事情费心费力。在顾副部长的不懈努力下，新华最终调到广州文学艺术创作研究院，成为一名专业编剧。

革命历史题材是近年来舞台艺术创作的热点和重点，作为广东本土剧作家，新华创作广东本土的革命历史题材得心应手。收入这本集子的剧本中，粤剧《东江传奇》、戏曲《匿名者》、民族歌剧《白石洞会盟》、话剧《向南，向北》、音乐剧《我在黑暗中等待黎明》都属于革命历史题材。这些作品里，在符合主流意识形态的讲述过程中，新华以他对题材和人物的独特理解，以他的独有发现和独到讲述，用戏剧语言把那些行将湮没于历史烟尘中的红色故事发掘出来，向人们讲述。粤剧《东江传奇》，将反抗日本帝国主义侵略的斗争上升到了文化侵略与反侵略的层面。在这部作品里，东江游击队港九大队手枪队长刘飙所保护的，已经不仅是港九一地或东江两岸，而是在华夏大地上流传千年的文化之根。这场文化大营救，就是茅盾先生所说的"抗战以来最伟大的抢救工作"。在剧中，新华通过剧中人物政委曾民唱出了"山河虽已破，文化不能亡"的图存强音。

话剧《向南，向北》讲述了发生在1947年春夏的故事，正在国立中山大学读书的地下党员刘添明和国立中大附中的蓝鹃，在反内战的游行中被捕。组织上把刘添明、蓝鹃和其他青年学生营救出来后，秘密安排他们向南迁移，来到香港达德学院继续完成学业。在香港达德学院，刘添明遇到了一群来自全国各地以及港澳、南洋地区的年轻人。在一次又一次的摩擦和碰撞后，这群年轻的革命者在这里得到淬火和煅造。1949年2月，达德学院突遭港英当局查封，在组织的安排下，刘添明和老师、同学离开了写满青春和回忆的香江，一路向北，奔赴新的战斗岗位，迎接新中国的来临……

音乐剧《我在黑暗中等待黎明》以广东茂名革命烈士李卡为主要人物。李卡生前是粤赣湘边先遣支队曲南工委副书记兼武工队长，在一次战斗中被俘，关押在粤北韶关芙蓉山监狱。1949年8月25日，李卡在监狱留下了遗书《永远跟着太阳走》，10天后被国民党反动派杀害。李卡牺牲在新中国的黎明前，年仅27岁，牺牲时离新中国成立只有短短的27天。李卡这样的人物，无疑是适合于进行舞台艺术创作的，他思想的光芒、身上的故事都是艺术创作的绝佳素材。在这部四幕九场音乐剧中，新华以一名粤剧编剧的功力来写唱段，可谓得心应手，人物刻画也十分到位，把不屈不挠、视死如归的李卡形象搬上了舞台，把李卡留给革命战友的遗言"天一亮，你就会看到太阳的微笑，你跟着它呀、要永远地跟着它……"转化为厚重雄浑的咏唱："这黎明前的黑暗啊，我却看到东方的曙光。我在黑暗中等待黎明，等待黎明第一缕阳光……"而在民族歌剧《白石洞会盟》和戏曲《匿名者》中，新华继续延续他善于挖掘人物内心、长于铺陈唱段的写法，情节推进张弛有度，戏剧故事合情合理。

广东是中国改革开放的前沿地带，这里有很多关于改革开放的故事和题材可以搬上舞台，作为有责任心的广东剧作家，新华不可能忽略这些题材。在这部集子里，粤剧《风起南粤》就属于改革开放题材作品。

《风起南粤》讲述创办深圳蛇口工业区的故事。熟悉那段历史的人都知道：如果把深圳特区视为中国改革开放的窗口，那么蛇口工业区就是窗口中的窗口。看完这部戏的观众，读完这部剧本的读者，心情一定是难以平静的。深圳蛇口工业区，不是在敲锣打鼓、欢声笑语中创办起来的，它源于一段沉重的历史。那时候，在广东沿海一带偷渡逃港成风，工业区的创办者最初的想法只是让人们在内地也可以进厂打工，不用再冒着被淹死的风险偷渡去香港。记得曾经有报道说，蛇口工业区开工第一天的工作，就是把散落在海边的遇难者骸骨集中掩埋。

《风起南粤》塑造了杨汝山这个主要人物。全剧以杨汝山路遇吴大龙等偷渡人员展开，以工业区因为"四分钱奖金"风波面临停办、杨汝山被召上京做"深刻检查"为全剧高潮，最后又以吴大龙再次偷渡却溺毙深圳湾为情感的最高点。全剧情节的铺陈，以及主要矛盾是冲突点，都有真实的事件为凭借，真实地再现了当年在创办特区的伟大实践中，是如何"杀出一条血路来"的。

粤剧《大吉岛的春天》属于乡村振兴题材，讲述了大吉村主任郭荔仪为改变大吉村现状，推动"国际现代农业水稻公园"项目落地的故事。地处江心岛的大吉村，以它特有的方式实现了乡村振兴……在这部作品里，新华延续着他的文风，慷慨处激扬文字，直抒胸臆；抒情时一泻千里，如瀑布飞流。与其说这是新华一贯的创作风格，不如说是他所选择的题材和人物赋予了他这样的风格。

经过这些年的摔打和磨砺，新华已然是一名成熟的剧作家了。但他依然保持着一个剧作家的初心和真诚，经常会为了一个自己心动的人物或题材，花上大半年，甚至一年的时间去采访、去研读、去琢磨。最终呈现在舞台上的戏剧是一门集体创作的艺术，除了剧本的一度创作外，还要有导演、演员、音乐、灯光、舞美等方方面面的参与，即二度创作、三度创作。现在有这么一种现象：写什么？演什么？几乎每个院团都有自己的规划，如果是院团或主演约稿创作，那么这部剧本大概率能够顺利上演；但如果只是作者自己的选题，剧本写出来后就得去寻找"婆家"，这就很难找到，那么这个剧本就只能是剧本了。在这本集子里，还有好几部这样没能走上舞台的剧本，这不能不说是一种遗憾。但新华对此却有自己的看法，他认为自己的每一个剧本表达的都是内心最初的感动，即使不能上演，也可以作为文学剧本读呀！结集出版，就是为读者提供剧本阅读的可能性。所以，他很注意自己剧本的文学性和可读性。其实古今中外大凡优秀的戏剧作品，其剧本都是很好的文学读物，我们读关汉卿、汤显祖，读莎士比亚、阿瑟·米勒，读曹禺等，都会有愉快的阅读体验。

粤剧《镜海魂》是这本集子里唯一的历史题材作品，讲述的是清道光年间澳门龙田村村民沈志亮等人反抗澳葡当局暴行的故事。男主人公沈志亮在逃脱葡兵的围捕后，为了恋人若莲的性命，为了龙田村乡老免遭屠杀，毅然"投案"受死，慷慨悲壮，义薄云天。粤剧《镜海魂》脱胎于同名京剧，受澳门特区文化局委托和京剧版原作者穆欣欣授权后，新华对剧本进行了粤剧化创作。现在看来，粤剧版既保留了原版的精神和精华，又对人物和故事进行了挖掘与深化，在第30届澳门艺术节上作为闭幕大戏首演，受到澳门观众的赞誉。粤剧《负重前行》是描述抗击新冠疫情的作品，是新华继2013年创作抗非典题材粤剧《风云2003》后的延续，他继续以独特的视角、深刻的思考在记录那段并未远去的岁月。

除了舞台剧本，这本集子还收入了新华这两年来创作的两部广播剧。广播剧是另一种形态的戏剧，它没有传统意义上的舞台，没有服装、道具、布景，也没有影像或图像，完全通过声音来实现戏剧的呈现，创作方式和表现形式与舞台戏剧有很大的不同。单从剧名《我在南沙等你》和《到横琴去》来看，读者和听众大体也就知道了作品的故事和内容，这也是广播剧的一大特点：简单明了，一听就明白。作为体制内的文艺工作者，作品顺应时代，关注现实，这是一种责任和担当。不难看出，这两部作品都是在粤港澳大湾区建设宏大主题之下的艺术建构。虽然这两部广播剧剧本的篇幅都不太长，但新华已经把刘明峻（《我在南沙等你》中的主要人物）和黄浩贤（《到横琴去》中的主要人物）的人物形象和内心情感，通过电波真实地传递给听众。这两部广播剧作品已经在中央广播电视总台大湾区之声频道以粤语、普通话双语面向粤港澳地区播出，收获了良好的社会效益。

这些年来，每年都能看到新华的新剧本，这些剧本大都在讲述广东故事。广东故事是中国故事的一部分，新华作为广东故事孜孜不倦的讲述者，取得了成就，做出了贡献。他把这本集子定名为《长啸集》，是继已经出版的《行走集》《沉吟集》后他的第三部剧本专集。行走，沉吟，后而长啸，颇有意味。日前他打来电话，邀我作序。我欣然命笔，聊作序文。

2024年9月30日

（作者系中国当代著名作家、剧作家，原广州军区政治部战士话剧团团长，
原广州军区文艺创作室主任）

目　录

剧　作

粤剧

戏曲

民族歌剧

话剧

音乐剧

广播剧

创 作 谈

评 论

剧作

风起南粤

那一年，在南粤边陲刮起的一股旋风，席卷华夏，至今仍未停歇……

——题记

时　间：改革开放之风初起的时候。

地　点：改革开放之风初起的地方。

人　物：杨汝山　50多岁，当年曾任两广纵队炮兵团团长，现为驻港中资企业招商局常务副董事长、深圳蛇口工业区建设指挥部总指挥，剧中以青年及老年状态上场。

　　　　潘　震　50多岁，当年曾任两广纵队炮兵团参谋长，杨汝山的战友，现为驻港中资企业招商局副总经理、深圳蛇口工业区建设指挥部副总指挥，剧中以青年及老年状态上场。

　　　　张火生　40多岁，蛇口白坭湾生产队长。

　　　　海　生　出场时20岁左右，支前民工，张火生的哥哥，在解放大铲岛战斗中牺牲，后以灵魂的方式出现。

　　　　晓　燕　女，20多岁，潘震的女儿，新华社香港分社记者。

　　　　吴大龙　20多岁，一个失败的逃港者。

　　　　罗镜忠　40多岁，蛇口公社党委书记。

　　　　桂　婶　女，年近八旬，海生、张火生的母亲。

　　　　小　宋　男，20多岁，杨汝山秘书。

　　　　港商王老板、严老板，逃港者，民兵，村民，工人等若干人。

序　幕

〔如梦如幻的灯光中，吴大龙带着三个穿工作服的工人上。

吴大龙 （像在自问，又像是在问人）这是什么地方？我好像前几天还来过……

众工人 （合）是的，来过……

吴大龙 这里……到底是什么地方？

[正当吴大龙和众工人试图找回记忆的时候，海生也带几个穿军装的战士上。

海　生 没错，是这里！

众战士 （肯定地）对，就是这里！

海　生 （回忆般）当年，就是他带着我们，从这里，走向胜利。

众战士 （合）我们从这里，走向了胜利——

[吴大龙和海生碰面，相互好奇地打量对方。

海　生 你是什么人？来这里干什么？

吴大龙 （反问）那你又是什么人？你来这里干什么？

海　生 我是一名战士！（唱【七字清】）

　　　　耳边犹闻枪炮响，

　　　　当年这里是战场。

[天幕里，次第播放当年深圳（宝安县）和蛇口旧貌图片。

吴大龙 战场？（接唱）

　　　　你听到当年枪炮响，

　　　　我看见对面是天堂！

[天幕里，仿佛有一个时空隧道，从海滩穿越到对岸的香港，那边灯火辉煌、光怪陆离。

海　生 （深沉地）在那个黎明时分，我牺牲在这片海滩上……

吴大龙 （狠狠地）我也是在前几天的那个黎明，死在这片海滩上。但我死得有点窝囊、有点冤枉……

[天幕里，一排巨浪拍打过来，打在礁石上，浪花四溅。

[幕后群唱【新曲】：

　　　　隔海南望是香江，

　　　　两眼尽头伶仃洋。

　　　　铁骨男儿担风雨，

　　　　大潮涌动在珠江。

[渐收光。

第一场　回旧地

[光渐起，　1978年春的中国南部海滨，乍暖还寒时节。傍晚。

[杨汝山和晓燕一前一后上，杨汝山西装革履，晓燕背着个采访包。

晓　燕　杨叔叔，你走慢点——

杨汝山　晓燕啊——（唱【滚花】）

今日走完了大鹏湾，

再到蛇口来看一看!

你看——（唱【七字清】）

银滩十里好风光，

隔水相邻是香港，

这就是我们要找的地方。

一连三天在这一带实地考察，总算找到一个适合建厂的地方!

晓　燕　杨叔叔你说得对!（唱【滚花】）

可建码头和船厂，

世界各地都通航!

[潘震和小宋追了上来，两人都走得有点狼狈。

潘　震　（叫苦）我的杨董事长!你看天都快黑了，再不走到蛇口公社，今天晚上我们就要睡在这荒郊野岭。

晓　燕　（对潘震）阿爸，当年你和杨叔叔打仗的时候，不是经常住荒郊野岭吗?

潘　震　当年我和你杨叔叔——（唱【滚花】）

风卷残云打胜仗，

一路南下战沙场。

何曾如今这模样，

西装革履扮港商?

当年是带着千军万马，和今天能一样吗?

杨汝山　当年枪林弹雨，如今和平年代，当然不一样了。

[话音未落，不远处传来"叭——叭——叭——"的几声枪响。

杨汝山　（警觉地）什么声音?

潘 震	好像是枪声！

[正在这时，吴大龙等人跑上。只见吴大龙等人身上都挂着旧车胎、旧篮球做成的救生圈。几个手中拿着步枪的民兵，追在后面。

众民兵 （呼喝）站住——站住——

[走在前头的杨汝山和吴大龙撞到一起。

杨汝山 （大叫）你们是干什么的？

吴大龙 干什么的？再不跑就被抓了——

[两队人马会集一起跑，但依然没冲出民兵的包围。

众民兵 （大声喝令）都别动！把手举起来——

吴大龙 （把手举起来）别开枪……别开枪……

[杨汝山、潘震、晓燕、小宋等人一脸的无辜与错愕，也只好把手举了起来。

[罗镜忠上。

罗镜忠 都给我站好！（认出了领头的吴大龙，恼）怎么又是你呀吴大龙？这都第几次了？

吴大龙 （一副死猪不怕开水烫的样子）第三次了。

罗镜忠 （冷笑）这一次改在晚饭时间，聪明！县供销车队的车你不开，整天就想着跑去香港。

吴大龙 供销车队的车，轮得到我开吗？

罗镜忠 那我问你：去香港就有车给你开吗？

吴大龙 当然有啦，罗书记——（有点小得意，念【白榄】）

> 香港那边我有个七叔，
>
> 他做工头管工地搞建筑，
>
> 叫我过去开车拉泥运木，
>
> 每个月港纸（港币）三千六！（手舞足蹈地比画着"三千六"）
>
> 就算兑换成人民币，
>
> 比我两年工资还多出一大磲（一大截）！
>
> 他还叫我带人去，
>
> 包食三餐包住宿，
>
> 餐餐有酒还有肉！
>
> 工资唔会少，

个个三千六!

逃港者 （合，接念）

每个月工资三千六，

你话心嘟唔心嘟（你说心动不心动）？

罗镜忠 （火冒三丈）岂有此理，统统给我送学习班!

潘　震 （见势头不妙，赶紧出声）罗书记，我们4个不是"逃港"的!

罗镜忠 你们是干什么的？

潘　震 （递上介绍信）我们有介绍信。

罗镜忠 （接过介绍信看了看）香港招商局？（对民兵甲）先把吴大龙他们几个押下去!

民兵甲 走——（押众逃港者下）

吴大龙 （边走边嚷）罗书记，放出来我还要去找我七叔——

罗镜忠 （骂）这个吴大龙，办他两期!

[吴大龙等人被押下。

罗镜忠 （歉意）昨天我就听说，香港招商局有人要来蛇口找地皮建船厂，你是……

潘　震 我是副总经理潘震，（介绍杨汝山）这位才是我们的大老板、常务副董事长杨汝山，上个月才从北京派到招商局工作。（介绍晓燕）这位是新华社香港分社负责我们这一块的记者潘晓燕。（介绍小宋）这位是小宋秘书。

罗镜忠 大水冲了龙王庙!欢迎你呀杨董——（与杨汝山热烈握手）

杨汝山 罗书记，刚才吴大龙他们……

罗镜忠 各位有所不知，蛇口这几年成了偷渡的"重灾区"和"中转站"，我这个当公社书记的，除了抓人和办学习班，一点办法也没有。

杨汝山 （略不满）那也不至于开枪吧？

罗镜忠 （不以为意）开枪还照样跑，不开枪嘛，人迟早跑光!走走走，回公社再谈。

[众人欲下，张火生肩上荷着把锄头上，刚收工回来的样子，手里还拿着沓账单，拦在众人面前。

张火生 罗书记，你躲得过初一，躲得过十五吗？!

罗镜忠 （一惊）火生？（赔着笑）火生，今天我这里有两位香港老板，明天你到

	公社来找我，好吧？
张火生	不好！什么香港老板我不管，生产队还等我拿钱回去买化肥，今天你必须在这张出账单上签个字。
罗镜忠	火生啊——（唱【七字清】）

同你讲明多少遍，

公社现在没现钱！

总之有拖不会欠，

年底一笔付齐全。

| 张火生 | （恼，唱【快中板】） |

年复一年在拖欠，

不怕夜鬼把你缠？

| 罗镜忠 | 我行得正企得正，怕什么？ |
| 张火生 | 呸！今天你不把这字签了——（秃唱【滚花】） |

我就同你一齐去阎王殿，

再把这新账旧账算周全！（啪的一声，把账单甩到罗镜忠怀里）

| 罗镜忠 | （气结，念【韵白】） |

张火生你、你、你——

可知你亦是共产党！

| 张火生 | （接念） |

正因为我亦是共产党，

群众利益心头装！

| 罗镜忠 | （接念） |

屡次把公社领导来顶撞，

问你这个队长还当不当？

| 张火生 | （接念） |

就算不当这个生产队长，

我张火生也要拿回这笔死人账！

| 罗镜忠 | 你—— |
| 张火生 | 你—— |

［正当两人闹得不可开交之时，杨汝山想起了什么，又仔细地看了看张火生。

杨汝山　你是张火生？你是不是还有个阿哥叫张海生？

张火生　我阿哥张海生？（痛苦地）那年解放大铲岛，他牺牲了！

杨汝山　（继续急问）你阿妈桂婶她还好吗？

张火生　天天在等我阿哥回家，几乎哭盲了双眼……

杨汝山　（激动地）火生，我就是当年去你们家借船的炮兵团杨团长。

张火生　（意外）杨团长？

潘　震　我是那个潘参谋长。

张火生　潘参谋长？

杨汝山　火生，你还记得我们吗？

张火生　（气鼓鼓地）记得！（回忆般）我永远记得，你来我们家借船时说的那句
　　　　话。那时候，我阿哥刚满18岁，就带着我们家的船，跟你们走了……
　　　　[后演区光起，前演区光渐暗。蛇口海边炮兵阵地，一排山炮直指西边，
　　　　炮身钢青色的寒光泛着杀气。
　　　　[幕后传来"集合——"口令，一队解放军战士在迅速集结，海生拿着一
　　　　支船橹随队跑上。

海　生　（四处寻找）杨团长——杨团长——
　　　　[战士们列队肃立，没人回答海生。

海　生　杨团长，我们家的船已经准备好了！我要跟着你们，去解放全中国——
　　　　[后演区光渐暗，前演区光起。

杨汝山　是的，那时我对你们说过：等解放了全中国，老百姓就可以过上好日
　　　　子。当年解放大铲岛，让你们家损失了一条渔船，这笔钱火生你不用再
　　　　找罗书记了，把账单给我吧！
　　　　[杨汝山从罗镜忠手中拿过那沓账单。

张火生　（冷笑）这是渔船的钱吗？

杨汝山　（闻言一愣）那是什么钱？

张火生　你自己看吧——

杨汝山　（急忙翻看账单，读）"海上派出所证明""无名氏，拉尸费15元""无
　　　　名氏，拉尸费15元""拉尸费15元"……罗书记，这到底是怎么一
　　　　回事？

罗镜忠　（沉重地）唉！这几年从蛇口偷渡香港的，游过去一部分，抓回来一部
　　　　分，还有一部分……（指了指杨汝山手中的账单）

杨汝山　（触目惊心）天哪！这到底有多少张？（迅速点数）

张火生　别再点了！这是从去年10月到现在的数，一共126张。

杨汝山　126张？每一张就是一条人命啊……

罗镜忠　（从杨汝山手里拿过账单）火生啊，年底吧，到时一定同你结清这笔数。

　　　　〔张火生从罗镜忠手里夺回账单。

张火生　（撂狠话）那好！你给我记住，到年底我再来找你！（下）

　　　　〔眼前的这一幕幕奔涌而来，让杨汝山猝不及防。

杨汝山　（唱【反线中板】）

　　　　　　当年钢铁洪流在海边，

　　　　　　万马千军只为渡海作战。

　　　　　　今日偷渡人潮禁不绝，

　　　　　　不管生死要游到海那边。

　　　　　　曾经付出的牺牲和流血，

　　　　　　怎么会变成今天这局面？

　　　　　　刚才那一阵枪响，

　　　　　还有那一沓账单，

　　　　　无情摆在我眼前……

　　　（愧疚地）还有当年海生家的那条渔船，我们还没来得及赔偿……

潘　　震　是啊，当年我们打下了大铲岛，又马上去打海南岛，走得太匆忙了。

晓　　燕　这些事情应该由民政部门跟踪处理。

罗镜忠　记者同志讲得对。海生烈士的抚恤金，还有那条渔船的赔偿金，解放后已经由民政部门一笔过付清了。

杨汝山　（心在痛）已经一笔过付清了？（唱【滚花】）

　　　　　这能够用金钱来盘算？

　　　　　这能够一笔过补周全？

　　　　　为什么当年人民跟我们去作战？

　　　　　为什么今日争相偷渡要去那边？

　　　我们不要忘记，当年海生他们就是在这里，跟着我们去解放大铲岛的！

　　　［随着杨汝山手指的方向，后演区光起，蛇口海边炮兵阵地。

海　　生　（跳上木船，喊）阿妈，我参军了！等打完仗，我就回来看你——

　　　［天幕上依次播放当年解放军千帆竞渡解放华南沿海岛屿的图片。

　　　［渐收光。

第二场　访故人

　　　［光渐起，将近中午。桂婶家，一个简朴的农家小院。

　　　［海生呼唤妈妈的声音似乎还没散去，桂婶慌慌张张地从里屋端着簸箕走出来。

桂　　婶　海生……海生你回来了吗？阿妈听到你的声音了……听到你的声音了……

　　　［桂婶见到眼前熟悉的一切，又回到了现实之中，颓然地翻晒起簸箕里的番薯干。

桂　　婶　唉——（唱【乙反南音】）

　　　　　春风暖，到春天，

　　　　　春来春去又一年。

　　　　　每日门前我穿针线，

每日村口我眼望穿。

你叫阿妈，阿妈听得见，

阿妈想你想得好可怜。

你在外边要食饱穿暖，

记得同我生个大肥孙！

归来莫嫌水路远，

走过村前路，

望见大榕树，

阿妈就在你眼前。

　　　　〔杨汝山和晓燕带着礼物上。

杨汝山　（唱【七字清】）

村前大榕依旧见，

匆匆岁月三十年。

小户门庭未改变，

一草一木似从前。

　　　　〔说话间，已来到桂婶家院门前。

晓　燕　杨叔叔，这里就是桂婶家吗？

杨汝山　是的，我们进去。

晓　燕　（进院门，见到桂婶）婆婆——

桂　婶　（仔细打量来客）你们是……

杨汝山　我是……

桂　婶　（猛然）你是我的大仔（大儿子）海生！（把杨汝山搂在怀里）你是我的大仔海生！！

　　　　〔杨汝山一时间不忍推开桂婶。

桂　婶　（流着泪）海生你终于回来了，终于回来了……

晓　燕　（不忍心）婆婆，他是当年……

桂　婶　他是当年跟解放军走的，（想了想）走了整整三十个年头……（抚摸着杨汝山的鬓角）你看——头发都花白咯，阿妈都认不出来喽……

　　　　〔正在这时，张火生收工回来。

桂　婶　（拉着杨汝山见张火生）火生，你看——你阿哥他回来了！（对杨汝山）他是你弟弟，火生！

杨汝山　火生……

张火生　（冷眼望了望杨汝山）阿妈，我阿哥他哪是这个样子？

桂　婶　都几十年了，个个都老了，阿妈也老了……（唱【乙反二簧】）

　　　　　三十年，阿妈容颜已经改变。

　　　　　三十年，他的白发染上两边。

　　　　　三十年，只有梦里似曾相见。

　　　　　三十年，一腔泪水能把海填。

　　　　　（拉着杨汝山，向外呼喊）七叔公、二叔婆：我的大仔海生他回来了——

张火生　（实在不忍）阿妈，他不是我阿哥！

桂　婶　那、那他是……

张火生　他就是当年来我们家借船的那个杨团长。

桂　婶　（一怔，失望）啊?！借船的那个杨团长？

杨汝山　是我啊，桂婶——

桂　婶　那、那海生为什么还不回来啊？

杨汝山　是因为、因为……

张火生　（抢过话头）阿妈，我都同你说过了，台湾现在还没解放，阿哥他还很忙！等打完仗，他就回来。

桂　婶　（问杨汝山）是这样吗，杨团长？

杨汝山　（旁唱【滚花】）

这分明是一场善意的瞒骗，

叫我如何作答、如何开言？

当年老母亲把儿子送上前线，

还有那艘出海的木帆船。

到今日变成大山般沉甸，

压得我抬不起头、喘不过气，心如火煎。

桂婶，海生他会回来的……

桂　婶　那就好！我还晒了他最爱吃的番薯干，等他回来吃。（看看天气）唉，
天又阴了，我要收回来。（收起簸箕，进里屋）

张火生　（向里屋喊）阿妈，煮好饭没啊？我肚子饿了。

〔桂婶在里屋应："快煮好了！留杨团长在家吃饭。"

张火生　（应）知道啦！（对杨汝山）如果杨老板不嫌弃，将就一餐吧。

杨汝山　怎么会呢？

晓　燕　（递过手中的礼物）火生叔，这些是杨叔叔今天一大早在县城买给婆婆的
礼物，一点心意。

张火生　多谢。（没接礼物）

晓　燕　杨叔叔还准备送桂婶去县城看病。

杨汝山　晓燕，你进去帮婆婆煮饭吧。

晓　燕　好。（拿着礼物进里屋）

〔张火生蹲地上拿起自己的"大碌竹"水烟筒抽了起来。

杨汝山　（也坐在了台阶上，摸了摸口袋）又忘记带烟了。

张火生　我这些烟不适合你。

杨汝山　这种烟才够味道。

〔张火生望了一眼杨汝山，把水烟筒让给他。杨汝山接过，也没擦一下就
抽了起来。

〔两个老男人你一口我一口地抽着水烟。

杨汝山　火生，我现在在香港招商局主持工作，这次回来是想在这里造码头、建
船厂。

张火生　你造你的码头、建你的船厂，有我们老百姓什么好处？还不是个个冇啖好食（没有一口饱饭吃）？

杨汝山　（一怔）冇啖好食？

　　　　［桂婶和晓燕端着饭菜上。

张火生　（看了一眼饭菜）阿妈，这样的饭菜，怎么招待客人啊？

桂　婶　（喜滋滋地）我专门蒸了咸鱼、榄角，还炒了个白菜。

晓　燕　（打圆场）已经很好了，我们在香港都吃不到这么好的番薯、芋头。

杨汝山　（附和）是啊是啊，还有这么好的老火粥！

桂　婶　那大家起筷吧——

　　　　［众人起筷用餐。

杨汝山　（端起饭碗，心情沉重，旁唱【慢板】）

　　　　　　咸鱼白菜，番薯芋头，叫人如何下咽？

　　　　　　谁都知道，今时今日，已经解放三十年……

张火生　（旁接唱）

　　　　　　何尝不想，好茶好饭，为客人呈献？

　　　　　　月月挨穷，日日挨饿，如此一年又一年……

晓　燕　（旁接唱）

　　　　　　这种现状，不能维持，又该如何来改变？

　　　　　　杨叔叔他，回来办厂，或能闯出番新天。

桂　婶　杨团长，别客气——（给杨汝山夹菜）

杨汝山　不客气……

桂　婶　（有点小心地问）不知道海生他在部队……

张火生　（打断）阿妈！你不要三句不离阿哥了，好不好？

桂　婶　那……那吃饭吃饭……

杨汝山　（放下饭碗，旁唱【中板】）

　　　　　　百姓生活艰苦，

　　　　　　生产难以为继，

　　　　　　真真实实摆在了眼前。

　　　　　　不改变这现状，

　　　　　　不解决温和饱，

　　　　　　怎拦得住人家跑对面？

如今全国上下，

提倡解放思想，

我又怎能够裹足不前？

大胆地去探索，

勇敢地去尝试，

让真理在实践中检验。

如果把建船厂，

改办成工业区，

群众就不用再"逃港"生存。（思考成熟）

火生啊——（转【七字清】）

我的蓝图有改变，

你再等多我三年。

张火生 （唱【滚花】）

三年时光能做何改变？

可知已经等你三十年！

若不是丢不下老娘亲，

我张火生早跑去对面！

杨汝山 （旁唱【新腔流水】）

闻此言，惊我心，如刀如剑刺心尖。

用三年，去努力，来把民心重构建。

用三年，去兑现，曾经许下的诺言！

[切光。

第三场　新思路

[香港招商局办公室。

[港商王老板、严老板和一群大小老板手拿着报纸进来。

众　人 （喊叫）杨董——杨董——

[不见杨汝山，众人议论纷纷。

王老板	（唱【滚花】）

今日报纸卖通街（满大街在卖），

招商局蛇口工业区开建！

严老板	（接唱）

他都算是够胆量，

如此一来捅破天。

老板甲	（接唱）

内地封闭了几十年。

难道政策有改变？

老板乙	（接唱）

就盼政策有改变，

回去投资赚大钱！

王老板	（接唱）

谁个不想赚大钱，

最怕到头大亏损！

老板甲	王总，既然你那么怕亏损，今天就不用来这里了。
老板乙	就是！正所谓富贵险中求，高风险者，往往收益也高。
王老板	（回怼）你们不怕亏钱，直接拿钱去澳门赌不就行了，笨！
严老板	大家别吵了，别吵了——（接唱【滚花】）

等见到他杨老板，

再去问个所以然！

[正在大家吵得不可开交之际，杨汝山上。

杨汝山	（歉意地）不好意思！刚才有个会，耽误大家几分钟。
王老板	（拍了拍手中的报纸）杨董，你们招商局真的要回蛇口办工业区吗？
杨汝山	哦？！你们也知道了？
王老板	（读报）今日大公报头条《招商局投资蛇口，进驻内地谋发展》；还有商报头条《杨汝山心中的蛇口，未来东方鹿特丹》。那个叫潘晓燕的记者，又为你们省了不少广告费。
杨汝山	看各位的这般架势，也想回内地发展，是吧？

[杨汝山的一句话，把大家问住了。众人面面相觑，继而相视而笑！

王老板	唉！杨董，如今香港的环境你都知道啦，揾食艰难……

杨汝山　那我问一问大家：现在香港什么最贵？

严老板　地皮。

杨汝山　将来香港什么最贵？

严老板　还是地皮。

杨汝山　答得好！那我还要问一问大家：现在内地什么最多？

王老板　杨董，你不就想等我们说"还是地皮"吧？

杨汝山　没错！香港不过是块弹丸之地，而内地却有约960万平方千米的国土面
　　　　积，我们为什么不回去发展？

王老板　（叫苦）我的杨董事长，谁不知道阿妈是女人呀？！内地是有大把地皮，
　　　　但我们用得了吗？

杨汝山　（认真地）只怕有心人！

严老板　我明白了，招商局、招商局，你们是要回去布一个更大的局。

　　　　〔众人笑！

杨汝山　严总你过奖啦！其实我杨汝山没想得那么复杂，只是想让我们的乡亲父
　　　　老有个地方开工，有餐饱饭食而已。

王老板　你的言下之意——（唱【滚花】）

　　　　　　我们将来回去把厂建，

　　　　　　你不管我哋赚不赚钱？

杨汝山　错！（接唱【滚花】）

　　　　　　前提当然是企业有发展，

　　　　　　才有工人的工资和工钱！

严老板　那我们将来赚到的钱，能不能顺利汇回香港？

杨汝山　一定可以！招商局是在香港注册的公司，如果我们在内地的工业区能够
　　　　办起来，一切运作，按香港这边的管理办法进行。

王老板　（说出最大的担心）将来企业做大了，政府会不会没收我们的资产啊？

杨汝山　（闻言，旁唱【长句滚花】）

　　　　　　这担心，也难免，

　　　　　　非是我个人能改变，

　　　　　　这个困惑其实也摆在我面前。

　　　　　　古语有云穷则变，

　　　　　　可知内地已穷了几十年。

我还要去一一消除，

他们的担心和迷乱。（上句）

各位担心资产会被没收，是吧？

众　人　（合）是啊是啊！

杨汝山　（郑重地）如果真到了那一步，我以招商局在港资产的1∶1进行赔偿！

[众人交头接耳，仍有疑虑。

杨汝山　如果各位还有疑虑，接下来我们所有的合作协议，都可以在我这间香港
　　　　办公室签署。

严老板　那就是说……

杨汝山　那就是说：招商局全部的在港资产，都可以视为我方的抵押物！

[听到这里，众人点头。

王老板　杨董，有你这句话我就放心了！

严老板　对！只要你的工业区办得起来，我们就敢跟你回去办厂投资。

王老板　那边什么时候动工，记得把我们叫过去看看啊！

杨汝山　一定，一定！

[众港商与杨汝山告辞，下。

[送走众人，杨汝山笑了笑，随手打开了桌子上的收音机，里面正在播
　放粤语新闻："广东人民广播电台，现在是新闻和报纸摘要节目时间：
　广东各地继续深入揭批'四人帮'反革命罪行；各地积极开展春耕春播
　工作……"

[潘震手中拿着方案，气鼓鼓地上。

潘　震　（唱【滚花】）

　　　　方案如何能改变，

　　　　百年招商不航船？

　　　　（进门，把方案啪的一声放在杨汝山面前）老杨，你这个修改方案，我不
　　　　同意！

[杨汝山看了眼怒气冲冲的潘震，"叭——"一声关掉收音机。

杨汝山　你不同意？

潘　震　不同意！还有……

杨汝山　（语重心长般）老潘啊！这几天我一直在想：如果群众在家门口就可以打
　　　　工挣钱，有餐饱饭食，他们还会偷渡来香港吗？

潘　震　（念【课子】）

　　　　老百姓，要"逃港"，无非为餐饱和暖。

　　　　招商局，是企业，何必去把麻烦沾？

杨汝山　（恼了，接念）

　　　　难道你，忘记了，入党誓词和志愿？

　　　　说这话，无党性，可知你是个党员？

潘　震　（语气放软）我不过是就事论事。

杨汝山　如果我们只是回去办船厂，安排两三百个工人已顶了天。但如果我们能够办成工业区，把香港的老板吸引回去办厂，一个工厂就可以轻松吸纳上千人，十个工厂就超过一万人。

潘　震　你以为香港老板就那么听你的话？

杨汝山　（胸有成竹）不怕他不听！如今香港呀——（唱【快慢板】）

　　　　地价高，人工贵，老板也会把账算。

　　　　回内地，办企业，降低成本好赚钱！

潘　震　（接唱）

　　　　招商局，驻香港，经营范围从未变。

　　　　难道说，从今后，航运企业不航船？

杨汝山　（接唱）

　　　　想当年，李鸿章，创办这家百年店。

　　　　但今日，航线上，不见半艘招商船！

潘　震　（唱【快中板】）

　　　　所以要将船厂重建，

　　　　重振雄风胜当年！

杨汝山　（接唱）

　　　　航运市场在亏损，

　　　　难道还去造轮船？

　　　　我们的家底，你比我更加清楚，这个时候去买船造船，等于自杀呀！

潘　震　这个时候你回去搞资本主义，这才是自杀！（苦口婆心）"宁左勿右"啊老战友！

杨汝山　但我更加知道：老百姓吃不饱饭不是社会主义！（唱【爽中板】）

　　　　那天火生把我，

当成大老板，

令我羞惭满面。

我更无法面对，

他的句句质问，

叫我欲辩无言。

当年是他们，

为人民政权，

做出了无私奉献。

用去三十年时光，

却未能兑现，

那一句诺言。（转【滚花】）

难道我们当年敢跨海作战，

今天连个计划都不敢重编？

潘　震　（感慨）当年？当年我们知道敌人在哪个方向，但如今，我们都不知道敌人在哪里。

杨汝山　（指着自己的心，意味深长地）在我的心里，也在你自己的心里！

潘　震　在我自己的心里？太可怕了……

杨汝山　可怕？（唱【慢板】）

> 我更怕看到，
>
> 海边的坟茔，
>
> 无主孤魂在把乡台望。
>
> 我又怕梦见，
>
> 海生的英魂，
>
> 辜负了他的热血一腔……（转【滚花】）
>
> 当年敢将滔天浊浪闯，
>
> 今天再死一次又何妨？

（拿起方案，做决断）这份上报省委和交通部的新方案，如果你不同意，就以我杨汝山个人名义上报。

潘　震　（恼）一旦出现问题，谁来负责？

杨汝山　（严正地）我！杨汝山！

［切光。

第四场　闯雷区

［光起。蛇口码头工地，远远停着几台工程机械。

［吴大龙戴着安全帽、披着工作服上。

吴大龙　（念【白榄】）

> 本来想"逃港"去享福，
>
> 怎知三次落网被人捉！
>
> 上课十日把文件读，
>
> 送回家去插田种谷。
>
> 好在遇见了杨老板，
>
> 他来自香港招商局，
>
> 要在蛇口建码头起大屋，
>
> 把我招来当了这个小头目。

他就成了我的上司，

我就做了他的下属。

但你睇工地上个个在磨洋工、开牌局，

迟早我又会游过香港，

游过香港去找我七叔！

（大声叫嚷）人都死哪去了？

［工人们三三两两地走上来，手里都拿着扑克牌。

吴大龙　（从众人手上收缴扑克牌，训斥）上班时间赌钱，你们在拿谁的工资、吃谁的饭？

工人甲　头儿，你去看看：那些挖泥的挖不出泥，装车的装不上车，叫我们这些运泥的运空气吗？

工人乙　就是！大家都在吃"大锅饭"，干多干少一个样，还不如打几圈牌赢钱买酒喝。来来来——（说着，拉吴大龙入牌局）

［吴大龙和几个工人围成一圈，甩起了扑克。

［杨汝山和小宋上。

杨汝山　（边上边说）小宋，从明天起我要住在指挥部，你安排一下。

小　宋　已经安排好了，您就住指挥部旁边那间铁皮屋。

杨汝山　好。（四处看了看都没发现人）咦，人呢？（唱【滚花】）

怎不见工人在工地，

也不见车辆在运泥？

［杨汝山四下张望，好不容易在一个土堆后面发现了正在甩扑克的吴大龙他们。

工人甲　（甩牌，吆喝）三条六——

吴大龙　（甩牌，吆喝）同花顺！哈哈！你又输了，掏钱——

［工人甲极不情愿地掏出几块钱。

吴大龙　（抢过）走，去买酒——（一转身，见到杵在面前的杨汝山，吓坏了）杨董？

［众人见"大老板"不期而至，要作鸟兽散。

杨汝山　（喝止）都给我站住！

［众人只好站在原地。

杨汝山　（训斥）吴大龙，你身为车队长，不但在磨洋工，还参与赌钱？（唱【快

慢板】）

　　　　　蛇口工业区，建设报告，已经报送省委。

　　　　　正好对接上，省委领导，发展的新思维。（转【快中板】）

　　　　　难道你们想把工程拖死？

吴大龙　（狡辩）杨董——（接唱）

　　　　　那些挖泥的挖不出泥，

　　　　　难道叫我们去运空气？

众工人　（附和）就是！那些装车的也装不上车。

杨汝山　（想了想）小宋，你马上去把挖泥的、装车的，统统给我叫来，开会！

小　宋　好的。（欲下）

吴大龙　杨董，没用的！大家都在吃"大锅饭"。再这样下去，我迟早去找我
　　　　　七叔……

杨汝山　（骂）你给我收声（闭嘴）！别动不动就你七叔。

　　　［吴大龙赶紧闭嘴。

杨汝山　（想了想）吴大龙我问你：你一天最多能拉多少车泥？

　　　［吴大龙紧闭着嘴，不说话。

杨汝山　（恼）问你呢！

吴大龙　30车。

杨汝山　现在给你们每天40车任务。

吴大龙　40车？不可能！

杨汝山　40车以外的，每车计超额奖。

众工人　（感到意外）计超额奖？

小　宋　（提醒）杨董，这发奖金的事，是不是要向上报批？

杨汝山　其实这个问题我已经思考了很久，既然招商局执行的是香港工资制度，
　　　　　蛇口工地为什么不可以按经济规律来办事？（问吴大龙）吴大龙，有信
　　　　　心拿这笔奖金吗？

吴大龙　（不动声色）那些挖泥的、装车的跟不上，奖我们再多都没用。

杨汝山　他们也同样计超额奖。

　　　［几个工人闻言喜形于色。

吴大龙　那得看奖多少了。

杨汝山　每车奖你们3分钱。

吴大龙	3分钱？杨董你也太孤寒（抠门）了吧？
杨汝山	那你说多少？
吴大龙	（伸出一个巴掌）一口价：5分！
杨汝山	（笑骂）漫天要价，最多给你4分。
吴大龙	（叫苦状）冰棍都5分钱一条，杨董你就不能多给1分钱吗？
杨汝山	不能！

[工人们见杨汝山要收回成命的样子，着急，把吴大龙拉到一旁。

工人甲	头儿，差不多了！别弄得煮熟的鸭子都飞了。
工人乙	对呀！不就差1分钱吗？
吴大龙	（唬）1分钱不是钱呀？
工人甲	你不干我们干！（转身要去找杨汝山）
吴大龙	（呵斥）回来！（回转身对杨汝山，觍着脸）杨董，真的没得加了？
杨汝山	其实3分钱已经不少了。
吴大龙	（认了）好好好，就4分钱，到时候你可别赖账啊！
杨汝山	男人老狗（男子汉大丈夫），牙齿当金使！

[杨汝山举起右掌，吴大龙也举起右掌，两人"啪！"一声击掌为誓，成交！

吴大龙	准备开工——准备开工——

[吴大龙带着工人全下。晓燕带着王老板、严老板上。

晓　燕	杨叔叔，你看我带谁来了——
王老板	（老远就叫）杨董，你这样就不够朋友了！上次在你公司，我们还说得好好的，动工的时候，要通知我们的嘛——
杨汝山	（迎上）哎呀——王老板、严老板，什么风把你们吹来了？
王老板	是发财的风、发达的风！
严老板	欸！是发展的风！
晓　燕	杨叔叔，看来还是你有办法，才大半个月时间，码头工程就展开了。
杨汝山	我们的报告已经报送省委，仲勋书记已经同意我们先行建设蛇口自用码头，等到中央一批复，工业区就可以全面铺开建设！接下来呀，还要请你这个新华社记者为我们多做宣传。
晓　燕	好呀，接下来我就把这里的故事，写成长篇通讯发到北京，我要改一改我阿爸的死脑筋。

杨汝山	（指着自己的脑袋）你阿爸他呀，这里迟早会转过弯来。
王老板	（对严老板）严总，好在我们及时过来，迟几步脚呀，渣都没了！
杨汝山	两位放心！只要我们的工业区办了起来，欢迎大家过来投资。
王老板	（唱【减字芙蓉】）

　　　　　　我要建个铝型材厂，

　　　　　　东边那块地给我留。

严老板	（接唱）

　　　　　　我要建个电子厂房，

　　　　　　就要海边那二十亩。

杨汝山	（接唱）

　　　　　　厂房用地保证足够，

　　　　　　你们无须为此担忧！

晓　燕	（接唱）

　　　　　　一张蓝图已铺开，

　　　　　　就等妙笔生花手！

严、王	（合接唱）

　　　　　　终于找到梧桐树，

杨、晓	（合接唱）

　　　　　　会有凤凰落枝头！

　　［吴大龙带着工人们上。

众工人	（欢呼雀跃）开工啰——

　　［众工人载歌载舞，杨汝山、晓燕、严老板、王老板也加入歌舞行列，唱

　　【龙飞凤舞】：

　　　　　　阳光映照白海鸥，

　　　　　　和风吹遍码头。

杨汝山	（接唱）

　　　　　　运泥车快啲去加满油，

　　　　　　仲有年轻的这班工友！

晓　燕	（接唱）

　　　　　　"四化"建设大家齐动手，

　　　　　　配套设置大家来兴修。

吴大龙 （接唱）

　　　你你我我鼓足了劲头，

　　　你你我我去并肩战斗！

众　人 （合唱）

　　　齐动手——来兴修——

　　　鼓劲头——去战斗呀——

王、严 （走进热烈的队伍中，齐接唱）

　　　来宾聚首蛇口，

　　　投资赚钱两丰收。

众　人 （合唱）

　　　两呀两丰收——

杨汝山 （接唱）

　　　从此响呢处（在这里）建大楼，

　　　无须过海去找亲靠友。

众 人 （合唱）

　　无须过海去找亲靠友——

晓 燕 （接唱）

　　勤劳致富就靠两只手，

吴大龙 （接唱）

　　荣华富贵莫再梦里求。

杨汝山 （接唱）

　　人人愿作开荒牛，

　　人人干劲好足够！

众 人 （合唱）

　　好足够呀，好足够！

　　你你我我，快快开工，

　　起跑起跑，日日夜夜，

　　携手进取，携手进取，

　　去并肩战斗！

　　耶——（造型）

［音乐骤停，切光。

第五场　雨骤临

［幕后一片车来车往的样子。

［突然传来一阵急刹车声和"砰！"一声闷响，随之而来的，就是一片鼎沸人声："抓住他！赔钱——"

［光起，码头工地，吴大龙慌张跑上，张火生带着村民抄着扁担、锄头追出来。

张火生　你给我站住！站住——

［张火生冲上前，一把抓住了吴大龙。众村民追了上来，围着吴大龙你来我往地推搡拉扯。

吴大龙　（大喊大叫）杀人啦！救命呀——

［杨汝山、潘震急上，几个工人随后也跑了上来。

杨汝山　（喝止）住手——

吴大龙　（躲到杨汝山背后）杨董，他们要杀我。

杨汝山　到底怎么回事？

吴大龙　我撞死了他们生产队……生产队……（喘着粗气）

杨汝山　（大惊）先别说了！人在哪里？带我去看看——（急着要走去看现场）

潘　震　吴大龙，你就等着蹲大牢吧。

吴大龙　（喘定了一口气，不以为然）蹲什么大牢呀，不就撞死只牛吗？

潘　震　（诧异）你撞死的不是人？

吴大龙　（嫌不吉利）你才撞死人！你踩单车撞死人，你走路也撞死人！

张火生　但你们知不知道，他撞死的是生产队的母牛！

众　人　啊?！母牛？

张火生　（唱【快中板】）

　　　　你撞死只牛真好胆！

吴大龙　（接唱）

　　　　是它累我车开翻！

张火生　（接唱）

　　　　不赔钱时仲嘴硬？

吴大龙　（接唱）

　　　　修车费用你埋单？

众村民　他还在耍赖？打跛（打瘸）他条腿——

　　　　〔众村民又群情汹涌，围着吴大龙一副要打要杀的样子。

杨汝山　（松了一口气）好了好了，既然撞死的是生产队的母牛，那就赔钱吧！

潘　震　吴大龙，赔钱吧。

张火生　（向吴大龙伸手）赔钱，500！

吴大龙　（冷笑）乜话（什么话）？要我赔钱？

潘　震　不是你赔谁赔？

吴大龙　（抗议）潘总，你有没有搞错？现在是我在帮你们打工，要我赔钱？

潘　震　据我所知，最多那天你拉了131车，奖金拿了3块6毛4。奖金装你自己荷包，牛是你撞死的，这赔款你不出谁出？

吴大龙　（被人起了底，恼羞）没错！只不过——（唱【三脚凳】）

　　　　我都是为了工程，

在赶进度促生产。

执行杨董的指示,

每天加点又加班。

一天只睡五个钟,

三餐没食定时饭。

如今出了这事故,

却要我自己埋单?!

这活,我不干了,去找我七叔!(扒下工作服往地上一摔,要走人)

张火生　(拦着)赔了钱才能走!

吴大龙　(怒,唱【霸腔滚花】)

要命尽管你来拿,

要钱去找杨老板!

〔众村民一看吴大龙油盐不进的样子,又火了。

众村民　那好!我们就攞你条命(拿你的命)!

〔眼看村民们就要把吴大龙往死里打,潘震急了,死死拦住。

潘　震　大家别激动——别激动——

〔不料,杨汝山这时反而镇定下来。

杨汝山　(大声地)老潘,别拦了,让他们打!

潘　震　(愕然)让他们打?!

杨汝山　打死了吴大龙,一条人命抵一条牛命,两清!

〔众村民开始醒悟过来。

杨汝山　到时候公安还会来抓人,该坐牢的坐牢,该枪毙的枪毙。

〔众村民泄气。

张火生　那、那我们的牛就白白被撞死了吗?

杨汝山　该赔你们的钱,一分都不会少!

张火生　说得好听!你们在这里建什么码头、工业区,除了搞得鸡飞狗跳、灰尘满天,有我们老百姓什么好处?

杨汝山　(歉意地)火生,说实话,现时我确实给不了你们什么好处。但等到将来工业区办起来,你们白坭湾生产队,还有整个蛇口公社的年轻人,个个都可以入厂做工人!

众村民　(惊喜地)入厂做工人?

杨汝山　就算不入厂做工人，在路边开个小卖部，卖糖烟酒、卖凉茶，一样可以赚钱。

众村民　（将信将疑）真的还是假的？

杨汝山　码头都已经开工了那么多天，你们说真还是假？

众村民　那样就好哦！

杨汝山　（对张火生）火生，你先带大家回去，转头我叫人把赔偿款送到你们生产队。

张火生　（对众人）走吧走吧——

　　　　〔张火生和众村民下。

吴大龙　（不知所措地望着杨汝山）杨董……

杨汝山　老潘，这500元赔款，我看就在工程费中开支吧。

潘　震　我不同意！

杨汝山　历来车辆出了事故，都是由公家出钱解决的。

潘　震　但现在是他们个人拿了奖金，出了事故，就应该由他们个人承担。

杨汝山　（想了想）那好吧，这笔费用由我杨汝山个人来承担。

潘　震　老杨，你这样做，也是违反规定的，我不同意！

杨汝山　现在不是讨论这个问题的时候，当务之急是要把工程进度提上去，尽快把码头建起来。（对吴大龙）吴大龙，你们马上继续开工。

吴大龙　（感动愧疚）杨董，我……

杨汝山　吴大龙啊吴大龙，上次你"逃港"，差点没把我拉去垫背赔命。这次事故，又把我拉来垫钱赔钱！你呀你——你差我两份人情，知道吗？

吴大龙　我……会还给你的……

杨汝山　你好好干活，就算是还给我了！不说这些了，马上去开工，注意安全。

吴大龙　（点头）知道！（带着众人下）

杨汝山　老潘，我们谈一谈。

潘　震　他们都走了，还谈什么呢……

杨汝山　从我们回蛇口的第一天起，你就一直"不同意，不同意"。（追问）你还是当年那个敢冲敢杀的潘震吗？

潘　震　（叹气）已经不是了……（唱【慢板】）

　　　　　　这些年来，

　　　　　　看尽几多风风雨雨，

见过几多浪急波翻。

曾经一腔热血,

曾经万丈豪情,

已经变成一声长叹。

资本主义是条高压线,

谁人敢去碰,

哪个敢去攀?

杨汝山 (连番质问)什么资本主义、社会主义,争论了几十年,有意义吗?争来争去,争到连饭都吃不饱,有意义吗?如果吃不饱饭的主义才是社会主义,那当初我们把脑袋绑在裤腰上来参加革命,有意义吗?!让老百姓挣点钱、吃饱饭,难道就有错吗?!

潘 震 你讲的或者有道理,但这十几年来的教训,实在太惨重了……

杨汝山 我们的国家,正从那场动乱中走出来。《光明日报》前段时间那篇文章讲得好:实践是检验真理的唯一标准。我们在蛇口办工业区,与省委的发展思路是一致的。相信我吧老潘,一切都会好起来的。

潘 震 我恐怕等不到那一天了。因为我的病退报告,已经上报交通部……

杨汝山 (痛心、愤怒)你要当逃兵?

潘 震 逃兵?

杨汝山 你这样做,对得起当年牺牲在这片土地上的战友吗?!

[天幕上,一艘艘木帆船组成的登陆方阵排山倒海般压了过来,敌我双方激战,落在海里的炮弹击起一条条巨大的水柱。

[另一演区里,伴随隆隆炮声,青年杨汝山和青年潘震带着突击队在海生的船上,冲在最前面。

[船将靠岸,敌人一发炮弹打过来,船被炸散,众人落入海中。海生身受重伤,青年杨汝山和青年潘震费了九牛二虎之力才把海生拉到岸边。突击队继续登陆冲锋。

青年杨汝山 海生——

青年潘震 海生——

海 生 杨团长,我们胜利了吗?

青年杨汝山 我们已经胜利了!

海 生 那就好……(含笑牺牲)

[演区光渐收。转回工地现场。

杨汝山　（深情地）我们脚下的这片土地，是当年的战友用鲜血换回来的。

潘　震　当年，我潘震也是一名冲锋在前的战士！（叹息）但如今，老了……你就让我回去吧，老杨……（沮丧）

杨汝山　老潘啊——（唱【乙反中板】）

　　　　　三十年来，

　　　　　我时常梦见，

　　　　　那个炮火纷飞的夜晚。

　　　　　但更让我触目惊心，

　　　　　是张火生手上，

　　　　　那一沓收尸的账单。

　　　　　那是一个个，

　　　　　野鬼和孤魂，

　　　　　没有姓名无路回返。

　　　　　父母与妻儿，

　　　　　有谁又知道，

　　　　　他们已魂断深圳湾？

　　　　　我们共产党人，

　　　　　走过战火硝烟，

　　　　　何惧肩头千斤重担？

　　　　　不负人民重托，

　　　　　勇担时代大任，

　　　　　跨越脚下重重关山。

[正在这时，小宋拿着两份电报急上。

小　宋　杨董，北京发来的两份加急电报。

杨汝山　里面都说些什么？

小　宋　这份是国家劳动总局发来的：勒令招商局马上停止"奖金挂帅"的资本主义生产方式。这份是交通部发来的：蛇口码头无限期停工，杨汝山立即回北京做深刻检查。

[闻言，杨汝山和潘震感到意外和震惊。

杨汝山　发奖金的事情，他们这么快就知道了？

小　宋　　晓燕姐写的那篇题为《蛇口码头实行超额奖，工人一天奖金三元六》的长篇通讯，前天已经在北京各大报章发表了。

杨汝山　　（摇头苦笑）"奖金挂帅""无限期停工"……

潘　震　　（安慰）我觉得停下来看看也好。

　　　　　〔吴大龙等人跑了上来。

吴大龙　　杨董，真要停工啊？

杨汝山　　先暂时停一停……

吴大龙　　（忧心忡忡）这么一搞，你还能不能回来？

杨汝山　　（闻言一惊）能不能回来？（反问）你说呢，吴大龙？

　　　　　〔吴大龙一脸的迷茫，众人也一脸的迷茫。

杨汝山　　（沉重）其实，我也不知道自己能不能回来。但我希望，我回来的时候，依然能在这里见到各位。

　　　　　〔吴大龙郑重地点头，而工人们则面面相觑。

　　　　　〔渐收光。

第六场　唱大风

　　　　　〔天将破晓，简陋的指挥部，一张行军床，床头柜上放着杨汝山那台从香港带过来的收音机，一边放着个行李袋。窗外不时传来阵阵夜雨声。

　　　　　〔信号不好，收音机传出来的都是"沙沙"的声音，杨汝山把频道调来调去，突然间有一段较为清楚的普通话播音吸引住他："……中央工作会议在北京召开，会议决定从明年1月开始，把全党工作重点转移到社会主义现代化建设上来……国务院副总理邓小平刚刚结束对泰国、马来西亚和新加坡的访问回到北京……"听到这里信号又不好，全是"沙沙"的声音，反复调试都不行，杨汝山只好啪一声把收音机关掉。

杨汝山　　（起身披衣，念诗）
　　　　　　　长夜无眠惊梦话，
　　　　　　　潇潇秋雨赴京华。（唱【反线二簧板面】）
　　　　　　　但见连夜雨掩盖了天霞，
　　　　　　　当年号角声不见，

杨汝山，彭庆华饰

我心乱如麻，似一团麻！

怕看见海边荒冢开野花，

无人去祭挂！（转【反线二簧】）

当年投身于革命，

敢去打碎旧世界，

弹雨枪林都不怕。

推翻那三座大山，

只为建设新中国，

让人民作主当家。

历经几多风和雨，

见惯几多磨与难，

那句诺言依然记挂……

难道眼前这挫折，

就来把我击沉打垮？（转【八字句】）

怎对得起大国泱泱巍巍华夏？

怎对得起乡亲父老万户千家？

怎对得起南下征途千军万马？

怎对得起当年战友逐浪撑槎？（转【二簧滚花】）

谁个能明我心中说话？

哪个来听我夜半喧哗？（脱下外套，在行军床上躺下）

〔梦幻般的追光中，海生的灵魂出现。

海　生　（唱【二簧首板】）

我来听听他心中的说话！

杨团长——

〔杨汝山从行军床上起来，与海生展开了一段跨越时空的对话。

杨汝山　（颇感意外）海生？你是当年的海生？

海　生　是的，我是你当年带过的兵——海生。

杨汝山　这场仗，我们还没打完……

海　生　是的！（唱【快二簧】）

我看到你哋（你们）在为国为家。

杨汝山　（惭愧，接唱）

三十年来太多风吹雨打……

海　生　（接唱）

　　　　你哋一直在建设中华。

杨汝山　（接唱）

　　　　就怕在半途牺牲倒下……

海　生　杨团长，你害怕了？

杨汝山　说不害怕，那是骗人的，但是——（接唱）

　　　　真正的战士拖不死、打不垮。

海　生　杨团长，不用害怕，我们所做的一切，都是为了老百姓过上好日子——

　　　　（接唱）

　　　　无惧畏路上那些风吹雨打。

杨汝山　（点头）多谢你，海生！在你的身上，我又找到了前进的力量！

海　生　这场风雨会很快就会过去，祝你一路顺风！

　　　　［追光收，海生隐去。

杨汝山　海生——海生——

　　　　［杨汝山追到门边，几乎与进门的潘震、晓燕撞个满怀，两人都撑着伞，
　　　　潘震还拿着件军大衣。

晓　燕　（纳闷）杨叔叔，你在叫谁呀？

杨汝山　（拍了拍脑门）哦……我好像做了个梦……

潘　震　一场秋雨一场寒，你要保重。（递过军大衣）

杨汝山　（接过大衣）谢谢你，老潘！

晓　燕　（痛苦，旁唱【新腔摇板】）

　　　　我不该把文稿发往北京？

潘　震　（旁接唱）

　　　　他不该跑回来开山劈岭？

杨汝山　（旁接唱）

　　　　难道就此永远终止工程？

晓　燕　（旁接唱）

　　　　这结局我酿成如何收整？

潘　震　（旁接唱）

　　　　这未尝不是个最好情形！

杨汝山 （旁接唱）

此一去真个要为民请命！

晓　燕 （旁接唱）

他带去最基层群众呼声。

潘　震 （旁接唱）

但愿他能避开刀光剑影。

杨汝山 （旁接唱）

纵然是蹈汤火我也启程！

晓　燕 （愧疚）杨叔叔，对不起，我给你捅了个大的娄子……

杨汝山 杨叔叔不怪你，这是真实情况，人家迟早也会知道。我还想请你再写一篇。

晓　燕 再写一篇？

杨汝山 就以"蛇口码头重吃'大锅饭'，工程完工遥遥无期"为内容，通过你们新华社的渠道直报中南海，越快越好！

晓　燕 杨叔叔，我支持你，我回去就写！

潘　震 （责怪女儿）晓燕你就别火上浇油了好不好？

杨汝山 我就不相信，这区区4分钱，还能把我们压死？到了广州，我要去一趟省委，直接向仲勋书记汇报这里的情况。

〔天色渐亮，外面传来汽车喇叭声，小宋上。

小　宋 杨董，车子来了，我们出发吧。（帮忙提行李）

杨汝山 好！我们出发——

〔众人出门。张火生和桂婶上，桂婶还挎着个竹篮。

桂　婶 （边上边喊）杨团长、杨团长……

杨汝山 （迎上）桂婶，一大早你来……

张火生 阿妈听说你要上北京，专门给你带了些东西来。

桂　婶 （从篮子拿出）这是刚煮熟的鸡蛋，给你路上吃的。

杨汝山 （感动）多谢桂婶！

张火生 是我们要多谢你！阿妈吃了你买来的药，精神好多了。

桂　婶 （又从篮子里拿出一包番薯干）这包番薯干，麻烦你带给海生……

张火生 （不忍，打断）妈，我都说了，杨团长是去北京，怎么见得着我哥呢？

桂　婶 （失望）哦……

杨汝山　不不！会见到的……

桂　婶　见到海生，你就告诉他，阿妈在家好着呢，他什么时候想回来就回来。唉，他一走就这么多年，也没寄封信回来，我知道台湾还没解放，他还忙。他最喜欢吃阿妈晒的番薯干了……

杨汝山　（接过番薯干，哽咽）桂婶，这包番薯干，我一定送到！

张火生　老杨，别忘了，我们的三年之约。

杨汝山　一直记在心里，一定要让乡亲们过上好日子！

　　　　[正在这时，幕后传来罗镜忠的叫喊："不好了——不好了——出事了——"

　　　　[罗镜忠和几个民兵抬着四副担架急上，每副担架上躺着一个人。

杨汝山　（愕然）罗书记，怎么回事？

罗镜忠　那班工人……又去"逃港"了……

杨汝山　（不敢相信）什么？！停工还不到两天，他们又去"逃港"？（急问）那吴大龙呢？

罗镜忠　吴大龙知道有人又去"逃港"，连夜驾船出海拦截，但没想到遇到大风浪，（指着担架）连吴大龙在内，淹死了四个……

杨汝山　（震惊）就因为这4分钱，又淹死了四个?!

　　〔众人见状，无不感到痛心、震惊。

　　〔杨汝山走过去，望着吴大龙的脸庞，痛彻心扉。

杨汝山　吴大龙啊吴大龙，你终于把那份人情还了给我! 但代价太大了啊……

　　〔这时，天上下起了大雨，还刮起了大风。

　　〔杨汝山把自己的外套脱下，轻轻地盖在吴大龙的脸上。潘震、张火生、
罗镜忠也把外套脱下，盖在遇溺工人的脸上。

杨汝山　（迎着大风，转【乙反南音】）

　　　　　这叠叠重重滔天浊浪，

　　　　　几多无名野鬼葬乱岗?

　　　　　几多孤客天涯把命丧?

　　　　　几多黄泉路远少年郎?

　　（指天悲号）吴大龙，如果你在天有灵，你给我记住——（转【乙反
二簧】）

　　　　　我从来不相信，

　　　　　为老百姓过上好日子，

　　　　　会让人入狱锒铛!

　　　　　我始终不相信，

　　　　　这区区4分钱，

　　　　　能将时代脚步挡!

　　　　　我一直不相信，

　　　　　眼前这困局，

　　　　　会是堵翻不过的高墙!

　　　　　我更加不相信，

　　　　　这道所谓难题，

　　　　　可以阻拦我们! （转【新曲】）

　　　　　因为时代的领航者，

　　　　　已经重新站在我们的前方!

　　〔狂风暴雨，吹打在每一个人的脸上。

杨汝山　（拭干脸上的雨水和泪水）走! 掩埋好吴大龙，我们再出发……

潘　震　老杨，我陪你去!

杨汝山 （意外）你陪我去？

潘　震 （沉重地）这边一停工，那边就死人……（痛苦）这种局面，什么时候才算终结？什么时候才算到头？！我陪你上北京，天大的事情，我们一起来承担！

杨汝山 （郑重地）多谢你，老潘！我们一起出发——

　　[杨汝山紧步走到前头，默默地抓起吴大龙担架的把手，潘震紧随其后，也抓起吴大龙担架的把手，罗镜忠、张火生和民兵等人也随之缓缓地抬起担架。

　　[风雨交加，众人随行，气氛悲壮。

　　[幕后群唱【新曲】：

　　　　是谁人在哭，

　　　　哭得这么心伤？

　　　　是谁人在唱，

　　　　唱得那么凄凉？

　　　　是谁人在吼，

　　　　吼得如此力量？

　　　　是谁人在说，

　　　　诉说这一段巨变沧桑……

　　[人群下，渐收光。

尾　声

　　[天幕上次第放出有关党的十一届三中全会召开的报刊报道和新闻图片，并由电台普通话广播："中国共产党第十一届中央委员会第三次全体会议于1978年12月18日至22日在北京举行。出席会议的有中央委员169名，候补中央委员112名，中央及地方有关部门的负责同志列席了会议。邓小平同志在会议闭幕式上作了题为《解放思想，实事求是，团结一致向前看》的重要讲话……"

　　[广播渐弱去，在如梦如幻的灯光中吴大龙带着几个穿工作服的工人上，海生带着几名穿军装的解放军战士从另一边上。

吴大龙 （不无感慨地）也是在那个黎明时分，我死在了这片海滩上……

海　生 你也是一名战士。

吴大龙 （摇头）不！我不是。我只是一名追随者，一名改革的追随者……（警觉地）你们听——那是什么声音？

　　　　[一阵阵轰鸣声先是若隐若现，接着越来越近，越来越响，直至铺天盖地。

吴大龙 是枪炮声？

海　生 不是。是爆破声……

　　　　[天幕上，重现当年被誉为"中国改革开放第一声开山炮"的蛇口炸山情景。轰隆隆的爆破声，唤醒了沉睡的山海，唤醒了中国南部的这片土地。

海　生 杨团长的做法，得到中央和省委的支持，蛇口工业区正式创办。在这里引爆的开山第一炮，成为中国改革开放的第一炮……

　　　　[天幕上，来往穿梭的工程车、如林的吊塔、如春笋般的摩天楼，还有如水的车流、如银河般的璀璨夜景，无不在讲述中国南部这座城市的成长。

吴大龙 以后的路还很长……

海　生 是的，还很长，但他们会一直走下去……

众　人 （合）是的！他们会一直走下去……

　　　　[幕后群唱【新曲】：

　　　　　　一声春雷震天响，

　　　　　　风起南粤到四方。

　　　　　　正是当年有胆气，

　　　　　　写成今日好文章！

　　　　[渐收光。

　　　　[剧终。

　　（剧本发表于《剧本》月刊2019年第二期，入选文化和旅游部2018年度剧本扶持工程项目。本剧由广东粤剧院排演，彭庆华饰演杨汝山，冼鉴棠饰演潘震，王燕飞饰演吴大龙，李虹陶饰演桂婶，剧目入选2019年度全国舞台艺术重点创作项目，以及广东省庆祝改革开放40周年专题创作计划项目）

镜海魂

（根据穆欣欣同名京剧改编）

时　间：清道光年间

地　点：澳门

人　物：**沈志亮**　22岁，龙田村村民。龙田七兄弟首领。

　　　　若　莲　18岁，在龙田村被收养的土生葡人，沈志亮恋人。

　　　　亚马勒　46岁，澳葡总督，一个只有左臂的"独臂将军"。

　　　　马塞罗　年过半百，葡人主教，若莲的伯伯。

　　　　四　婶　50余岁，若莲养母。

　　　　许知进　40多岁，香山县丞。

　　　　倩　莲　16岁，若莲的同村小姐妹。

　　　　郭金棠　20余岁，龙田村村民，龙田七兄弟之一。

　　　　包　俊　年过六旬，龙田村乡绅。

　　　　许　满　30多岁，香山县丞衙门师爷。

　　　　龙田七兄弟　均19—20岁。

　　　　众村民、清兵、葡兵头目、葡兵等若干。

序　幕

［幕后群唱【新曲】：

　　　　濠江镜海水茫茫，

　　　　望厦山脚是家乡。

　　　　忍看百年沧桑事，

　　　　白发渔樵话兴亡。

［光渐起。亚马勒与马塞罗上，后面跟着一队扛着洋枪的葡兵，耀武扬威。

[亚马勒手持单筒望远镜，向龙田村方向张望。

马塞罗　总督大人，前面就是龙田村了，你真要那样做吗？

亚马勒　这次回国述职，女王陛下向我面授机宜，要我们利用眼前的难得时机，

破除早年划定的地界，扩大葡国在澳门的地盘和利益。

马塞罗　中国的朝廷虽然战败，但他们的百姓仍未驯服。

亚马勒　（狂笑）哈哈！放心吧我的主教大人，我亚马勒虽系"独臂将军"，但澳

门乃一掌之地，只手用不尽！（唱【包槌滚花】）

　　　　我先辈渡重洋称霸海上，

　　　　三百年前到此只为经商？

　　　　英国人已经将香港占抢，

　　　　我也该把澳门收入行囊！

我们走——（与马塞罗下）

[渐收光。

第一场　闻凶讯

［光渐起，龙田村口，可见莲峰庙一角，莲峰苍翠，景色优美。

［远处巍峨的大三巴牌坊若隐若现，庄重、肃穆……

［沈志亮内唱【散板】："醉舞龙头步不乱——"

［在欢快的音乐声中，沈志亮带着头缠红布带的"龙田七兄弟"上。

兄弟甲　志亮哥——

郭金棠　志亮哥，你慢点……

沈志亮　兄弟们！为了今年的风调雨顺、国泰民安，我们将醉龙舞起来——

众　人　（齐声）舞醉龙——

［七兄弟两人一组，分持龙头、龙尾。另有一人持龙珠引龙，一人给舞者灌酒。舞者以醉态步伐舞动龙头龙尾，并不时把口中的烈酒喷向空中。

［醉龙舞动，整个村子热闹非凡。

众　人　（唱【龙飞凤舞】）

　　　　　阳光普照万里天，

　　　　　和风吹遍龙田。

沈志亮　（接唱）

　　　　　弟兄威风八面，

　　　　　锣鼓响声震遍。

众　人　（接唱）

　　　　　似醉要醉舞起龙珠，

　　　　　要醉似醉把武功显。

沈志亮　（接唱）

　　　　　我嘅气势驾风掣电——

郭金棠　（接唱）

　　　　　我嘅气势劈刀舞剑——

众　人　（接唱）

　　　　　祥福祖荫龙田村，

　　　　　老人家福寿多添。

　　　　　儿孙忠孝两全，

　　　　　情哥哥与妹配属眷。

沈志亮 （接唱）

> 来年大发时运转，
>
> 情缘共结人月两圆。

郭金棠 （接唱）

> 人人快乐身壮力健，
>
> 男男女女张张笑脸！

众　人 （接唱）

> 老老少少，安安康康，
>
> 消灾多福，顺顺利利，
>
> 烈酒满斟，共将庆祝，
>
> 濠——江——水——暖——（造型）

　　［四婶用瓦罐端着茶水上。

四　婶 志亮呀，和弟兄们过来，歇一歇，喝口茶。

沈志亮 四婶，我们龙田七兄弟的醉龙舞得怎么样？

四　婶 在四婶看来，你们舞得可比他们鱼行兄弟强多了！

沈志亮 舞醉龙本来是鱼行兄弟他们的传统，我们龙田兄弟也舞起醉龙，今年就
　　一定风调雨顺、五谷丰登！

郭金棠 那到了年底，你就可以把若莲娶入家门了！

众　人 （哄笑）我们就等着饮那杯喜酒了！

四　婶 （欣慰地）不用等到年底！志亮和我们若莲，中秋节就拉埋天窗（成亲）。
　　到时候呀，少不了要请各位兄弟来饮番杯！

众　人 （欢呼）那是当然了！

倩　莲 （上）若莲姐姐，他们的醉龙都快舞完了，我们快点——
　　［若莲内应："来了——"上。

若　莲 （唱【天上人间】）

> 锣鼓震天，
>
> 人声喧天，
>
> 阳光温暖。
>
> 帆影片片，
>
> 群鸥翩跹，
>
> 晨风轻拂脸。

倩　莲　（接唱）

　　　　　最爱春暖花开，

　　　　　个个争奇斗艳。

　　　　　入丛花去，手轻拈。

若　莲　（接唱）

　　　　　又是一年好光景，

　　　　　处处花明吐艳。

　　　　　月圆中秋节，

　　　　　同结百年缘。

　　　　志亮哥——

沈志亮　（迎上）若莲，你来了——

若　莲　（递过一块绣有并蒂莲的绣帕）给你，擦擦汗。

　　　　［郭金棠趁若莲没留意，一下子夺走了她手中的绣帕。

郭金棠　（看着手中的绣帕）并蒂莲……好绣工！若莲，这是给志亮哥哥的定情信
　　　　物吧？

若　莲　（急）金棠，你还给我，还给我！（抢回）

　　　　［若莲拿着绣帕，含羞跑向海边礁石高处。

　　　　［沈志亮追了过去。

　　　　［众人看着这对青梅竹马的恋人，偷笑着隐下。

　　　　［四周霎时一片寂静，只听到阵阵海浪拍岸的声音。若莲把绣帕递给沈
　　　　志亮。

沈志亮　（接过绣帕）若莲——（唱【花好月圆】）

　　　　　绣方彩帕送君郎，

　　　　　写满了小妹怀念。

　　　　　花好月圆时共你，

　　　　　真心相爱共百年。

若　莲　（接唱）

　　　　　绣方彩帕送君郎，

　　　　　春暖百花明艳。

　　　　　鸳鸯并头情合意，

　　　　　金线绣成并蒂莲。

沈志亮 （接唱）

　　　　并蒂莲，看不厌，

　　　　心意如蜜甜。

两　人 （合）

　　　　莫负妹（哥）你浓情，

　　　　与妹（哥）相爱情似双飞燕。

　　　[沈志亮和若莲背靠背，在礁石上相伴而坐。

若　莲　志亮哥，小时候你说过，长大后要娶我做新娘子……

沈志亮　（深情地）是的，那时候我说过：我沈志亮长大后一定要娶若莲做新

　　　　娘子！

　　　[另一演区光起，一男一女两个小孩儿唱着跳着上。

两小孩 （唱童谣）

　　　　氹氹转，菊花园，

　　　　炒米饼糯呀糯米团，

　　　　五月初五呀系龙舟节，

　　　　阿妈佢叫我去睇龙船。

　　　　我唔睇，我要去睇鸡仔，

　　　　鸡仔大，我拎去卖。

　　　　　卖得几多钱?

　　　　　卖咗几多只呀?

　　　　　我有只风车仔,

　　　　　佢转得好好睇,

　　　　　睇佢氹氹转呀菊花园……

　　　　[两小孩笑着追逐而下。

若　莲　志亮哥,等并蒂莲绣完,我就送给你。

沈志亮　(点头)那我就等你把它绣完。

　　　　[两人情不自禁相拥相依。

　　　　[四婶内呼:"志亮,志亮……"

　　　　[四婶、包俊和众乡民急匆匆上。

四　婶　不好啦,不好啦,出大事啦!

沈志亮　四婶,出什么事了?

四　婶　(语无伦次)那个亚马勒……葡国政府、开马路……要拆屋……咳!还是请包先生讲给你听吧。

包　俊　(念【白榄】)

　　　　　那个阿马勒总督,

　　　　　说要开条大马道,

　　　　　从界墙直插到关闸"笃"(底)。

　　　　　马道所经之处,

　　　　　有田平田,有屋拆屋!

　　　　　现在他正带着葡兵,

　　　　　到处插旗画界作威作福。

　　　　　马上就到我们龙田村,

　　　　　弄得鸡飞狗跳人喊鬼哭!

沈志亮　什么?(接念)

　　　　　葡国人要平田拆屋?

　　　　　他们竟然如此狠毒?!

　　　　　此事要快快报告官府,

　　　　　不能让洋人随心所欲!

包　俊　好!我这就去报告许大人。(急下)

［亚马勒与马塞罗上，后面跟着那队扛枪的葡兵，手里还拿着小旗和告示，来到村口与村民们相遇。

沈志亮 （迎上）来者可是总督大人？

亚马勒 正是本督！你们又是什么人？

沈志亮 我是龙田村的沈志亮，他们是我的乡亲。

亚马勒 你们——为何阻挡我们的去路？

沈志亮 我们只想问问总督大人，为何要在我们的田地插那些小旗子？

亚马勒 本督要开辟一条新的马道，插旗之处，便是马道所经之地——（唱【滚花】）

> 所有房屋农田，
>
> 一律征用勿论！

沈志亮 总督大人——（接唱）

> 既然说是征用，
>
> 总要先问村民！

因为你们已经越过葡人居住的界墙。

亚马勒 （大笑）哈哈！在本督眼里——（接唱）

> 整个澳门归葡人，
>
> 何须向你们动问？

沈志亮 （据理力争）总督大人——（唱【快滚花】）

> 这里是中国土地，
>
> 我们是大清子民！

亚马勒 （恼羞成怒）黄口小儿，竟敢妨碍本督公务？来人，统统拿下！

［众葡兵欲挺枪而上。

马塞罗 （上前劝止）诸位不必动怒，凡事可商量……

亚马勒 我的主教大人哪！同这些野蛮人，又有什么好商量的呢？

若　莲 （上前，对马赛罗）原来是主教大人。请问主教大人，你来澳门传教，是为了什么？

马塞罗 是来传递上帝的慈爱，播撒伟大的文明。

若　莲 但今天你们却是来毁我良田、拆我房屋的！

马塞罗 （一时哑言）这个嘛……

若　莲 这难道这就是你所说的慈爱和文明吗？！

[若莲身上佩戴的吊坠吸引了马塞罗的目光，他忽然想到了什么。

马塞罗　敢问姑娘，你叫什么名字？是哪里人？

若　莲　我叫若莲，是龙田村人

马塞罗　龙田村人？那你身上所佩戴的这个吊坠，又是从何而来……

四　婶　（警惕地）她是我的女儿，你问这么多做什么？若莲，我们走！

马塞罗　（道歉）哦，对不起……冒犯了……

[四婶拉着若莲急下，倩莲亦随下。这时有人内呼："香山县丞许大人到——"

[香山县丞许知进带着师爷许满上。包俊随上。

许知进　（唱【七字清】）

　　　　　惊雷一声天地震，

　　　　　叫我落魄又失魂！

　　　　　绿豆芝麻官八品，

　　　　　叫我怎去抗洋人？（拭汗）

包　俊　许大人，到了。

许知进　到了？

亚马勒　（迎上前，傲慢地）许大人，你来得倒是快啊！

许知进　本官是怕……怕……

亚马勒　许大人你怕什么？

许　满　（帮腔）我们老爷是怕……是怕总督大人在我们的辖地被刁民……

亚马勒　（打断）你们的辖地？

许知进　是的是的……关于澳葡界线，贵我两国早在百年前就定有条款，并刻上
　　　　石碑，立在澳门议事会的议事亭之中。总督大人今日所辟的马道，已经
　　　　越过了界墙……（拭汗）

亚马勒　那块破石碑，已经被我砸碎了！

许知进　什么？！被你砸碎了？

亚马勒　（狂傲地）我亚马勒曾经征战半个地球，这些百年前的旧条款，又如何绑
　　　　得住我的手脚？再说了，前几年那场英中通商战争（即第一次鸦片战
　　　　争）你们战败了，本国女王陛下已经于日前宣布：澳门为葡国的殖民
　　　　地！英国人在中国有什么权利，我们葡国人统统也要有！

许知进　（气结）你们……你们这班强盗！

亚马勒　（大手一挥）张贴告示——

[葡兵把告示挂在村口榕村头上。

亚马勒　（宣告）葡萄牙王国澳门总督府告示：澳门半岛、关闸以南土地为本督
　　　　府辖地，所有居民、商号须向本督府纳税；大清国驻澳门所有衙门、海
　　　　关，限期一月内搬出；新辟马道所经之地，农田、房屋一律征收，坟
　　　　墓限期一月内迁移；主动迁坟者，给银一两四钱，逾期不从者，一律
　　　　夷平！

[众人惊呆！

亚马勒　我们走——（带着马塞罗和葡兵下）

沈志亮　（着急）许大人，我们该怎么办？

许知进　怎么办……怎么办……我、我、我……（唱【滚花】）

　　　　　　我在衙门坐安稳，

　　　　　　难道他敢将我吞？

沈志亮　（旁接唱）

　　　　　　眼看他手腾脚又震（心惊胆战），

　　　　　　如何去守土又护民？

[沈志亮走到告示前，想了想，一把将告示撕下。

[切光。

第二场　谋对策

[夜。德福祠内，神台上供奉着一排排祖先牌位，烛光灯影，气氛肃穆。
祠堂里吊满了一团团盘香，又平添几分神秘。

[沈志亮上。

沈志亮　（念诗）

　　　　　　德福祠堂灯火亮，

　　　　　　连夜聚首做商量！

[郭金棠带着几个兄弟急上。

郭金棠　志亮哥，我们该怎么办——

沈志亮　怎么办？

[众兄弟你一言我一语，争论热烈。

兄弟甲 （唱【快慢板】）

龙田村，几百年，一直安然无恙。

兄弟乙 （接唱）

葡国人，一句话，就要拆我住房？

兄弟丙 （接唱）

拆房屋，毁农田，孩子老婆怎供养？

兄弟丁 （接唱）

迁祖坟，挖墓葬，谁曾如此嚣张？

兄弟戊 （接唱）

老祖宗，在天之灵，又如何安放？

郭金棠 （唱【快滚花】）

但我们只有空拳赤手，

怎么去对付火炮洋枪？

我看……还是让官府来做主吧。

沈志亮 但今天大家都看见，那个许大人已经被吓得手揞脚震。各位兄弟——

（唱【中板】）

我们在，乡野中，耕田撒网。

从来没，操弄过，火炮洋枪。

更无人，去学过，行军打仗。

但凭着，男儿汉，热血一腔。

誓不让，狗强盗，横冲乱撞。

我们不是空拳赤手，我们还有镰刀锄头！

郭金棠 那你说，我们到底该怎么办吗？

沈志亮 对付这班强盗，只有一种办法，就是组成护乡民团，同他们抗争到底！

［祠堂灯暗，另一演区光起，亚马勒与马塞罗在教堂里商量。

亚马勒 对付这班刁民，只有一种办法，除了打，还是打，狠狠地打！

马塞罗 （若有所思，唱【滚花】）

　　　　但那一个名叫若莲的姑娘，

　　　　我看她长得与村民不相像。

亚马勒 不相像？

马塞罗 一般人看来，她似乎和村中的姑娘差别不大，但我第一次见到她，还以
　　　　为她是我当年的那个弟媳。

亚马勒 你的弟媳？

马塞罗 那年，我弟弟来到澳门，在这里与一位土生葡人成亲。一年后，生下了
　　　　一个女儿，他要把妻儿带回葡国，才出港口，就遭遇一场百年罕见的风
　　　　暴，我弟弟夫妻双双遇难，而他们的女儿，也在这场海难中失踪。不
　　　　过，有人看见，有个中国渔民，在风暴中救起了那个孩子。如果那个孩
　　　　子还在人世，想来已经18岁了。

亚马勒 噢？（唱【三脚凳】）

　　　　你说的那个孩子，

　　　　就是这若莲姑娘？

马塞罗 是的。（接唱【三脚凳】）

　　　　她与我那个弟媳妇，

　　　　长得竟然一模一样。

　　　　最关键的，是她身上所佩戴的那个吊坠……

亚马勒 这么说来，这个龙田村的姑娘，倒是我们葡人的后代了？

马塞罗 （续唱【三脚凳】）

　　　　我不能让她卷入，

这个男人的战场。

亚马勒　她卷不卷入，这场战争都会来临。

马塞罗　总督大人，我们葡人来到澳门已三百余年，同本土居民相处还算融洽，难道如今真的就要刀兵相向？

亚马勒　没错！我们的最终目的，就是要吞并整个澳门。

马塞罗　但是如此行事，法理何在？

亚马勒　法理？我的主教大人哪——（唱【滚花】）

英国人逼清廷割让香港，

凭借的法理又是哪一桩？

无非是炮利船坚兵将悍，

强权即公理胜者称霸王！

若然到了一个月期限，他们仍未迁坟让地，就莫怪我出狠手了！

［这边灯暗，那边德福祠光启。

沈志亮　若然到了一个月期限，他们敢下狠手，就莫怪我们手下无情！

众　人　（齐声）对！（唱【滚花】）

莫怪我们手下无情，

奋起抵抗——

沈志亮　（唱【滚花】）

我沈志亮自小没了爹娘，

是父老乡亲把我来育养。

如今这洋鬼子行凶逞强，

我誓与众弟兄奋起抵抗，（转高腔）

不辜负乡亲父老养育廿年长！

［唱完，沈志亮拿起桌子上的一碗酒，走到祖先牌位前，单膝跪下。郭金棠等众兄弟也随之向祖先牌位下跪。

沈志亮　（激昂地）列祖列宗在上——

众　人　（齐声）列祖列宗在上——

沈志亮　今洋人要毁我家园、坏我家山，龙田兄弟众志成城，誓死保我家园、护我家山！

众　人　（齐声）龙田兄弟众志成城，誓死保我家园、护我家山！

沈志亮　（站起，把酒酹向大地，唱【爽二簧】）

这震天声威令我心潮激荡，

这龙田山水养育出好儿郎！

但愿列祖列宗神威天降，

护我家山家国不被人亡！

［光渐收。

第三场　揭身世

［若莲家。日。

［四婶在院子里做针线。

［马塞罗上。

马塞罗　（唱【和尚思妻】）

人就到村前，

可见庭院。

怎去开口，

讲内中因缘？

已失散十八载，

难得又遇见。

［马塞罗走到院子前，准备进去。

四　婶　（唱【南音】）

茫茫大海，渺渺云天，

望厦山脚老村龙田。

子子孙孙世代繁衍，

风调雨顺五谷新鲜。

主教大人看来面目和善，

但就怕他带走我嘅若莲。

十八年来最大的担心终于出现，

若莲如果真是葡人嘅子孙，

我又如何、如何不让他们相见？

这个秘密，

已经对她瞒隐十八年……

马塞罗 （进门）夫人你好——

四　婶 啊?！主教大人，你今天过来……

马塞罗 夫人，那天多有冒犯。今天我过来，一是向你道歉，二是想向你打听一个事情……

四　婶 你说吧。

马塞罗 （掏出一枚纹章）夫人请看——

[四婶接过纹章仔细地看了好一阵子，还给马赛罗。

马塞罗 （急切地）这上面刻着的花纹你见过，是吧?

四　婶 这……

[正在这时，若莲和沈志亮分别提着一个装茶水的瓦罐从里屋出来。

若　莲 阿妈，兄弟们正在莲峰庙操练，我同志亮哥送茶水去了。

四　婶 哎——

沈志亮 （看见了马塞罗）主教大人，你来这里干什么? 这里不欢迎你。

马塞罗 沈先生别误会，我有话要同若莲姑娘讲。

若　莲 你有话要同我讲?

马塞罗 可以把你佩戴的吊坠再给我看一看吗?

[若莲向母亲投向征询的目光。

四　婶 你就给他看看吧……

[若莲取下自己的吊坠递给马塞罗，马塞罗把那枚纹章放在一起比对。

马塞罗 （惊喜地）啊，是它！就是它……这枚纹章和这个吊坠都有着相同的纹饰，这是我们家族的族徽呀！孩子，你是葡人的后代。（唱【二簧滚花】）

上帝终于安排你的出现，

我已经苦苦寻找十多年！

若　莲 （大惊）我、我是葡人的后代?

沈志亮 主教大人，你一定是认错人了。若莲她不是葡人的后代，更不是你的什么亲人！你说对吗，四婶?

四　婶 你们都别急，让主教大人把话说完……

马塞罗 十八年前，我的弟弟和弟媳在澳门海域遭遇海难，双双亡故，他们出生不久的女儿……（唱【二簧滚花】）

　　　　　　　　听闻在海中被救脱险……

若　莲　（无助地）阿妈，这是真的吗？

四　婶　若莲啊……（唱【乙反中板】）

　　　　　　　　十八年前那一个闷热的夏天，

　　　　　　　　你阿爸出海捕鱼惨遭风险。

　　　　　　　　那场台风吹足了两夜两天，

　　　　　　　　百年一遇，浪似高墙，风如刀剑。

　　　　　　　　阿妈我站在码头两眼望穿……

　　　　　　到了第三天早上——（唱【滚花】）

　　　　　　终于看到天边有个小黑点，

　　　　　　那是艘千疮百孔的破渔船。

若　莲　是我阿爸的船回来了吗？

四　婶　是的，但我没有看见你阿爸。我发了疯似的打听他的消息。可是没人回答我，同船叔伯捧出一个布包，说是你阿爸在风浪中打捞起来的，里面有一个孩子，和这个吊坠……

若　莲　孩子?! 吊坠?! 那我阿爸他……

四　婶　你阿爸他……他坠入大海再也没有回来。

若　莲　阿爸啊——（唱【乙反十字芙蓉中板】）

　　　　　　　　这番话我听来如惊雷炸响，

　　　　　　　　却原来我身世这般曲折凄凉。

沈志亮　（接唱）

　　　　　　　　四婶她把实情从头细讲，

　　　　　　　　才知道心上人不是同乡。

马赛罗　（接唱）

　　　　　　　　感谢她十八年细心抚养，

　　　　　　　　更有那英雄汉古道热肠。

四　婶　（接唱）

　　　　　　　　为了让若莲她健康成长，

　　　　　　　　与村人同把她身世隐藏。

沈志亮　（转【七字清】）

　　　　　　　　主教认亲若莲怎么想？

我与她恐怕难结成双……

若　莲　（接唱）

葡人把我生，阿妈把我养，

流着一种血，但有两个娘……

马赛罗　（转【三字】）

风雨欲来，要打大仗。

我要带佢，回到故乡。

四　婶　（唱【滚花】）

十八年来相依相傍，

一朝分别痛断肝肠……

马赛罗　若莲，跟伯伯回去吧，那里才是你的故乡。

四　婶　（忍泪）若莲，跟你的伯伯回去吧，那里……才是你的故乡……

若　莲　阿妈啊……（唱【二簧慢板】）

莲峰山、龙田水，把若莲滋养，

阿爸救、阿妈养，恩义如水长。

从今后若莲我不存他想，

澳门岛龙田村就是我家乡！

阿妈——（扑向母亲）

四　婶　若莲——（与女儿紧紧拥抱）

［这时，郭金棠带着几个弟兄，抬着几块已被砸断的墓碑急上。

郭金棠　志亮哥——志亮哥——

沈志亮　金棠，怎么了？

郭金棠　你看——

沈志亮　（一看）这……这……这……这是什么？

郭金棠　这是被亚马勒他们砸碎的墓碑！我们的祖坟，被他们刨平了……（痛哭失声）

沈志亮　（惊呆）祖坟被刨了？亚马勒那个狗强盗，真的把我们的祖坟刨了？！（抚摸着那几块基碑，痛彻心扉）显考沈公……显妣陈林氏……显考郭公……（追问）那，那先人的骨殖呢？

郭金棠　已经被他们挖了起来，抛入大海了……

［沈志亮把手中的瓦罐举起一摔，"叭——"一声，瓦罐全碎！

沈志亮 （咆哮）哎呀呀！亚马勒——（唱【快中板】）

　　　　刨我祖坟挖墓葬，

　　　　先人骨殖抛海洋。

　　　　怒火中烧百千丈——（转【霸腔滚花】）

　　　　我睇你系寿星公吊颈——

　　　　嫌命长！

　　　弟兄们，带上家伙——

马塞罗 沈先生息怒……

沈志亮 这个时候、这种情形，你还叫我息怒?! 金棠，那个独臂佬现在在哪里？

郭金棠 正带着他的葡兵，在村口践踏我们的稻田！

沈志亮 走——（带着众弟兄急下）

若　莲 志亮哥……（追下）

四　婶 志亮……若莲……（追下）

马塞罗 （祈祷）仁慈的上帝啊，宽恕你的子民吧……

　　　〔渐收光。

第四场　保家园

〔紧接上场。急促、紧张的音乐起，亚马勒带着一群葡兵在村口的稻田上肆意践踏。

〔一群村民在拼死阻拦葡兵，但都是徒劳无功，反被葡兵打翻在地。

〔沈志亮内唱【首板】："保家园，护家山，去杀那个禽兽！"

〔沈志亮率龙田七兄弟手持镰刀急奔上。

沈志亮 （断喝）住手！

　　　〔沈志亮急步上前，拦在了亚马勒的前头。

亚马勒 原来又是你？你来干什么？

沈志亮 干什么？（唱【快中板】）

　　　　我们来揦你狗头！

　　　　毁我良田且忍受，

　　　　拆我房屋也罢休，（转【霸腔滚花】）

你挖了我家山祖坟，

就莫怪我们出狠手！

亚马勒 （大笑）哈哈哈！已经等足了你们一个月——（唱【快滚花】）

就等谁个来出头，

就等你来撞枪口！

看看到底你的刀利，还是我的枪快——（半句）

沈志亮 （接唱）

一把镰刀照样攞你狗头！

弟兄们，舞起醉龙刀阵！上——

［沈志亮和龙田七兄弟把葡兵围得晕头转向。

［包俊率领一队乡民义团手持鱼叉锄头上来助阵，双方激战。

［若莲和四婶赶至。

若　莲 志亮哥，你要当心啊——

［眼见若莲被卷入混战的人群中，沈志亮万分焦急。

沈志亮 若莲，危险！你不要过来——

包　俊 志亮，接住——（把手中的鱼叉抛给沈志亮）

［沈志亮接过鱼叉越战越勇，葡兵开始抵挡不住。

［马塞罗这时也追了上来。

马塞罗 （大叫）噢——我的孩子，这是男人们的纷争，你要离开这里，马上离开
这里——

［处于劣势的葡兵开始开枪，亚马勒用左手举起短枪瞄准沈志亮，若莲见
势不妙，挡在沈志亮前面。枪响，若莲中弹受伤倒地。

［沈志亮疯了一般冲向亚马勒，用鱼叉叉住亚马勒，把他从马上挑下来。

众　人 （齐呼）杀了这个狗强盗！杀了这个狗强盗！

［龙田兄弟用镰刀、锄头、鱼叉打向亚马勒。片刻间，亚马勒毙命。

［众葡兵密集开枪，击退龙田村众兄弟，抢下亚马勒的尸体。

［马塞罗乘机救下若莲，与众葡兵且战且退。

沈志亮 若莲——若莲——

［沈志亮欲冲上前去抢回若莲。

［郭金棠和四婶将沈志亮死死拉住。地上有若莲掉下的并蒂莲绣帕，沈志
亮捡起。

沈志亮　（悲痛欲绝）若莲……若莲……

　　〔光渐暗。

第五场　走与留

　　〔追光中，葡兵小头目带着两个葡兵上。

小头目　（念【口鼓】）

　　　　上头下达层层死命令，

　　　　要将沈志亮归案严惩。

　　　　奈何未见他半点踪影，

　　　　我先将"匪属"捉拿回营。

　　　　手中捏住若莲这条小命，

　　　　还怕他沈志亮不现原形？

　　　　但又不敢对主教大人鲁莽不敬，

　　　　我们守在门外刀枪相迎。

　　我们走——（全下）

　　〔大光全起。悠悠钟声传来。澳门圣安多尼教堂。

　　〔马塞罗主教跪在圣像前的祷告席上默默祈祷……

马塞罗　上帝啊，宽恕你的子民吧……（唱【河调慢板】）

　　　　窗外寂静无声，

　　　　心潮起伏难平，

　　　　一场流血纷争，

　　　　总督丢了性命。（上句）

　　　　葡兵登陆扎营，

　　　　炮口对准山顶，

　　　　风暴前的宁静，

　　　　怎不叫人胆战心惊？（下句）

　　〔躺在旁边的若莲醒来。

马塞罗　哦，孩子，你醒了？伤口还疼吗？

若　莲　好多了，谢谢你主教大人！我要回去。（挣扎着起身）

马塞罗　孩子，你的伤还没全好。

若　莲　我已经在这里住了好多天，阿妈和志亮哥他们没见到我，他们会着急的！

[教堂这边灯暗，若莲家这边光启。沈志亮和四婶都十分焦急。

四　婶　真叫人着急呀！（唱【二簧滚花】）

　　　　　　　已经过去十多天，

　　　　　　　还未见若莲身影。

沈志亮　那天，我们都看到若莲被主教带走了。（接唱）

　　　　　　　我带上几个兄弟，

　　　　　　　今夜就摸入敌营。

四　婶　不行！现在葡国人到处在搜捕你，你还要入敌营？这实在是太危险了。

[若莲家灯暗，教堂光启。

若　莲　危险？

马塞罗　是的。那天沈志亮杀死了总督，他闯大祸了……

若　莲　（大感意外）啊?！亚马勒被杀死了？

马塞罗　眼下，葡国军队正在集结，前来增援的英国军舰也开到了澳门海域。大
　　　　战将至、大祸将临啊孩子！

[教堂灯暗，若莲家光启。

沈志亮　四婶，葡国人迟早会找到这里来的，我不能在这里连累你了。

四　婶　连累我？什么话？

沈志亮　听外面的兄弟讲，县丞许大人这几天也在加紧战备，或者我可以去他管
　　　　辖的北岭炮台去躲一躲。

四　婶　这个许大人，骨头终于硬了起来。

沈志亮　这个时候我应该去协助许大人，共同抗击侵略者！

四　婶　那还等什么？快走吧——

[若莲家灯暗，教堂光启。

马塞罗　走，你要走？

若　莲　对，我要回到龙田村去，就让我走吧主教大人。

马塞罗　（怜爱地）孩子，我是你的亲伯伯啊！只有留在这里，你才是最安全的。

若　莲　多谢伯伯！但这个时候，我更加应该回到阿妈和志亮哥身边。

马塞罗　（有点不解）那个沈志亮，到底是你的什么人？

若　莲　（唱【木鱼】）

　　　　他是我的意中人，山盟海誓。

　　　　自小青梅竹马，两情坚贞。

　　　　今年中秋，我们将行婚庆。

　　　　共结连理，鸾凤和鸣。

马赛罗　中秋节你们就要举行婚礼？

若　莲　是的。

马塞罗　（忧心忡忡地）他杀死了总督——（唱【二簧滚花】）

　　　　葡国军兵怎能饶他性命？

　　　　怕是鸳鸯难结好梦难成。

　　（叹气）唉！既然你放不下你的母亲，你就回去一趟吧。如果有什么困难，随时可以回到伯伯这里来。

若　莲　多谢伯伯！

　　［若莲辞别马塞罗出门，还没走几步，就被蹲守在外面的葡兵抓住，一块破布堵住嘴巴，反剪双手被带下。

　　［马塞罗看到了门外的一切，冲了出来。

马塞罗　（大喊）你们这群流氓！竟然敢来我这里抓人？！你们放了她，放了她！

　　（看到葡兵已把若莲带走，闭目祈祷）噢！上帝啊，宽恕你的子民吧！葡国人、中国人为什么就不能和睦相处啊？

　　［外面又传来教堂悠扬、浑厚的钟声。光渐暗。

第六场　战强敌

　　［夜。北岭炮台，教堂传来的钟声似乎还没散去

　　［大战前的宁静，宁静得让人恐怖。

　　［夜色中，沈志亮上。

沈志亮　（念）

　　　　遥遥夜空望银汉，

　　　　乱云飞渡翳双星。（唱【慢板】）

　　　　初更夜静，唧唧蚕鸣，

未闻送爽秋风，

但见葡军压境。

看山下万家灯火，

何处是若莲身影，

穿针引线到天明？

曾与她嬉戏在海边，

曾与她游玩于山前，

几多誓盟几多约定。

谁又料到今日这般，

有家归不得，

十五月难明……

（叹息）唉！

[郭金棠带着村中兄弟、姐妹上。

众兄弟 志亮哥——

沈志亮 （惊喜）金棠！你们怎么也跑到炮台来了？

郭金棠 大家听闻你在北岭炮台为许大人效力，所以都过来帮手。

沈志亮 好！我们一起为朝廷、为国家效力！

众　人 对！一起为朝廷，为国家效力！

［就在这时，一声轰隆的炮声在阵前炸响。

沈志亮 （向下观察了一下）不好，葡国人开始向炮台进攻了！

　　　　　［又一个炮弹落在不远处，众人躲避。稍后，沈志亮在炮台城垛上继续
　　　　　观察。

沈志亮 这一炮，是英国军舰从海面上打来的！

郭金棠 好呀！洋人竟然合起伙来了……

　　　　　［许知进与清军炮队跑上。

许知进 沈志亮，他们是什么人？

沈志亮 回禀大人，他们都是龙田村兄弟姐妹，愿意听凭大人调遣！

许知进 好！大战在即，还有这么多兄弟姐妹前来助战，我许某人官虽小，但胆
　　　　　子够大！我们就在这里坚守下去，等候朝廷的援军。兄弟姐妹们，给炮
　　　　　台运送弹药——

众　人 （合）喳！

　　　　　［众兄弟姐妹开始帮忙搬运弹药，清军炮手就位。

许知进 准备——开炮——

　　　　　［"轰——"一声炮响，清军开始还击。

　　　　　［双方开始激战，而敌人打来的炮火更为猛烈，城垛多个地方被炸中，阵
　　　　　地上的炮手又伤亡倒下许多。

沈志亮 （着急）朝廷的援兵什么时候到呀大人？葡兵快冲上来了！

许知进 （更急）前天我已经派许满到广州，向两广总督徐大人请兵了。这会，应
　　　　　该到了吧……

　　　　　［敌军猛烈的炮声又阵阵袭来，众人四处躲避。

　　　　　［这时，许满跑上，只见他喘得几乎说不出话来。

许　满 （断断续续）大……大人……

许知进 （惊喜）许满？！许满你总算回来了！援军呢？

许　满 援军……援军……

许知进 （着急）援军来了多少？你快说呀！

许　满 没、没有……

许知进 （以为自己听错）你说多少？

许　满 没有！一个也没有……（欲哭）

许知进 一个也没有？！

[许知进、沈志亮感到绝望。

许　满　（从怀里掏出一封密函）徐大人要、要我带回这封密函……

许知进　（一把抢过密函，撕开信封急看。看完，仰天长叹）天哪——

沈志亮　大人，到底怎么回事？

[许知进不回答，把密函撕得粉碎。

沈志亮　（追问）徐大人在密函里到底说了些什么？

许知进　你就别问了！

许　满　大人不愿意说，就让小的来说吧！

沈志亮　师爷你快说——

许　满　葡国人已向两广总督发出照会，索要你沈志亮的人头！两广总督徐大人
严令香山县丞执行国法，速将凶手沈志亮缉拿问罪，秋后问斩，以向葡
国政府交代……

[众惊诧。静场。

[一声惊天炮响，如同晴空霹雳炸响在人们心头。

沈志亮　哈哈哈……好糊涂的官府，好昏聩的朝廷哪！（唱【快二流】）

　　　　　三百里路送回来，

　　　　　竟然一纸缉杀令！

许知进　（接唱）

　　　　　有心杀敌保家国，

　　　　　无奈位卑权又轻！

沈志亮　（接唱）

　　　　　奴颜婢骨乞太平，

　　　　　泱泱大国一身病！

许知进　（接唱）

　　　　　瞒天过海将他放，

　　　　　千钧罪责我担承！

[许知进思索有顷，决心已下。

许知进　许满，徐大人知道沈志亮在我们这里吗？

许　满　（心虚）我、我没说，也许……不知道吧……

许知进　那就好！沈志亮，你马上走——

沈志亮　走？走去哪？

许知进　离开澳门，离开香山……不，离开广东！总之，走得越远越好！

沈志亮　大人，我这么一走，你如何向上头交代？

许知进　我就说没抓到沈志亮，难道他们还把我斩了不成？（叹息）朝廷不派援军，这场仗没法打了……你们走吧！留得青山在，不怕没柴烧。

沈志亮　（率众弟兄叩谢）多谢大人，告辞了——

　　　　［正当沈志亮等准备撤出的时候，小头目和一队葡兵出现在炮台的下面。

小头目　（大声叫喊）上面的人听着，我们知道沈志亮在上面！沈志亮的未婚妻就在我们手上，你们若不交出沈志亮，我们先杀了她，然后炸平炮台，血洗龙田村，血洗澳门半岛！

沈志亮　（大惊）若莲？若莲在他们的手上？（痛切）若莲——

　　　　［幕后传来若莲的呼号："志亮哥，不要听他们的，你快些走啊——"

沈志亮　若莲——

许知进　（不解）葡兵怎么知道沈志亮在我这里？（思忖）还有，总督徐大人为什么严令我缉拿沈志亮，并在秋后问斩？（觉察）是谁走漏了风声？是谁?!

　　　　［许满心怯，躲到一旁。

许知进　是你吗？许满——

许　满　（吓得跪下）大人，眼下只有交出沈志亮，才可以保全你我的性命……

许知进　（大怒）奴才！本官现在就要了你的性命！

　　　　［许知进拔出佩刀砍向许满，许满毙命。

许知进　（号令）众官兵！众弟兄！（唱【快中板】）

　　　　　　事到如今莫惜命，

　　　　　　鱼死网破同我拼！

　　　　大家跟着我，冲下山去——

沈志亮　（大叫）且慢！

许知进　志亮你……

沈志亮　（抱拳跪向许知进，接唱）

　　　　　　志亮一人去对应，

　　　　　　是生是死我担承！

　　　　大人，把我交出去吧——

许知进　把你交出去？

沈志亮　把我交出去——（唱【爽二簧】）

　　　　　一可保众官兵和弟兄性命，

　　　　　二可保澳门半岛不被屠城。

　　　　　三可保若莲她脱离险境。（转【二簧慢板】）

　　　　　四可保全啊——

　　　　　这镜海一湾绿水，

　　　　　濠江一片山青……

许知进　（感叹）唯独不能保全的，是你沈志亮的性命……

　　　　　[沈志亮自己双手反扣在后腰，挺胸走到众人前面。

沈志亮　金棠，绑！

郭金棠　（痛心）志亮哥——

众兄弟　（齐声）志亮哥呀——

沈志亮　（坚决地）绑！绑——呀——

　　　　　[金棠和一个兄弟拿起绳索，忍泪绑起沈志亮。

　　　　　[幕后传来若莲悲伤的【咸水歌】：

　　　　　八月十五系中秋，

　　　　　你话过返嚟食月饼哩兄哥。

　　　　　但你睇牛郎织女，

　　　　　银河隔阻双星呀哩……

　　　　　你系我嘅傻哥哥，

　　　　　死牛一边颈哩兄哥。

　　　　　阳关大道你唔行，

　　　　　偏偏走去枉死城呀哩……

　　　　　[渐收光。

第七场　死亦生

　　　　　[入秋，香山前山营，刑场，秋风萧瑟。

　　　　　[幕后一轮鼓响，内喊："带死囚沈志亮！"

　　　　　[四名行刑手持大刀分边站出。沈志亮内唱【首板】："慷慨从容任

处置——"

[沈志亮身披死囚衣，手戴镣铐，缓步走上。

沈志亮 （唱【反线七字清】）

斩头示众在午时。

生死从来等闲事，

但留忠魄在宗祠！

[幕后传来一声包俊的呼喊："志亮——志亮——"

[包俊带着龙田村兄弟，抬着一块用红绸布盖着的石碑上。

众　人 志亮哥——

行刑手 （高呼）闲杂人等，退避——

包　俊 差大哥，求你行个方便，我们是来给沈志亮送别的……

沈志亮 包先生——各位兄弟——

包　俊 志亮呀，今日是中秋节……

沈志亮 （闻言一惊）啊？今日是中秋节？！

包　俊 （伤感）是中秋节，却又是你受刑的日子……你受委屈了……

沈志亮 （缓缓地）得以告慰龙田村列祖列宗，得以伸张人间正义，又有何委屈呢？

包　俊 （赞叹）讲得好！真乃我大中华之血性男儿也！各位请看——

[包俊说完，一把扯下石碑上的红绸布，"义士沈志亮之墓"几个描红大字赫然在目。

包　俊 （庄严宣告）义士沈志亮，为保全望厦山下三千五百乡亲性命，为告慰龙田、望厦、龙环诸姓列祖列宗，勇杀敌酋，慷慨赴死。今龙田、望厦、龙环诸姓乡亲联袂共襄，为沈公志亮树碑、立传！永祀后世——

沈志亮 （抱拳单膝下跪）多谢了——

[幕后传来："许大人到——"许知进带着两个清兵端着三碗酒上。

许知进 志亮——

沈志亮 大人——

许知进 许某上不能为国分忧，下不能护民守土，还要我亲手把义士送上断头台，耻辱呀……（掩泪痛哭）

沈志亮 大人不必悲伤——（唱【爽中板】）

忘不了炮台前同生共死，

保家园守家国同举龙旗。

从今后与大人阴阳隔世，

待来生共携手再立国威！

许知进　志亮，本官和炮台弟兄，在此为你壮行！

沈志亮　多谢大人，多谢各位兄弟——（唱【剑归来】）

就未怕刀剑临头上，

就怕此刻别离时。

用我丹心与热血，

誓当七尺男儿。

临去之际拜托弟兄，

还要去将家国护持，

绿水青山守护好，

留给子孙万世！（转【反线中板】）

我沈志亮，无愧天地，

更无愧于，廿载年岁。（上句）

心头坚信，有朝一日，

河清海晏，魔鬼扫除！（下句）

眼前悲秋，风卷残叶，

此景此情，叫人心碎。（上句）

今夜月圆，广寒独守，

阴阳两隔，身边有谁？（下句，转【千般恨中段】）

就盼与她手牵，

又怕相对泪垂。

愿你今生，顺意安乐，

莫再忍遭恶风横吹。

阴阳相隔，天涯远去，

不知他生可会再重聚？

鬼神不语，星辰暗淡，

我见天公也流眼泪……

[传来第二通鼓响，似在催命。

行刑手　午时将近，各司各位——

沈志亮　许大人，各位乡亲，沈志亮就此别过了——（整拾衣衫，准备上刑台）

众　人　志亮哥——

　　　　　［若莲内唱【二簧倒板】："伤心泪如雨——"

　　　　　［若莲一身缟衣，挽着个竹篮，篮里放了香烛和果品，在四婶、马塞罗和
　　　　　倩莲的陪同下上。

若　莲　（唱【快二流】）

　　　　　　　一通鼓把命催，

　　　　　　　二通鼓把魂取。

　　　　　　　未闻三通鼓响，

　　　　　　　我已满面泪垂。

　　　　　（扑前）志亮哥哥——

沈志亮　（见若莲，大感意外）若莲？若莲——

　　　　　［两人泪眼相拥。

沈志亮　若莲，你为何要来这里呀？

若　莲　我要来见你……

沈志亮　此时此地，不见……也罢……

若　莲　志亮哥哥呀——（唱【红烛泪】）

　　　　　　　风寒水冷云天低，

　　　　　　　昨日硝烟已随风飘逝。

　　　　　　　盼相见情意知己，

　　　　　　　与君相爱如今染红泪。

　　　　　　　最伤心，

　　　　　　　你孤身远去，

　　　　　　　只剩我深宵未眠寒灯独对。

　　　　　　　五更启程，

　　　　　　　只为到前山设祭。

　　　　　　　一路伤心掩泪眼底，

　　　　　　　不复听满途杜鹃泪血啼。

沈志亮　若莲啊，我不忍在此时此地，与你生死别离啊……

若　莲　生死别离?！（唱【反线二簧板面】）

　　　　　　　怕在刑场见，

相对泪垂。

三轮鼓敲响，

生死别离时。

鲜血点滴沾染尘泥，

来为苍生济！（转【反线二簧】）

谁又会想得到，

中秋之夜物是已人非？！

谁又会想得到，

他为保家园从容赴死？！（转【弹词】）

忆当初，青梅竹马形影不离。

想昨日，月下花前山盟海誓。（转【反线二簧】）

到如今，阴阳两隔生死别离。（转【反线二簧尺字序】）

最痛心要分离再难在世相依，

无以与君续情缘。

怕今生，要分开，来生再相依。

心意决，同他今天订佳期，

夫唱妇随，来共佢归去——

（流着泪）志亮哥哥，今天是什么日子，你知道吗？

沈志亮　知道。八月十五，中秋节……

若　莲　还有呢？

沈志亮　还有？还有……（不忍回答）

若　莲　阿妈，摆上香烛吧——

　　　　　[四婶和倩莲含泪摆上香烛、果品。

沈志亮　（忍泪）若莲，感谢你来送我最后一程。摆完香烛，你就回去吧……

若　莲　志亮哥哥，我还未与你拜堂，怎忍就此回去？

沈志亮　（不解）拜堂？

若　莲　今天是八月十五中秋节，是你我的婚期……我要在这里，为你着上嫁衣
　　　　拜堂成亲！

　　　　　[说完，若莲"哗——"一声扯去罩在外面的缟衣，露出穿在里面的大红
　　　　嫁衣。

沈志亮　（大恸）哎呀呀——（旁唱【回龙腔】）

　　　　　　　原来她不是来送我赴泉壤！

　　　　　　　今天是我死期，

　　　　　　　怎忍她为我着上嫁衣？

四　婶　（接唱）

　　　　　　　若莲转眼就成新寡……

马赛罗　（接唱）

　　　　　　　白事又如何办得成红事？

沈志亮　（接唱）

　　　　　　　与其是年年中秋月不圆，

　　　　　　　不如留下一种怀念，

　　　　　　　两份相思！

若　莲　（恸哭）志亮哥哥——

沈志亮　不能啊若莲！这嫁衣一穿，香烛一拜，你将来还怎么嫁人哪？！

若　莲　（摇头惨笑）我不会再嫁人了……

四　婶　你不会再嫁人了？！

若　莲　若莲的命，是用志亮哥哥的命赎回来的，我要随他而去！

马赛罗　你要随他而去？！

若　莲　（含泪点头）随他而去……

沈志亮　随我而去？

若　莲　志亮哥哥——（忍泪唱【楼台会】）

共约佳期，

面对面多欢喜。

泪带凝笑，

嫁服华美，

浓情蜜意心中记。

沈志亮　（接唱）

共约佳期，

情意不忍弃。

你莫要随我，

殒命同去，

黄泉路远三千里。

若　莲　（接唱）

抹干眼泪我心仍悲。

沈志亮　（接唱）

流尽了眼泪心更悲。

两　人　（合唱）

把泪重新藏眼底，

低头咽落心里……

沈志亮　（流着泪）若莲啊，如果你今天随我而去，那我沈志亮，就算是白白送
　　　　死了……

若　莲　（一惊）白白送死？

沈志亮　（泣劝）我今天的死，就是为了你能够好好地活下去，你明白吗，若莲？

若　莲　是为了我能够好好地活下去？

沈志亮　好好地，活下去！明白吗？

若　莲　我……明白了……

　　　　[这时，第三通鼓响起，已在索命。

行刑手　（高呼）午时已到——

沈志亮　（从怀里掏出那方绣帕）若莲，这方绣帕，你可以让它跟着我走么……

若　莲　（大恸）志亮哥哥——

[幕后女悲声领唱、群声伴唱【花好月圆】:

　　　　与君相爱永将别离,

　　　　忆起了当初盟誓。

　　　　花好月圆时共你,

　　　　夫妻百年定佳期。

　　　　到佳期, 见夫婿,

　　　　将要长别离。

　　　　若是君到奈何桥,

　　　　等到同我生生世世……

[在幕后歌声中, 若莲流着泪, 把绣帕系在沈志亮的脖子上。

许知进 (拿起一碗酒, 递向沈志亮) 志亮, 你走好呀!

沈志亮 (接过) 多谢大人了! 金棠, 醉龙带了吗?

郭金棠 带来了!

沈志亮 (抚摸着龙头) 醉龙啊醉龙, 但愿你保佑澳门这方水土——风调雨顺、国泰民安! (说完, 把碗中的酒酹向大地)

众　人 (忍泪齐声) 保佑澳门这方水土——风调雨顺、国泰……民安……

[沈志亮把最后两碗酒, 先后递给兄弟们。

沈志亮 兄弟们! 把醉龙舞起来——

众　人 (齐声) 舞起来——

[众兄弟一人一口酒, 喝完把碗一摔, 操起龙头、龙尾, 舞将起来。

[醉龙舞得热烈、震撼……

[沈志亮走向舞台深处, 众人目送。

众兄弟 大哥……大哥……

若　莲 志亮哥哥……

[白色的莲花花瓣从空中飘飘洒落。花雨中, 沈志亮在舞台高处站定, 回望。

[天幕升起一片洁白的莲花。沈志亮走向花海, 直到与莲花融为一体……

[幕后群唱【新曲】:

　　　　镜海英魂传后世,

　　　　濠江水暖映朝晖。

　　　　百年沧桑一弹指,

风正帆满尽樯桅。

［光渐收。剧终。

　　［本剧由澳门特区文化局委托创作，佛山粤剧院排演，于2019年6月1日作为闭幕大戏参加第三十届澳门艺术节，随后参加广州艺术节。李淑勤饰演若莲，朱振华（澳门）、李江林先后饰演沈志亮。］

东江传奇

（又名《红色大营救》）

人物表

刘　　飙　29岁，东江游击队港九大队手枪队长。

小秋红　20岁，新凤鸣戏班当家花旦。

曾　　民　30多岁，东江游击队政委。

山　　本　40来岁，侵华日军文化特务。

苏志留　50来岁，香港《华商日报》副主编。

戴　　浪　年过六旬，左翼作家，被营救人员。

三姨太　30来岁，滞留香港的国民党沈司令官姨太太。

明　　仔　十五六岁，港九大队手枪队队员。

程　　九　40多岁，汉奸。

潘师傅　年过半百，小秋红的琴师。

新闻记者、游击队员、被营救人员、特务、日军等。

序　幕

［天幕上，飞机低空轰鸣掠过香港维多利亚港，枪炮声震耳欲聋。

［男画外音："1941年12月7日，太平洋战争爆发，侵华日军随即跨过深圳河，占领香港九龙、港岛。为保护在港文化名人，保存中华文脉，中共南方党组织和东江游击队，在中央和周恩来同志的直接领导下，展开了这场20世纪最伟大的文化大营救……"（渐弱）

［光渐起。香港太平戏院，门口挂着一盏大瓦电灯，把《梁红玉击鼓退金兵》水牌照得格外醒目，里头隐约传来小秋红激扬慷慨的唱腔："不怕胡兵凶且狠，保我大宋君与民！三千山河家国恨，不容寸土属他人……"观众阵阵喝彩。

[突然，剧场里传来惊呼声："日本仔（日本鬼子）来了——日本仔来了——"

[呼喊声与不时传来的枪声混作一团，观众从剧场涌出来。

[两队日本宪兵跑上，用上了刺刀的步枪把观众堵在戏院门口。码头工人打扮的刘飙和明仔混在人群之中，刘飙在冷静观察。三姨太也在人群中，只见她神色慌张。

[程九斜挎着手枪盒、手里拿着一卷布告，带着两个便衣小特务上。

[程九站定，用阴毒的眼光扫视着人群。

程　九　这个，带走！这个，带走！还有这个、这个，统统给我带走——

[程九点一个，日本兵就带走一个，人群开始骚动。

程　九　（吆喝）把小秋红给我拉出来——

[两名日本兵推着刚卸去戏装的小秋红从戏院出来，后面还跟着潘师傅等戏班的人。

小秋红　（念【引白】）

　　　　七尺氍毹本平静，

　　　　却闻四处——（转唱【反线七字清】）

　　　　起枪声。

　　　　幕后台前刀光影，

　　　　太平山下不太平！

　　　　你们到我戏院来，到底要做什么？

程　九　做什么？！（宣读手中的布告，念【口鼓】）大日本帝国南"支那"派遣军香港军部令：凡中国内地留港文化人士及剧界名伶，自即日起前来半岛酒店军部报到响应，共谋大东亚文化繁荣。半月为期，逾期不到者——格杀勿论、不留性命！

[读完，程九把告示交给身边的小特务，张贴在墙上。

程　九　（不由分说地）给我带走——

[日本兵要把小秋红带下去。小秋红反抗，刘飙准备出手。

[正在这时，山本着军装、手持军刀，带着一个卫兵上。

山　本　（文质彬彬般）程先生，怎么能够如此对待我的朋友？

程　九　（迎上）哈依！山本先生——

山　本　（向小秋红致意）秋红姐！让你受惊了。

小秋红　（望着眼前这个穿军装的日本人，感到陌生）你是……山本先生？

山　本　（笑了笑）没错！我就是那个曾经为你送花、给你捧场的联东株式会社山本太郎。不过我如今的正式身份，是大日本帝国南"支那"派遣军香港军部的文化事务官员。

小秋红　今天晚上你带着那么多拿刀拿枪的人，不是来看戏的吧？

山　本　（赞）聪明！今天晚上我专程过来，就是来请你到我的军部……

小秋红　去做什么？

山　本　秋红姐如今是蜚声省港的剧界名伶，我真诚地希望你前来军部报到，与我共唱一曲。

小秋红　唱《梁红玉击鼓退金兵》？

山　本　（笑了笑）当然不是了！是唱最近风靡省港的粤版《游龙戏凤》。

小秋红　（半是揶揄地）你们这张布告，半个月前已经贴遍了街头巷尾，据闻未有一人前去报到。

山　本　（依然一副笑脸）所以，今晚我才专程过来。（绅士地）请——

　　　　[几个日本兵上前又要动手押小秋红，混在人群中的刘飙悄悄拔手枪，对

着挂在门口的那个电灯"叭——"开了一枪，整个环境瞬时变得黑暗、混乱，人们四处逃窜。

刘　飙　（拉着小秋红）跟我来——

[刘飙趁乱带着小秋红急下，三姨太慌乱中也跟着刘飙急下。

[幕后群唱【新曲】：

> 锦绣河山半边剩，
>
> 连年烽火未见停。
>
> 忍看同胞离乱苦，
>
> 何时得见日月明……

[渐收光。

第一场　新的任务

[紧接上场，夜。

[香港太平山脚一个不起眼的民居，东江游击队港九大队手枪队临时秘密驻地。

[刘飙内唱【追信头】：起烽烟，枪炮声震响——

刘　飙　（上，唱【追信】）

> 香港已沦陷一片乱象，
>
> 我刘飙手中有枪，
>
> 明来暗往图存救亡。
>
> 誓不让日寇把中国亡，
>
> 为家国奔沙场。
>
> 豺狼凶悍犯我家邦，
>
> 遭国难，甘苦尝，
>
> 男儿有骨气誓死不降！（转【滚花】）
>
> 以为任务已完成不作他想，
>
> 谁也没料到今晚又打一场！

[明仔上。

明　仔　飙哥，政委来找你。

刘　飙　哦？政委来了？

　　　　　〔洋行职员打扮的曾民急上。

曾　民　（唱【快中板】）

　　　　　　　日寇已将香港占抢，

　　　　　　　一纸密电来自中央。

　　　　　　　文化名人营救离港，

　　　　　　　我东江游击队大任担当！

刘　飙　政委——

曾　民　刘队长——

刘　飙　明仔，你到外面警戒。

明　仔　是！（下）

刘　飙　政委连夜过来，又有新的作战任务吧？

曾　民　（不直接回答，严肃地问）今天晚上你去太平戏院看戏了？

刘　飙　（挠头讪笑）我见手枪队的任务，已经完成得差不多了，就去、就去看了
　　　　场戏……

曾　民　还带回两个女人？

刘　飙　（辩解）政委，这两位女士，一个是国民党第七集团军沈司令官的姨太
　　　　太，一个是新凤鸣戏班的当家花旦小秋红。

曾　民　小秋红？就是你当年那个意中人小桃红的妹妹小秋红？

刘　飙　是的。桃红的事情你也知道，我有责任保护好她的妹妹……

曾　民　你呀你——

刘　飙　但让我没想到的是，小秋红如今也成为日本人的目标，今天晚上那个山
　　　　本太郎就是去戏院抓她的。

曾　民　（略意外）哦?！难道连戏班的名伶，他们都不肯放过？（唱【中板】）

　　　　　　　这两年，文化人，走避香港。

　　　　　　　原以为，在港九，可把身藏。

　　　　　　　不承想，到头来，又临险况。

　　　　　　　我华夏，五千年，文脉绵长。

　　　　　　　绝不能，让日寇，来伸魔掌！（转【滚花】）

　　　　　　　中央命令东江游击队，

　　　　　　　去营救这批国家栋梁。

刘　飙　（接唱）

> 行动已经接近尾声，
>
> 他们分批秘密离港。

曾　民　是的！（接唱）

> 三百多人脱离险境，
>
> 陆续转移到大后方。

　　　　但还有几个重要人物，始终还没能够找到。

　　　　[这时，刚刚卸去戏装的小秋红端着脸盆、毛巾欲进门，听到室内刘飙与人密谈，不敢贸然进去，只能站在门边有意无意地倾听。

刘　飙　是哪几个？

曾　民　戴浪、吴坤浦、杜新农、张天、梁汉健那五个左翼作家。

刘　飙　这几个老作家住址的门牌号码，我早前已经提供给交通队了。

曾　民　（叹气）唉！他们又搬家了。上级命令我们无论如何都要找到这几个人，港九的情况你最熟悉，所以我连夜过来找你商量。

刘　飙　（想了想）我倒是想起一个人来……

曾 民	（急问）谁？
刘 飙	《华商日报》副主编苏志留。他是香港本地人，有民族气节，在报章上刊发了大量抗日文章，日本人一来就查封了他的报馆，山本太郎亲自带人把他抓走了。
曾 民	这个苏主编，与那几个老作家又有什么关系？
刘 飙	那几个老作家在香港是靠写文章维生，苏主编与他们有秘密联系。
曾 民	（击掌赞赏）太好了！我们一定要想尽办法，先把苏主编营救出来。（唱【爽二簧】）

　　　　营救任务已东方见亮，

　　　　最后这一战意味深长。

　　　　要保证全部名人安全离港，

　　　　山河虽已破但文化不能亡！

（正式地）这个任务就交给你，最后一趟船五天后出发，因此我只能给你五天时间。

刘 飙	明白了政委！（唱【霸腔滚花】）

　　　　明天我把队员派散全港，

　　　　先弄清苏主编关押地方。

　　　　半夜里再带人去把敌营闯，

　　　　打他个出其不意防不胜防！

曾 民	我等你们的好消息。（欲下）
刘 飙	政委你从后院出去吧。（引曾民从后门方向下）
小秋红	（唱【秋江别中板】）

　　　　听得我泪珠满眶，

　　　　心不禁在思在想：

　　　　犹见国土已陷于沦亡，

　　　　危困之中他为家国事忙。（进门）

　　　［刘飙复上。

刘 飙	哦……秋红，你还没睡？
小秋红	刚刚梳洗了一下。

　　　［三姨太从厢房出来，边上边用小手绢拍打身上的跳蚤。

三姨太	（大呼小叫）哎呀！刘队长，你们这里是什么鬼地方呀？满屋子都是狗虱

（跳蚤），怎么睡呀?！（不断拍打）不行，不行，我要回去睡！

刘　飙　沈太太，现在外面到处都是日本仔的巡逻兵，等天亮我再派明仔送你回去吧。

三姨太　那、那……咳！（念【白榄】）那些没用的英国佬，没打几天就把白旗挂。我家沈司令官说过，要派人来接我们回家。怎知道一等就半个多月，等得我颈又长口又哑。出来看场戏，还差点被人拉去"打靶"！（哀求）刘队长，求求你帮帮我们三仔嬷（母子仨），把我们送回内地去吧——

刘　飙　过几天还有一趟船，到时候，可以送你们回去。

三姨太　那就多谢你啦刘队长！（见到了小秋红，想起什么）刘队长，我要换个好房间。

刘　飙　你都看见了，这里哪有什么好房间换给你?

三姨太　我、我要睡她那间阁楼。

小秋红　沈太太，我那间阁楼又窄又矮，怎及你的这间厢房宽敞?

三姨太　我不管！我今晚就要睡你那间阁楼！

刘　飙　（征询地望着小秋红）秋红，你看……

小秋红　人家是个官太太，我一个唱戏的，又怎么得罪得起?

三姨太　知道就好！哼，戏子——（扭着腰肢、甩着小手绢上了阁楼）

小秋红　（气结）你——

刘　飙　（歉意地）秋红，那就委屈你一个晚上了。

小秋红　委屈?（唱【七字清】）

　　　　　身世飘零滞留香港，

　　　　　家班主演由我担当。

　　　　　三教九流明欺暗抢，

　　　　　我家姐姐刀下命亡……（转【滚花】）

　　　　　这些委屈敢向谁人言，

　　　　　又能对哪个讲?

刘　飙　（闻言，旁接唱【滚花】）

　　　　　何时才能化解，

　　　　　她这怨气一腔?

　　　　　（愧疚）你姐姐的事情，我……

小秋红	（打断）你刘队长——没有做错任何事情！
刘　飙	你明白就好。戏院那边你不要回去了，明天我派明仔去把潘师傅把也接过来，等过几天有船，我再送你们回内地去。
小秋红	我不跟你回去。
刘　飙	（恼）那你难道愿意留在这里，等日本仔来抓你?！
小秋红	山河破碎，家国飘零，连苏先生这样的大文人都保不住尊严，我一个唱戏的，还能怎么样呢？
刘　飙	（大惊）啊?！你认识苏先生？
小秋红	他是我的知音。
刘　飙	（不解）知音？
小秋红	苏先生是我的戏迷，还在报章为我写了不少戏评文章。
刘　飙	那你……

〔小秋红没接刘飙话，转身入了厢房。

〔渐收光。

第二场　初探虎穴

〔夜色森森的街头，远处钟楼声传来断断续续的钟声。

〔日军宪兵在不时巡逻，"咔嚓咔嚓"的皮鞋声让夜色平添几分恐怖。

〔在夜色的掩护下，刘飙带着明仔等三名队员摸索而上。

刘　飙	（唱【四不正】）

　　　　得来夜色遮掩，

　　　　不怕日军搜捕严。

　　　　查清了关押地，

　　　　率领班弟兄去救援。

　　　同志们——

众队员	（齐声）有——
刘　飙	（快打慢念）

　　　　前面就是半岛酒店，

　　　　守卫严密戒备森严！

明　仔　（接念）

　　　　　手枪队港九行遍，

　　　　　怕什么戒备森严？

刘　飙　讲得好！（接念）

　　　　　今夜去闯阎罗殿，

　　　　　救出那个苏主编！

众队员　（齐声接念）

　　　　　救出苏主编——

　　　[刘飙率众人下。

　　　[光全起，半岛酒店旁一个不起眼的小仓库，已改成日军的临时禁闭室。

　　　[门口站着两名荷枪实弹的日本兵，昏昏欲睡的样子。

　　　[一张限令文化人报到的布告还张贴在墙上，风雨飘摇。

　　　[程九带着一小队特务巡逻而上。

程　九　（念【白榄】）

　　　　　港九地头不平静，

夜间加强来巡营。

众特务 （齐接念）

　　加强来巡营——

程　九 （接念）

　　提防国民党军统，

　　小心共产党奸细，

　　不使他有机可乘。

众特务 （齐接念）

　　不使他有机可乘——

　　［程九带着巡逻队圆场，下。

　　［刘飙和明仔在暗处见巡逻队已下，分头摸向那两个哨兵。

　　［刘飙一跃身，拔出匕首刺向哨兵甲，哨兵甲倒地。

　　［哨兵乙警觉，还没待明仔接近，慌乱中开了一枪，然后扭头撒腿就跑。

哨兵乙 （边跑边喊）有刺客——有刺客——（下）

　　［程九带着特务队上。

程　九 （大喊）刺客在哪？

　　［刘飙和明仔与特务队开打，另外那两名游击队员也冲了上来加入战斗，

　　怎奈敌人人多势众，游击队渐处下风。

刘　飙 （果断地）明仔，撤——

　　［利用一个空当，刘飙等抽身撤下。

　　［这时，山本也带着一队宪兵追了上来。

山　本 （急问）人呢？

程　九 被我们打跑了！被押人员安然无恙。

山　本 （唱【滚花】）

　　莫使敌人手段得逞，

　　加强戒备防范偷营！

　　他再有同党来犯，给我一网打尽！

程　九 （点头）哈依！

　　［切光。

第三场　请命解困

[上场次日一大早，太平山下手枪队秘密驻地，后院。

[刘飙和明仔上。昨夜的行动失败，两人不免沮丧。

刘　飙　（唱【寒关月】）

连夜去闯营未能获胜，

五天任务如何去把它完成？

限期将至，紧急情形，

又去闯关恐怕又难上加难，

让我怎么来对应？

明仔，我们回去好好睡一觉，今天晚上再想办法。

明　仔　飙哥，你还有什么好办法？

刘　飙　明抢不成，我们就来个暗偷！

明　仔　暗偷？

刘　飙　我认识一个搬运工，他曾经在半岛酒店做过搬运，熟悉里面情况。

明　仔　对！给他来个暗偷——

[两人进门，小秋红穿着雨衣，在潘师傅的伴奏下正在练曲，唱的正是
《梁红玉击鼓退金兵》。

小秋红　（唱【七字清】）

不怕胡兵凶且狠，

保我大宋君与民！

三千河山家国恨，

不容寸土属他人……

[刘飙见到小秋红还在"咿咿呀呀"地唱曲，不免恼火。

刘　飙　（半是哀求般）我的秋红姐姐，你是怕日本仔不知道你藏在这里吗？

潘师傅　（上前）刘先生，戏班演员，每日都要晨练，请你原谅。

刘　飙　练功都要看这是什么时候、又是什么地方吧？你们难道不知道现在外边
满街都是日本巡逻兵吗？

小秋红　我又不是什么军政大员、商界名流，怕他什么巡逻兵？

刘　飙　山本要抓你去为他们唱戏！

小秋红 山本是我的朋友，他能把我如何？况且——（唱【长句二簧】）

　　　　我生在梨园世家，

　　　　八岁登台把水牌挂，

　　　　唱晓风残月拍铁板铜琶。

　　　　赚得几串青钱来标身价，

　　　　管他何方人氏来自哪个国家？

　　　　卖艺卖唱不卖身，戏真情假！（上句）

刘　飙 如此说来，两年前你姐姐的一腔热血，算是白流了……

小秋红 我姐姐的血白流了？！前年在广州，日本人送来请柬，要我姐姐在他们的
　　　　劳军晚会上登台唱曲，就因为你一句"中国人不为侵略者唱戏"——
　　　　（突起【二簧滚花】）

　　　　她惨死日本人刀下，

　　　　一片孤魂无处归家……

刘　飙 （闻言感慨，旁唱【乙反二簧】）

　　　　千般往事难放下，

　　　　不堪回首乱如麻，

　　　　难道我不该说那一句话？（上句）

　　　　当初与她姐姐，

　　　　情投意合青梅竹马，

　　　　山盟海誓不负年华。（下句）

　　　　若不是日本仔铁蹄踏中华，

　　　　若不是膏药旗城头到处挂，

　　　　何致今日两隔阴阳凄然泪洒？（上句。转八字句）

　　　　如今形势与当日分毫不差，

　　　　却未见秋红她心惊和害怕，

　　　　又叫我怎去照顾和保护她？

　　　　（伤感地对小秋红）你说得没错！那时候，我和你姐姐还在一个戏班，如
　　　　果不是那一句话，或者……

小秋红 （打断）或者，今时今日我要尊你一声"姐夫"——

刘　飙 就因为她惨死在日本仔刀下，我才决意投奔东江游击队，奔走在省港两
　　　　地、深圳河两岸。我刘飙要为她报仇，为那些死难同胞报仇……

小秋红　　我又何尝不想为姐姐报仇？

刘　飙　　（质问）那你还把侵略者当朋友？

小秋红　　山本先生与他们不一样——（唱【新曲】）

　　　　　　　　他多次为我赶跑恶霸，

　　　　　　　　还为我捧场为我献花，

　　　　　　　　他还说过最是仰慕中华文化，

　　　　　　　　虚心学唱曲，又学弹琵琶。（转【滚花】）

　　　　　　　　他到底是个文化人，

　　　　　　　　良知未泯本心不假！

刘　飙　　（感到悲哀，接唱）

　　　　　　　　商女不知亡国恨，

　　　　　　　　隔江犹唱后庭花……

小秋红　　（恼）我不是亡国商女！

刘　飙　　日本仔已经侵占了大半个中国，你还把那个山本当朋友，不是亡国商女
　　　　　又是什么？

小秋红 听你这么说，如果我没猜错的话，昨天晚上你们去营救那个苏主编，行动已经失败。

刘　飙 （惊讶）啊?！你知道我们要营救苏主编？

小秋红 我还知道，你们最终是要营救的，是姓戴、姓吴那几个老作家。

刘　飙 （感到意外）你怎么知道的？

小秋红 我已经在这里，住了整整两天了，刘队长！

刘　飙 （叹息）唉！你猜得没错，昨天晚上我们的行动，已经失败……

小秋红 那几个老作家，真的那么重要吗？

刘　飙 重要！因为他们都是文化人——（唱【滚花】）

　　　　营救他们就是营救文化，

　　　　营救文化就是营救民族国家！

　　我们现在做的，都是家国大事。

明　仔 （上前）秋红姐，你就帮帮我们，叫他把苏主编放了吧。

小秋红 （触动）帮帮你们？

潘师傅 （对明仔）后生仔（年轻人），像你说的那么容易就好喽。

明　仔 是秋红姐自己说的：山本是她的朋友。

小秋红 好！我就帮帮你们。

刘　飙 你怎么帮？

小秋红 前天晚上，山本说过要与我共唱一曲《游龙戏凤》。

刘　飙 那又如何？

小秋红 我就以此为理由，进入他的军部，说苏主编是我的表哥，请他把人放了。

刘　飙 你以为，就这么简单？

小秋红 我刚到香港时，山本曾经派人帮我赶走那些来闹事的流氓恶霸。以我们之间的交情，他会给我这个面子。

刘　飙 即便他给你面子，一旦进了那个军部，你将来的名声……

小秋红 （凄然一笑）将来？（叹息）我都不知道自己有没有将来……（唱【乙反中板】）

　　　　乱世伶人，贱如草芥，

　　　　身世飘零任人笑骂。

　　　　奢谈将来，只求当下，

　　　　生死由命摆布由他……

刘　飙　（不认同）秋红，日本仔迟早会被赶跑，我们一定会有将来。

小秋红　我们一定会有将来？

刘　飙　是的！将来赶跑了日本仔，我帮你把戏班重新置办起来。

小秋红　你帮我重新置办戏班？

刘　飙　是的！但你必须答应我：这几天除了在这里好好住着，哪里都不能去。

小秋红　那、好吧……

[大光渐光，刘飙等人隐去。追光中，小秋红独自思量，然后拿桌子上的纸和笔开始写信。

[追光渐收。

第四场　再探虎穴

[一阵急促诡谲的音乐起。

[追光中，潘师傅急上。

潘师傅　刘先生——刘先生——

[刘飙和明仔从另一方向上。

刘　飙　潘师傅——

潘师傅　秋红她要出门去，我拦也拦不住，她给你留了这张纸条。（把信递给刘飙）

[刘飙赶紧接过来看。

[小秋红画外音："飙哥——请允许我随姐姐称你一声飙哥。我去军部救苏主编了，秋红自幼熟读戏文，也知道忠孝节义，不是那个亡国商女。去见山本，是因为他是我的朋友；去救主编，是因为他是我的知音。又或者，也算是替我姐姐报答你的一番情义吧。事若成，请为我祝福。事不成，亦为我祝福……"

刘　飙　（迅速看完，着急）哎呀不好！她打乱了我们的计划，还把自己送入虎口——

潘师傅　（也急）刘先生，你快想个办法，救救她吧——

刘　飙　（想了想）把你的衣服换给我——（动手脱自己的外衣）

潘师傅　（也把自己的长衫脱下）你这是——

刘　飙　先别问了，赶紧回去拿东西。

〔三人急下。

〔景转香港半岛酒店，喧闹繁华不再，变成了一个戒备森严、死气沉沉的军部。

〔山本的住处外站着两个持枪站岗的卫兵。屋子里桌上摆着日本清酒、果品。墙边还有个架子，上面放了把军刀。

山　本　（穿着和服上，在日式音乐中作画、写诗）

千山鸟飞绝，

万径人踪灭。

孤舟蓑笠翁，

独钓寒江雪。

程　九　（上，看山本写字念诗，拍马屁）好笔法！山本先生的中国书画，写得越来越好！

山　本　（放下笔）中国文化，博大精深，我所学到的，皮毛而已。

程　九　山本先生，我们的布告已贴满了大街小巷，但还是未见一人前来报到。就连那个唱戏的小秋红，也像一阵风烟那样消失了……

山　本　（骂）这帮臭文人，在和我玩心理战！上头已经下达密令：从明天开始，全城戒严，实行宵禁。你给我加派人手，封锁所有的水路陆路、车站码头，我看他们还能挨得多久？

程　九　（点头）哈依！

山　本　（不满地）这大半个月来，人你倒是抓了不少，但没有一个是内地来港的文化人，哼！

程　九　（惶恐）山本先生恕罪！

山　本　那个苏志留还是不肯合作？

程　九　该用的手段都用了。

山　本　据我所掌握的情报，这个苏志留，同数十名赤色文化人有秘密联系，我们一定要撬开他的口。

程　九　（点头）哈依！

山　本　（冷着脸）大日本帝国强大的地面部队已经占领港九，现在是时候轮到我们出手了，该劝降的劝降，该抓捕的抓捕，该杀头的杀头！总之，能够要他们为天皇陛下效忠的心，就要他们的心。不能要他们的心，就要他们的命!

程　九　讲得对!

山　本　(唱【滚花】)

　　　　　　大日本皇军骁勇善战,

　　　　　　但志不在一城一村。

　　　　　　征服人心有种种手段,

　　　　　　文化征服才是根源。

　　　　(狠狠地)只有文化的征服,才是永久的、彻底的征服!

　　　　[小特务报上。

小特务　山本先生,外面有个叫小秋红的小姐求见。

山　本　哦?(思索)前天晚上让她逃了出去,如今却又主动求见,内中定有乾
　　　　坤!程先生,好戏怕要开始了。

程　九　但这个小秋红,不过是个唱戏的……

山　本　这两年来,我与她交朋友,就因为她是个蜚声省港的剧界名伶,只要她
　　　　愿意为我们粉墨登场,作用将堪比半个师团!你去找军部那几个摄影记
　　　　者,记得叫他们带上照相机。

程　九　(有点不解)带照相机?(转而一想)明白了!(下)

山　本　有请秋红小姐——

小特务　(传唤)有请秋红小姐——(下)

　　　　[小秋红上,只见她一袭旗袍,高贵典雅,手中拿着曲本。

小秋红　(唱【梳妆台】)

　　　　　　最怕看到家国沦亡,

　　　　　　今晚我去效仿贤良。

　　　　　　为救主编敢闯虎穴,

　　　　　　毕竟与山本朋友一场!(进门)

山　本　(笑脸相迎)欢迎你呀秋红姐!前天晚上在戏院门口,我八抬大轿都请不
　　　　动你,今日又屈尊前来,莫非……

小秋红　(一副难为情的样子)秋红今日前来,是、是受人所托……

山　本　哦,受人所托?(旁唱【三脚凳】)

　　　　　　她故作镇定意彷徨,

小秋红　(旁接唱)

他神情不同往日样。

山　本　（旁接唱）

　　　谅你飞不出我手心掌，

小秋红　（旁接唱）

　　　我如何才能如愿以偿？

山　本　（旁接唱）

　　　我要在她身上做文章！

小秋红　（旁接唱）

　　　我要在这虎口把人抢！

山　本　（旁接唱）

　　　且看你玩什么花样，

小秋红　（旁接唱）

　　　我且听且行莫慌张！

山　本　秋红姐今日前来，到底是受谁人所托？

小秋红　受我家表嫂所托。

山　本　你家表嫂？

小秋红　是的！两年前我来到香港，投靠的就是表哥苏志留，他是《华商日报》
　　　　的副主编……

山　本　（大笑）哈哈！明白了，你是为你表哥的事而来！

小秋红　是的。

山　本　你这个表哥，是块又臭又硬的"屎坑石"，整天在报章上刊登反对大东
　　　　亚共荣的文章，查封他们，也是情理之中。

小秋红　既然报馆都已经查封，放了我表哥又何妨？

山　本　（想了想，一笑）他就关在楼下的禁闭室，要放容易得很，但有一个
　　　　条件。

小秋红　什么条件？

山　本　为庆祝香港共荣，后天晚上我们将举办一个盛大的典礼，你——小秋
　　　　红，到时候与我登台共唱一曲。

小秋红　（意外）那前天晚上你说要我来你的军部……

山　本　是请秋红姐你过来报个到嘛！况且，后天晚上的盛大典礼，台下将是
　　　　三千占领军将，难道我们不需要对对曲词、排练排练吗？

小秋红 （想了想）那，我也有一个条件。

山　本 什么条件？

小秋红 今晚排练完，你就放我表哥回家。

山　本 不行！后天典礼结束再放。

小秋红 （装出生气的样子）那好！后天我再来。（抬脚要走的样子）

山　本 （哈哈一笑）哈哈！你赢了。我给老朋友一个面子，但后天晚上，你可不
　　　　　能拂了我的面子哦！

小秋红 （赔着笑）怎么会呢？（递过曲本）这是粤版《游龙戏凤》曲本，只可惜
　　　　　我的琴师没来，只能斋唱（清唱）。

山　本 斋唱更好！开始吧——

小秋红 （对着曲本入戏）呀呸！你若是当今皇上——（唱【十字清】）

　　　　　　　我就是皇太后专生龙种！

山　本 （对着曲本，入戏）呔——岂不折杀了你个小丫头！你且看来——（做解
　　　　　外衣状，接唱）

　　　　　　　我身上着龙袍刺绣金龙，

　　　　　　　前面龙后面龙九龙围拱，

　　　　　　　左又龙右又龙五爪金龙！

小秋红 （惊讶状）啊——（接唱）

　　　　　　　怪不得夤夜里连连好梦，

　　　　　　　原来他果真是天子真龙！

　　　　　[两人全情投入，宛如舞台上的一对生旦。

　　　　　[这时，程九带着几个拿着照相机的新闻记者进来，不由分说就对着两人
　　　　　"咔嚓咔嚓"闪起镁光拍起照片。

小秋红 （大感意外）啊?！你们这是……

山　本 （脸带笑容）秋红姐不必惊慌！眼下香港各界对大东亚共荣甚为关心，作
　　　　　为蜚声省港的剧界名伶，你第一个来到军部报到，我当然要好好宣扬宣
　　　　　扬了！

小秋红 （气结）你……你还要到处宣扬？

山　本 大局需要嘛！

　　　　　[记者已拍完照，程九带着他们全下。

小秋红 （恼怒，唱【十字清】）

说什么，东亚共荣，却在疯狂"扫荡"。

说什么，日华一体，来把中国灭亡。

我秋红，虽为伶人，也算骨头硬朗。

决不去，卖国求荣，向你屈膝投降。（转【滚花】）

我有眼无珠看走了样，

你原来就是一头豺狼！

（动了真怒）原来，你设下这个圈套，就等我来踩！告辞——（抬脚就要走人）

[见小秋红动了真怒，山本反而觉得真实，他拦住了小秋红。

山　本　圈套？（大笑）哈哈！如果这个圈套能够带来大东亚共荣，岂不就是一段佳话？来来来，陪我喝了这一杯——

[山本揽过小秋红，举起酒杯要给她灌酒。

小秋红　（推开）你要做什么？

山　本　做什么？（淫笑着）我要你做我的女人，今天晚上做我的女人——

[山本扑向小秋红，小秋红四处躲避。正在两人追逐间，程九推门急上。

程　九　山本先生，外面有个琴师求见。

山　本　（气急败坏）这个时候来什么琴师，抓起来，关！

小秋红　（预感）怕是我的琴师潘师傅，他、他是来为我拉弦伴奏……

程　九　是的，那个琴师说他姓潘。

山　本　（悻悻地）这样也好，有把胡琴伴奏，更有情趣，放他进来。

程　九　是。（向外喊）带上来——

[身着长衫、脸上贴着小胡子、提着胡琴的"潘师傅"（刘飙）被小特务带上。

刘　飙　见过山本先生——

[小秋红见到刘飙，又惊又喜又错愕。

小秋红　你……（不免紧张）

刘　飙　秋红姐，你走得太匆忙了，一早说要找山本先生唱曲，怎么不等我就自己来了。

程　九　（像狼狗一样围着刘飙转圈，啪的一把攥过刘飙的右手来看）你不是琴师！

刘　飙　我是。

程　九　我们好像在哪见过！

刘　飙　您一定是认错人了。

程　九　我看你是——揸枪（拿枪）的！

刘　飙　长官，我是拉琴的……

程　九　这手上虎口的老茧，分明是揸枪的才有！

刘　飙　几十年来天天拉琴弄弦，不长老茧才怪。

山　本　潘先生，你拉一段曲给我听。

　　　　[程九松开刘飙，卫兵搬凳子过来，刘飙撩起长衫坦然坐下，娴熟地拉了
　　　　一段优美的南音过门曲。

　　　　[小秋红暗暗长吁一口气。山本与程九对视一眼，似信非信。

小秋红　山本先生，曲陪你唱了，照片你们拍了，走也不让我走，我要见我表哥。

山　本　见？当然可以见。（对程九）程先生，把苏主编请到这里来。

程　九　有请苏主编。

　　　　[宪兵押着苏志留上。只见苏志留长衫破烂，脸有擦伤，但仍一身傲骨。

苏志留　（唱【中板】）

　　　　　　　任凭严刑来拷打，

　　　　　　　不惧身上留伤疤。

正气一腔把邪恶化，

铮铮铁骨无愧中华！

山　本　（语带威胁）苏先生，眼前的这位小姐，你认识吗？

苏志留　（很惊奇看到小秋红）秋红……

小秋红　（赶紧上前）是我啊，表哥——

苏志留　表哥？（旁唱【滚花】）

秋红是个爱国伶人，

高台演剧把人教化。

此时见面把表哥喊，

难道她也被山本捉拿？

山　本　苏先生，知道她为什么来这里吗？

苏志留　（冷笑）你不告诉我，我又从何而知？

山　本　哼！那我就告诉你：你的这位表妹，是来救你的。

苏志留　救我？

山　本　但是，如果不把那些赤色文人的住址告诉我们，你就别想活着走出我的军部！

[说着，山本“锵——”一声抽出军刀，架在苏志留的脖子上。

苏志留　（笑了笑，拨开军刀）山本先生，如果想讲，我早就讲了，何必等到今天？

山　本　你——

刘　飙　（旁唱【减字芙蓉】）

铁骨铮铮苏主编，

不肯把头颅低下。

小秋红　（旁接唱）

他若不肯开口讲，

如何摆脱这锁枷？

山　本　（旁接唱）

果然又臭又硬讨人嫌，

屎坑石原来无变化！

程　九　（旁接唱）

识时务者为俊杰，

不懂变通成输家!

小秋红 表哥呀——(唱【七字清】)

　　　　自从报馆被封人被打,

　　　　表嫂每日盼你早归家。

　　　　柴米油盐样样在升价,

　　　　她在苦苦撑持那个家。

刘　飙 苏先生——(唱【中板】)

　　　　你的孩儿无人陪玩耍,

　　　　你的病母等你端汤茶。

　　　　表嫂家中为你多牵挂,

　　　　秋红为你到处求人家。

苏志留 (旁唱【中板】)

　　　　他们说出这番蹊跷话,

　　　　七分在理却有三分差。

　　　　老娘已经长眠九泉下,

　　　　何来个活着的老妈妈?

小秋红 表哥啊,你不在家,表嫂就快撑不下去了。

刘　飙 是啊苏先生!前几天我陪秋红姐去你家,嫂夫人告诉我们:一直为令堂看病开药的戴郎中(故意突出"戴郎"两个字),又搬了家,找不到他……

苏志留 戴郎中……戴郎中……(开始意会)

小秋红 (顺着刘飙的思路)没有戴郎中开的药,姨妈的病,越来越严重了……

苏志留 (旁唱【中板】)

　　　　这个琴师话中有话,

　　　　秋红也在附和他。

　　　　要找郎中分明是假,

　　　　他们在找戴浪这个作家!

山　本 (旁唱【滚花】)

　　　　左一句郎中来右一句郎中,

　　　　莫非是在把暗语打!

刘　飙 (旁接唱)

　　　　　　但愿苏主编能会我意，

　　　　　　顺利找到那几个老作家。

苏志留　（把手按在胸口，向小秋红示意）秋红呀，你姨妈患的是心绞痛——（唱
　　　　　　【滚花】）

　　　　　　香港到处有好郎中，

　　　　　　诊所医院可把号挂。

　　　　　　找对地方对症下药，

　　　　　　药到病除无偏差。

小秋红　（自语）找对地方，对症下药？（手摸胸口的胸针，暗自想，旁白）这枚
　　　　　　胸针，是上个月在仁安里东巷朋友家中聚会时苏先生所赠，莫非他是在
　　　　　　暗示这个地方？（渐悟，对苏志留）表哥呀——（唱【滚花】）

　　　　　　我把这话转给表嫂她，

　　　　　　中医西医都尝试一下。

　　　　　　但最好你平安出去，

　　　　　　撑持那个残破的家。

山　本　苏先生，你表妹讲得没错，只要你低头认个罪，与我们合作，你就可以
　　　　　　回家！

苏志留　我没罪！

山　本　你无罪？

苏志留　有罪的，是你们这群侵略者——（唱【快中板】）

　　　　　　港口码头用飞机炸，

　　　　　　奸淫掳掠杀人如麻。

　　　　　　有罪的人称王称霸，

　　　　　　无罪的我皮绽肉花！

山　本　（冷冷地）看来，你是不想回家了。

苏志留　我当然想回家，但我不想背着所谓的罪名回家！

山　本　冥顽不化！（威胁）我已经听到，地狱之门为你打开的声音——

苏志留　（唱【反线中板】）

　　　　　　我也听到，重庆传来的出征电码。

　　　　　　我还听到，西南学校在保育精华。

　　　　　　我更听到，陕北延安有宏图描画。（转【快二流】）

> 香港这一片土地，
>
> 从来属于大中华！
>
> 我有四万万同胞，
>
> 见惯了风吹雨打。
>
> 迟早送你下地狱，
>
> 最终赶你回老家！

山　本　（怒不可遏）你给我收声（闭嘴）！睁开你的眼睛看看，这里是什么地方？！

苏志留　（毫不示弱）是中国的地方！

山　本　（咬着牙）那我就送你，黄泉上路——

　　［话音未落，山本手中的军刀就捅向苏志留的后背心，然后再一抽，把军刀抽出。

　　［苏志留应声倒地。

　　［山本掏出白手绢，拭去军刀上的血迹，然后把手绢扔在苏志留身上。

山　本　（对小秋红）秋红小姐，后天晚上的盛大演出，台下三千占领军将一睹你的芳容，你一定要来！（走到门口，对那两个卫兵）把他拖走——（急下。程九随下）

两卫兵　（点头）哈依！（进门，站在两旁）

　　［一旁惊呆的刘飙、小秋红此时扑上前去，抱住苏志留。

苏志留　（弥留之际拿出派克笔，递给小秋红，拼尽全力说出）帮我把这支笔带给戴郎中，告诉他：书生之责，文章救亡……

刘　飙　苏先生……

苏志留　书生之责，文章救亡……（死去）

小秋红　（大哭）表哥——

　　［此处音乐起，刘飙等人隐去，舞台上只剩下小秋红。

　　［聚光到小秋红身上，她拾起苏志留落在地上的红围巾，痛苦地抚摸着、捧着，流泪着，她拿着围巾慢慢走到舞台竖立靠衣的点，将红围巾搭在靠衣上，一抹鲜红格外显眼。

小秋红　（追光中，唱【二簧倒板】）

　　　　忍见他眼前倒下……（转【反线二簧】）

　　　　就这样——

他来将一腔热血抛洒，

还有这大好年华。

国难当头，山河破碎，

几多颠沛流离，

几多残垣败瓦。

又几多志士仁人，

敢把生死放下，

沙场奔赴卫国保家！（转【乙反流水南音】）

台上我慷慨激昂斥奸霸，

台下我欢颜强笑掩泪花。

台上我统领千军和万马，

台下我小心翼翼度年华。（转【齐口板】）

到如今锦绣山河遭攻打，

不忍看豺狼当道犯中华。

到如今是死是生我不怕，

敢去学苏主编一身正气、磊落风华——

［渐收光。

第五场　情怀难诉

[上场次日，刘飙、小秋红急上。

刘　飙　（唱【寄生草】）

昨晚岂料情形突变，

眼睁睁来见主编死于面前。

小秋红　（接唱）

危难处佢仍把责任担，

敢将目标交代周全，

铮铮铁骨堪称赞，

不惧流血去把国土染。

刘　飙　（接唱）

戴先生住所前面见，

赶快营救莫迟延。

[两人圆场，转眼就来到了仁安里东巷。

小秋红　飙哥，这里就是仁安里东巷。

刘　飙　（看门牌）12号？是这里了。

[刘飙上前，轻敲了三下门，里面没有反应。再敲，依然没有反应。

小秋红　（不无担心）难道，我们错会了苏主编的意思？

刘　飙　苏主编用生命代价传达的信息，一定有重要的价值。（唱【二簧慢板】）

他的一腔热血，

仍沥沥于我眼前，

点点滴滴为国流，

丝丝缕缕为国献。（上句）

明天就是船期，

这条线索不能断，

我要等到戴先生出现，

哪怕再等个一夜两天！（下句）

[正在这时，年过六旬的老作家戴浪身穿旧长衫、挽着个装了食物的篮子

小心翼翼地上，篮子里还放着两张刚买的当天报章。

[戴浪见到家门前站着两个陌生人，正犹豫着要不要进门。

刘　飙　（见有人来，迎上）老先生，请问戴浪戴先生是住在这里的吗？

戴　浪　（警惕）你不要问我，我不知道。

[戴浪说完，掏出钥匙开门进屋，"砰"一声反手把门关上。

[刘飙和小秋红看到了希望，面露惊喜。

刘　飙　（拍门）戴先生，我知道你就是戴先生。

戴　浪　（在门里回应）他已经搬走了，你们回去吧——

刘　飙　戴先生，是苏志留苏主编叫我们来这里找你的，你开门吧。

[良久，戴浪开门。

戴　浪　是苏主编叫你们来的？

刘　飙　是的。

戴　浪　进来吧。

[刘飙和小秋红进屋，戴浪把门重新关上。

戴　浪　那苏主编呢？

刘　飙　（沉重）昨天夜里，我们进入敌人的军部营救他，可惜行动失败，他已经
　　　　殉国……

小秋红　临死前，他要我们来这里找你。

戴　浪　（伤感地）他是个好人，是一个真正的中国人……

刘　飙　戴先生，除了你，上级还要我们找到吴坤浦、杜新农、张天、梁汉健那
　　　　几位老作家。

戴　浪　上级？你们到底是什么人？

刘　飙　我们是共产党领导的东江游击队，我是港九大队的手枪队长刘飙。我们
　　　　正在营救在港的文化名人。

戴　浪　太好了！贵党为中华民族做了件足以彪炳千秋的大好事！

小秋红　戴先生，你赶紧收拾一下，带我们去找那几位老先生吧。

戴　浪　好！他们就住在附近。（仔细看了看小秋红）姑娘看来有点面熟，
　　　　你是……

刘　飙　她是新凤鸣戏班的当家花旦小秋红，也是这次被营救人员。

戴　浪　小秋红？今天的报章好像有她的新闻。

小秋红　（不解）今天的报章有我的新闻？

［戴浪把篮子里的报章拿出来，再仔细看了看，脸色陡变。

戴　浪　（指着大门，呵斥）你们两个汉奸卖国贼，给我出去——

刘　飙　（不解）戴先生，你……

小秋红　戴先生，我们千辛万苦才找到这里，你却不问青红皂白，开口就骂我们
　　　　是汉奸卖国贼，这到底是什么道理？

戴　浪　（冷笑）如果两位需要拿我去向日本人邀功——（唱【滚花】）

　　　　　　直接拿绳就可以绑，

　　　　　　何必费尽这般周章？

　　　　　　你陪日本人新曲共唱，

　　　　　　还良宵共度结鸳鸯！

刘　飙　戴先生，你一定是误会了。

戴　浪　误会？（唱【三字清】）

　　　　　　有据有凭，有模有样，

　　　　　　白纸黑字，配图文章！

［戴浪唱完，"啪"一声，把报章摔在小秋红面前。

小秋红　（拿过报章，读）《省港名伶小秋红，与山本共唱新曲》《山本太郎与名
　　　　伶小秋红共度良宵》。（大惊）天哪——

［报章从小秋红手中滑落，刘飙捡起。

刘　飙　（迅速浏览，惊愕）怎么会这样？！

小秋红　（万分委屈，唱【乙反芙蓉中板】）

　　　　　　句句冷言听来就似刀剑，

　　　　　　个个文字看来像扎心尖，

　　　　　　飙哥预言如今成了现状。（上句）

　　　　　　张张凭据散发全港，

　　　　　　字字句句言之凿凿，

　　　　　　叫我有口难辩泪眼两行……（下句）

　　　　（抹去眼泪，略振作）戴先生，你骂我汉奸也好，骂我卖国贼也罢，（拿
　　　　出那支笔）但你必须相信这支笔，这支已经沾染了苏主编鲜血的派克
　　　　笔……

戴　浪　（接过笔）沾染了苏主编鲜血的派克笔？

刘　飙　昨天晚上我们为了营救苏主编，才进入日本人的军部，没想到却被他们

拍下照片用作宣传。

戴　浪　哦？

刘　飙　苏主编临死前，托我们把这支派克笔交给你，他还有一句话，要我们带给你。

戴　浪　什么话？

刘　飙　"书生之责，文章救亡"。

戴　浪　"书生之责，文章救亡"？这是我最后投寄给他的文章篇名啊！（看着手中的派克笔）苏先生——（唱【二簧滚花】）

曾共你论政谈文到天亮，

到如今阴阳两隔徒悲伤。

不忍看国破家亡这惨象，

为保我中华文脉去担当！

秋红小姐，我错怪你了！刘队长，你们跟我来——

刘　飙　走——

[切光。

第六场　困锁香江

[上场同日，月夜。

[太平山下手枪队秘密驻地后院，景同第三场。

小秋红　（上，唱【明月千里寄相思】）

西风冷夜难静，

看尽这一片苍穹，

云散云涌。

刘　飙　（上，接唱）

仍然看见，

这冷风拂面，

她伫立在苍凉月影中。

小秋红　（接唱）

谁又会信昨天繁华，

换作荒郊新冢，

看不尽豺狼霸道逞凶。

刘　飙　（和唱）

霸道逞凶——

小秋红　（接唱）

关山危危，路遥千重。

刘　飙　（和唱）

路遥千重——

小秋红　（见到刘飙）飙哥……

刘　飙　秋红，你还是早点回房休息吧。

小秋红　睡不着。

刘　飙　我也睡不着……

小秋红　戴先生、吴先生他们都来了吗？

刘　飙　都来了，连同沈太太一家人都来了，就等明天晚上的船。

小秋红　沈太太的那对儿女，真是可爱！

　　　　[正说着，三姨太、戴浪和潘师傅上。

三姨太　（笑着）我在里面都听到了，你们又在说我。

刘　飙　秋红是说你那两个孩子很可爱。

　　　　[正在大家闲聊之际，队员甲急上。

队员甲　飙哥——飙哥——不好了——

刘　飙　（迎上）怎么了？

队员甲　（念【口鼓】）街头出现了大量军警，详细情况我已探明：敌人已发出了
　　　　宵禁戒严令！三步一岗，五步一哨，我们的人将无法出城！

众　人　（吃惊）啊？！无法出城？

三姨太　那怎么办呀？我两个孩子那么小，日本人一吓他们，他们还不说出爹爹
　　　　是沈司令官吗？

　　　　[正在众人着急之际，明仔急上。

明　仔　飙哥——

刘　飙　明仔，那边情况怎么样？

明　仔　政委那边按计划进行，但是——

刘　飙　但是什么？

明 仔	（唱【快滚花】）

        海面穿梭巡逻艇，

        码头港口有重兵。

        我们的人不能去接应，

        我们的船无法靠岸停！

众 人　（更吃惊）啊?！无法靠岸停?

戴 浪　人无法出去，船又不能靠岸，难道要让我们困死在这里不成?

刘 飙　戴先生放心，到时候就算冲，我都要带着大家冲出去！

小秋红　带着这班老弱妇孺，你怎么冲呀?

三姨太　（叫苦）是啊刘队长，我带着两个孩子，跑不动的呀……

众 人　（议论纷纷）怎么办? 怎么办?

    ［在众人的议论声中，小秋红思量再三。

小秋红　（走到刘飙面前）飙哥，如今看来，只剩下一条可行之路了——

刘 飙　什么路?

小秋红　明天晚上，我去陪山本，在他们那个所谓"盛大典礼"上再唱一曲！

刘 飙　陪他再唱一曲?

小秋红　他不是想在台上玩《游龙戏凤》吗? 我就来个《梁红玉击鼓退金兵》，
        打他个措手不及！

刘 飙　（思索）打他个措手不及? （一个想法在心中迅速形成）对，我们就打他
        个措手不及！

小秋红　（思维缜密地）这一定就是个天大的混乱，我要把他们防守的注意力全部
        吸引过来。只有这样，我们的人才走得出去，我们的船才靠得了岸！

潘师傅　（关切地）那你又如何脱身呀，秋红?

众 人　（关切地）对呀，你如何脱身?

小秋红　如何脱身? （旁唱【乙反二簧滚花】）

        台下三千占领军，

        是生是死已注定。

        拼将我一条性命，

        助众人走出这重重危城……

    （故作轻松地）就像那天晚上在戏院门口，趁乱——脱身——

刘 飙　（旁接唱）

台下三千占领军，

怎走得出这绝境？

拼将我一条性命，

陪伴她走完这一程！

秋红说得对！就像那天晚上在戏院门口一样，我来保护她，趁乱——脱身——

小秋红 （感激地）飙哥……

刘　飙 （分析）东较场后面就是城南寨，里面邨屋林立、街巷复杂。只要跑得入城南寨，任他千军万马，也奈不了我何——

明　仔 我带班弟兄，在场外接应你们。

刘　飙 明仔，你们的任务，是护送戴先生他们。只要听到较场这边枪声响起，你们就立即向海边方向撤离，明白了吗？

明　仔 明白了……

刘　飙 上船后，吹号为信。

明　仔 知道了，吹号为信……

戴　浪 刘先生，你们要多加小心！

刘　飙 多谢戴先生！

　　　　[众人知道刘飙、小秋红此行凶多吉少，气氛凝重。

三姨太 （解下脖子上的玉观音）秋红小姐，前几天我还骂过你……这个玉观音，是我从黄大仙那求来的，它会保佑你的……（把玉观音塞到小秋红手里，哽咽着下）

小秋红 （心意已决）明天一早，我就赶回戏院去做准备。（对明仔）明仔，天一亮你就去半岛酒店，告诉他们：小秋红已经准备好与山本先生共唱粤版《游龙戏凤》。

明　仔 哦……

　　　　[刘飙摆摆手，戴浪、潘师傅、明仔等人全下。

小秋红 （看了看手中的玉观音，苦笑）它能够保护我吗？

刘　飙 还有我！

小秋红 飙哥……

刘　飙 （唱【新曲】）

当年的她少不更事，

如今已成个大姑娘，

敢爱敢恨，敢去担当。

往事已成追忆，

当日与她姐姐行走码头、戏院剧场，

她是多么天真烂漫，

台前台后，笑语飞扬。

小秋红 （接唱）

他是我的大哥哥，

当日与我姐姐行走码头、戏院剧场，

浅吟低唱，互诉衷肠，

铁马金戈，血战沙场。

诉说了我几多少女心事，

寄托了我几多儿时梦想。

刘　飙 （接唱）

一曲天涯远，

眼前人何其相像？

笑靥如花、善舞霓裳。

一朝梦醒了，

心上人隔断阴阳，

渺渺烟波、伶仃洋上。

小秋红 （接唱）

想听见锣鼓响——

刘　飙 （接唱）

怕听见锣鼓响——

小秋红 （接唱）

想听闻笙曲唱——

刘　飙 （接唱）

怕听闻笙曲唱——

小秋红 （接唱）

想看到来年明月亮——

刘　飙 （接唱）

怕看到来年明月亮——

两　人　（合唱）

怕看到心爱的人啊为我忧伤……

刘　飙　（接唱）

明天生死搏一场，

一如当年荆轲易水河上！

年年岁岁花一样，

朝朝夕夕看残阳，

天涯梦断，黄泉路上。

小秋红　（接唱）

今夜明月多清亮，

三更夜风最清凉。

谁人在为我起纱窗？

谁人在为你补衣裳？

你的忧伤，我的衷肠。

刘　飙　（接唱）

今生情归何处？

小秋红　（接唱）

情归何处——

刘　飙　（接唱）

来世为谁情殇？

小秋红　（接唱）

为谁情殇——

［音乐渐收。

小秋红　（幽幽地）飙哥，如果明天我们能够走得出来，你曾经答应我……

刘　飙　把戏班重新置办起来，我们一起去跑码头。

小秋红　一定？

刘　飙　一定……

［两人相对，伸出勾指，却未能勾连。

［渐收光。

第七场　山河做证

[上场次日，夜色降临。

[东较场上张灯结彩，临时搭起来的戏棚灯火通明，台下还传来鼎沸的人声。

[山本身着正德皇帝的戏装从侧幕上。

山　本　（念【诗白】）

又闻锣鼓声响遍，

三千将士聚台前。

台上一曲龙戏凤，

台下欢呼声连连。

（大笑三声）哈哈！哈哈！哈哈哈！！

程　九　（上）山本先生，所有的事情，都安排妥当。

山　本　已经安排妥当了吗？

程　九　三千占领军，还有中外记者，都已经进场。还根据你的意思，特别邀请了香港各界的代表，前来观看今晚的盛大演出。

山　本　哟西哟西（好呀好呀）！

程　九　明天全世界各大通讯社、各大报章的头条，将是大日本帝国南"支那"派遣军香港军部文化事务官员山本太郎，与省港名伶小秋红共唱一曲粤版《游龙戏凤》的重磅消息。

山　本　（狂傲地）这将是皇军占领香港后的又一重大胜利！

程　九　（奉承）是的！这比军事占领更有意义。

山　本　今天晚上，我就要让那些来自故国的骁勇将士，看到我们文化占领的成果，看到中国人跪倒在我们脚下的丑态！

程　九　（肉麻地）跪倒在你脚下的，还是一个貌美如花的女人，嘿嘿！

[这时，幕后一阵锣鼓声响起。

程　九　山本先生，你该去候场了。

山　本　走——（两人同下）

[锣鼓声一阵急似一阵，小秋红扮演的李凤姐出现在戏棚上，山本扮演的

正德皇帝随后也出现在戏棚上。两人圆场。

小秋红 （入戏）你说，你究竟是何人呀？

山　本 （入戏）我嘛，我就是当今皇上！

小秋红 呀呸！你若是当今皇上——（唱【十字清】）

　　　　　我就是皇太后专生龙种！

山　本 呔——岂不折杀了你个小丫头！你且来看——（解去外衣，露出龙袍，
　　　　　接唱）

　　　　　我身上着龙袍刺绣金龙，

　　　　　前面龙后面龙九龙围拱，

　　　　　左又龙右又龙五爪金龙！

小秋红 （惊讶状）咿呀——　（接唱）

　　　　　怪不得夤夜里连连好梦，

　　　　　原来他果真是天子真龙！

山　本 （唱【七字中板】）

　　　　　今夜游龙戏金凤，

　　　　　明朝将你来册封。

　　[台下掌声雷动，并有阵阵日语"哟西，哟西——"的呼叫声。

小秋红 （唱【滚花】）

　　　　　多谢君王千般恩宠，

　　　　　待我收拾卧榻作行宫。（下）

山　本 哈哈——（接唱【滚花】）

　　　　　正是君王赐你恩宠，

　　　　　今晚夜金凤陪游龙——

　　[音乐、锣鼓风格骤变。

　　[小秋红复上，此时她已卸去李凤姐的戏服，换上了梁红玉击鼓退兵的
　　行头。

　　[站在舞台上还沉浸在《游龙戏凤》情景的山本感到有点莫名其妙。

小秋红 （已变身梁红玉，手中握着两个鼓槌，唱【反线中板】）

　　　　　举旌麾列艨艟杀声阵阵，

　　　　　梁红玉擂战鼓助战夫君。

　　[两名女兵抬出一面大鼓，摆在小秋红面前，还有八名女兵两边分别抬出

四面小鼓。

[两边台口分别走出六个与小秋红同样披挂装扮的女将。十二名女将手人人手中一支红缨梨花枪。

[台下传来观众的鼓噪，有人惊呼："啊！梁红玉击鼓退金兵、梁红玉击鼓退金兵——"

[台上的山本完全蒙了，他不知道该如何去接戏，而小秋红也没有给他接戏的空间。

小秋红　（接唱【反线中板】）

　　　　　抬眼望沙场上征尘滚滚，

　　　　　秉忠肝凭赤胆鏖战敌军！

　　　　（号令）众将士，听我战鼓擂响——

众女将　（合声）得——令——

山　本　（大喊）停——停——停！给我停——

[小秋红带头擂响大鼓，那八名女兵随之擂响小鼓，把山本的喊叫完全压了下去。

[这时，穿着韩世忠披挂的刘飙，举着一支锋利无比的红缨长枪、踩着锣

鼓点威武上场。

刘　飙　（冲向山本）贼子，哪里逃？看枪——

[山本见势不妙，四处躲藏，一群身穿和服的日本人手持武士刀跳上舞台保护山本。

[小秋红接过一名女兵抛过来的梨花枪，与众女将一起为刘飙助阵。

[鼓声雷动，双方激战。山本被刘飙一枪刺倒，台下传来阵阵惊呼！

[震天战鼓中，刘飙再补一枪，山本被穿喉，毙命。

小秋红　（与众女将合唱【七字清】）

　　　　不怕胡兵凶且狠，

　　　　保我大宋君与民！

　　　　三千河山家国恨，

　　　　不容寸土——

　　　　不容寸土属他人——

[歌声中，如炒豆般的枪声骤起，刘飙率先中弹倒地，小秋红随之也中弹倒地。

[枪林弹雨之中，女兵、女将依次中弹，直至全部倒下。

[舞台一片红光，小秋红挣扎着爬向刘飙。

小秋红　（虚弱地）飙哥……戴先生他们走、走出去了吗……

[远处传来"嘀嘀嘀……嗒嗒……嗒嗒……"的小号声。

刘　飙　（断断续续地）他们……他们已经走出去了……走出去了——

[两人含笑依偎在一起，幕后唱起他们昨日的合唱——

　　　　今生情归何处？

　　　　情归何处——

　　　　来世为谁情殇？

　　　　为谁情殇——

[渐收光。

尾　声

[海边，半边残月挂在空中，海天相接处停泊着一艘半下风帆的渔船。

[曾民率领着明仔等游击队员，保护戴浪等文化名人，以及三姨太母子下船登岸，在夜色中疾行。

[幕后大合唱——

抗日烽烟漫卷大地，

红色营救港九撤离。

深圳河畔英雄儿女，

热血谱写东江传奇！

[天幕上，出字幕：

在中共中央的直接领导下，东江游击队为保护中华文脉、捍卫民族尊严，与敌展开殊死斗争，成功营救了三百多名滞留香港的中国文化名人，他们是——

茅　盾（1896—1981），现代著名小说家、文学家，五四新文化运动先驱，我国革命文艺奠基人。

何香凝（1878—1972），著名政治活动家、民革主要创始人，中华人民共和国成立后，先后曾担任全国人大常委会副委员长、全国政协副主席。

夏　衍（1900—1995），著名剧作家，中国左翼电影运动开拓者。

田　汉（1898—1968），著名剧作家、小说家、诗人，中国现代戏剧奠基人。

欧阳予倩（1889—1962），著名作家、编剧、导演。

胡　绳（1918—2000），著名哲学家、近代史专家，曾任中国社会科学院院长、全国政协副主席。

柳亚子（1887—1958），著名民主人士、诗人。

梁漱溟（1893—1988），著名思想家、哲学家、教育家、国学大师，爱国民主人士。

邹韬奋（1895—1944），近代中国著名记者和出版家。

范长江（1909—1971），杰出的新闻记者、新闻家，曾任人民日报社社长。

胡　蝶（1908—1989），著名电影演员，被称为"电影皇后"。

…………

［渐收光，剧终。

（本剧入选文化和旅游部2018年度戏曲剧本孵化项目，由深圳市粤剧团于2019年11月首演，晓毅饰演刘飙，谭兰燕、李嘉宜先后饰演小秋红，冯刚毅饰演苏志留，黄伟坤饰演曾民，获得第十四届广东省艺术节剧目二等奖）

负重前行

哪有什么岁月静好，不过是有人替你负重前行。

——题记

人物表

林启山　84岁，中国工程院院士、广州岭南医科大学附属医院教授、国家卫健委高级别专家组组长。

姚少英　林启山妻子，年过八旬，人称姚阿姨。

邱　明　男，40多岁，林启山学生，武汉市汉江医院呼吸内科主任。

何俊彦　男，30来岁，林启山的博士生，助手。

吴　越　女，20多岁，何俊彦的女朋友，媒体记者。

孟大球　男，30来岁，岭医附属医院保安队长。

医务人员、媒体记者、保安队员等人。

序　幕

[2020年1月中旬，武汉城。

[夜幕逐渐降临，璀璨夺目的夜景、风暴降临前的宁静，就是这座城市此时最真实的写照。

[林启山内唱【首板】：接通知登高铁匆忙北上——

[何俊彦引林启山急上。

何俊彦　老师——

林启山　（唱【中板】）

　　　　　　离广州赴武汉一路风凉。

　　　　　　这一天进医院调研查访，

　　　　　　听汇报却又似在走过场。

眼所见与当年何其相像，

难道说大疫情又要登场？

（深思熟虑地）俊彦，你马上联系邱明，我要见他。

何俊彦　老师，你昨天晚上才到达武汉，今天又整整忙了一天，还是明天再约邱明师兄吧。

林启山　不行！形势太严峻了，今晚必须见到他——

何俊彦　那……我马上打电话给他。（拿出手机，下）

林启山　（又看了看手中的资料夹，唱【滚花】）

就凭这些数据和情况，

如何去做救治与控防？

必须找寻最真实情况，

及时准确报告党中央！

［切光。

第一场　疫起

［紧接上场。

［紧张的音乐骤起，医院门诊大堂，灯火通明，人来人往。穿着白大褂、戴着口罩的医护人员有的推着担架床，有的推着轮椅，有的搀扶着病人，一片忙乱。

［邱明和一名医护人员推着一张担架床急上，床上躺着一名刚收治的重症病人。医生甲迎上。

医生甲　（急）主任，住院部已经没床位了！

邱　明　那就送ICU（重症监护室），快！

医生甲　ICU也没床位了……

邱　明　（大声地）加床！

医生甲　（急得要哭）走廊都快加满了……

邱　明　（斩钉截铁地）再加！

医生甲　知道——（带着医护人员推着担架床急下）

［邱明疲惫地靠在一根柱子上，深深地吸了一口气……

[周围忙乱的一切似乎已经散去，邱明拿出手机，拨打电话。

邱　明　（缓缓地）院长，我是呼吸内科的邱明，我需要床位……（听着听着，开始急）难道叫我把病人拦在大门外吗?！明天上午，8点之前，你不给我们呼吸内科腾出200个床位，我就把病人推到你的办公室去！（一口气说完，然后狠狠地挂了电话，唱【慢板】）

　　　　突如其来的病人，

　　　　潮水般拥向医院，

　　　　转眼间挤爆门诊。

　　　　前后就两周时间，

　　　　住满了所有病房，

　　　　眼前一片乱纷纷。

　　　　这种病毒未曾见过，

　　　　目前没有特效药物，

　　　　一场危机似又逼近。

[这时，邱明的手机铃声响起。

邱　明　（接听）我是邱明……什么? 院长说只能保证50个床位? （大声地）我不管！明天上午没有200个床位，我就把病人推到他的办公室！（挂断电话，唱【快滚花】）

　　　　这时候还在讨价还价，

　　　　可知道就要秫楼死人（房塌人死）！

[邱明的手机又响起，他拿起就听。

邱　明　（大声地）我不需要你们的解释，我现在只要床位、床位！（听着发现不对）哦……你是何俊彦? 老师到了武汉，今晚要见我?

[暗转。

[林启山下榻的宾馆，林启山上。

林启山　（唱【长句滚花】）

　　　　鹦鹉洲，黄鹤楼，

　　　　大江滚滚向东流。

　　　　九省通衢民丰物阜，

　　　　却又见霭霭迷雾忧患心头……

　　　　说什么"有限人传人"，

难服众口！

没看见各大医院，

人潮汹涌？

说什么"持续人传人风险低"，

可知道病例深圳已经有！

十七年前的非典，

仍记在心头。

今晚必须见到邱明，

但愿能解开心中疑窦。（句）

　　［林启山打开书桌上的台灯，打开资料夹，仔细地进行翻看。

　　［邱明上，他已脱去白大褂，普通装束，人显得十分疲惫。

邱　明　（唱【滚花】）

老师这时候到武汉，

一定是为疫情筹谋。

非典已经过去十七年，

如今又把他推上风口。

他连夜来要与我见面，

怕又是到了紧急关头。（推门进入房间）

　　老师——

林启山　（起身相迎）邱明，你来了——

邱　明　接到俊彦的电话，我一交班就赶过来。（唱【滚花】）

将近年关迎新辞旧，

一路上看不尽车流人流……

林启山　（感触）年关将至？（接唱）

但得来年民康物阜，

哪怕今日风雨当头！

　　邱明，看来你很疲劳。

邱　明　元旦前我们就开始加班，已经二十多天没有休息了……老师，你这次是因为新冠疫情来到武汉的吧？

林启山　是的，疫情突如其来，中央调集各地专家赶来武汉。你们汉江医院的情况严重吗？

邱　明　（欲言又止）都……都挺严重的。

林启山　（追问）到底有多严重？

邱　明　病人很多……

林启山　到底有几多？

邱　明　（颇为难，转移话题）昨天市卫健委在电视上公布，全市确诊病例是121。

林启山　（严肃地）我是问你们汉江医院的真实情况，而不是要你来做传声筒！

邱　明　老师，我……（旁唱【减字芙蓉】）

　　　　　几多话语在心中，

　　　　　想对老师来细讲。

林启山　（旁接唱）

　　　　　他应该掌握情况，

　　　　　却为何语焉不详？

林启山　（旁接唱）

　　　　　只见他欲言又止，

　　　　　分明有话心中藏。

邱　明　（旁接唱）

　　　　　老师向来敢医敢言，

　　　　　但我就要谨慎为上。

林启山　（旁接唱）

　　　　　必须打消他的顾虑，

　　　　　危难之际共同担当。

　　　　　邱明，你知不知道，老师遇到难题了。

邱　明　老师你遇到了难题？

林启山　我如今的身份，是国家卫健委高级别专家组组长，今天去看了几家医院，
　　　　所见所闻，与他们汇报的相差甚远啊……（深感忧虑，唱【滚花】）

　　　　　疫情已来势汹汹，

　　　　　但有人仍在观望。（拿起桌子上的资料）

　　　　　就凭这些数据和资料，

　　　　　中央如何研判和控防？

邱　明　听人说，前些日子已经来过两批专家。

林启山　（沉重地）我不想无功而返，不想让中央再派第四批、第五批甚至是第六

批专家过来。你作为汉江医院呼吸内科主任，你要如实告诉我：在你们医院里，到底有没有发生医护人员被感染的情况？

邱　明　（一惊）医护人员被感染？

林启山　对！因为这是判断病毒是否已经"人传人"的最直接证据。

邱　明　（旁唱【滚花】）

　　　　　老师的这个问题，

　　　　　问到了核心所在！

　　　　　（想了想）今天市疾控中心通过电视向社会发布说："不排除有限人传人的可能，但持续人传人的风险较低"……

林启山　（打断）邱明，我需要你告诉我真实情况！

邱　明　对不起老师……（接唱【滚花】）

　　　　　我们医院有规定，

　　　　　情况要等上头来公开……

　　　　　［见到邱明左右为难的样子，林启山叹了一口气。

林启山　邱明，老师不为难你。（回忆地）你还记不记得，十七年前抗非典的时候，你还在广州读书？

邱　明　记得……您还是我的入党介绍人……

林启山　那时候你是我的研究生，我们在一起，奋战了一百多个日日夜夜。

邱　明　那段日子，是我今生最大的财富。

林启山　在那个时候，我和你现在的想法几乎是一样的，对所谓的权威最初是遵从的，但当我发现事情并不是他们所说的那个样子，我的内心就充满了痛苦……

邱　明　（旁唱【滚花】）

　　　　　此时此时刻我的内心，

　　　　　何尝不是痛苦和无奈……

林启山　那年清明，我站在我父亲的灵前，他曾经也是一名医务工作者。我仿佛又听到他当年的告诫：作为一名医务人员，要讲真话，要为人民的生命安全负责……

邱　明　（触动，唱【乙反中板】）

　　　　　十七年前非典席卷全国，

　　　　　山河为之失色，生命为之悲哀。

是老师他——

第一个把疫情真相告知全社会。

是老师他——

第一个说"把最危重患者送到我这里来"！

今日情形甚于当年，

他又以八旬之躯为国担当。

赤子之心国士情怀，

殷殷寄语让我热泪盈眶……（转【七字清】）

我又怎能置身于事外？

可知道风暴说来就来！

哪怕眼前是刀山火海，

也相信终会春暖花开！

（决然地）老师，在我们汉江医院，已经有医护人员被感染……

林启山 （望着邱明，鼓励地）说下去！

邱　明 截至今日下午，已经有十四名医护人员被感染，个别甚至已经是危重症，正在我们医院隔离治疗。

林启山 但你们卫健委的资料，都没有提到这个情况。

邱　明 一来可能是因为测试盒还没有送到医院，未能确诊；二来嘛，他们说还需要再观察一下，不要造成社会恐慌……

林启山 国家卫健委早在今年1月3日就向世卫组织和相关国家通报了疫情，目前疫情已经向国内其他城市扩散，难道还要"再观察"吗？

邱　明 （沉重地）是啊！现在武汉各大医院的发热门诊、急诊已经挤满了人……

林启山 邱明，多谢你！在这个关键时刻，你对我讲了真话！你把那十四名被感染的医护人员名单写给我。

邱　明 老师，我马上写——

[邱明在桌子上快速写下名单。

林启山 （唱【滚花】）

一定要拿到实据真凭，

与疫情展开时间竞赛。

明天上北京去汇报，

及时应对这场天灾！

邱　明　（写完，递给林启山）老师——

林启山　（接过，看了看）有了这份名单，我就可以向中央报告：发生在武汉的疫情，已经出现"人传人"。

邱　明　（认可）我的判断，也是已经出现"人传人"。

林启山　其实在两天前，在我们广东深圳，已经出现确诊病例，一个家庭之中，有六个人感染了这种新型冠状病毒。

邱　明　（略意外）深圳已经出现确诊病例？

林启山　这六个病例之中，有五个是元旦前从武汉返回深圳的，但最令我感到不安的是，有一个确诊病例近期却没有来过武汉。

邱　明　那就是说：老师你到武汉之前，就已经怀疑病毒出现"人传人"？

林启山　但我还要找到院内感染、医护人员被感染的证据，只有这样，我们才能够部署更全面、更有效的防控措施。

邱　明　就像十七年前一样？

林启山　是的！对呼吸道传染病来说，"早发现，早隔离"最为重要，当年的非典如此，如今的新冠疫情亦是如此。

邱　明　难道历史又要重演？

林启山　历史重演？（唱【霸腔滚花】）

　　　　　历史纵然又重演，

　　　　　如今披甲再向前！

邱　明　（接唱）

　　　　　老将当年去迎战，

　　　　　如今又过十七年……

　　　　[切光。

第二场　担当

[幕后合唱：

　　　　三天两夜忙不停，

　　　　离开武汉赴京城。

　　　　已向中央做汇报，

　　　　字字句句家国情……

[上场次日，晚，北京。

[林启山所住酒店的一间会议室，几个工作人员正在调试摄像设备，准备进行连线采访。

[何俊彦上。

何俊彦　（唱【十字清】）

　　　　这一天在奔忙为民请命，

　　　　到晚上又连线央视陈情。

　　　　老师他年八旬从容对应，

　　　　只为了能遏制汹涌疫情。

[工作人员甲迎上。

人员甲　何医生，设备已经调试好了，晚上9点准时开始。林院士呢？

何俊彦　他还在里面和几个专家交流情况，耽误不了连线。

人员甲　还有点时间，那我们先下去吃点东西，都快饿死了。

何俊彦　好的。

人员甲　（点了点手上的表，叮嘱）记得哦，9点准时连线。

何俊彦　放心吧王师傅。

[工作人员齐下。

何俊彦　（唱【滚花】）

　　　　中央电视台连线开启，

　　　　老师要回答各种问题。

　　　　怕他不变通直言不讳，

　　　　还须提醒佢莫惹是非。（下）

[林启山上。

林启山　（内心波澜起伏，唱【长句二簧】）

此际见窗外冷雨纷飞，

此时我内心波澜泛起。

难道真个要在岁末年尾，

来把武汉城围？

如何才能不使疫情扩散全国各地？

如何才能落实总书记最新要求和命题：

"要把人民群众生命安全和身体健康放在第一位"！

君不见病毒已经大发淫威？

君不见医护人员舍生忘死？（转【南音】）

怕什么造成恐慌难收尾？

怕什么直言不讳惹是非？

人民生命安全才是第一位，

要筑起疫情防控万里长堤。（转【反线中板】）

必须及时向全社会公布疫情问题，

才能把总书记最新要求落实到位。

如果不把病毒蔓延态势来压低，

如果不把疫情控制在一城一地，

等到多点暴发形势就岌岌可危！（转【反线二簧】）

但又怕我一言既出，

会有几多人间痛楚，

又有几多平地风起？

未知到何时何日，

才看见城门重启，

才等到风暖春归？（转【二流】）

我将此心付苍生，

何惧身后誉和毁？

只盼换得东风暖，

愿成落花作春泥！（决心已定）

[何俊彦和工作人员上。

何俊彦　老师，连线时间已经到。

林启山　哦……

人员甲　林院士，我们可以开始了吗？

林启山　开始吧——

人员甲　各机位准备，开始——

　　　　[工作人员归位，开始连线拍摄。

林启山　（对着镜头接受采访，唱【爽二簧】）

　　　　　　这种病毒肯定"人传人"，

　　　　　　一时间难以控制。

　　　　　　已有十四名医护被感染，

　　　　　　个别人已经病危！

　　　　　　现阶段如非必要，

　　　　　　最好不到武汉去。

　　　　　　在武汉城的群众，

　　　　　　也不要走出市区……

　　　　[听到这里，所有工作人员及何俊彦不禁大吃一惊，掩嘴发出"啊——"
　　　　的惊呼！

　　　　[急收光。

第三场　采访

　　　　[光渐起。

　　　　[天幕大型投影渐次播放武汉封城及全国抗疫紧张而又有序的影像图片，
　　　　还有男女播音员的幕后音："本台消息：根据武汉市疫情防控指挥部发
　　　　布的1号通告，从1月23日10时开始，所有离汉通道暂时关闭……""1
　　　　月23日，广东启动重大突发公共卫生事件一级响应，首批援助湖北医疗
　　　　队将于1月24日出发……""下面播送本台刚刚收到消息：武汉市防疫指
　　　　挥部今天下午举行调度会，决定再建一所专门医院，医院定名为雷神山
　　　　医院，将于2月上旬建成交付使用……"影像渐收，声音渐弱。

　　　　[日，广州，医院办公区，一边有"会议室"字样的门牌。

　　　　[吴越带着一群媒体记者戴着口罩急上。

吴　越　（唱【快中板】）

汹涌疫情来发难，

众记者 （和唱）

来呀来发难——

吴　越 （接唱）

惊雷炸响天地间。

众记者 （和唱）

炸响天地间——

吴　越 （接唱）

社会传言传得猛，

众记者 （和唱）

传呀传得猛——

吴　越 （接唱）

记者要见林启山。

众记者 （和唱）

要见、要见林启山——

[孟大球带着个保安戴口罩上。

孟大球 （拦着）站住——什么人——

吴　越 什么人？（不满地）那你又是什么人？

孟大球 我？（抖了抖身上的制服）没看到这身制服么？

吴　越 你是医院的保安？

孟大球 （拍胸脯）对了！（唱【板眼】）

我保安队长，

家住广州。

圣人之后，

大名孟大球！

敬业爱岗，

忠于职守。

严防你们这些医药代表，

敢去捉贼捉小偷。

总之管火管电管猫还管狗，

上管天，下管地，中间管整栋大楼！

吴　越　（气结）我、我们不是什么"医药代表"！

孟大球　哦？那就是小偷喽！

吴　越　偷你个"死人头"！我们是媒体记者。

孟大球　媒体记者？

吴　越　我们要采访林启山院士。

孟大球　证件——

　　　　　［吴越把记者证递上。

孟大球　（接过来看了又看，疑惑地）吴越？你叫吴越？

吴　越　吴越是我！

孟大球　里面的照片，左看右看、横看竖看都不像你……

　　　　　［吴越生气地把自己脸上的口罩扯了下来，故意凑近孟大球。

吴　越　像不像？像不像？

　　　　　［孟大球被吓得连连后退。

孟大球　你离我远点、远点！林院士说了：现在人与人的安全距离，（伸出三个手指头）三米！（远远地把证件递还给吴越）林院士忙得很，没时间接受你们的采访，你们走吧——

吴　越　（念【口鼓】）

　　　　　外界传言林院士从武汉回来，

　　　　　已经被病毒感染！

记者甲　（接念）

　　　　　还有人说林院士，

　　　　　已经被隔离三天……

孟大球　（打断，接念）

　　　　　林院士身体正常，

　　　　　没有被病毒感染！

吴　越　（接念）

　　　　　我们要拍下他的图片，

　　　　　才可以澄清社会传言。

众记者　（七嘴八舌地）对对对！（接念）

　　　　　现在社会已经出现谣言，

　　　　　我们要拍到林院士图片！

孟大球 不行！

吴　越 （接念）

　　　　大家跟我走，

　　　　去会议室那边——

孟大球 （大惊）会议室？你知道在会议室……

吴　越 哼！我有情报，走——

　　［说着，吴越就要带着众记者去会议室。

　　［孟大球和保安两人拉成人链，不让进。双方僵持。

　　［姚少英戴着口罩、挽着一个装着东西的环保袋上，保安甲追在后面。

保安甲 阿婶，这里是办公区，你不能来的。

姚少英 我要找林启山。

孟大球 （见到这边又有情况，转过头来问保安甲）又怎么回事呀？

保安甲 报告队长，这个阿婶说她是林院士的家里人，要来找林院士。

　　［孟大球一听，以为又是遇到那些冒名而来的人。

孟大球 （拦着姚少英）阿婶，像你这样的人，这几年来我就见得多了。

姚少英 （不解）你见得多？

孟大球 （扳着手指头）林院士的外甥、侄女、表姐、堂弟，哦——还有他的二叔
　　　　公、三姑婆、六舅爷……我统统都见过！

姚少英 （惊讶）啊?！他的二叔公、三姑婆、六舅爷你都见过？

孟大球 没错！

姚少英 你是不是撞到鬼了？

孟大球 不过统统都是假的！都是想找林院士看病的人。

姚少英 （松了一口气）吓得我……

孟大球 你要找林院士，去挂号啦，没后门走的。

姚少英 （想笑）我找林启山，都要挂号？

孟大球 当然啦！不过他的专家号，听说已经挂到三年以后了——

姚少英 这样看来，他的号还是挺值钱的。

孟大球 （自豪地）当然啦！（唱【滚花】）

　　　　他是国宝级专家，

　　　　想找他的人成千上万！

　　　　他是当今的华佗再世，

天上的神仙下凡……

吴　越　（笑）"华佗再世""神仙下凡"？孟队长，你当林院士是江湖医生么？

孟大球　（被呛，生气）那、那又是什么？

吴　越　（唱【南音】）

　　　　知名院士林启山，

　　　　两次抗疫挽狂澜。

　　　　十七年前非典在扩散，

　　　　是他带领团队去攻关。

　　　　如今新冠疫情来发难，

　　　　汹汹来势肆虐人寰……

（浪里白）是他告诉全国人民，病毒已经出现"人传人"，现阶段不要去武汉。而他自己——（唱【反线中板】）

　　　　接上级通知，

　　　　奔赴武汉城，

　　　　一路风尘倦容两眼。

　　　　对话中央台，

　　　　几多真心话，

　　　　殷殷切切字里行间。

　　　　放下了生死，

　　　　看淡了荣辱，

　　　　许国以身救民于难。

　　　　为苍生所念，

　　　　受人民重托，

　　　　筚路蓝缕林启山！

姚少英　姑娘啊，他林启山，没你说的那么伟大——（唱【新腔二簧】）

　　　　他从没帮我顾过家，

　　　　每天在医院和病房，

　　　　多过在家的时间。

　　　　他的退休报告，

　　　　已经写过无数次，

　　　　就是不递到上级机关。

拖了一年又一年，

拖到如今他已经，

白发满头昏花两眼。

唉——（转【二簧滚花】）

我都不知道他为咗乜（为了啥）？

可知家中又不是等米下锅、有债要还……

[这时，何俊彦拿着几份文份从会议室出来，见到姚少英，略惊讶。

[吴越见到何俊彦出现，赶紧把口罩重新戴好。

何俊彦 （对姚少英）师母，你怎么上这里来了？

姚少英 （从袋子里拿出个不锈钢保温煲）我给你老师送汤水来的。

孟大球 （一听，惊讶）师母？送汤？她是——

何俊彦 孟队长，她是林院士的太太姚阿姨。

孟大球 （苦着脸）惨了！我还以为她是个"冒牌货"……（向姚少英道歉）姚阿姨，对不起——

姚少英 （笑着）孟队长，下次要找林启山，我知道去挂号的了。

[众人笑。

何俊彦 师母，老师正在和北京、武汉的专家连线开会，都不知道要开到什么时候。这煲汤还是交给我吧，开完会我让他喝。

姚少英 你要帮我监督他呀俊彦！（把保温煲交给何俊彦）

何俊彦 （接过）知道了师母。

姚少英 （叹气）唉！这几天还过着年，但他都没在家吃过两餐饭，这样下去，身体怎么受得了？

何俊彦 放心吧师母，我会监督他的了，你先回去吧。（看到了吴越他们）他们是……

[吴越下意识地把口罩往上拉。

吴　越 （提着嗓子）我……我们是来找林院士看病的……

孟大球 （觉得不对）不是呀姑娘！你们不是媒体记者，要采访林院士的吗？

[何俊彦径直走到吴越的面前，一把拉下她的口罩。

[众人以为何、吴两人会发生直接冲突，"啊——"一声惊叫。

[没想到，吴越捂着嘴"哧——"一声笑出来。

何俊彦 （板着脸对吴越）我都给你说过无数次，老师身体一切正常，没有外界传闻的那回事!

吴　越　我知道……我只是想拍几张他工作、开会的图片嘛……

何俊彦　如果每一家媒体都要来医院采访老师，老师他还用工作吗？那些重症病人还用抢救吗？

吴　越　我……

姚少英　俊彦，她是……

何俊彦　师母，她是我的女朋友吴越，媒体记者，整天吵着要我帮她联系采访老师。

姚少英　（爽快地）要采访林启山，那还不容易？什么时候他回家吃饭，我打电话给你们。

吴　越　（高兴）太好了！多谢师母——

孟大球　（明白了）姑娘——（唱【滚花】）

　　　　　原来我们的何医生，

　　　　　就是你的情报站！

吴　越　（挽起姚少英的手，得意地接唱）

　　　　　从现在开始，

　　　　　我又有了新的情报机关！

　　　　　师母，我们走——

　　　　[吴越和姚少英等人下。何俊彦向孟大球耸耸肩，做了个无奈的动作。

　　　　[收光。

第四场　连线

　　　　[幕后伴唱：

　　　　　湖北各地封城令，

　　　　　整个中国被暂停。

　　　　　万户千家闭门户，

　　　　　何时来将春光迎？

　　　　[夜已深，林启山穿着白大褂上，人显得十分疲劳。

　　　　[这里是他的办公室，整一面墙都是书柜，放满了书籍、资料，以及各种

各样的奖杯、证书等，墙角处还有一盆绿植。

[办公桌上有一个挺大的电脑显示器，以及台灯等物品。

林启山　（唱【河调慢板】）

　　　　　听取了各方面专家意见反映，

　　　　　果断地对武汉严格实施封城。

　　　　　这措施可有效阻拦传播途径，

　　　　　但此举却又将武汉置于孤城。

　　　　　今日里事务忙语音未能细听，

　　　　　趁夜静与邱明连线了解那边情形。

[林启山落座，打开电脑，与邱明连线。

林启山　（呼叫）邱明——邱明——有没有收到我的信号？

　　　　　[舞台另一角，穿着防护服的邱明疲惫地走进一个大大的电脑显示器方框中，与林启山进行连线。在两个相隔千里的空间里，通过网络连线，双方实现了视频对话。

邱　明　（摘下防护服的帽子、护目镜和口罩）老师……

林启山　邱明，你现在还好吗？

邱　明　（情绪低落）不好……（咳嗽）咳……咳……咳……

林启山　（关切地）你怎么啦？

邱　明　没事……只是有点疲劳……

林启山　你要注意身体。（沉重地）现在是非常时期，你们辛苦了——

邱　明　不是辛苦，而是艰苦、痛苦……

林启山　痛苦？

邱　明　老师啊——（唱【快慢板】）

　　　　　为什么——

　　　　　把武汉市困于绝境？

　　　　　为什么——

　　　　　把武汉人锁在危城？

　　　　　为什么——

　　　　　要三镇居民独自承担这场疫症？

　　　　　为什么——

　　　　　要让这方水土来遭受病毒欺凌？

林启山　邱明啊——（唱【爽中板】）

　　　　　不是我们想把武汉市困于绝境，

　　　　　不是我们要将武汉人锁在危城。

　　　　　你也知道这是一种新型传染病，

　　　　　对它的认知还有太多的未解与未明，

　　　　　不封城无以阻断病毒传播途径。

邱　明　是的……这样是阻断了病毒传播的途径，是控制了疫情散布的范围。
　　　　（痛苦地）但你们在外面的人，知道不知道我们的痛苦啊？！（唱【乙反
　　　　中板】）

　　　　　全市医疗物资严重短缺，

　　　　　防护服口罩时供时停。

　　　　　我们就这般仓促上阵，

　　　　　几多同事在前沿倒下身影……

　　　　　纵然我们在一线舍生忘死，

　　　　　但仍有大量病患命归幽冥……

　　　　　有的病人在等待中黯然逝去，

　　　　　有的病人在救护车一睡不醒……

林启山　（伤痛）疫情的发展，远比我们想象的要严重……

邱　明　老师啊——（唱【乙反十字清】）

　　　　　确诊病例每天还在不断上升，

　　　　　重症病房每天仍然消逝生命。（转【乙反滚花】）

　　　　　我们就要崩溃了……

　　　　　医院就要崩溃了……

　　　　　武汉就要崩溃了……

　　　　　谁来挽救这些人？！

　　　　　谁来挽救这座城？！

　　　　［邱明痛哭流涕。

林启山　（含泪）邱明，在这个时候，所有人都可以绝望，但我们不可以！

邱　明　为什么？

林启山　因为我们身上穿的，是这身白大褂。

邱　明　这几天来，我曾经无数次在想：等到这次疫情过去，是不是就该把这身

白大褂脱了……

林启山 （意外，震惊）你想脱白大褂？你不想当医生了？

邱　明 不想当了……

林启山 （严正地）如果你不想当医生，现在就把白大褂脱下，当着我的面脱下！

邱　明 （迟疑）我……

林启山 脱啊！为什么不脱?！

[邱明的右手搭在衣扣上，正欲解开第一个扣子，但最终，没解开。

林启山 （看在眼里，深情地）邱明，如果今天你当着我的面，脱下了这身白大褂，你就不是我林启山的学生了……

邱　明 （愧疚地）老师，我错了……

林启山 老师知道你们的处境、理解你的心情，但你不要忘记，你是一名医生，一名以救死扶伤为天职的医生！

邱　明 但医生也是人，也知道害怕，也知道恐惧……

林启山 那你告诉我，你的恐惧是什么？

邱　明 是死亡……我害怕到了某一天，躺在重症病房的，除了我的病人，还会有我的父母、我的妻儿，甚至还会有我……

林启山 （打断）我会从广州飞过来救你。

[林启山一句话语，让邱明深受感动。

邱　明 你从广州飞过来救我？

林启山 如果真有那么一天，我一定会从广州飞过来救你。

邱　明 如果真有那么一天，我相信……我的同事也会救我……

林启山 所以，你不应该感到害怕和恐惧。

邱　明 但我没想到你们会"封城"！

林启山 这就是你最大的害怕和恐惧？

邱　明 是的！我以为把真实的情况告诉了你们，你们会拿出一套最合理、最有效的防控办法来。但等来的，却是"封城"……

林启山 （愧疚地）邱明，对不起！到目前为止，老师还没找到比"封城"更好、更有效的防控办法……（垂泪）

邱　明 （哭着腔）我们出又出不去、逃又逃不掉，就在这里等死，武汉人民已经被抛弃了，你们知道吗?！

林启山 抛弃？邱明啊——（唱"爽中板）

党中央最重视人民生命，

总书记做部署来保武汉城。

这一次所遇到全新疫病，

只能用非常手段阻隔疫情。

（凝重地）敢去用金刚手段，因为有菩萨心肠……

邱　明　（自语）用金刚手段，有菩萨心肠……

林启山　（不尽自责）说到底，还是你的这个老师无能啊！让你们受苦了，让武汉
人民受苦了……（痛彻心扉）

邱　明　（不忍）老师……

林启山　对于外面的这个世界，我们还有太多太多的未知……

邱　明　是啊！我身边的同事，有的都不知道是怎么感染的……（又咳嗽）咳、
咳、咳……

林启山　（关切地）你是不是被感染了？

邱　明　（苦笑）如果是那样，就好了……（唱【反线中板】）

我好想躺下来疗伤休整，

在梦里带女儿武大赏樱……

我好想从此就长眠不醒，

不愿意每天见生命凋零……

林启山　（鼓劲）邱明，你要坚强起来，我们都要坚强起来——（唱【芙蓉中板】）

你可知道，党中央为疫情再做部署号令？

你可知道，解放军医疗队已到达武汉城？

你可知道，全国人民在同你们共同应对？（转【三字清】）

武汉胜，方能够湖北赢。

湖北赢，才可以全国胜。

护一国，只为保万民宁啊……

你还记得吗？十七年前，我们同样遇到了最为痛苦、最为艰难的时刻，
但我们不是一样走过来了吗？！

邱　明　（愧疚）老师，对不起！我不应该把那些不安情绪向你发泄。

林启山　（深情地）我是你的老师，你的这些情绪不向老师发泄，又能够向谁发泄呢？

邱　明　（恸哭）老师啊……

林启山　明天我再向中央报告，请求全国加大对武汉、对湖北的人员物资支持力

度，直至疫情被完全控制！

邱　明　多谢老师！（又咳了两声）咳、咳……

　　　　[这时，邱明这边的窗外隐约传来《我和我的祖国》的歌声。

林启山　邱明，你那边是不是有人在唱歌？

　　　　[邱明走到窗边，向外面望瞭望。

邱　明　老师，从我的窗外望去，看到有快递小哥在街上，有的士司机在路边，
　　　　还有市民朋友在阳台上唱歌。

林启山　哦……他们是不是在唱《我和我的祖国》？

邱　明　是的，他们在唱《我和我的祖国》……

　　　　[窗外传来歌声，天幕投影播出全国各地支持武汉抗疫的画面，以及医
　　　　务人员、解放军官兵及志愿者忘我奋战的身影，还有火神山、雷神山
　　　　医院建设工地夜以继日的施工画面。歌声从零乱到集中，影像从模糊到
　　　　清晰：

　　　　　　我和我的祖国，

　　　　　　一刻也不能分割，

　　　　　　无论我走到哪里，

　　　　　　都留下一首赞歌……

　　　　[林启山、邱明情不自禁地融入歌声中，汇集成一股强大的洪流。

　　　　　　我歌唱每一座高山，

　　　　　　我歌唱每一条河，

　　　　　　袅袅炊烟、小小村落，

　　　　　　路上一道辙。

　　　　　　我亲爱的祖国，

　　　　　　我永远紧依着你的心窝，

　　　　　　你用你那母亲的脉搏，

　　　　　　和我诉说……（渐弱）

　　　　[歌声渐弱，投影的影像渐收。

邱　明　（发自肺腑地）老师，多谢你！你让我重新站立起来——

林启山　（点头嘉许）邱明，你未曾倒下，1400万武汉人民未曾倒下，14亿中国人
　　　　民亦未曾倒下！

邱　明　是的，14亿中国人民未曾倒下！我，要回到工作岗位了……（拿起口罩

和护目镜）

[正在这时，连线的网络突然断线，邱明这边电脑显示器黑屏，邱明消失。

林启山　（大声呼叫）邱明！邱明！！有没有收到信号，有没有收到信号？！

[林启山几次试图连接线路。

林启山　（继续呼叫）邱明——我还有话要跟你讲——

[网络始终没有连接成功，除了"嘟嘟嘟……"的忙音，邱明的影像再没有出现。

林启山　（怅然若失）邱明啊！你千万要注意，要做好安全防护啊……

[何俊彦进门。

何俊彦　老师，你叫我吗？

[林启山无力地摆了摆手。

何俊彦　老师，新华社的记者已经到了。

林启山　那就请他们进来吧……

[何俊彦示意，一男一女两名记者上，此时天幕投影依次出现武汉的黄鹤楼、鹦鹉洲、长江大桥、高铁客运站等历史性、标志性建筑的画面。

林启山　（含着泪，对记者）请媒体的朋友告诉全国人民——（唱【乙反二簧】）

　　　　　武汉是一座英雄的城市，

　　　　　武汉人民是英雄的人民，

　　　　　走过了重重风雨和苦难。

　　　　　几多记忆留在荆楚大地，

　　　　　几多历史值得人们铭记，

　　　　　屈子的天问伯牙的轻弹。

　　　　　近代工业在这里起步，

　　　　　千年帝制在这里终结，

　　　　　滚滚长江星河灿烂。

　　　　　无畏惧眼前这场灾难，

　　　　　君不见援鄂医护成千上万？

　　　　　君不见平地而起的火神山、雷神山？

　　　英雄的武汉人民、英雄的中国人民是任何困难压不垮的！（转【剑归来】）

但见风雨航程上，

又再挂起征帆。

万众一心去面对，

定将凯歌奏还。

未怕风雨满途上，

携手敢将狂澜挽。

万众一心去面对，

定将魔障驱散——

　[渐收光。

第五场　忆旧

　[夜，林启山的家。

　[这是一个布置简朴的家，客厅当中摆着张饭桌，桌子上放了几碟菜。

　[客厅左边是进厨房的门，右边是进卧室的门，卧室门头上还有一枚不是
很显眼的钉子。姚少英拿着两个碗从厨房出来，放在饭桌上。她望了望
墙上的挂钟，已经晚上七点半。

姚少英　（叹了一口气）唉！又说今晚回来吃晚饭，都这么晚了……（唱【乙反
南音】）

　　　静静街巷，

　　　冷冷风天，

　　　今年春节不似过年。

　　　武汉"封城"，

　　　家家门闭户掩。

　　　全国各地，

　　　少了车声人喧。

　　　两个儿女工作忙，

　　　又要减少疫情风险，

　　　都没叫佢哋（他们）回来过年。（转【流水】）

　　　偏偏老林他更加忙乱，

有时出去就是两三天。

可知他已经八十四岁，

身体状况一年不如一年……

[姚少英走到卧室房门下，看着门头上的那枚钉子。

姚少英　（唱【乙反中板】）

记得十七年前的广州，

同样是岁末年初时段。

那时非典疫情正汹涌，

他竟然也感染了肺炎……

可知道他每天在抢救病人，

可知道他每天在接触非典！

一家人急得如热锅上的蚂蚁，

他却在说只是个普通肺炎。

他躲在家中自己挂瓶输液，

说不能让外界以为——（转【乙反二簧】）

以为他林启山感染了非典！

当年输液留下的那枚钉子，

一直留到现在，

已经整整十七年……

[这时，林启山开门，回家了。

林启山　我回来了——（摘口罩）

姚少英　（催促）快点去洗手，别把病毒带回家里。

[林启山进厨房洗手。

姚少英　（大声地，半是埋怨）再晚点回来，晚饭都变成夜宵了。

林启山　（甩着手上的水珠出来）今日去省政府参加全省疫情防控工作会议，完了又开了个新闻发布会。发布会结束回到半路上，医院重症室又打来电话，说病人的情况出现恶化，要我过去看看……

姚少英　你呀，永远都是这么忙。

林启山　等过了这阵子，就会好了。

姚少英　非典那时候，你就这样讲过。（指着门框上那枚钉子）十七年了——（唱【滚花】）

你看那枚长钉，

还留在那上面——

林启山　（半开玩笑地）这个就是我林启山生命力顽强的见证嘛！

姚少英　（续唱【滚花】）

你今年已经八十四，

今时不再是当年。

可知岁月不饶人，

是时候养生保健。

林启山　（笑着）好了好了！做完今年，我打报告退休，OK？

姚少英　你呀——（唱【减字芙蓉】）

年年都讲这句话，

已经讲了二十多年。

你以为这个世界，

少了林启山就天下大乱？

林启山　（唱【中板】）

非是这个世界少了林启山就乱，

而是我只有工作才最充实安然。

你叫我每天去公园打太极拳？

你叫我每天去江边钓鱼消遣？

你叫我每天去社区中心，

陪那班阿伯阿婶打牌赌钱？

（开玩笑般）为夫做不到啊，我的好太太……

姚少英　你呀！我说不赢你——

　　　　　［何俊彦和吴越上，都戴着口罩。

何、吴　（合）老师好！师母好！

姚少英　俊彦，你和小吴来了？消毒消毒——（拿起家中的一个消毒壶）

何俊彦　（从背包里拿出一瓶带喷嘴消毒液）师母，我自己有！

　　　　　［说着，何俊彦就用消毒液对着吴越从头到脚到鞋底一阵乱喷，喷得吴越
　　　　　双手捂脸、两脚乱跳，然后又对着自己一阵乱喷。

何俊彦　（喷完）搞定！（玩笑地）如今出门有三宝：口罩、消毒液、消毒球！

　　　　　［众人笑。何俊彦和吴越把口罩拉到下巴。

林启山 （看着吴越，有点疑惑）俊彦，这位是……

姚少英 （抢过话头）她是俊彦的女朋友小吴记者，前天在医院没有采访到你，是我叫她来家里的。

林启山 （无奈地笑了笑）你们这些媒体记者真厉害，都追到家里来了。

吴　越 （急忙解释）林老师，我今天没有采访任务，我是陪俊彦上来的。

姚少英 好了好了！你两个陪老师聊聊天，我去把饭菜重新热一热。

　　　　　〔姚少英端着饭菜进了厨房。

林启山 俊彦，你来得正好，有个事情要同你商量。

何俊彦 老师你说——

林启山 广东第一批援鄂医疗队虽然已经赶在年卅晚（大年夜）奔赴武汉，但那边的情况依然不容乐观，广东正在组建新的援鄂医疗队。

何俊彦 听说我们医院也争取到了名额。

林启山 是的。昨天我向院领导和上级部门提出，让我带一个团队去武汉、去湖北参加一线临床救治。但我所遇到的，却是"一致反对"。

吴　越 （有点意外）一致反对？

林启山 （叹息）他们都嫌我老了……（痛苦地摇了摇头）没用了……

　　　　　〔何俊彦和吴越闻言动容。

吴　越 （唱【芙蓉中板】）

　　　　　　　眼前的他，

　　　　　　　有如伏枥老骥，

　　　　　　　怎奈何年岁不允。

　　　　　　　几多忧患，

　　　　　　　尽在泪凝两眼，

　　　　　　　是因为爱得深沉。

　　　　　　　党中央一声号令，

　　　　　　　数不尽白衣擐甲，

　　　　　　　只为肩头千钧责任。

　　　　　　　哪有什么岁月静好，

　　　　　　　只不过有人在为你，

　　　　　　　负重前行——

何俊彦 老师你的作用，已经不是在病房抢救病人。

林启山	医生的最大作用，不就是在一线病房抢救病人吗？
何俊彦	这一次，你就让你的学生上吧！
林启山	（欣慰地）我林启山这辈子从医、从教半个多世纪，最大的安慰，就是带出了一批对社会有用的学生。
吴　越	（有点着急）俊彦，那我们的事情……
何俊彦	我们的事情可以放一放。
林启山	（不解）你们的事情？你们还有什么事情？
何俊彦	是这样的老师：我和小吴的婚期年前就已经定好，就在下个月初六，但没想到疫情一来，我乡下的父母都出不了村子，我们打算在广州办个简单的家宴，请你来做我们的证婚人……
林启山	（一听，有点生气）你为什么不早说？！
何俊彦	（急）老师，我们的婚礼可以改期。
林启山	改期？（问吴越）你同意吗，小吴？
吴　越	我……
何俊彦	她会同意的！（转过身来，含着泪对吴越）等我从湖北回来，我们再举行婚礼，好吗？
吴　越	（含泪点头）好！你要答应我平安归来……
何俊彦	（拉起吴越的手，深情地）我答应你——
林启山	到时候，我们一起见证春天的到来—— 　　［渐收光。

第六场　送别

　　［上场数日后，一个晴朗的早上，珠江边岭南医科大学附属医院大院。

　　［岭南医科大学附属医院参加广东支援湖北医疗队整装待发，何俊彦等出发的队员统一穿着深红色的衣服并戴着帽子，送行的人穿着白大褂。所有的人都戴着口罩。

　　［一面印着"岭南医科大学附属医院驰援湖北（荆州）医疗队"的红色旗帜迎风招展。

　　［林启山和院领导上。

院领导　同志们！我们岭南医科大学附属医院驰援湖北荆州医疗队马上就要出发了，你们在任何时候、任何地方，都不能忘记：你们是林启山团队，是代表林院士到湖北抗击新冠疫情的！下面请林院士为出征队伍授旗——

　　　　［林启山从一名工作人员手中接过旗帜。

　　　　［这时，何俊彦有电话到，只见他掏出手机接听，下。

林启山　（深情地）各位同事，你们这次要去的，是湖北荆州。荆州自古就是四战之地，兵家必争，易攻难守。而我们这次面对的敌人，又是一种在人类历史上从来都没有出现过的新型病毒，大家要小心小心再小心！虽然古语有云"刘备借荆州，一借永不还"，但你们是广东人民借给荆州的，是岭南医科大学附属医院借给荆州的，完成了任务，是需要他们归还的！是需要他们一个不少、完完整整地归还的！

院领导　林院士要大家一个不少、完完整整地平安归来，大家听到了吗？

众　人　（齐声）听到了——

林启山　（唱【反线中板】）

　　　　　　　你们是白衣天使，

　　　　　　　如今又是摄甲勇士，

　　　　　　　为国出征一路慷慨。

　　　　　　　你们是孩子的爹娘，

　　　　　　　你们是父母的儿女，

　　　　　　　得获全胜记得归来……（转【反线十字清】）

　　　　　　　在远方有亲人殷殷等待，

　　　　　　　在等你们载誉平安归来。

　　　　　　　到其时为你们庆功喝彩，

　　　　　　　到其时一定是春暖花开！

　　　　［众人鼓掌。

林启山　何俊彦，接旗——

　　　　［何俊彦没有出现，众人左右张望。

林启山　何俊彦，接旗——

　　　　［何俊彦在幕后应了声"来了，来了——"急跑上。

何俊彦　（在林启山面前喘定了一口气）老师，我刚刚接到个电话……

林启山　（略责备）这个时候，你还去接什么电话？

何俊彦　是武汉那边打过来的，他们说、说邱明师兄……殉职了……

林启山　（一怔）你说什么？

何俊彦　邱明师兄他感染了病毒……殉职了……

林启山　（悲痛）他感染了病毒……殉职了？（几乎站立不稳）

何俊彦　殉职了……今天上午9点20分……

　　　　［众人闻言也为之动容。

林启山　（平复了一下情绪）到现在为止，疫情已经造成过万人被感染，上千名患
　　　　者被夺去了生命。而邱明他，是第六个牺牲在一线的医务人员……（唱
　　　　【新曲】）

　　　　　　　他是一个英雄，

　　　　　　　站在了时代的前锋。

　　　　　　　从不惧畏沧海横流、波谲云涌，

　　　　　　　始终来把责任使命牢记心中，

　　　　　　　如山般重，

　　　　　　　像花般红。

　　　　　　　你们都是英雄，

　　　　　　　站在了时代的前锋。

　　　　　　　前路虽然战火纷飞、危难重重，

　　　　　　　阻隔不住英雄儿女热血奔涌，

　　　　　　　如山般重，

　　　　　　　像花般红。

　　　　　　　前路虽然战火纷飞、危难重重，

　　　　　　　敢将青春和热血，

　　　　　　　去换取四海升平、国运昌隆……

　　　　［林启山举起了旗帜。

林启山　何俊彦，接旗——

　　　　［何俊彦郑重地从林启山手中接过旗帜。

林启山　你们每一个人，都是我心中的英雄！我在这里等你们，等你们一个不少
　　　　地、完完整整地从荆州平安归来！知道吗？

何俊彦　知道！我们出发——

　　　　［何俊彦挥舞起旗帜，率医疗队下。

［景暗转。茫茫天地间，云山苍苍，珠水渺渺。

［偌大的舞台上，只剩下林启山一人。

林启山　（悲号）邱明啊邱明，你到底什么时候被感染的？你为什么不告诉我
啊……（唱【反线二簧】）

　　　　当年你曾在我身边，

　　　　风华少年身姿矫健。

　　　　图书馆里实验室中，

　　　　看见你在刻苦钻研。

　　　　没料到那天晚上的连线，

　　　　就是你我师生最后一面……

　　　　我曾经许诺过来救你，

　　　　如今已无法兑现诺言……

　　　　你说过要回到岗位上，

　　　　谁承想就这般渐行渐远……（转【二簧滚花】）

　　　　只留下一个翩翩身影，

　　　　在天地长存……

［此时，天幕投影播放武汉各个方舱医院和火神山、雷神山病人出院的
情况，男播音员的声音："根据武汉市卫健委消息：今天武汉全市新
增新冠肺炎患者319例，出院患者766例，出院人数首次超过新增确诊
人数……"

［林启山抬头观看天幕上播放的新闻。

林启山　（感慨，唱【滚花】）

　　　　终于看到黎明曙光，

　　　　武汉形势逐步好转。

　　　　为了走出至暗时刻，

　　　　几多勇士一往无前。

［天幕出现各地医疗队撤离时市民相送的感人画面，女播音员的声音：
"本台消息：今天下午，位于武汉市洪山体育馆的武昌方舱医院最后一
批患者治愈出院，正式休舱闭馆，来自全国各地的医疗支援队开始有序
撤离……"

林启山　（唱【慢板】）

多少逆行者，奔赴武汉，参加保卫战？

多少担当者，矢志呵护，生命安全？

浴火重生后的今天，

在讲述几多曾经的艰险。

[天幕出现我国专家与欧洲专家连线开会的画面，男播音员："新华社消息：我国科学家昨天通过网络连线，与西班牙、德国、法国、意大利等国专家举行了'走出至暗时刻：全球共同抗疫'为主题的交流会，共同对当前的疫情挑战做了深入的交流……"

林启山（唱【中板】）

国内疫情得到控制，

病毒却在全球蔓延。

这是人类共同的敌人，

又有谁能够独善其身？

人类是个命运共同体，

唯有合作才能发展生存！

[天幕出现国外某地疫情下医院混乱的画面，以及美国总统发表演讲时唾沫横飞的样子，女播音员："根据美国约翰斯·霍普金斯大学数据显示：截至美国东部时间9月22日11时23分，美国全国累计新冠肺炎确诊病例超过686万例，死亡病例超过20万例，达到200 005例……"

林启山（唱【快慢板】）

有的人，把黑锅，甩到太平洋对面。

有的人，把病毒，乱贴上种种标签。

只为了，来掩饰，防疫的无能和混乱。

只为了，能保住，总统的宝座和大权！

哪管得，本国有，数百万人被感染？

哪管得，本国有，数十万座新坟增添……

[天幕出现武汉长江两岸的美景，还有全国各地生产生活恢复的景象。男播音员声音："本台综合消息：国新办在9月25日新闻吹风会上介绍，我国已有11个新冠病毒疫苗进入临床研究阶段，其中4个疫苗进入Ⅲ期临床试验阶段。我国疫苗研发工作总体上处于领先地位，预计今年年底到明年年初可以上市，以应对可能来临的新一轮疫情……"

〔舒缓的音乐起。一群医护人员穿着白大褂上，每个人手里的玻璃杯点着烛光，且行且舞。

〔邱明和几名医生从舞台深处走来，与林启山遥相呼应。

林启山 （唱【霸腔滚花】）

　　　　历史纵然又重演，

　　　　如今披甲再向前。

邱　明 （接唱）

　　　　老将当年去迎战，

　　　　如今又过十七年……

〔光渐收。

〔剧终。

2020年9月26日第四稿

粤剧

大吉岛的春天

时　　间：当代

地　　点：广州市黄埔区、大吉岛

人　　物：**赵　鸣**　男，32岁，黄埔农旅集团公司发展部经理。

　　　　　郭荔仪　女，29岁，珠江口大吉村党支部书记、村委会主任。

　　　　　权　叔　男，70多岁，全名郭秉权，郭荔仪的父亲。

　　　　　郭海龙　男，30多岁，郭荔仪的哥哥。

　　　　　小　英　女，20多岁，大吉村委文书。

　　　　　青年职员、海龙嫂、阿珍、阿霞、强仔、阿亮等青年村民。

1

[黄埔农旅集团公司，一群穿青春职业装的男女职员在忙碌着。

众职员　（载歌载舞，齐唱【雨打芭蕉】）

　　　　　滔滔珠江水向南流，

　　　　　海丝古港，

　　　　　烟波茫茫。

男　众　（接唱）

　　　　　黄埔港口船来船往，

　　　　　蒸蒸日上。

女　众　（接唱）

　　　　　又有新科创，

　　　　　设厂驻场。

众职员　（合接唱）

　　　　　谋篇布局科学城里，

　　　　　似百花竞放。

男 甲 （有嘻哈风格的说唱念白）

要建成现代物流工厂,

要打造国际标准大港!

女 甲 （接念）

你看知识城里人来车往,

你看智能装备现代厂房!

男 乙 （接念）

插上了数字化翅膀,

物联互联互通互网!

女 乙 （接念）

产业集群信息共享,

大国制造世界领航!

众职员 （齐念）

黄埔农旅集团,

文旅农旅、科创文创——

［众职员造型。赵鸣急上。

赵 鸣 （宣布）各位、各位! 大吉岛的那个项目, 马上就要落地啦!

众职员 （惊喜）马上就要落地?!

赵 鸣 （唱【雨打芭蕉】第二段）

多番来回在协调,

一定周详!

那边是连绵良田,

这边是繁忙工厂。

众职员 （接唱）

只隔江水一湾——

赵 鸣 （接唱）

共同谋发展,

去把新途开创。

他日前程更辉煌,

要设计好路向!

众职员 （重唱尾句）

要设计什么路向?

赵　鸣　（说唱念白）

不要污染的工厂，

不要轰鸣的厂房！

不要林立的大厦，

不要喧嚣的商场！

男职员　（齐接念）

不要车间工厂，

如何实现经济增长？

女职员　（齐接念）

没有大厦商场，

岂不就是白纸一张？

赵　鸣　放心吧！各位——（唱【快滚花】）

全新的蓝图方案，

马上就闪亮登场！

〔就在赵鸣指向的后面，郭荔仪和小英上。

众职员　（唱【滚花】）

没见到蓝图方案，

却来了两个乡村姑娘。（掩嘴窃笑）

郭荔仪　（接唱）

他们在开Party（聚会），

难道走错了方向？

门牌写得清清楚楚，

就是这个地方！

（上前问赵鸣）请问，你们集团公司的陈副总经理在吗？

赵　鸣　陈总还在开会，你们是——

小　英　（上前介绍）她是大吉村的党支部书记、村委会主任郭荔仪，我是村委会
文书小英。你们陈总约我们今天过来……

赵　鸣　（意外地）啊……郭荔仪？你还记不记得我呀？

郭荔仪　你是……

赵　鸣　我是你的同学赵鸣！

郭荔仪 （亦意外）你是赵鸣?!

　　　　［两人发现对方竟然是老同学，十分高兴。

小　英 （疑惑）你们两个……认识吗?

赵　鸣　我们是同学。那时候，她讲过家在一个小岛上，岛上有好多荔枝、龙眼，还有芭蕉!

郭荔仪　那时候，他读大四，我读大一，我们都是学校流行乐社团的成员。

赵　鸣　她喜欢张学友。

郭荔仪　他喜欢陈百强。

郭、赵　（两人合）我们都喜欢Beyond。（齐唱Beyond乐队的粤语经典歌曲《大地》）

　　　　　　在那些苍翠的路上，

　　　　　　历遍了多少创伤?

　　　　　　在那张苍老的面上，

　　　　　　亦记载了风霜——

小　英　那后来呢?

郭荔仪　后来?（耸耸肩）后来毕了业，我们……失联咯……

众职员　（众口一词地）哦——原来一个是白马王子，一个是灰姑娘!

赵　鸣　（装出发怒的样子）不要乱讲!去干活——

　　　　［众职员笑着散去。

　　　　［经众人这么一说，郭荔仪和赵鸣都有点不好意思。

郭、赵　（合唱【有谁共鸣】）

　　　　　　如若是今生的注定，

　　　　　　这少年，又见面前。

郭荔仪　（接唱）

　　　　　　离别后心中总挂念，

　　　　　　却未曾，与他再见。

赵　鸣　（接唱）

　　　　　　多少的记忆，

　　　　　　储积满昨日时段，

　　　　　　校园共你抚遍了琴弦。

郭荔仪　（接唱）

分散后，

心里思忆不改变，

时光却难回到从前。

赵、郭（合唱）

怎去知，佢心里可亦挂牵？

独回望，已分隔十年……

郭荔仪（接唱）

难道为今天的见面，

这十年，未有良缘？

赵　鸣（接唱）

难道为今天的见面，

这十年，兜兜转转？

郭、赵（合接唱）

风中的记忆，

似飘絮在零乱，

就留在心底里长存。

风雨后，心底思忆不污染，

无愧这长路已十年。

赵　鸣（接唱）

怎去担，

这挑战满荷压肩？

郭荔仪（接唱）

在凝望，

佢仿似从前……

［歌声中，两人意犹未尽，小英故意站在两人之间。

小　英　喂喂喂！现在是工作时间。

赵　鸣（笑了笑）今天一大早，陈总就说大吉村的"大总管"郭荔仪过来谈合作
　　　　的事情，我还以为是同名同姓，没想到……

小　英（略调侃地）没想到当年的老同学，如今混成了村干部的样子？

赵　鸣（连忙摇头）不是，不是……

郭荔仪（唱【中板】）

一大早进城来心潮涌动，

这一路就如同穿越时空。

大吉岛在江心依然沉睡旧梦，

惊不觉岸这边早已车水马龙。

说什么世外桃源悠然耕种，

实质上与新时代未合未融！（转【滚花】）

政府正在牵线搭桥，

一片蓝图让人心动。

如今已是湾区时代，

大吉岛要投身其中。

赵　鸣　你放心吧荔仪！区委、区政府已经初步决定：与袁隆平院士的团队合作，在大吉岛兴建一个国际现代农业水稻公园。到时农旅、文旅一起发展，地铁七号线还会延伸到大吉岛。

郭荔仪　地铁线还会延伸过来？

赵　鸣　但是……

郭荔仪　（急）但是什么？

赵　鸣　据我所知，你们村目前的土地流转工作十分缓慢，恐怕会影响到项目落地。

郭荔仪　（松了一口气）原来你们担心这个。放心吧！土地流转的工作，已经落实。

小　英　（闻言不免着急，提醒）荔仪姐，权叔他……

郭荔仪　我阿爸他、他已经同意了！

小　英　哦……

　　　　［渐收光。

2

　　　　［掌灯时分，权叔家，一张小餐桌，几张竹椅。

　　　　［权叔拿一张《协议书》上。

权　叔　（气冲冲地）我不同意！（唱【卜算子】）

难掩心头怒火放，

这张协议似刀枪！

来将村中田亩，

去贱卖作花草场。

身家无处安放，

这苦痛我未曾忘！

[权叔把《协议书》"啪——"一声拍在小茶几上。

[郭海龙和海龙嫂上，郭海龙手里提着两个餐盒。

郭海龙 阿爸，我们回来了。

海龙嫂 阿爸，今晚我们斩了烧鹅回来给你送酒。

权　叔 放桌上吧。

[郭海龙见到父亲在抽闷烟，猜到了怎么一回事。

郭海龙 阿爸，你还在生阿妹的气？

权　叔 （气嘟嘟地）以后都不用耕田了，我开心还来不及，还生什么气呀？

郭海龙 阿爸——（唱【板眼】）

要发展，大吉村，

不能再靠两亩田。

耕田种粮收益浅，

种菜种果又卖不了"几个仙"（几分钱）。

既不准学番禺把工厂建，

又不能搞房地产来卖钱。

难得有人来把旅游岛兴建，

我第一个同意把大名签。（拿起桌子上的《协议书》，又看了看）

过了这个村就没这个店，

到时想买后悔药都冇钱！

权　叔 你同意签名？

郭海龙 （点头）是啊！

权　叔 你同意卖地？

郭海龙 同意！补偿到位，我第一个同意。

[郭荔仪上。

郭荔仪 （边上边纠正地）阿爸，我们现在是"土地流转"，是使用权的有偿转让，不是卖地。

权　叔　（怼）我警告你们：不要跟我玩文字游戏！你有这份心思，给我带个男朋友回来！

郭荔仪　（气结）我、我、我没有男朋友又怎么啦？缘分未到……

权　叔　你就快三十，缘分过头了！趁早把自己嫁出去，别老惦记着卖村里的田地。

郭荔仪　（被噎）你……

郭海龙　（帮妹妹）阿爸，你都几十岁人了，这些田地还耕得了几年？趁早转让给人，洗脚上田罢啦——

权　叔　（气不打一处来，夺过《协议书》）你们同意，我不同意！（唱【快二流】）

　　　　　衰女包你贱卖爷田，

　　　　　衰仔食碗底反碗面。

　　　　　你们谁个要签我不管，

　　　　　我的田地只属我郭秉权！

我告诉你们：这份《协议书》我不会签，村里的阿叔、阿婶，还有七叔公、二叔婆都同我一样，不签！

[话音未落，权叔就把手中的《协议书》撕得粉碎，郭荔仪气得哭着跑下。

[海龙夫妇愕然。切光。

3

[江边，月夜。

[烟波深处、云水之间，女歌队在唱【二泉映月】：

　　　　　江畔逐月明，

　　　　　风吹水泱泱。

　　　　　烟波深处，

　　　　　似有娘亲唤儿声，

　　　　　来断我肝肠……

[女歌队隐去。郭荔仪上，接唱：

　　　　最令我心中楚痛，

　　　　是那思忆深处亲娘，

　　　　伴我无数夜凉，

　　　　渺渺清清似江浪，

　　　　一湾江水向东逝去，

　　　　无言泪流又悲怆。

　　　　女儿心事，

　　　　要对谁来说周详？

　　　　再来到江边，

　　　　觅那思忆深处亲娘。

　　　　寄愁绪向远方，

　　　　烟波浩渺苍茫，

　　　　淼淼清清翻波逐浪，

　　　　多少心曲向谁来唱？（转【反线二簧】）

　　　　那一年风浪中，

　　　　是妈妈把我托起，

　　　　给了我生还的希望。

　　　　但又有谁知道啊——

　　　　没有妈妈的女儿，

　　　　成长路上几多苦涩迷茫？

　　　　这廿多年来——（转【弹词】）

　　　　曾懵懂，亦惆怅。

　　　　顶冷雨，历风霜。

　　　　她心中，有梦想。

　　　　她要去，写华章。（续【反线二簧】）

　　　　大吉岛地处江心，

　　　　不准兴建商场和工厂。

　　　　农田划了耕地红线，

　　　　不能开发地产盖楼房。

　　　　难道就让父老，

困居江心、永留现状？

难道就让小岛，

千年不变、地老天荒？

[江天无言不答，只听见浪拍岸滩的声音。

[月色中，赵鸣上。

赵　鸣　荔仪——

郭荔仪　（半意外）赵鸣？你怎么也来到这里？（把脸上的泪痕拭干）

赵　鸣　我去你家没见到人，他们说你来了这里，还把你们家发生的事情告诉了我。

[在赵鸣的身后面，是小英带着的阿珍、阿霞、强仔、阿亮等青年村民。

众　人　（合）荔仪姐——

郭荔仪　我想出来静一下……

赵　鸣　（唱【旧梦不须记】）

骤地起风雨，

又见风烟满天际寰宇。

你柔弱肩，如柳枝单薄，

万钧重担如何撑持？

众　人　（群接唱）

莫惧怕风雨，

莫怕风烟满天际寰宇。

愿陪同你，齐去担待，

寒风冷雨共去面对。

小　英　荔仪姐，其实政府的计划，我们年轻人都好中意。

强　仔　是啊是啊！谁不向往繁华大都市？

阿　亮　谁不想过有钱的日子？

阿　珍　我们就盼着项目早日落地。

阿　霞　我们就等着计划快快实施！

强、亮　（嘻哈风格说唱）

我想做个"包租公"，

个个月底去收"银纸"（钞票）！

珍、霞　（接念）

　　　　我要嫁个好老公，

　　　　日日Shopping（购物）、Facial（美容）最Happy（开心）！

众　人（围着郭荔仪和赵鸣齐舞齐说唱）

　　　　谁个不向往繁华大都市？

　　　　谁个不想过有钱的日子？

　　　　个个月底去收"银纸"，

　　　　日日Shopping、Facial最Happy。

　　　　就盼项目早日落地，

　　　　就等计划快快实施！

赵　鸣（一听，急得直跺脚）哎——我们都是年轻人，不能这样！

　　　　〔众人被赵鸣的一声断喝镇住了，说唱骤停。

赵　鸣（唱【顺流逆流】）

　　　　不可以就这般"躺平"，

　　　　不可以浪费光阴虚耗少年时。

　　　　几多梦想，伴几多汗水，

　　　　都靠双手来进取。

　　　　不可以全靠老公"畀钱"（给钱）维持，

　　　　不可以就靠屋租过日时。

　　　　把握好明天，共创新路子，

　　　　不枉青春凌云志！

阿　珍（接唱）

　　　　他句句话语有实在意义——

阿　霞（接唱）

　　　　他句句话说得有道理——

强　仔（接唱）

　　　　奋斗进取今天也不算迟，

阿　亮（接唱）

　　　　总要有青春嘅样子！

赵　鸣（接唱）

　　　　一起去迎风高飞展翅，

郭荔仪（接唱）

一起去锐意进取不负少年时。

众　人　（合接唱）

几多梦想，伴几多汗水，

从来青春总相似。

［唱完，众人造型。

郭荔仪　（对赵鸣）赵鸣，多谢你！你让大家找回了自信。

赵　鸣　但是今天我过来，带来的却是一个不好的消息……

众　人　（围上，追问）什么不好的消息？

赵　鸣　集团公司派我来向你们转达：如果土地流转工作不能顺利开展，我们只好……

郭荔仪　只好什么？

赵　鸣　只好把项目转移到其他地方。

［众人大惊。

强　仔　那就是说：不开发大吉岛了？

阿　亮　那就是说：地铁不到大吉岛了？

小　英　荔仪姐，这可怎么办呀？

［郭荔仪一摊双手，回答不出来的样子。

赵　鸣　（想了想）荔仪，我有个办法，可以加快工作的进度，但需要你配合。

郭荔仪　需要我配合？怎么配合？

赵　鸣　我假扮你的男朋友，到你家里去，与你阿爸、阿哥见面。

郭荔仪　（意外）啊——

众　人　（惊喜、意外，齐唱【新鸳鸯蝴蝶梦】）

做个精心设定，

讲个开心故事，

角色分配后就开始。

赵　鸣　（接唱）

未去想好结局，

只会讲好故事，

细心设定后尝试。

郭荔仪　（接唱）

就怕糟糕结局，

所有设想遭破坏，

怎将规划实施？

赵　鸣（接唱）

为你遮风挡雨，

郭荔仪（接唱）

风雨一肩也向前，

赵、郭（合接唱）

两心永存情意。

众　人（载歌载舞合接唱）

不知道对与不对，

只知少年无惧，

情缘未断心中有爱不怕浪打风吹！

莫再多虑，抹去眼泪，

要共你同进取，

盼共你同进取，

风雨一肩同去——

〔音乐戛然而止，众人造型。

〔切光。

4

〔上场次日，权叔家，景同第2场。晚饭已过，小餐桌上有几个碗筷。

权　叔（拿着水烟筒上，唱【秋江别中板】）

灯初上，月影照海，

杯中酒，我未饮醉。

谁解我心中愁思满怀？

仍未见两兄妹回家来。

（叹气）又说要开家庭会，我都吃完饭了，都没见人影。唉——（唱【滚花】）

我最心痛荔仪，

她在中间最无奈。

但这几亩田地，

我实在不想放开……（坐下抽水烟）

[郭海龙和海龙嫂上。

郭海龙　阿爸，我们回来了。

权　叔　你阿妹呢？

海龙嫂　我刚刚打了荔仪的电话，她说马上就到。

[正说着，郭荔仪带着赵鸣上。

郭荔仪　阿爸、阿哥、阿嫂，我回来了。

[赵鸣笑着脸，向众人逐个点头致意。权叔见到个陌生面孔，十分意外。

权　叔　荔仪，他是谁呀？

郭海龙　就是！开家庭会议，还带个陌生人回来。

郭荔仪　今天我要宣布三件事，都与他有关。

权　叔　（不解）都与他有关？那讲吧——

郭荔仪　我今天要宣布的第一件事，就是眼前的这位赵鸣先生，是我的男朋友！

[这个消息来得太突然，众人"啊……"了一声，嘴巴半天没合上。

权　叔　那……那他岂不就是我的未来女婿？

[荔仪含笑向父亲点头认可。

龙夫妇　（合）那……那他岂不就是我们的未来妹夫？

[荔仪含笑向大哥、大嫂点头认可。

[三人围着赵鸣上下打量。

郭海龙　阿爸，你看他——（唱【天上人间】）

模样俊朗，

眉清眼秀，

难得靓仔！

权　叔　是啊——（接唱）

人高身挑，

临风浅笑，

明德识礼！

海龙嫂　荔仪，你们两个呀——（接唱）

快快拉埋个天窗（成亲），

郭海龙 （接唱）

　　　　胜过山盟海誓，

权　叔 （接唱）

　　　　郎才女貌好夫妻！

三　人 （合接唱）

　　　　快快拉埋个天窗，

　　　　永结心盟伉俪，

　　　　共谐鸳鸯，同入绣帏。

权　叔 （笑着）阿女，既然你已经有男朋友了，那……什么时候办喜事呀？

郭荔仪 阿爸，我还有两件事还没宣布。

权　叔 （催促）你讲你讲、你快讲——

郭荔仪 阿爸啊——（唱【减字芙蓉】）

　　　　土地流转和集中，

　　　　至今仍无法开展。

　　　　都是我能力有限，

　　　　要趁早辞职让贤。

　　　　［这个消息也来得太突然，权叔、海龙、海龙嫂一时都蒙了。

权、龙 （合）你讲乜话（什么话、什么意思）？！

郭荔仪 广州话！

郭海龙 你要辞职？！

赵　鸣 是的，海龙哥！我跟荔仪商量好了——（接唱）

　　　　辞职后就去市区，

　　　　一起经营乐器店。

　　　　线上线下齐发展，

　　　　揾个三餐柴米钱。

郭荔仪 （连忙点头）是啊是啊！我们……我们准备在广州市区开个乐器店。

权　步 哦？！你现在是要拿辞职，来胁逼我们么？

郭荔仪 阿爸，现在不是我在胁逼你们，是你们在胁逼我——（唱【爽中板】）

　　　　阿爸你不同意，

　　　　签名把田地流转。

　　　　阿哥想要额外补偿，

才肯同意把名签。

家人工作尚不能做通，

我又如何把工作开展？

郭海龙 （有点沮丧）那就是说，这件事冇得搌（没有回旋余地）？

郭荔仪 有！（唱【滚花】）

只要你们将名字，

在《协议书》上来签！

权　叔 （痛快地）阿女，名字我是不会签的，但是——（接唱）

我支持你们去市区发展，

我盼你早日生个大肥孙。

郭荔仪 （见父亲不"上当"，暗暗叫苦，旁唱【滚花】）

看来这招不灵验，

老爹不肯把名签。

先将阿哥来搞定，

一步一步再周全。

（对海龙）阿哥，如果你带头签个名，还可能争取多些补偿。

郭海龙 （讨价还价的样子）那就看有什么补偿了。

郭荔仪 如果补偿你一块宅基地呢？

郭海龙 （怀疑）你这个村主任，可以拍板吗？

郭荔仪 当然可以！

郭海龙 （暗喜）那我就敢保证：什么时候给我宅基地，我就什么时候签名！

郭荔仪 今天就可以给你宅基地。

郭海龙 （开心至极）有魄力！

郭荔仪 （动情地）阿哥，只要你签了名，我就把我名下的那份宅基地，作为补偿，转到你的名下。

　　［郭海龙和权叔都感到十分意外。

郭荔仪 这个，就是我今天要宣布的第三件事。

权　叔 阿女，你名下就一份宅基地，如果没了，将来你住哪里啊？

郭荔仪 （半是伤感）阿爸，我是个女孩子，将来如果嫁得出去，要这块宅基地有什么用？如果嫁不出去，要这块宅基地又有什么用？

　　［郭海龙听到这两个"如果"，终于明白荔仪的用心。

郭海龙 （冷笑）呵呵！原来什么男朋友、要辞职，统统都是假的！

郭荔仪 （真诚地）阿哥，第三件是真的！

郭海龙 （半信半疑）第三件是真的？

郭荔仪 真的！

［一直没有开声的赵鸣，这时执起荔仪的手，走到众人面前。

赵　鸣 权叔、海龙哥、阿嫂，其实荔仪刚才讲第一件事，也是真的。

［这回轮到荔仪感到愕然。

郭荔仪 赵鸣，你……

［急收光。

5

［日，大吉岛村道上，女歌队在蕉林荔枝树下唱【四季歌】：

　　　　风过珠江水泱泱，

　　　　有雾有风更迷茫。

　　　　仍见父老乡亲在观望，

　　　　未解老爹心内如何思量？

（白）你们看，郭家的准姑爷又来了——（叽叽喳喳地笑下）

［赵鸣提着袋礼物上。

赵　鸣 （唱【七字清】）

　　　　今日又来把岛上，

　　　　不让项目转他方。

　　　　老爷子为何这模样？

　　　　准姑爷我要问周详。

［荔仪迎上。

郭荔仪 赵鸣——

赵　鸣 荔仪！权叔在家吗？

郭荔仪 我阿爸又去了旧码头。

赵　鸣 好！那我们去找他。

［两人下。暗转，码头。

[权叔正望着茫茫的珠江水。

权　　叔　（唱【河调慢板】）

　　　　　回想当年，在这个小码头，离船登岸。

　　　　　七十余年，生活在大吉岛，温饱安康。

　　　　　难道如今，要交出这田地，又再追波逐浪？

[郭荔仪和赵鸣上，

郭荔仪　阿爸，赵鸣他来探望你啦——

赵　　鸣　（致意）权叔，你好！

权　　叔　（冷冷地）靓仔（小子），要娶我个女，可以！要卖我的田地，不行！

赵　　鸣　（解释）权叔，我们是租赁大吉村的土地，不是买卖土地。

郭荔仪　阿爸，他们公司与我们签的是30年的租赁合同，不是买卖合同。

权　　叔　（不以为然）我郭秉权今年都74了，还等得了30年？最后人都没了，田地
　　　　就归你们了……

[赵鸣一听，以为这就是权叔心中最大的疑虑。

赵　　鸣　权叔，我们是国有企业，是不会……

权　　叔　（打断）我知道，你们不是要在大吉岛种花种草、吸引游人吗？但我问你
　　　　们：种花种草能填饱肚子吗？（唱【滚花】）

　　　　　人人去游山玩水，

　　　　　国家就繁荣富强？

　　　　　这边讲民以食为天，

　　　　　那边把田地变工厂。

　　　　　我要保住这片田地，

　　　　　留给子孙种米种粮！

[荔仪看到父亲还是这般固执，十分着急。

郭荔仪　阿爸，我们就是要把田地租给农旅集团，让他们来统一耕种。

赵　　鸣　（诚恳地）权叔，我知道，田地就是农民的命根。请你放心，我们的集团
　　　　公司，一定会耕种好、管理好这一片田地。

权　　叔　（感慨地）命根？唉！你们这些岸上人家，不会明白的了……

赵　　鸣　（若有所思）岸上人家？

郭荔仪　（解释）我们以前是水上居民。

权　　叔　（半是自嘲）就是你们所说的"船家佬""疍家人"。

［权叔用悲伤的语气，讲述那些沉重的历史。

权　叔　疍家人历朝历代都是贱民，不准上岸居住，不准读书考试，不准与岸上
　　　　人家通婚，甚至连死了，也不准葬到岸上……

赵　鸣　那你们是什么时候来到这里的？

权　叔　"土改"那年。（回忆着）那年我才两三岁，跟着父母从番禺撑船来到大
　　　　吉岛。我至今还记得，那时候大吉岛还是一个无人荒岛，和我们一起来
　　　　的，都是刚刚分到了田地的疍家人，都是祖祖辈辈漂泊在珠江口的疍家
　　　　人……（激动地伸出右手指向苍天）这是千百年来，我们疍家人第一次
　　　　分到了田地，第一次有了属于自己的田地！

［舞台深处，就在权叔指向的地方，一群衣衫褴褛的疍家汉子、疍家婆娘
　　　　和疍家娃子若隐若现。

众汉子　（齐唱【大喉十字中板】）

　　　　　　祖祖辈辈，世世代代，江河流转。

　　　　　　生在船头，死在船尾，何处家园？

　　　　　　从今以后，有田有地，子孙繁衍。

　　　　　　从今以后，有田有地，有了尊严。

众婆娘　（齐唱【乙反中板】）

　　　　　　从今以后，岸上安家，三餐饱暖。

　　　　　　从今以后，世世代代，耕读相传。

［众汉子、婆娘、娃子齐刷刷地跪下，从地上捧起泥土，齐呼："我们有
　　　　田地了！我们终于有田地了！"光渐暗，众人渐隐去。

权　叔　（从思忆中走出）这些田地，是共产党分给我们的，是人民政府分给我们
　　　　的！（唱【乙反二簧】）

　　　　　　田地不仅是我们的命根，

　　　　　　更是疍家人的世代夙愿。

　　　　　　没有了田地——

　　　　　　你叫我又去划桨撑船？

　　　　　　没有了田地——

　　　　　　你叫我又来码头行乞？

　　　　　　（楔白）那份《协议书》啊——（唱【乙反二簧滚花】）

　　　　　　就像一把割肉刀、夺命剑，

　　　　叫我如何来把名签?! (哭)

　　　　[权叔这番掏心掏肺的话语,感染了大家。

赵　鸣　(诚挚地)权叔,其实我们想到一块了,你在保护自己的耕地,国家也在
　　　　保护18亿亩耕地。

权　叔　国家也在保护18亿亩耕地?

赵　鸣　粮食安全是国家安全的重要组成部分,而耕地安全就是粮食安全的最大
　　　　保障! (唱【反线中板】)

　　　　　　党的二十大报告指出:
　　　　　　农业农村是重中之重,
　　　　　　确保中国人的饭碗,
　　　　　　牢牢端在自己手中!
　　　　　　我们整体开发大吉岛,
　　　　　　是贯彻中央精神的行动。
　　　　　　不只是请人来看花看草,
　　　　　　更看乡村新貌、科技兴农!

权　叔　请人来看乡村新貌?

赵　鸣　当前广东省委、省政府正在全面实施"百千万工程",我们已经与袁隆
　　　　平院士的团队正式签订了战略合作协议,引进国家杂交水稻试验田项
　　　　目,推动大吉岛的高质量发展。

权　叔　引进国家杂交水稻试验田项目?

　　　　[郭荔仪已经感觉到父亲情绪上的变化,不失时机地。

郭荔仪　赵鸣,大吉村的土地流转问题还没有解决,你们还是到别的地方再看
　　　　看吧。

赵　鸣　(会意,顺势而上)权叔是会支持我们的。

权　叔　(仍有疑虑)那就是说,你们可以保证:大吉村的田地,是用来种米
　　　　种粮?

赵　鸣　我可以保证!

权　叔　(再问)永远属于大吉村?

赵　鸣　永远属于大吉村的子子孙孙!

权　叔　那我们大吉村的子孙后代,永远都不用再做"船家佬"了?

赵　鸣　权叔,你放心!党和政府已经请你们上了岸,已经分了田地给你们,你

们永远都不会再做"船家佬"了。

权 叔 （终于决定）那好，这个名，我签！

赵 鸣 （握着权叔的手）多谢你，权叔！

权 叔 （纠正）靓仔，还叫"权叔"？快点改口叫"阿爸"啦——

郭荔仪 （娇嗔）阿爸——

　　　　［收光。

6

　　［字幕：第二年。阳春三月。

　　［在新建起来的"大吉粮仓"旁边，立了块一人多高、镌刻了"把中国人的饭碗牢牢端在自己手中"字样的石刻。它在告诉人们：这里已经发生了翻天覆地的变化。

　　［强仔、阿亮、阿珍和阿霞带着一群青年村民奔跑而上。

众 人 （齐歌、齐舞、齐唱【龙飞凤舞】）

　　　　阳春三月天，

　　　　禾秧开始落田，

　　　　鱼虾跳出水面，

　　　　让歌声贯天响遍！

强 仔 （接唱）

　　　　我要唱赞最美乡村，

阿 亮 （接唱）

　　　　我要唱赞设施已兴建，

阿 珍 （接唱）

　　　　我要唱赞珠江水甜，

阿 霞 （接唱）

　　　　我要唱赞春风最暖。

强 仔 （楔白）你们看：水稻公园已经建起来了！

男 众 （接唱）

　　　　田间，插秧机运转——

阿　珍　（楔白）你们看：大吉粮仓开始运作了！

女　众　（接唱）

　　　　粮仓，金谷堆满山尖——

男　众　（接唱）

　　　　无人机，空中来支援——

女　众　（接唱）

　　　　排水，有计算机计算——

强　仔　（接唱）

　　　　原来农业也可火出圈，

阿　亮　（接唱）

　　　　融合文旅更好发展。

阿　珍　（接唱）

　　　　怡人丽景在这田园，

阿　霞　（接唱）

　　　　潮头风光我独占！

众　人　（齐合唱）

　　　　你你我我，欢歌声声，

　　　　唱唱跳跳，热热闹闹，

　　　　万村振兴，迎新创先，

　　　　旧乡村已巨变——

　　〔音乐歌舞骤停。小英跑上。

小　英　（着急）你们见到荔仪姐了吗？

　　　　〔众人摇头。

小　英　开耕节就要开始，领导和嘉宾马上就到，但找不到荔仪姐……

　　　　〔众人吃惊，议论纷纷："什么……荔仪不见了？""她不在场，开耕节
　　　　怎么开呀？"

强　仔　（跳上石凳）大家别急，我们分头去找——

　　　　〔众人呼喊着"对！分头去找——"全跑下。

　　　　〔景暗转至隆平广场。四周的田地已改造成高标农田，阡陌交错，井然有
　　　　序。田野上一片嫩绿，生机盎然。远处是入海的珠江，江天澄明。

　　　　〔荔仪在深情地回望身边这片生机盎然的田野。

郭荔仪 （唱【乙反南音】）

舍不得这江天，

难以割舍这家园。

水稻公园规模初现，

现代科技重塑乡村。

不承想与他重逢相见，

心底里感觉一如当年。

彼此情怀未曾改变，

点点爱意历久弥坚。

几多悲欢——

只为对土地依恋。

几多等待——

是在等这份情缘……

　　［赵鸣手中拿着一个小竹篮子上，篮子里有一个插着玉兰花的花冠。

赵　鸣 （有点伤感地）荔仪，你已经决定了吗？

郭荔仪 已经决定了……难道你不支持我么？

赵　鸣 （唱【明月千里寄相思】）

我匆匆而来，

你却又要启新航，

向梦境前往。

为何你永不歇下，

把脚步永留向远方？

郭荔仪 （接唱）

能力本领不够强，

让我倍感恐慌，

要不断回课堂学新知，

不怕前路漫长……

赵　鸣 （十分欣赏，唱【爽二簧】）

你不再是十年前那般模样，

你不再是一年前那个姑娘。

郭荔仪 我依然是原来的那个模样！（接唱）

　　　　　　只不过我已经悄然成长，

　　　　　　只不过我更加热爱家乡！

赵　鸣　荔仪，我支持你！（把花冠戴在郭荔仪头上）

郭荔仪　赵鸣，多谢你！

　　　　　　［两人深情对视、相拥。

　　　　　　［权叔、郭海龙、海龙嫂和强仔、阿亮、小英、阿珍、阿霞等乡亲急上，

　　　　　　见到了荔仪和赵鸣在一起，松了一口气。

阿　珍　荔仪姐，你戴上玉兰花冠好漂亮！

小　英　荔仪姐，领导和嘉宾都快来了，开耕节等着你去主持。

众　人　（齐声）是啊！就等你过去主持。

郭荔仪　（谦虚地）赵鸣同志已经担任了集团公司大吉岛水稻公园项目经理，他为

　　　　　　我们带来了两份大礼，应该由他来主持。

众　人　（期待地）两份大礼？

赵　鸣　第一份：区委、区政府决定在黄埔长洲建设隆平院士港，我们大吉岛的

　　　　　　现代农业水稻公园，已经被纳入院士港的第一期项目。大家说这份礼，

　　　　　　够不够大？

众村民　（齐声）大！够大！

强　仔　（上前）那第二份大礼呢？

郭荔仪　在宣布第二份大礼之前，我先宣布一个个人的决定。

　　　　　　［众人疑惑，交头接耳："什么个人决定？"

郭荔仪　我昨天已经向上级报告，辞去大吉村的所有职务。

　　　　　　［众人大感意外。

权　叔　（大声地）阿女，你又搞边科（搞什么）呀？

赵　鸣　荔仪她已经考取了农业大学的硕士研究生。

众　人　哦……

郭荔仪　下个星期就要入学报到，上级很快就会派人接替我的工作。

权　叔　（追问）那……那……那要读多少年呀？

郭荔仪　三年。

权　叔　（摇头苦叫）惨咯惨咯！读完书出来，还用嫁人么？

赵　鸣　权叔你放心，我会在大吉岛等荔仪回来。

权　叔　（警告般）衰仔（臭小子），你记得才好呀！不然的话，我打跛（打瘸）

剧作　179

　　　　　你只脚!

郭荔仪 (泪奔,扑向父亲)阿爸——

赵　鸣 这第二份大礼,还是让我来宣布吧!

　　　　　[众人期待。

赵　鸣 为了配合大吉岛国际现代农业水稻公园项目的开展,广州地铁七号线,
　　　　　已经确定在大吉岛设立洪圣沙站,很快我们就可以坐上地铁了!

　　　　　[众村民听到大吉岛将有地铁站,气氛瞬间沸腾!

全部人 (载歌载舞,去头句散板唱【赛龙夺锦】)

　　　　　　地铁——地铁——

　　　　　　地铁把时空连接,

　　　　　　将江心小岛与城央连接!

　　　　　　这边——这边——

　　　　　　这边江明望月,

　　　　　　从此不再在浪里穿梭! (转【孔雀开屏】)

男　众 (接唱)

　　　　　　又见乡村——

女　众 (接唱)

　　　　　　巨变乡村——

全部人 (接唱)

　　　　　　堤岸绿,

　　　　　　不用是那天边桃源,

　　　　　　宏图已初现。

男　众 (接唱)

　　　　　　遍地花开遍,

女　众 (接唱)

　　　　　　水暖风扑面,

全部人 (接唱)

　　　　　　令游人长留恋,

　　　　　　风送稻香不觉疲倦。

赵　鸣 (接唱)

　　　　　　都市绿洲赏田园,

郭荔仪　（接唱）

　　　　乡村振兴已初见！

男　众　（接唱）

　　　　未来——

女　众　（接唱）

　　　　定然——

男　众　（接唱）

　　　　出新——

女　众　（接唱）

　　　　出彩——

全部人　（大合唱）

　　　　一同合力去写新篇——

　　〔那边传来广播声："大吉岛国际现代农业水稻公园开耕仪式马上就要开始，请领导、嘉宾、乡亲们进场——"

　　〔音乐歌舞中，众人向着开耕节现场方向奔去，全下。

　　〔幕后传来的水乡歌谣优美、婉转、悠长——

　　　　浩浩珠江，千年流淌。

　　　　烟波深处，是我家乡。

　　　　谁家艇仔啊劈波斩浪，

　　　　江畔儿女啊迎风起航……

　　〔渐收光。

　　〔全剧终。

2024年8月6日第六稿

（本剧2024年12月由广州粤剧院首演）

匿名者

时　　间：1939年、1979年

地　　点：上海

人　　物：**关　露**　女，33岁，打入汪伪特工总部的中共地下党员。

　　　　　梁炳乾　35岁，关露的恋人，中共地下党员。

　　　　　老　潘　年近40，上海中共特科负责人。

　　　　　李士群　40来岁，汪伪上海特工总部负责人。

　　　　　冈　村　年过50，日本宪兵司令，大佐，中国通。

　　　　　余三财　30多岁，李士群手下的大头目。

　　　　　小　金　女，20来岁，关露的远房表亲，小保姆。

　　　　　交通员、宪兵、特务、歌伎、报童、洋车夫等人。

第一场　巧应对

[1939年冬的一天傍晚，北风凛冽，乌云压城。

[幕后女声群唱：

　　　　　万里河山已陆沉，

　　　　　凄风苦雨黄浦江。

　　　　　忍看烽烟遍华夏，

　　　　　敢抛头颅上战场。

　　　　　写不完的家国大义，

　　　　　说不尽的儿女情长。

[日本宪兵司令冈村带着一队宪兵上。

宪兵队长　（向冈村报告）报告大佐，就是这里！

冈　村　好！就在这里——（唱）

　　　　　全城追缉共产党，

大佐带兵也上场!

搜——（带着众宪兵下）

[暗转。小阁楼里，风华正茂的关露正在准备晚餐，小阁楼布置得温馨浪漫，餐桌上点着洋烛，放着一瓶红酒和高脚酒杯。

关　露　（叫）小金——小金——

[小金内应："来了来了——"小金上，一个十七八岁的小姑娘。

小　金　表姐姐——

关　露　小金，今天晚上喝酒的杯子洗干净了没有？

小　金　都洗干净了。

关　露　今天晚上招待梁先生，我们要炒最好的菜，拿最好的酒，知道吧？

小　金　知道了表姐姐，我去把菜端上来。（下）

[关露拿起块小毛巾，又把桌子、椅子擦了擦。

关　露　（放下小毛巾，唱）

今夜里下厨房做菜煮汤。

女教员变作了住家厨娘。

没有那山珍海味，

也拿不来美酒佳酿。

炒一碟青菜，

煎两条黄鱼，

涂抹些番茄酱。

就盼赶跑日本鬼子，

再摆家宴犒劳我的好情郎。

他明天就要撤回重庆大后方，

多少话儿要同他细细讲。

[小金端着菜上来。

小　金　表姐姐，菜炒好了。

关　露　梁先生怕是要到了，你把酒倒上。

小　金　哎！（倒酒）

[梁炳乾急上。

梁炳乾　（唱）

明天要撤回重庆大后方，

多少话儿要同她细细讲。

风云突变局势陡然紧张，

我拿来电文通知她明天下香港。（敲门）

小　金　（开门）梁先生！表姐姐，梁先生来了——

关　露　（迎上）炳乾，你来了。

梁炳乾　来了。

　　　　　〔关露走过去，帮梁炳乾拍打身上的灰尘。

关　露　马路上到处是灰尘，脏兮兮的。小金，给梁先生拿热毛巾来擦擦脸。

小　金　哎！（欲下）

梁炳乾　不用了小金，你到弄堂口去，帮买包花生米来。

小　金　（笑）梁先生真会享受，表姐姐给你准备了红酒，你却吃花生米。

梁炳乾　还要看看有没有生面孔的人上来。

小　金　好的，我知道了。（识趣地下了）

关　露　（递过热毛巾）你还是擦擦吧，别把有害细菌带进屋里来了。

梁炳乾　（胡乱地擦了擦脸）小关，我有紧急情报。

关　露　紧急情报？

　　　　　〔梁炳乾从怀里取出一个信封，里面有一份电文和一张船票。

梁炳乾　你先看这份电报。

关　露　电报？（读电文）"关露速去香港找小廖"。这小廖是谁呀？

梁炳乾　就是廖承志同志，他现在是八路军香港办事处负责人。这里还有一张明
　　　　　天到香港的船票，船票的背面，有一个联系人的电话号码。

关　露　明天就出发？

梁炳乾　是的！（唱）

　　　　　　　是南方局给你的密电，

　　　　　　　组织上派你去香港。

　　　　　　　去接受新的任务，

　　　　　　　或者是叫你去写重要文章。

关　露　（唱）

　　　　　　　我不过是个失业女教员，

　　　　　　　我平时写的是些小文章。

　　　　　　　我想组织上派我到香港，

　　　　　　是要继续去搞文化救亡。

　　　　　　八一三事变以后，上海的文化人大多都转移去了香港。

梁炳乾　　也许是吧!

关　露　　那我还回来吗?

梁炳乾　　（一时被问住）是啊? 你还能回来吗?

关　露　　你陪我一起去吧炳乾，如果不能回来，我们就一起留在香港。

梁炳乾　　但组织只安排你一个人去，这是纪律。

　　　　　　[说完，梁炳乾把船票交给关露，然后把电文放近洋烛，点火烧了。

梁炳乾　　再说，我也要马上离开上海。

关　露　　（吃惊）啊? 不是明天才走吗?

梁炳乾　　（唱）

　　　　　　　　我也要连夜离开，

　　　　　　　　因为我也接到通知。

　　　　　　　　八路军办事处已被破坏，

　　　　　　　　同志们都要紧急撤离。

关　露　　（唱）

　　　　　　　　转眼就各奔东西，

　　　　　　　　我要往南边走，

　　　　　　　　你要往西边去。

　　　　　　　　在这个战火纷飞的年代，

　　　　　　　　不知重逢在何时? （不尽伤感）

　　　　　　[正在这时，屋外传来一阵狼狗的狂吠。

小　金　　（进来）不好了梁先生，下面都是日本宪兵队，他们马上就要搜到这里了!

梁炳乾　　（大惊）坏了! 日本人一定是掌握了情况，追到这里来了。

关　露　　小金，你带梁先生从后面的小门走。

梁炳乾　　那你怎么办?

关　露　　他们不认识我，我拖住他们。（从桌子上拿起一本书）这是我新出版的
　　　　　　诗集《太平洋上的歌声》，带在路上，让它来陪伴你。

　　　　　　[梁炳乾从口袋里拿出一张相片，交给关露。

梁炳乾　　这是我的相片，我也让它来陪伴你。

关　露　　（接过相片，依偎在梁炳乾的胸前）等完成了任务，我想办法去重庆找你。

梁炳乾 （点头）我等你……

关　露 路上少吃那些不干净的东西，会得病。

梁炳乾 我知道的。

小　金 （催促）快走吧，梁先生——

　　〔外面传来宪兵上楼声，梁炳乾拿起诗集，和小金急下。关露把相片藏在
贴身处。

　　〔房门被撞开，冈村带着宪兵冲了进来。宪兵四下搜查。

冈　村 你是什么人？

关　露 （镇定自若）启秀女中教员。

冈　村 启秀女中不是停课了吗？

关　露 是的，所以我失业了。

冈　村 你——叫什么名字？

关　露 关露。

冈　村 关露小姐，有个叫梁炳乾的人，有没有来过这里？

关　露 什么人？

宪兵队长 （上前）冈村大佐是问你：有个叫梁炳乾的人，有没有来过这里？！

关　露 不认识，没见过。

宪　兵 （搜查后没发现，过来报告）报告大佐，没发现有人。

冈　村 （拿起一杯红酒，看了又看）看样子，你是在等人？

关　露 是的，大佐先生。

冈　村 在等什么人？

关　露 一个朋友。

冈　村 男的还是女的？

关　露 当然是男的。

冈　村 他什么时候来？

关　露 大佐先生，你们来了那么多拿刀拿枪的人，我的朋友他还敢来吗？大佐
　　先生如果愿意，可以陪着我在这里等他。

冈　村 （旁唱）

　　　　她的神情让人颇费思量。

　　　　莫非共产党没在这躲藏？

关　露 （旁唱）

炳乾他已经逃出生天，

我且慢慢拖延无须慌张。

冈　村　（旁唱）

问题就在她一点都不慌张，

这里面肯定有些不寻常。

关　露　（旁唱）

他的一双贼眼暗藏凶光，

就像是一头饥饿的豺狼。

冈　村　（冷冷地问）你的那个朋友，是什么人？

关　露　洋行里的一个小职员。

冈　村　叫什么名字？

关　露　等会他要是来了，你问他不就知道了吗？

冈　村　他如果不来呢？

关　露　他要是不来，这杯酒，我请您喝。大佐先生，你不介意吧？

〔关露拿起自己面前的那杯酒，含笑举向冈村。

〔冈村又把酒杯放在鼻子下闻了闻，没喝，又放回桌子上。

〔突然，冈村发现了桌子上的那张船票，疑惑地拿起来，正要细看，一个

军曹跑了过来，在冈村耳边细语几句。

冈　村　（丢下船票）追——（带着众宪兵急下）

〔关露扑在地上，捡起那张船票，惊魂未定。

〔收光。

第二场　领任务

〔香港维多利亚港。

〔此时日寇的战火，还没烧到香港，这个在英殖民者统治下的商埠，依然

流光溢彩、光怪陆离。关露和中年男子老潘上。

老　潘　（掏出怀表看了看）关露同志，还有半个时辰，回上海的邮船就要开了。

关　露　老潘哪——（唱）

前路迷茫万丈深，

　　　　　我如临深渊如履冰。

老　潘　（唱）

　　　　　纵然前路万丈深，

　　　　　也要勇敢向前行！

　　　　廖承志同志给你布置的任务，还有什么不明白的吗？

关　露　我已经明白了。

老　潘　目前，你是唯一能够完成这项任务的人选。你先走一步，我随后也会回
　　　　上海。回到上海开展工作以后，把你所看到的、听到的都记在心里，然
　　　　后写信到这个地址，就说有要紧的事，要跟娘家大哥说，我就会来找
　　　　你。（强调地）记住：每个月至少汇报一次情况，但在信里不能谈工作
　　　　上的事。

　　　　[老潘把一张写有通信地址的纸条交给关露。

关　露　我明白。是不是完成了这个任务，我就可以撤离上海？

老　潘　你想到哪去？

关　露　我想去重庆，还想……去延安。

老　潘　现在形势每天都在变化，以后的事情，以后再说。

关　露　哦……

老　潘　从今天开始，你跟我单线联系，不要再去找组织了。

关　露　我原来身边的那些同志，知道我新的领导关系吗？

老　潘　在上海，除了你我，没有第三个人知道。以前的那个关露，在你回到上
　　　　海的那一天起，就从此销声匿迹了。

关　露　销声匿迹了？

老　潘　对！你就是个匿名者。

关　露　匿名者？（唱）

　　　　　难道从此不叫关露，

　　　　　换成个别的姓名？

老　潘　不！你还叫关露。（唱）

　　　　　但不再是以前那个关露，

　　　　　她已经公开投靠敌营。

关　露　不再是以前那个关露？

老　潘　（唱）

　　　　　　　这样有利于开展工作，

　　　　　　　更好地保护你的性命。

　　　　　以后，也许会有人骂你是汉奸。

关　露　（大吃一惊）骂我汉奸？

老　潘　但你不能辩护。

关　露　为什么？

老　潘　你要是辩护，那就糟了。

关　露　（唱）

　　　　　　　难道要我一辈子，

　　　　　　　忍受汉奸骂名？

　　　　　　　难道要我一辈子，

　　　　　　　背负罪恶名声？

　　　　　　　那分明是个大染缸，

　　　　　　　别人怎辨我是黑是白、是浊是清？

老　潘　请你相信组织。革命胜利以后——（唱）

　　　　　　　组织会还你清白，

　　　　　　　给一个堂堂正正的名声！

关　露　我相信组织，我不辩护。

　　　　［码头传来邮轮的汽笛，关露从老潘手中接过那个小藤匣，准备上船。

关　露　老潘，我还是有点怕……

老　潘　别怕！不是你一个在战斗。

关　露　我知道了，老潘。

老　潘　你想好以什么理由去接近李士群了吗？

关　露　我已经想好了。

老　潘　那好！祝你顺利。

　　　　［两人握别。切光。

第三场　入虎穴

[夜。上海极司菲尔路76号的特工总部内，李士群和冈村正在打麻将，一个打扮妖冶的女特务和一个浓妆艳抹的日本歌伎在陪打。冈村这天穿了套和服。

[众人洗牌、砌牌。

李士群　（唱）

　　　　这座四方城，

　　　　格局真奇妙。

　　　　一家对三家，

　　　　我个个应付好！

冈　村　（唱）

　　　　这座四方城，

　　　　乾坤真不小。

　　　　一家对三家，

　　　　家家耍花招。

李、冈　（合唱）

　　　　我联对家——

　　　　打上家——

　　　　压下家——

　　　　谁也别想跑得了！

[四个人继续打牌，"东风""五万""八万""胡了"之声不绝于耳，还有歌伎、女特务的声声浪笑。

[关露上。

关　露　（唱）

　　　　船回上海滩，

　　　　只见哀鸿遍野，

　　　　遍野饿殍。

　　　　走进这高墙大院，

架满了机关枪，

站满了岗哨。

这不是大世界，

也不是荣顺馆，

是"魔窟"极司菲尔路76号。

是汪伪特工总部，

是关押抗日同胞的笼牢。

那边传来了声声鞭笞，

声声嘶叫，声声哀号。

这边却是纸醉金迷，

声色犬马，千金良宵。

想停步，想回头，

但我又怎能临阵脱逃？

纵然前路是刀山火海，

我也要纵身一跳！

如凤凰般涅槃，

在烈火中燃烧！

〔门边站着李士群的大头目余三财，他身穿黑衣，在向关露鞠躬致礼。

余三财 关露小姐，李先生已经在里边恭候多时了。请——

李士群 （笑脸迎上）哟！我的大小姐，你终于来了！

关　露 李先生，让你久等了。

李士群 别客气！（向冈村介绍）大佐先生，这位是我的朋友——关露关小姐。
当年我李士群还关在蒋介石大牢里的时候，要不是她和她的妹妹收留，
我的老婆孩子，早就饿死街头了。

冈　村 这么说，关露小姐是你们家的大恩人了？

李士群 是的。（转而向关露介绍）这位是大日本皇军驻上海宪兵司令冈村大
佐。大佐先生自小随父辈在"满洲"长大，你们可以像好朋友一样愉快
地交谈。

冈　村 （上前鞠躬致礼）关露小姐你好！我们见过面。

李士群 哦？原来冈村大佐和关露小姐还是朋友？

关　露 （已认出冈村，优雅地）哦?！原来是大佐先生！那天，我请大佐先生喝

酒，大佐先生却不肯赏脸。

冈　村　（不露锋芒地）那天，你的朋友来了吗？

关　露　他很晚才过来。

冈　村　哦，到底还是来了。

关　露　（反问）那天你们要抓的人，抓到了吗？

冈　村　（大笑）哈哈！在上海——（唱）

　　　　　　　皇军要抓一个人，

　　　　　　　没有一个跑得了。

李士群　冈村大佐说得对。（唱）

　　　　　　　不管是天上飞还是地上跑，

　　　　　　　只要想抓没有抓不到！

冈、李　（同大笑）哈哈——

关　露　（闻言一惊，旁唱）

　　　　　　　难道梁炳乾被抓住了？

　　　　　　　难道梁炳乾他没跑掉？

冈　村　（进一步试探）关露小姐，你今天来找李先生，不会是来"捞人"的吧？

　　　　　　［三个人心态各异，都在揣摩对方。

关　露　（旁唱）

　　　　　　　冈村仍存戒心，

　　　　　　　我要小心为好。

冈　村　（旁唱）

　　　　　　　这是特工总部，

　　　　　　　她敢来卖弄风骚？

李士群　（旁唱）

　　　　　　　她虽说有恩于我，

　　　　　　　近年联系却很少。

关　露　（旁唱）

　　　　　　　不能再问抓人的事，

　　　　　　　以免乱了步调。

冈　村　（旁唱）

　　　　　　　姓李的好艳福，

看你怎么过今宵？

李士群 （旁唱）

冈村他不怀好意，

我就让他看个热闹！

关　露 今天我过来，是想请李先生帮忙找个事做，因为最近启秀女中停了课，我眼看就要饿死街头了。

李士群 （哈哈一笑）关露小姐，你放心，我李士群的朋友，怎么会饿死街头呢？

冈　村 （不怀好意地）李先生这里都是抓人、打人、杀人的活，好像都不适合关露小姐你来做。

关　露 我当然不敢去抓人、打人，但我可以做些抄抄写写的工作。另外，我还懂些英文俄文。

李士群 太好了，我这里正缺一个外文翻译。方便的话，就请关露小姐过来翻译些外文资料。除此之外，大家还可以聊聊天、打打牌。

冈　村 那是最好不过了！时候不早，我该走了。关露小姐，近来市面治安不好，需要我送你一程吗？

李士群 我看就不必了。今天晚上，关露小姐就住我这里。

冈　村 士群君你问过关露小姐，她愿意吗？说不定，她的朋友正在家里等着她呢。

李士群 我知道关露小姐她是愿意的。你说是吗关露小姐？

关　露 （不动声色，唱）

如果李先生这里方便，

我当然愿意在这住一晚。

冈　村 （大笑）好好好！中国有句老话，叫有缘千里来相会。（唱）

看来我这个多余的人，

还是趁早滚蛋！

[李士群也与冈村一起暧昧地大笑起来。

冈　村 （意味深长地）关露小姐——（唱）

祝你有一个愉快的夜晚，

士群君莫负了春光无限。

李士群 谢谢！（对门外叫）余三财，送冈村大佐！

余三财 （进来）是！老板。大佐先生，请——

[余三财送冈村等人下。

[冈村等人一走，李士群换了一副玩世不恭的嘴脸。

李士群 关露小姐好赏脸！这边是我的小卧房，里面有刚从法国运回来的海绵软床。如果你不介意，今晚你就住在这里。

关　露 不！我要回去。（说着，要走出去）

李士群 （嬉皮笑脸地拦着）欸！关露小姐，刚才不是说得好好的，愿意在这里住一晚上吗？

关　露 那是因为我不愿意跟日本人一起走！（又要往外走）

李士群 （依然拦着）你不能走！

关　露 你再不让我走，我就喊人！

李士群 （大笑）哈哈！你太可爱了关露小姐！（唱）

　　　　你喊你喊你大声喊！

　　　　任你把喉咙喊破把嘴喊烂，

　　　　也没人来管你没人来阻拦。

　　　　这是我的特工总部，

　　　　我就是这里的老板！

　　　　每日每夜，每时每刻，

　　　　都有人在大声喊。

　　　　要活的在哭喊，

　　　　要死的在叫喊，

　　　　不死不活的在号喊。

　　你听——你听——（接唱）

　　　　那边又传来要死要活的叫喊——

[不远处隐约传来阵阵令人恐惧的打骂声和哭喊声。

关　露 （气馁，略带哀求语气）李先生，你别忘记了，我和我的妹妹对你们家有恩。

李士群 （一本正经地）所以，我才要把你照顾好嘛！放心吧，我李士群再他妈不是人，也不会占了你的便宜。

关　露 （想了想，妥协了）我睡了你的卧房，那你睡哪？

李士群 我哪都可以睡，蒋介石的大牢我睡了两年。客厅就很好，我给你放哨把门。请——

［说完，李士群把关露引进卧房，然后出来。

［关露关好门，正在彷徨间，李士群又来敲门，把关露吓得不轻。

关　露　你又要干吗？

李士群　不好意思关露小姐，我给你送水果来了。

　　　　　［关露只好开门，李士群把水果盘送进来。

李士群　女人睡觉前吃点水果，养颜的。

　　　　　［关露见到水果盘上有把削果刀，下意识地拿了起来。

关　露　你别过来……

李士群　（优雅地笑了笑）关露小姐，晚安——

　　　　　［李士群退出，关露则在卧房里，拿着那把削果刀惴惴不安。

李士群　（唱）

　　　　她难道就为混一口饭？

　　　　是谁叫她来闯鬼门关？

　　　　军统？中统？

　　　　还是中共"八办"？

　　　　任你是七十二变孙猴子，

　　　　也别想跳出我的五指山！

　　　　一切为我所用，

　　　　为我所动，为我解难。

　　　　　［李士群打了个哈欠，在沙发上睡了。

关　露　（唱）

　　　　他为什么要把我阻拦？

　　　　他为什么把我往小卧房关？

　　　　我这不是送羊入虎口，

　　　　放肉上砧板？

　　　　老潘呀老潘——（接唱）

　　　　你给我派的是什么任务？

　　　　真叫我进退维谷、左右为难。

　　　　　［关露在卧房里惴惴不安，门外的李士群早已睡得鼾声如雷。

　　　　　［渐收光。

第四场　情难诉

[半年后。

[小金在忙里忙外准备晚饭，小阁楼亮亮堂堂，餐桌上还有上次没有喝成的红酒。

小　金　（唱）

华灯初上月朦胧，

表姐姐和他又相逢。

今天又炒了几个菜，

放了半年的红酒更香浓。

[关露上。

小　金　表姐姐，这瓶红酒上次梁先生没喝成，这回，可得要让他好好喝两杯。

关　露　（嗔）梁先生又不是酒鬼。

小　金　（小声地问）他是从武汉来，还是从重庆来？

关　露　我也不知道，你可别乱说。

[梁炳乾如期造访。大半年的颠沛流离，梁炳乾风采依然。

小　金　梁先生来了！（识趣地）梁先生、表姐姐安心吃顿饭，我到弄堂口给你们望风。（下）

关　露　（热烈地）炳乾——

梁炳乾　（欲言又止）小关……

关　露　（抱着梁炳乾）这半年来，你可把我想死了，我有好多话要对你说……

梁炳乾　我也一样……

[正在这时，余三财带着个小特务，拿着一张大红请柬上。小金追上。

小　金　（极力阻拦）这位先生，你找错地方了！

余三财　（一把推开小金，蛮横无理地）错不了！在上海滩，没有我余三财找不到的人。

[关露见是余三财，上前。

关　露　原来是余先生。你找人吗？

余三财　（大大咧咧地）对的！

关　露　找谁呢？

余三财 （谄笑）就找你，关露小姐！

关　露 哦？有事吗？

余三财 （唱）

　　　　　下个礼拜老板生日，

　　　　　遍请各地士绅富豪。

　　　　　在大世界开舞会，

　　　　　恭请你光临驾到！

　　　〔说完，余三财恭恭敬敬地向关露递上请柬。

关　露 （接过请柬）替我谢谢李先生。

余三财 老板还说了——（唱）

　　　　　你是当天晚上头号女嘉宾，

　　　　　你就是全场瞩目的女一号！

　　　　你可不能不来哟关露小姐！

　　　〔一边的梁炳乾终于按捺不住。

梁炳乾 （气呼呼地）你们老板是什么人？怎么那么大的口气？

余三财 （乜斜着眼看了看梁炳乾）你又是什么人？

关　露 哦……他是我的表哥，在乡下教书，日子不好过，来上海找事做。

余三财 说出来吓死你：我们老板李士群，南京汪先生的身边红人！你的表妹也
　　　　算走运，是我们老板的枕边红人……

关　露 （愕然，打断）余先生，你怎么这样说话？

余三财 关露小姐你别生气，老板就是这么对我们说的。他还说了：谁要是跟关露
　　　　小姐过不去，就是跟他李士群过不去！好了，我的任务完成了，再见——
　　　〔说完，余三财与小特务下。

关　露 （对着余三财的背影，骂）呸！狗仗人势！

梁炳乾 小关，在这大半年里，你在上海都做了些什么？你能告诉我吗？

关　露 （敏感地）你都听了些什么？

梁炳乾 （没有直接回答）上次去香港，到底是什么任务？

关　露 上次在香港……没、没有与组织上的人接上头，没有接受到任务。

梁炳乾 就这样回来了？

关　露 是的，就这样回来了。

梁炳乾 那你为什么不来重庆找我？

关　露　（有口难言）我……

梁炳乾　你变了……

关　露　（已领会）我变了？

梁炳乾　所有的人都说：关露投靠了汪伪！我来问你：这是不是真的？

关　露　（痛心地）不！这不是真的……

梁炳乾　不是真的？（唱）

　　　　　那你为什么整天往76号跑？

关　露　（唱）

　　　　　因为到处打仗工作不好找。

梁炳乾　（唱）

　　　　　你……你……你……

　　　　　你为什么还陪李士群打牌跳舞度良宵？

关　露　（唱）

　　　　　这……这……这……

　　　　　这都是流言蜚语你莫信谣。

梁炳乾　流言蜚语？（痛心地）现在全上海都知道你已经公开投伪，你在出卖自
　　　　己的同胞。

关　露　不！（唱）

　　　　　我以人格做保证，

　　　　　我没有投伪出卖同胞。

梁炳乾　你的人格已经没有了。（唱）

　　　　　还能拿什么做保证？

　　　　　还在跟谁唱高调？

关　露　（气结）你——

梁炳乾　（痛苦地）关露，我们……分手吧。

关　露　啊?!　分手？

梁炳乾　（唱）

　　　　　我是一名爱国的中国人，

　　　　　不能跟投伪的人在一起……

关　露　（痛苦）不！（唱）

　　　　　谁都可以这样说我，

　　　　　但你梁炳乾不可以!

梁炳乾 （唱）

　　　　　两年前——

　　　　　我就知道那首《春天里》是你作的词。

　　　　　两年前——

　　　　　我就知道女作家关露是我们的同志。

　　　　　这半年里——

　　　　　我在读你的诗集，在背诵里边的句子。

　　　　　这半年里——

　　　　　奔流的长江水载不完我对你的相思。

关　露　对不起，我让你失望了。

梁炳乾　那些激昂铿锵的诗句，这半年来，一直在我的心头萦绕。但现在看来，
　　　　　是那么滑稽、那么可笑……

关　露　（伤心地）就忘掉它吧……

　　　　　［梁炳乾拿出诗集《太平洋上的歌声》，递给关露。

梁炳乾　这本诗集，还给你……

　　　　　［关露无力地接过诗集。

梁炳乾　那天……我送给你的那张相片呢?

关　露　我、我把它弄丢了……

梁炳乾　那也好……也好……

　　　　　［两人的内心都在痛苦挣扎……

关　露　（旁唱）

　　　　　曾经数着星星在等你的归期。

梁炳乾　（旁唱）

　　　　　曾经数着星星在盼与她相依。

关　露　（旁唱）

　　　　　曾在梦里变成了你的娇妻。

梁炳乾　（旁唱）

　　　　　曾在梦里用花轿把她迎娶。

关　露　（旁唱）

　　　　　曾想过该如何解答你心中的质疑。

梁炳乾 （旁唱）

　　　　曾以为她会解开我心中的质疑。

关　露 （旁唱）

　　　　却到了如今，

　　　　我不敢解释。

　　　　不能讲明，

　　　　无从说起。

梁炳乾 （旁唱）

　　　　却到了如今，

　　　　她不愿解释。

　　　　不想讲明，

　　　　不敢说起。

关、梁 （合唱）

　　　　这种切肤的痛啊，

　　　　这种彻骨的痛——

　　　　痛进了我的心里肺里……

梁炳乾 （无力地）我走了……

关　露 你走吧……

梁炳乾 关露，我还想向你提一个要求，可以吗？

关　露 你说吧。

梁炳乾 你可以出卖灵魂和良知，但请你不要出卖曾经的同志。

关　露 （气不打一处来）如果明天你还在上海，我就叫李士群去抓你！

梁炳乾 （回敬）那好！你马上去告诉李士群，那个名叫梁炳乾的共产党，他已经

　　　　回到上海，等着他来抓！

　　　　［说完，梁炳乾摔门而去。

关　露 （委屈地哭了）炳乾，你别走……李士群呀李士群，你把我害苦了。这笔

　　　　账，总有一天会跟你算！

　　　　［切光。

第五场 再履险

[上场次日，李士群叼着烟斗，心事重重地在小密室里踱来踱去。

李士群 （唱）

　　　　国事蜩螗看不透，

　　　　明的争来暗里斗。

　　　　两国四方在打架，

　　　　陈仓暗度我留一手。

余三财 （上，念）

　　　　命里无财当走狗，

　　　　吃香喝辣总还有。

　　　　国共汪日管他娘，

　　　　效命老板我有出头。

　　　报告老板，我有重要情报。

李士群 说——

余三财 关露是共产党！

李士群 （似乎是在意料之中，却又装出惊讶的样子）哦？关露是共产党？

余三财 是的！

李士群 你就这么肯定？

余三财 （神神秘秘地）昨天我去送请柬，在她家看到了一个共产党。

李士群 谁？

余三财 此人名叫梁炳乾，曾经是共产党上海"八办"的人。我开始觉得眼熟，回来一想，原来是他！

李士群 （冷冷地）叫人盯着他。

余三财 明白！但那个关露……

李士群 （不急不慢地）我说过，这个美人儿，不用你们操心。明白吗？

余三财 （领悟，谄笑着）三财明白——（旁唱）

　　　　老板不肯说因由，

　　　　他的心思我猜透。

　　　　手上情报还须报，

　　　　知情不报杀我头。

　　　　　　老板，今天关露又一个人出去了。

李士群　（依然不急不慢地）这个关小姐哪天来找我，哪天不来找我，你都要知
　　　　　　道，是吗？

余三财　（一听，怕了起来）三财不敢，三财不敢！

李士群　（唱）

　　　　　　　　关露不过是个女流，

　　　　　　　　她能有什么诡计阴谋？

余三财　老板说的是！（唱）

　　　　　　　　这是我们的码头，

　　　　　　　　谁敢不把规矩守？！

李士群　该你干的事你去干，不该你干的事你别管。这才是规矩。

余三财　（点头哈腰）是、是、是！（旁唱）

　　　　　　　　我他妈差点触霉头！

　　　　　　　　关露看来真有一手。

　　　　　　　　76号任她来去自由，

　　　　　　　　我少管闲事多喝酒。

　　　　　　　　走——

　　　　　　〔余三财脚底抹油，溜之大吉。

　　　　　　〔暗转。老潘在上海的秘密居所。

　　　　　　〔老潘正在写东西，交通员急上。

交通员　老潘，楼下有个女子说要见你。

老　潘　女子？你认识她吗？

交通员　不认识。她说她姓关，二十多三十岁的样子，长得还蛮好看的。

老　潘　（大惊）难道是她？你下去叫她上来。你在楼下守着，不能让任何人上来。

交通员　明白了。（下）

　　　　　　〔关露上。老潘一看果然是关露，十分生气。

老　潘　关露同志，你怎么能自己找到这里？你违反纪律了，你知道吗？！

关　露　（开门见山）老潘，我不干了！

老　潘　（大感意外）你说什么？

关　露　我不干了！

老　潘　你不干了？！

关　露　不干了！我要去延安。

　　　　[老潘连忙把门关好，还特意走到窗边看了看，关窗。

老　潘　你要去延安？

关　露　（唱）

　　　　　　这里没有同志朋友，

　　　　　　我一天也干不下去。

老　潘　（唱）

　　　　　　我上次跟你说过，

　　　　　　组织不同意你回去。

关　露　（眼泪流了下来）难道组织不要我了吗……

老　潘　（苦口婆心地唱）

　　　　　　不是组织不要你，

　　　　　　而是这里工作需要你。

　　　　　　组织就像我们的母亲，

　　　　　　她爱她的每一个孩子！

关　露　（自语）组织就像我们的母亲，爱她的每一个孩子？

老　潘　是的。

关　露　可现在，所有的人都在骂我是汉奸，连我最亲近的人也以为我投伪了。

老　潘　（警惕地）最亲近的人？谁？

关　露　梁炳乾。

老　潘　就是原来上海"八办"的那个梁炳乾？

关　露　是的。

老　潘　（郑重地）关露同志，我代表组织谢谢你，你做得很好！

关　露　（唱）

　　　　　　可我是一个女人，

　　　　　　我在意别人的品评。

　　　　　　我也曾是一名作家，

　　　　　　我更爱惜我的名声。

老　潘　你的难处，组织是知道的。现在我可以告诉你，我们已经开始和李士群
　　　　接触。

关　露　（颇感意外）啊？我怎么不知道？

老　潘　我曾跟你说过：不是你一个在战斗。（唱）

　　　　你送回来的情报，

　　　　让我们了解了敌情。

　　　　掌握了李士群动向，

　　　　把他的思想摸清。

　　　　中统那边他回不去，

　　　　因为两家仇恨结得深。

　　　　汪伪政权不长久，

　　　　他身处其中看得明。

　　　　有了你的前期工作，

　　　　秘密接触已进行。

关　露　是你去跟他秘密接触的吗？

老　潘　谁去，这并不重要。日军马上就要在淮北进行大规模"清乡"，新四军的处境十分危险，我们急需这方面的情报。还有，这两年被日伪关在南京、上海大牢里的同志实在是太多了，我们要想办法去营救。所有这些，都需要从李士群这里入手。

关　露　他愿意和我们合作吗？

老　潘　他李士群是个绝顶聪明的人，经过几番讨价还价，答应与我党秘密合作，并且开始为我们提供重要情报。在这里面，你立了第一功。

关　露　（由衷地）不是我一个人的功劳。

老　潘　你在76号的使命已经完成，可以撤出来了。

关　露　下个礼拜李士群生日还有个舞会，给我发来了请柬。

老　潘　这个舞会你依旧可以参加。本来过两天我就会给你布置新任务，既然你已经来了，就直接告诉你吧。

关　露　（高兴地）是不是我可以去延安了？

老　潘　（摇头）不，继续留在上海。

关　露　（失望，唱）

　　　　还是要我继续做间谍？

老　潘　但你是红色间谍。

关　露　（唱）

　　　　与其活得这般憋屈，

　　　　不如让我上前线杀敌!

老　潘　你是个匿名者,这里就是你的前线!

关　露　(唱)

　　　　但我不能把他们消灭。

老　潘　别说气话。再过两个月,日本人要在东京召开所谓的第二届"大东亚文
　　　　学者大会",到时候他们会派中国作家去参加这次会议。

关　露　组织要派我去参加这次会议?

老　潘　是的,因为你是个女作家,你的身份最合适。

关　露　我怎么去?

老　潘　日本海军报道部正在创办一份名为《女声》的中文妇女杂志,主编是日
　　　　本女作家佐藤俊子,但她的中文不好,需要一名中文女作家当助手。

关　露　要我去当她的助手?

老　潘　我们已经找到了中间人,只要进入了《女声》杂志社,以你作家、诗人
　　　　的身份,去东京参加会议,一切都是顺理成章。

关　露　恐怕不是单纯参加会议这么简单吧?

老　潘　你说对了。在中国的日共领导人,想通过我们的渠道,与日本国内的共
　　　　产党建立联系,开展反战工作。这项任务,十分艰巨,但意义重大,我
　　　　们必须完成。

关　露　我这一去日本,头上这顶"汉奸"帽子,岂不是戴得更加稳当了吗?
　　　　(悲从中来)我心里头的苦,你们知道吗老潘?

老　潘　(沉重地)关露同志,现在不是你诉苦发牢骚的时候。(唱)

　　　　你可知道,

　　　　每天我们在沦丧多少国土?

　　　　你可知道,

　　　　每天有多少孩子失去父母?

　　　　你可知道,

　　　　前方多少将士抛却头颅?

　　　　百姓黎民的苦那才叫苦!

　　　　国家民族的苦那才叫苦!

关　露　(感动)不要再说了,老潘……(唱)

　　　　老潘他一番话让我灌顶醍醐,

国破之时怎能够怜命自图？

既然是已入虎穴以身饲虎，

既然是这名声早已不堪回顾。

又何妨走一趟去把那东洋渡？

风风光光洋洋洒洒轻歌曼舞。

哪管得纷纭众口唾言相吐？

只为我巍巍华夏家邦父母。

 我，服从组织的安排！

老 潘 好！还是那句话：以后不管谁骂你是汉奸，你都不能辩护。

关 露 我不辩护！

 〔收光。

第六场　与狼舞

〔上海街头，几个报童在卖报。

报童甲 卖报卖报，今日《申报》——第二届"大东亚文学者大会"日前结束，中国作家代表团从东京返沪，今日抵埠……

报童乙 卖报卖报，《时事新报》——上海女作家关露出席"大东亚文学者大会"，"进步女诗人"露出汉奸面目……

众报童 卖报卖报……（下）

〔关露上。

关 露 （唱）

  为赴使命渡东洋，

  回身已是百孔千疮。

  蜚语流言尘嚣上，

  已是时候去算账。（下）

〔暗转至76号院内李士群居所，已经不见此前的富丽堂皇，厅堂中间摆了一张病床，以及一些医疗器具，一个黑衣小特务和一个女护士在旁边守着。

李士群 （病容满脸地躺在床上，唱）

  曾以为一世聪明，

行走五湖三江。

却原来机关算尽，

反被恶狼咬伤。

到如今落得个，

半条小命躺在床。

余三财 （上。在李士群耳边轻轻地）老板，冈村他又来了。

李士群 让他进来。

余三财 是。（下）

李士群 （唱）

给鸡来拜年的黄鼠狼，

我看他还有什么好讲。

［冈村带着两个宪兵进来。李士群闭目不理。

冈 村 士群君，今天好点了吗？

李士群 （睁开眼睛）还死不了。（勉强撑起身子下床）还可以站着与大佐先生
说话。

冈 村 （笑）好，那就好！士群君呀——（唱）

你一直在为大日本帝国奔忙，

你更是南京汪先生的左膀右臂。

本大佐祝愿你早日恢复健康，

这是日中两国人民的共同期望！

李士群 谢谢大佐先生的好意，但我已经躺了三天了……

冈 村 （信誓旦旦般）士群君你放心！我已经在东京给你找了最好的医生，再过
一个礼拜，他就能来到上海。

李士群 谢谢！到时候，就叫他到万国公墓找我好了。

冈 村 欸！士群君不要悲观嘛。

余三财 （报上）老板，关露在外面，说要见你。

冈 村 （恶作剧般笑了）噢?！都这个时候了，士群君你见还是不见？

李士群 （对余三财）有请关露小姐。

余三财 是。（下）

冈 村 （大笑）哈哈！士群君都病成这个样子了，对美人儿还是念念不忘！

［关露上，见到眼前的摆设，有点意外。

关　露　（唱）

　　　　　　难道是我走错了地方？

　　　　　　这里怎么变成了病房？

冈　村　（迎上）你好，关露小姐，我们又见面了。

关　露　（颇感意外）你好！大佐先生。

冈　村　关露小姐真是个有情有义的人，昨天才从东京回到上海，今天就赶过来
　　　　探望病重的李先生。

李士群　咳咳……暂时还死不了。

冈　村　（赞赏地）关露小姐亲赴东京，参加大东亚文学者大会，为两国亲善做了
　　　　很多有益的工作，大日本帝国是不会忘记的！

关　露　我倒是希望早点忘掉那些噩梦般的记忆。

冈　村　不不！有几个人在报章上骂你，别去管他。日中亲善，建立大东亚共荣
　　　　圈，这是历史发展的潮流，谁也阻挡不了。你说对吗？士群君。

李士群　我恐怕等不来那一天了。

冈　村　不不不！这一天很快就会到来。关露小姐你来得正好，再陪士群君一个
　　　　晚上吧，我就不打扰你们了，撒哟那拉（日语"再见"）！哈哈——

　　　　［说完，冈村带着宪兵下。

关　露　（见冈村已走，问）你怎么病了？

　　　　［李士群摆了摆手，黑衣特务和护士退下。

李士群　我这不是病。

关　露　不是病？那是什么？

李士群　我被日本人下毒了……

关　露　（大吃一惊）啊?！怎么回事？

李士群　他们在宴席里给我下了一种名叫"阿米巴菌毒"的毒药。这是一种日本
　　　　特有的慢性毒药，三天后才发作，七天后必死。

关　露　他们为什么对你下毒？

李士群　那还不是因为你。

关　露　（不解地）因为我？

李士群　因为他们掌握了我与贵党合作的证据。

关　露　（又吃一惊）啊?！贵党……

李士群　（唱）

別以为我不知道你的真实身份，

別以为我三千人马都是小混混，

別以为我傻乎乎只知道"报恩"。

在你踏进76号那天起，

我就知道你是中共特科的人！

关　露　那你为什么没把我抓起来？

李士群　因为你很聪明，在我的76号整整一年多了，没有做过一件让我难堪的事情。

关　露　所以你才没抓我？

李士群　所以我才与你的上司谈合作的事，才把日本人在淮北的"清乡计划"交给你的上司。

关　露　（释然）我明白了。（旁唱）

不知道这背后的动魄惊心，

不知道这不为人知的内情。

我走过了几番生死和险境？

却留下了这般不堪的名声……

李士群　（叹息）你明白当然最好，可你又能明白什么呢？与其说是你们在利用我，不如说是我在利用你们。日本人和汪先生终究不长久，国民党那边，我是回不去了，但我总得为自己和家人留条后路吧？

关　露　你的后路又是什么？

李士群　（喘着粗气，唱）

我需要一笔钱，

一笔很大很大的钱！

然后带着老婆孩子远走天边。

隐姓埋名改头换面，

度完我的余生，

过完我的残年。

关　露　（唱）

你现在已经不缺金钱，

你缺的是信仰和信念。

李士群　（发飙）不！不！（唱）

我信仰权力，

我信仰金钱，

我信仰那把无处不在、无所不能的杀人利剑！

关　露　但那把杀人利剑对你来说，很快就不复存在。

李士群　（顿时颓下）是呀！真羡慕你们这些共产党人，你们的信仰，才是真正的
　　　　信仰。

关　露　你选择了与我们合作，这条路是对的。

李士群　我之所以要和贵党合作，是因为我怕！

关　露　你怕什么呢？

李士群　我怕被中统的人追杀，怕被汪先生的人捕杀，怕被日本人暗杀……（无
　　　　力地）我已经是这个民族的罪人……

关　露　你已经在赎罪……

李士群　（恼怒极了）如果可以从头开始，我宁愿不赎这个罪！因为它让我死亡得
　　　　更加快、毁灭得更加彻底……

关　露　对不起，李先生。或许，是我害了你。

李士群　（冷笑）今天晚上你过来，就是为了说这句"对不起"？

关　露　（坦诚地）开始不是。

李士群　我知道，你一直在恨我。那天晚上，我把你留在了这里，还放出风声
　　　　去，说关露已经是李士群的枕边人。

关　露　你难道不觉得，这样做太无耻了吗？

李士群　无耻？冈村不知道你的妹妹胡绣枫和妹夫李剑华是共产党，但我知道他
　　　　们是。冈村以为你失了业来我这里找事做，但我知道你不是。我不这样
　　　　做，你能在76号来去自由吗？

关　露　（唱）
　　　　　　李先生不愧是名老牌特工。

李士群　（唱）
　　　　　　和你们相比只是小技雕虫。

关　露　（唱）
　　　　　　因为我们背后有人民大众。

李士群　（唱）
　　　　　　我错就错在卖国求荣……

［关露把那把削果刀从小坤包里掏了出来。

关　露　（唱）

眼前人罪有千宗，

卖国者恶有万种。

原以为一刀来把他小命断送，

来抚平我心头失爱之痛。

但眼前这情景叫我下手无从，

他何尝不也是一条可怜虫？

只见他苟延残喘毒散五内中，

又何忍刀尖相向剖膛血涌？

［关露把削果刀递给李士群。

李士群　（疑惑地接过削果刀，看了又看）原来，今天晚上你是想来杀我的？

关　露　（坦诚地）开始是。

李士群　为什么？

关　露　因为，你已经把我毁了……

李士群　（惨笑）哈哈哈——与其这样被日本人毒死，还不如被你一刀捅死！

　　　　　　［李士群拿着削果刀，追向关露。

李士群　关露——你现在就捅死我……对，就现在！你捅死我吧……

　　　　　　［关露惊恐地连连躲避。

关　露　不……不……不……

李士群　（绝望地唱）

与其这样被日本人戏弄，

不如就此被你一刀捅……

　　　　　　［削果刀从李士群的手中无力地滑落。

关　露　（唱）

死对于你来说不过是场梦，

生对于我来说依然很沉重……

（起身要走）我走了，你保重……

李士群　（看似无意地）冈村有个驯头，住在三马路27号的小花园里。每个礼拜天晚上，他必定化装成商人，坐洋车去过夜……

关　露　我知道了。（说完，退出）

[景转至深夜的上海街头，老潘化装成车夫拉着一辆洋车上，只见他走走停停，似乎在等待什么。

[终于，化装成商人的冈村坐洋车出现在街口，老潘迅速跟上，随后又有数辆洋车跟了上来，把冈村团团围住，在他的前后来回穿梭。

冈　村　（大惊）你们——是什么人？

老　潘　中国人！

[老潘说完，随即从怀里拔出手枪，对着冈村连开两枪。

[清脆的枪响划破寂静的夜空，众车夫拉着洋车四处逃散。

[留在地下的，是横尸街头的冈村。

[切光。

第七场　恨绵绵

[四十年后的一个春天。

[老年关露的寓所，摆设与当年那个小阁楼有几分相似，但已见数十年的时光沧桑。

[白发苍苍的梁炳乾拄着拐杖、拿着一张报纸上。

梁炳乾　（唱）

　　　　四十年了，半世年华，

　　　　仍记得她当年俊俏。

　　　　四十年了，无数个日夜，

　　　　心也思念，梦也迢迢。

　　　　她蒙受了多少冤屈，

　　　　忍受了多少误解，

　　　　我也是后来才知晓。

　　　　可就迈不开这个步，

　　　　张不开这张嘴，

　　　　不敢敲这扇门，四十年了……

　　　　今天终于盼来，这明媚春光，

　　　　花明鸟叫。

多少往事，多少沧桑，

都在相逢一笑。

人已老，情依旧，

心若年少。

从今后相牵手，

相伴一起无惧路遥。

[梁炳乾提起精神，敲门。

[关露开门，只见她也是白发苍苍。见到门外站着的梁炳乾，关露没有认
出来。

关　露　老先生，你找谁？

梁炳乾　（也没有认出关露来，有点小心地）请问，关露……同志是住这里吗？

关　露　你找关露？

梁炳乾　是的。

关　露　你是……

梁炳乾　（急切地）我叫梁炳乾，是她当年的……朋友……

关　露　哦……你找她……

梁炳乾　是的，我找她！

关　露　（略一迟疑）她、她搬走了……

梁炳乾　（大感意外）啊?!　搬走了？

关　露　我前两年搬进来的时候，她已经搬走了。你找她有事吗？

梁炳乾　她已经平反了！（激动地打开报纸）你看，这是今天的报纸：《关于关
　　　　露同志平反的决定》……

关　露　（颤抖着手，接过报纸看了看）是吗？平反了？

梁炳乾　那顶汉奸卖国贼的帽子，她一戴就是整整四十年……四十年了，她始终
　　　　没有为自己辩护过。今天……终于平反了……

关　露　都四十年了吗？

梁炳乾　整整四十年了……

关　露　四十年了，你都没有来找过她……

梁炳乾　（大哭）我不敢来……不敢来呀……

关　露　（喃喃自语般）今天你能来，就很好了……（把报纸还给梁炳乾）平反了
　　　　就好……平反了就好……

[关露说完，颤巍巍地要往屋里走。

梁炳乾　老大姐，你、你知道关露她搬去哪了吗？

关　露　（回过头来）我……也不知道……

梁炳乾　哦……谢谢！我该早点过来……（哭泣）我该早点过来呀……

[梁炳乾失望地走了。关露目送梁炳乾远去的身影，眼里尽是爱念。

关　露　（唱）

四十年了，他已满头白发，

我也白发满头，不再年少。

四十年了，日也盼望，

夜也盼望，就等今朝。

在等这个人？

在等这张纸？

我已经等待四十年了……

他为何四十年才来？

它为什么四十年才到？

这些不再重要。

最难不在敌营，

最苦不在名声，

最苦最难都过去了。

我初心不改，

我信仰仍在，

祖国人民都知道！

老潘他也平反了，

九泉之下他含笑。

炳乾也见面了，

他心中的关露，

还是当年般青春年少。

我回去了，我回去了，

山也迢迢，水也渺渺。

我回去了，我回去了，

风也飘飘，雨也潇潇……

[关露小心翼翼地从贴身的衣服里掏出当年梁炳乾送的那张相片，一番细
细端详。

关　露　（深情地）在我的心中，你永远那么年轻。我也让你心中的关露，还是当
年的那个样子……还是当年的那个样子……

[关露平静地在那张小床上躺下。

尾　声

[舞台深处，一群年轻姑娘款款走来。她们与当年的关露一样的装扮，穿
着当年关露做教员时穿的衣装，天真烂漫，齐唱着那首曾经传诵大江南
北的《春天里》——

　　　春天里来百花香，

　　　郎里格郎里格郎里格郎，

　　　和暖的太阳在天空照，

　　　照到了我的破衣裳，

　　　郎里格郎格郎里格郎，

　　　穿过了大街走小巷，

　　　为了吃来为了穿，

　　　朝夕都要忙。

　　　朗里格朗朗里格朗，

　　　没有钱也得吃碗饭，

　　　也得住间房，

　　　哪怕老板娘做那怪模样。

　　　朗里格朗里格朗朗里格朗里格朗里格朗里格朗朗里格朗……

[歌声中，洁白如雪的玉兰花漫天而降。

[飘飘洒洒的玉兰花飘落在关露的身上，不断堆积。在和暖的春光映照
下，一切都显得那么圣洁。

[光渐暗。剧终。

2017年2月16日第二稿

白石洞会盟

时　间：远古，1949—1950年间

地　点：粤北瑶山

人　物：**邓卖尾八公**　年过六旬，南岗排的瑶长。

　　　　　成正刚　50来岁，中共粤湘桂边区连江支队政委。

　　　　　夏　鸣　25岁，南下解放大军某部连长。

　　　　　百灵妹　17岁，粤北南岗排瑶族姑娘，邓卖尾八公的外孙女。

　　　　　李楚瀛　50来岁，国民党广东第五区行政督察专员，挂少将衔。

　　　　　唐五贵　20出头，瑶族青年，百灵妹的追求者。

　　　　　邓标堆一贵　40多岁，南岗排的管事头，邓卖尾八公的族侄。

　　　　　先生公　年过七旬，瑶族大祭师。

　　　　　解放军战士、各排瑶长、瑶民、瑶练、国民党兵、男女歌队等。

序　幕

［四顾茫茫的苍野，远古年代。

［一队瑶民艰难前行，进行着这个民族特有的、不能停歇的迁徙。男子肩
上扛着猎枪、腰间别着砍刀，妇女拖儿带女。

［一声苍凉、悠长的牛角号响起，众人驻足。

［男女瑶民组成的歌队上。

女歌队　（唱）

　　　　　　盘王开天辟地三万年，

　　　　　　我们在这片土地生息繁衍。

　　　　　　那一场滔天洪水啊，

　　　　　　一直浸透了七七四十九天。

　　　　　　那一群毒蛇猛兽啊，

吞噬生灵一年又一年。

男歌队 （唱）

过州——过州——

从青州走到冀州，

走了一年又一年。

过州——过州——

从扬州走到荆州，

走了一年又一年。

女歌队 （唱）

过州——过州——

走了一年又一年。

走不出官兵的刀枪，

走不出贼匪的铁拳！

男女歌队 （合唱）

过州——过州——

从荆州走到连州，

走了一年又一年。

啊——

干涸的眼神望不到天边，

沉重的脚步不能再向前。

我们要在这里生息繁衍，

我们要在这里开山开田。

啊——

我们要驱散这里的妖魔野兽，

我们要在这里生息繁衍、开山开田！

[远处传来三声火铳的响声，又一阵悠长的牛角号声。

[渐收光。

第一场　歌唱吧孩子们

[百里瑶山，初夏时节，青翠连绵。

[七月初七开唱节，南岗排寨前的大晒场热闹非凡，众姑娘们穿上节日的盛装，众小伙不但穿上了节日的盛装，身上还挂着瑶族小长鼓。

众姑娘　（唱）

　　　　七月初七是开唱节，

　　　　山坡的禾苗黄又青。

众小伙　（唱）

　　　　七月初七是开唱节，

　　　　山上的百鸟在和鸣！

[众姑娘嬉笑着，把百灵妹推了出来。

众姑娘　百灵——百灵——

[百灵妹大大方方地走了出来。

百灵妹　（唱）

　　　　七月初七是开唱节，

　　　　美妙的歌声唱不停！

　　　　你看清风陪伴明月，

　　　　明月陪伴星星。

　　　　你看青山陪伴白云，

　　　　白云陪伴雄鹰。

　　　　谁是瑶山的雄鹰啊——

　　　　谁是瑶山的精灵——

众姑娘　（合唱）

　　　　谁是瑶山的雄鹰啊——

　　　　谁是瑶山的精灵——

唐五贵　（大胆地站了出来）我！是我——（唱）

　　　　我就是瑶山的雄鹰，

　　　　我就是瑶山的精灵！

众小伙 （唱）

    他是瑶山的雄鹰啊——

    他就是瑶山的精灵——

唐五贵 （唱）

    当寒风吹过森林，

    森林回荡我的声音。

    当白雪覆盖苍野，

    苍野留下我的身影。

    我就是瑶山的雄鹰——

    我在追逐猛兽的踪迹，

    我在追逐下一座山岭，

    我在追逐生命的火种，

    我在追逐温暖的黎明。

    我是瑶山的精灵——

    我身上流淌瑶家的血脉，

    我在守护着瑶山的魂灵。

    我爱我心中的姑娘，

    我愿意为她付出一生的真情！

小伙甲 五贵哥，你再不娶百灵，我们就要抢了！

众小伙 （起哄）对，抢！

唐五贵 敢?!（唱）

    她就是我的全部，

    她就是我的生命！

众姑娘 （嬉笑）不怕羞！百灵姐还没有进你们的家门呢。

唐五贵 我们自小就定了亲！

百灵妹 （唱）

    我就是他的全部？

    我就是他的生命？

    他是天上高飞的雄鹰，

    我是树上歌唱的百灵。

    雄鹰因为天空的广阔，

俯瞰大地上万物生灵。

百灵因为枝上的繁花，

奉献上她美妙的歌声。

你是我的爱人，

我们自小就定亲，

父母为我们做了礼聘。

我们生活在这片山岭，

处处留下孩提的身影。

我们早已把心交付对方，

无数次在月亮底数星星。

我曾经沿着那条盘山的小径，

走出了祖祖辈辈的这片山岭，

去看过山外那个世界，

还有山外的那片风景。

[这时，邓卖尾八公在先生公的陪同下上。邓卖尾八公手中拿着一支长长
的竹根烟斗，那是瑶族老人常备的手中之物，油光锃亮。

先生公　八公，阿贵（小伙子）、莎腰妹（姑娘）们都已经来了——

邓卖尾八公　瑶家七月初七开唱节，从来都是青年人的节日。（唱）

我们的祖先五百年前来到连州，

三百年前来到这片山岭。

我们在这里搭起杉皮屋，

我们把田地开到了山顶。

夏天晚上燃起篝火，

驱走那山野的虎狼，

还有那无处不在的蚊蝇。

冬天晚上燃起篝火，

驱走那彻骨的严寒，

还有那吊在屋檐的挂冰。

啊——

七月是个美好的季节，

迎来第一个丰收的时令。

你看那山间梯田又黄又青，

今年又是一个好年景。

初七是个美好的日子，

要让孩子们唱歌尽情！

孩子们——

［众人围了上来。

众　人　（齐声）八公——

百灵妹　阿公——

邓卖尾八公　百灵，今天你和姐妹们都准备了些什么歌呀？

百灵妹　我们已经准备了好多歌。

姑娘甲　百灵姐是我们瑶山的第一歌神，一定要把他们一班阿贵唱下去。

唐五贵　不一定！

众小伙　对，不一定！

邓卖尾八公　（对唐五贵）五贵啊，你可要小心应付了，不然就被她们唱下去了！

［众人笑。

邓卖尾八公　百灵的阿妈当年就是这百里瑶山的第一歌神，可惜啊！她的阿爸阿

妈都走得早……

百灵妹　（含泪）阿公……

邓卖尾八公　孩子们——（唱）

七月初七开唱节，

我们迎接第一个丰收时令。

三万年前盘王开天辟地，

三百年前祖先过州过岭。

来到这一块温暖的土地，

在这里安放祖先的魂灵，

在这里繁衍子孙的生命！

今天是你们的节日，

你们就唱起来跳起来吧——

你们就是天上最亮的星星。

［众姑娘、小伙热烈地跳起瑶族长鼓舞。

众　人　（众人齐唱）

七月初七开唱节，

我们迎接第一个丰收时令。

七月初七开唱节，

我们要做天上最亮的星星。

　　［邓标堆一贵和李楚瀛急上。

邓标堆一贵　别唱了！别跳了！

　　［大家唱兴正浓，邓标堆一贵的声音不够大，众人没理他，还是在热烈地唱、热烈地跳。

邓标堆一贵　别唱了！你们都别再唱了！！

　　［还是没人理邓标堆一贵。

　　［李楚瀛从土台上跳下来，站在了大晒场的中间，拔出手枪，"叭——"一声，朝天开了一枪！

　　［同时，一队持枪的国民党兵从晒场周围冲了出来，把大伙包围起来。

　　［众人惊呆！

邓标堆一贵　都叫你们别唱了！

李楚瀛　（把手枪插回枪套，走过去问邓卖尾八公）你，就是南岗排的瑶长邓卖尾八公？

邓卖尾八公　是我！你又是什么人？

邓标堆一贵　（忙上前介绍）阿叔，他就是去年来到连州的、国民政府广东第五区行政督察专员李楚瀛李将军。

邓卖尾八公　哦……李将军今天带兵来到我们南岗排，收税还是征粮？

李楚瀛　八公，广东国民政府第五区要在南岗，建立"反共"基地……

邓卖尾八公　（打断）李将军，你们汉人一时国民党，一时又共产党，我们瑶家人搞不懂。但你应该知道，南岗几百年来，都是我们瑶人的地方。

李楚瀛　（冷笑）但你也应该知道，你这个瑶长，是领过国民政府薪水的。

邓卖尾八公　你讲得没错，但那已经是十多年前的事情了。

李楚瀛　不管是多少年前的事，你都是在国民政府挂了名的南岗排瑶长。（对邓标堆一贵）一贵，带路——

邓标堆一贵　将军，这边请——（欲带李楚瀛等下）

邓卖尾八公　（喝止）一贵，你要带他们去哪里？

邓标堆一贵　后山的大青岩。

邓卖尾八公 （怒）你好大的胆！（唱）

　　　　那是山神爷住的地方，

　　　　怎可以让你洞中驻兵？

　　　　我祖祖辈辈的瑶山啊，

　　　　从今以后就没了太平。

邓标堆一贵 我的老叔父、老瑶长呀——（唱）

　　　　你睁开双眼睛向山下看看——

　　　　你伸长对耳朵向山下听听——

　　　　如今又是什么时势，

　　　　共产党已经把连州城占领！

百灵妹 （若有所思）共产党？一贵叔，你是说共产党已经把连州城占领？

邓标堆一贵 你没看见吗？国军都被他们赶上山来了……

李楚瀛 （恼）我们很快就要打回连州城去！

邓卖尾八公 那请你们现在就回去吧——

李楚瀛 （气结）你——

邓标堆一贵 阿叔！过几天共产党的解放军就要上山来了。

李楚瀛 （威胁）到时候就要你们共产共妻、没收田地！

众　人 （大惊）共产共妻、没收田地？！

邓标堆一贵 没有国军在这里为我们撑腰，解放军来了怎么办？

唐五贵 是啊，我们该怎么办？

李楚瀛 （对邓标堆一贵）我们走——

邓标堆一贵 好的，将军！

　　　　［邓标堆一贵带着李楚瀛等国民党兵下。

邓卖尾八公 （忧心忡忡地唱）

　　　　突如其来的变故啊——

　　　　让绵绵百里的瑶山不再安静。

　　　　开天辟地的盘王啊——

　　　　请赐给你的子孙吉祥和安宁。

众　人 （合唱）

　　　　突如其来的变故啊——

　　　　让绵绵百里的瑶山不再安静。

开天辟地的盘王啊——

请赐给你的子孙吉祥和安宁。

［渐收光。

第二场　瑶山啊要解放

［追光中，邓卖尾八公在吸着他那支心爱的烟斗，烟雾缭绕。

邓卖尾八公　（唱）

残兵败将住进大青岩，

那个岩洞又深又广。

那里供奉着山神爷爷，

又是祖祖辈辈避乱的地方。

你们汉人在山下打仗，

怎么又来到瑶山祸殃？

我邓卖尾从阿爸手上接任，

已经当了三十多年的瑶长。

这延绵百里的瑶山啊，

多年没有战乱和饥荒。

倒是山下的官府，

上来不是抽税就是征粮！

如今我老来无子，

将来瑶长难免要交给一贵手上。

他是南岗排的管事头，

又是我的堂侄儿，

但他做的事情却令我感到惊惶……

［追光渐弱，大光渐起。

［山路上，两边都是陡峭山岩、老藤古树。

［成正刚着军装、腰间别着支小手枪，风尘仆仆地上。

成正刚　（唱）

形势确实令人感到不安，

残兵已经躲到瑶山上。

他们要煽动瑶族同胞，

来把人民政权对抗。

我成正刚是个连州人，

从事地下工作二十年长。

走遍了这里的山山水水，

民俗民风了如指掌。

如今是边区连江支队政委，

组织派我上山接触南岗瑶长。

〔这时，夏鸣满头大汗地追了上来，只见他也穿军装，腰间挎着支驳壳手枪，背上还背着个小背包。

夏　鸣　政委，你走得好快！（拭汗）

成正刚　（唱）

还有我的这位战友，

南下大军的夏连长。

夏鸣同志，走山路，你不如我啊！

夏　鸣　这山路真不好走。太阳都快下山了，南岗排怎么还没到？

成正刚　（笑着）这叫隔山跑死马！（唱）

这南岗在南岭腹地，

向北看就是大地三湘，

往南去就是南岭之南，

地分天水流入珠江。

瑶族同胞世代住山上，

解放全中国，

怎能够把他们遗忘？

夏　鸣　所以组织才派我们来和他们和谈。

成正刚　说是和谈，其实并不简单！（唱）

瑶族同胞长年在山上，

一直饱受统治者的祸殃。

民风历来十分彪悍，

男人个个身上带刀带枪！

若是遇到外来侵犯,

村村寨寨必定结盟相帮。

夏　鸣　政委呀——(唱)

我南下大军浩浩荡荡,

还怕那几支土炮土枪?

蒋家王朝八百万大军,

不也没逃过灭亡下场?!

[大光渐弱,另一演区追光起,百灵妹出现在追光中,看得出来她十分着急和焦虑。

百灵妹　(唱)

蒋家王朝八百万大军,

也没逃过灭亡的下场?!

如今那个什么少将专员,

都被赶到这瑶山之上。

我曾经到连州读过书,

老师向我们传递革命思想:

各族人民要过上好日子,

带头人就是中国共产党。

国民党残兵如今来到山上,

瑶山的夜晚不再安详。

[百灵妹追光渐弱,邓卖尾八公的追光渐起。

邓卖尾八公　(唱)

国民党残兵如今来到山上,

瑶山的夜晚不再安详。

共产党占领了连州城,

恐怕又要城头换大王!

汉人的事情我不管,

只要我的山寨不受祸殃!

你可知道八排二十四冲,

男人身上个个带刀带枪?!

[邓卖尾八公追光渐弱,大光渐起。成正刚和夏鸣仍在赶路。

成正刚 夏鸣同志——（唱）

> 不是怕他们男人个个带刀枪，
>
> 不是怕他们村村寨寨共存亡。
>
> 是因为要执行民族政策，
>
> 瑶民是我们的兄弟，
>
> 汉瑶一家互助共帮！

夏　鸣 政委，这次上南岗，能找到你的那个女学生吗？

成正刚 我上个月托人给她带了一封信，说近期我要上瑶山。她当年是一个有理想的好学生，听说她的外公还是南岗排的瑶长。

夏　鸣 所以组织才把你派来，上南岗和他们和谈。

成正刚 夏鸣同志，不管能不能找到我的这个学生，这都是一次十分艰巨的任务啊！

夏　鸣 不管任务多么的艰巨，我们一定能够完成。

成正刚 好！年轻人，就应该有这样的革命信心。天黑前我们要赶到南岗，走——
　　　　〔成正刚和夏鸣下。百灵妹的追光渐起。

百灵妹（唱）

> 我盼望能迎来黎明的曙光，
>
> 我盼望瑶山有新的希望！
>
> 我盼望和心爱的人啊，
>
> 一起迎接黎明的曙光，
>
> 一起迎接新的希望！

　　　　〔百灵妹的追光收。邓卖尾八公的追光起。

邓卖尾八公（唱）

> 太阳已经下山，
>
> 月亮爬上了东边的山岗。
>
> 黑夜里就怕遇到野鬼，
>
> 走山路就怕碰到豺狼。

　　　　〔先生公急上。

先生公 八公——

邓卖尾八公（唱）

> 怎么啦了我的先生公，

什么事情让你如此慌张？

先生公　来了两位共产党解放军，说是有重要事情要和你谈。

邓卖尾八公　解放军？

先生公　是的。

邓卖尾八公　你知道他们要谈什么吗？

先生公　说要谈解放军进瑶山的事情。

邓卖尾八公　解放军要进瑶山？难道他们要来"共产共妻、没收田地"？（想了想）让他们先住在你家的阁楼上，下来的事情，让我再想想。

先生公　知道了。（下）

邓卖尾八公　（唱）

　　　　　　　这两天的事情真叫人惊心，

　　　　　　　昨天才来了一群国民党，

　　　　　　　今天又要来两个共产党。

　　　　　　　先生公说过今年犯白虎关，

　　　　　　　莫不是说的就是这一桩？

　　　　　　　这是全体瑶人的大事情啊——

　　　　　　　到底是要迎，还是要挡？

　　　　　　　要召集八排二十四冲会议，

　　　　　　　大家一起把这事情来商量。

　　　　　　[邓标堆一贵带着两个瑶练急上。

邓卖尾八公　一贵，你们要去哪里？

邓标堆一贵　阿叔，寨子里来了两个共产党！

邓卖尾八公　你要干什么？

邓标堆一贵　把他们抓起来，交给李将军！

邓卖尾八公　胡闹！没有我的口令，谁也不许乱来！你马上派人去通知各排瑶长，明天在白石洞召开八排二十四冲大会。

邓标堆一贵　（若有所思）在白石洞开大会？

　　　　　　[渐收光。

第三场　长夜啊何时明

[南岗排后山的大青岩洞，山神的牌位已经被挪到另一边，到处挂了枪支和堆满弹药箱，还架设起电台，俨然成了李楚瀛新的据点。

李楚瀛　（唱）

> 我这才刚刚落下了脚，
>
> 共产党就追到了眼前。
>
> 听说只是来了两个人，
>
> 看来他们是贼胆包天。
>
> 这百里瑶山啊——
>
> 山高林密沟壑连绵。
>
> 别以为你们才会游击战，
>
> 我叫你们有命来，没命走，把命填！

[邓标堆一贵上。

邓标堆一贵　将军——

李楚瀛　都准备好吗？

邓标堆一贵　都派人去通知了。

李楚瀛　（恼）我是问你准备好抓人了吗？

邓堆标一贵　（为难）将军，在这瑶山上，没有瑶长的口令，不能抓人。

李楚瀛　（有点气急败坏地）等赶跑了共产党，这个瑶长，就让你来当！

邓标堆一贵　（喜）多谢将军！（唱）

> 这个瑶长位子啊，
>
> 我已经等了好多年。
>
> 祖上世代承袭瑶长之位，
>
> 到了爷爷那代却传偏。
>
> 好在他那房人丁不旺，
>
> 半脉香火眼看就断线。
>
> 如今又有将军来撑腰，
>
> 瑶长位子就在我眼前。

将军啊——（唱）

马上就要召开八排二十四冲大会，

我已向每个瑶长传话带言：

要把共产党赶出瑶山，

用那两个解放军来祭天！

李楚瀛　好！一切都要办得不动声色。

邓标堆一贵　在大会上就把他们赶出去，不然的话，我就……（附在李楚瀛耳边一番耳语）

李楚瀛　（频频点头）好，好，好——（唱）

一切还没有结束，

一切都还在续延。

这就是你们的葬身之地，

我要在这里把你们围歼！

你们会在瑶民的愤怒中死去，

你们将走进万劫不复的深渊。

[这时，不远处传来阵阵牛角号声。

邓标堆一贵　将军，八排二十四冲大会，马上就要在白石洞召开了。

李楚瀛　我在这里等候你的消息。

邓标堆一贵　好！你就在这里等我的消息。

[光渐收。景转白石洞。

[所谓的"洞"，在瑶语中是指开阔地。白石洞位于八排二十四冲中心位置，在南岗排寨前，在那建有一座盘王庙，历来是瑶民议事的重要场所。

[盘王庙前，旌旗招展，唐五贵带着瑶练（瑶族民团）持刀、枪、棒肃立。

[大殿里，正中供奉着盘王塑像，案台上摆放了三牲供品、酒品果品，香火缭绕。

[邓卖尾八公率其他七个瑶长及邓标堆一贵盛装而上。

邓卖尾八公　把香拿来！

[百灵妹拿着一支大香上。

百灵妹　（递过）阿公——

邓卖尾八公　（接过大香，唱）

祖先来到这片山岭，

子子孙孙在这里生活。

白石洞是块风水宝地，

盘王庙就在中间坐落。

开天辟地的盘王啊——

你在享用鼎盛的香火，

你的子孙日益繁多！

每当发生不可预见的天灾，

每当遇到不可调和的人祸，

八排二十四冲的父老兄弟，

都会在你的见证之下，

开会、争吵、论说！

开天辟地的盘王啊——

请赐予你子孙智慧，

避开这一场灾祸——

众瑶长　（齐唱）

开天辟地的盘王啊——

请赐予你子孙智慧，

避开这一场灾祸——

〔邓卖尾八公庄严地向盘王上香。

邓卖尾八公　迎请盘王——

邓标堆一贵　（传话）迎请盘王——

〔先生公披着道袍出，手中拿着一把铁剑。

先生公　（舞剑，唱瑶经）：

炉中香火起纷纷，

逍遥直上透天门。

有事正当来拜请，

无事不敢请天神。

自从盘王分天地，

子子孙孙万万人。

如今遇见白老虎，

恶煞拦路把人吞。

拜请盘王老祖宗，

下凡来把妖孽镇，

下凡来把妖孽镇——

[唱着，先生公把剑插回后背，从案台上拿起一碗酒，喝一口，然后喷向天空，如是三次。

先生公　（继续唱瑶经）：

炉中香火响啪啪，

盘王祖宗已听闻！

天兵天将已列阵，

还有日月和星辰！

邓卖尾八公　（郑重宣告）开会——

邓标堆一贵　（传话）开会——

[外间传来三声炮铳的巨响，牛角声、擂鼓声齐鸣。

邓卖尾八公　有请成先生——

[成正刚和夏鸣上。

成正刚　（唱）

耳边是辽远的号角，

眼前是蒸腾的香火。

这是瑶民最重要的议事制度，

可见他们遇到了个巨大困惑。

我也不知道啊，

这个将是怎么一个结果？

我也不知道啊，

到底是生是死、是打是和？

（向八公致意）尊敬的卖尾八公，我就是人民政府派来的成正刚，来和诸位进行和平谈判。

邓卖尾八公　（点头）哦？！那这位是——

成正刚　他是解放军的夏连长。

邓标堆一贵　哼！有带着枪来谈判的吗？

成正刚　你是——

邓卖尾八公 他是我们南岗排的管事头。

成正刚 我们有足够的诚意。

邓标堆一贵 如果有诚意的话，就把你们的枪交出来！

　　　　〔成正刚与夏鸣目光交流，夏鸣犹豫了一下，把自己的配枪交出，邓标堆一贵赶紧接过。

邓标堆一贵 （对成正刚）那你的呢？

成正刚 我的也可以交！（也把自己的配枪交出）

　　　　〔邓标堆一贵又赶紧把成正刚的枪接过来。

邓卖尾八公 （点头）嗯！

　　　　〔百灵妹像是发现了什么。

百灵妹 （问成正刚）你就是成先生？

成正刚 你是……百灵同学？

百灵妹 （惊喜地）是我！成先生——

成正刚 （高兴地）太好了，终于见到你了！

　　　　〔邓标堆一贵看在眼里，感到意外。

百灵妹 （对外公）阿公，他就是前几年我在连州读书时的先生。

邓卖尾八公 （点头）嗯！（对成正刚）谢谢你成先生！百灵前几天还说起你，说那两年你教她识了许多字，教会她许多做人的道理。

成正刚 百灵是个聪明的姑娘，可惜她只上了两年学。

百灵妹 阿公，我还想去上学。

邓卖尾八公 欸！瑶家姑娘，能够识文断字已经够了。

百灵妹 阿公……

邓卖尾八公 今天是八排二十四冲大会，谈大事情！各排瑶长们——（唱）

　　　　连州城已经被解放军攻破，

　　　　国军已经四处藏躲。

　　　　八排二十四冲的兄弟啊——

　　　　我们到底是战还是和？

　　　　到底是战还是和？

瑶长甲 （唱）

　　　　我是横坑排瑶长，

　　　　我有话要向大伙说——

汉人从来不把我们当兄弟看，

上山只会征税收粮敲诈勒索。

卖到山里的布匹油盐，

又比山下的贵好多！

瑶长乙　（唱）

我们大掌排日子也不好过，

山林田地与汉人争执多，

祖祖辈辈留下的田和地，

一打官司都是我们的错！

有理无处讲，

有话无处说！

瑶长丙　（唱）

大家讲得有道理，

这些苦头我们油岭排都吃过。

但人家是千军万马有枪炮，

我们除了土枪土炮还有什么？

邓标堆一贵　（唱）

我们有成千上万的瑶家兄弟，

我们有盘王祖宗神力相助。

我们不准共产党进山来，

我们在山门外把解放军拦阻！

众瑶长　（被煽动起来，群情汹涌，唱）

我们不准共产党进山来，

我们在山门外把解放军拦阻！

成正刚　（见到这般情景，唱）

瑶族兄弟饱受旧政权折磨，

正在发泄胸中的怒火。

我要消除他们的顾虑，

化解他们心中的困惑。

（走向前）各位瑶长、各位兄弟啊——（唱）

是不是解放军来敲诈勒索？

是不是共产党在枉法判错？

是不是解放军来谋利卖货？

是不是共产党在把瑶山人民来折磨？

[众瑶长一听，顿时被问住了。

成正刚　（唱）

解放军是穷人的队伍，

是为了让老百姓过上好生活。

我们要推翻那个吃人的旧世界，

建立一个人民的新中国！

[听到这里，邓标堆一贵开始恼羞。

邓标堆一贵　（唱）

你的这番鬼话，

我们已经听得太多！

你们从来都是当面讲好话，

背后用刀捅心窝。

我们不准共产党进山来，

我们在山门外把解放军拦阻！

众瑶长　（齐唱）

我们不准共产党进山来，

我们在山门外把解放军拦阻！

[众人你一言我一语，一时难有定论。大光渐收，众人隐去，邓卖尾八公
走进追光中。

邓卖尾八公　（唱）

白石洞的会议啊——

从来不是来喝酒唱歌。

三天三夜没结果，

七天七夜在辩说……

啊——

这到底是要迎，要挡？

是战，是和？

[追光渐收。

第四场　姑娘啊你爱谁

[夜，一弯未圆新月爬上了山顶，照在百灵妹住的绣楼。绣楼的一扇窗户里，透着温暖的油灯光。

[唐五贵上。

唐五贵　（唱）

月亮挂在湛蓝的天空，

多少疑团萦绕我心中。

我心爱的人啊——

你要离开这瑶山，

去追逐你心中的好梦？

我心爱的人啊，

你要离开我身边，

去寻找更美的花丛？

一贵叔说你要下山去，

昨天我也看在了眼中。

我心爱的人啊，

你可明白我的苦衷？

[男歌队在另一演区伴唱。

男歌队　（齐唱）

我是瑶山的雄鹰，

我只属于峡谷和山峰。

我是瑶山的雄鹰，

我只属于云端和苍穹。

我心爱的人啊，

你可明白我的苦衷？

[绣楼上推开了半边窗户，百灵妹凭窗眺望。

百灵妹　（唱）

月亮挂在湛蓝的天空，

多少疑团萦绕我心中。

我见到了我的老师，

他果然来到瑶山中。

他在信中说过，

新中国正在建立之中。

年轻人应该到外面学习，

学成回来服务各族群众。

啊——

外面的世界让我向往，

但我最终要回到母亲怀抱中。

我心爱的人啊，

你可明白我的苦衷？

[女歌队在另一演区伴唱。

女歌队 （齐唱）

我是瑶山的百灵，

我要把春天的音信传送。

我是瑶山的百灵，

我要让高山的冰雪消融。

我心爱的人啊，

你可明白我的苦衷？

唐五贵 百灵——

百灵妹 五贵哥——

唐五贵 你要离开瑶山吗？

百灵妹 我想离开，但我一定会回来！

唐五贵 （激动地）你变心了，百灵！

百灵妹 不！我没有！（唱）

我爱这里的一草一木，

我爱这里的春夏秋冬。

我要把我生命的全部，

为脚下这块土地献奉。

但你看我们身边的世界，

周而复始、千年不动：

有病问鬼神，

父母定婚姻，

无人能识字，

吃饭靠天公。

当见识了外面的世界啊，

你就会心酸、心痛。

当见识了外面的世界啊，

你也会向往、认同。

唐五贵 （唱）

你向往外面的世界，

要做飞出鸡窝的金凤。

你要离开脚下这片土地，

你要背弃父母和祖宗！

难道你忘了——

谁是你少年时候的伴童？

谁为你入城去把柴米送？

谁陪你田间地头在耕种？

谁等你百年共结生死同？

难道你忘了——

是谁在为你心痛……

是谁在对你情浓……

百灵妹 （唱）

我的好哥哥啊——

忘不了与你少年做伴童，

忘不了是你为我柴米送，

忘不了同你田间在耕种，

忘不了等你百年生死同。

知道你在为我心痛……

知道你在对我情浓……

[唱到这里，百灵妹的泪水奔涌而出，"哇——"一声哭了出来，旋即"砰"

一声把窗门掩上。

男歌队　（在吟唱）

是谁在为你心痛……

是谁在对你情浓……

女歌队　（在吟唱）

知道你在为我心痛……

知道你在对我情浓……

〔男女歌队渐隐去，邓标堆一贵鬼鬼祟祟地上。

邓标堆一贵　五贵，走——

唐五贵　我……

邓标堆一贵　再不下手，你的女人就会跟他们跑了！（说着，把一包东西塞给唐五贵）

唐五贵　（推却）一贵叔，我不要……不要……

邓标堆一贵　（骂）没用的东西！留着你自己吃！（把东西硬塞给唐五贵）记住，走漏了风声，你们全家都要死！（下）

唐五贵　（痛苦，唱）

开天辟地的盘王啊——

告诉我如何避开这场噩梦？

开天辟地的盘王啊——

告诉我这场争斗如何告终……

〔渐收光。

第五场　盘王啊显灵吧

〔清晨，白石洞盘王庙。会议已经开到第三天，昨天夜里吵了一夜架、喝了一夜酒的人们仿佛还没从睡梦中醒来。

〔邓标堆一贵跑上。

邓标堆一贵　（大喊大叫）不好了……不好了……要死人啦——

〔后演区起光，男女歌队组成群众场面，在合唱。

歌　队　（合唱）

　　　　　不好啦……不好啦——

　　　　　哪里来的毒瘴?

　　　　　不好了……不好了——

　　　　　已经有人死亡!

　　　　　是谁带来的瘟疫,

　　　　　把我们赶向死亡的坟场?!

　　　　　是谁带来的魔鬼,

　　　　　让我们遭受无名的祸殃?!

邓标堆一贵　（唱）

　　　　　是那两个解放军,

　　　　　是那两个共产党!

　　　　　他们要"共产共妻、分田分地",

　　　　　搞得到处人心惶惶!

歌　队　（合唱）

　　　　　开天辟地的盘王啊——

　　　　　请让你的子孙恢复健康——

　　　　　开天辟地的盘王啊——

　　　　　请为你的子孙带来吉祥——

先生公　（披着道袍、舞着铁剑上，唱）

　　　　　开天辟地的盘王告诉我,

　　　　　瑶山来了两个红脸金刚。

　　　　　他们带来了瘟疫,

　　　　　他们带来了毒瘴。

　　　　　他们要让这里鸡犬不留,

　　　　　他们要让这里遭受祸殃!

邓标堆一贵　（接唱）

　　　　　众瑶家兄弟啊,

　　　　　那两个涂着红脸金刚,

　　　　　他们要这里鸡犬不留,

　　　　　他们要这里遭受祸殃!

　　　　　把他们丢进火坑,

用他们的皮肉把柴火点亮，

让他们的骨头化成泥壤！

（向内吆喝）把人带上来——

[几名瑶练把五花大绑的成正刚和夏鸣推了上来。

[众人群情激昂。

歌　队　（齐唱）

把他们丢进火坑，

用他们的皮肉把柴火点亮，

让他们的骨头化成泥壤！

成正刚　（唱）

他们不是我们的敌人，

我们也不是打家劫舍的豪强。

但他们半夜里冲进来，

把我们两人五花大绑。

为了表达最大的诚意，

我们已经交出了配枪。

为什么——

他们要用我们皮肉把柴火点亮？

为什么——

他们要把我们的骨头化成泥壤？

夏　鸣　（唱）

当黑夜笼罩群山的时候，

我看不到一丁点的光亮。

当人群把你包围的时候，

我们找不到突围的方向。

就这样——

我们成了一只笼中的猎物，

我们成了一头待宰的羔羊。

啊——

我们将变成熊熊燃烧的烈火，

把这千年的瑶山照亮！

[邓卖尾八公带着众瑶长上。

邓卖尾八公　成先生，你给我们带来了灾难。

成正刚　尊敬的邓卖尾八公，给你们带来灾难的，不是我们。

邓卖尾八公　那又是谁？

成正刚　（叹息）我也想知道。（坚定地）我们一定会知道！

邓卖尾八公　（唱）

　　　　　你们带来了瘟疫，

　　　　　已经有人死亡。

　　　　　还有好多人病倒，

　　　　　正在等待死亡。

　　　　　染病者个个又吐又泻，

　　　　　就像沾染瘟疫的模样。

成正刚　这与我们毫无关系。

邓标堆一贵　毫无关系？（唱）

　　　　　先生公说上天派来两个红脸金刚，

　　　　　就是你们这般模样！

先生公　对！就在昨天夜里，管事头说天边有两道忽然而过的红光。

成正刚　（唱）

　　　　　这千年的瑶山啊——

　　　　　你是那么的雄浑古朴，

　　　　　又是那么的原始洪荒。

　　　　　你是那么的深邃辽远，

　　　　　又是那么的不可思量。

　　　　　需要一场猛烈的山火，

　　　　　焚烧所有的落后和蛮荒。

　　　　　需要一场深彻的变革，

　　　　　把黑暗和愚昧统统埋葬！

　　　　　但我已经嗅到死亡的味道，

　　　　　我的半只脚已经踏进坟场。

　　　　　我山下的同志们啊——

　　　　　当我把鲜血浇灌了脚下这片土地，

　　　　　　请把你们不要为我悲伤。

　　　　　　用我们博大的情怀，

　　　　　　用我们最大的诚意，

　　　　　　来把这瑶山解放——

　　　　　　来把这瑶山解放——

　　[百灵妹和唐五贵上。

百灵妹　成先生——

成正刚　百灵妹——

百灵妹　阿公，成先生他们是好人。

邓卖尾八公　孩子啊，这是大人的事情，你就不要管了。

百灵妹　不！我已经长大。在这里面，一定是有坏人作乱！

邓标堆一贵　（一怔）坏人？（转而警觉地）你为什么说有坏人？

百灵妹　因为……因为我知道，成先生他们是好人！

邓标堆一贵　（冷笑）哼！那我看，这个坏人就是你——

百灵妹　（愕然）我？

邓标堆一贵　（唱）

　　　　　　是谁收到山下面的来信？

　　　　　　把这两个共产党引来山中？

　　　　　　又是谁带来了瘟疫？

　　　　　　让乡亲们把命葬送？

百灵妹　你血口喷人！

邓标堆一贵　把这个将共产党引来的人，绑起来！

　　[瑶练用麻绳，把百灵妹绑了起来。

邓标堆一贵　八公啊，你是八排二十四冲最尊敬、最德高望重的瑶长，请你做出
　　　　公正的决断！

邓卖尾八公　（唱）

　　　　　　啊——

　　　　　　他这是把我当枪来用！

　　　　　　百灵是瑶山最善良的人，

　　　　　　但确实是她把解放军引来山中。

　　　　　　前些天她跟我说过，

她的老师要来见阿公。

他们带来了这场瘟疫，

他们万千汉兵天下争雄。

我该如何处置这两个汉人啊——

又该如何让百灵避开灾凶？

开天辟地的盘王啊——

请给我智慧，

解开我心中的迷茫……

邓标堆一贵 （紧逼）八公啊，如果你还不决断，那就让大伙来做决断！

众瑶长 对！让大伙来做决断。

邓卖尾八公 （气结）你们——

邓标堆一贵 八排二十四冲全体瑶民，共同抵抗解放军！

众瑶长 （群情汹涌，齐声）对！全体瑶民，共同抵抗解放军！

邓标堆一贵 （乘机）把这三个带来瘟神的人，投入火坑，马上烧死！

众瑶长 （齐声）对！把他们投入火坑，马上烧死！

邓标堆一贵 把火点起来——

[瑶练把火坑里的干柴点着，不一会，大火就熊熊燃烧起来。

[牛角号吹响，气氛紧张恐怖。

众瑶民 （群唱）

把他们投入火坑中！

把他们投入火坑中！

让那些瘟疫，

还有那些毒瘴，

都消失得无影无踪！

[邓卖尾八公脸色铁青。

唐五贵 （大惊）不不不！百灵妹不是坏人！

邓标堆一贵 （话中有话地威胁）再说，连你也要一起烧死！

唐五贵 我……（唱）

我有把柄在人家手中，

我已经被他们胁从……

但难道就眼睁睁看着，

心爱的人被投入火中？

（转而向邓卖尾八公求助）八公——

邓卖尾八公　（唱）

> 有心救我的孙女儿啊，
>
> 但我又如何开口、如何服众？
>
> 一旦被认为徇私枉法，
>
> 将来如何取信八排二十四冲？
>
> 真叫我左右为难，
>
> 让我心如刀割般痛……

［先生公看到了邓卖尾八公的纠结，于是上前对邓标堆一贵。

先生公　管事头，今天日子不好，不能见血光。

邓标堆一贵　（意外）你说什么？

先生公　今天地煞犯六冲，不能见血光。

邓标堆一贵　啊？地煞犯六冲？那你说什么日子才能见血光？

先生公　（掐指一算）后天……后天吧！后天天煞现，地煞隐。

邓标堆一贵　（咬着牙）那就等到后天！把这两个解放军，还有百灵妹，都押下
去，严加看管！

［邓标堆一贵拔出那把曾经是夏鸣的手枪，把三人押下。

［邓卖尾八公和众瑶长正欲随下。

唐五贵　（拉着邓卖尾八公）八公，救救百灵……

［邓卖尾八公一言不发，下。

先生公　（对唐五贵）年轻人，别说先生公没帮你。（下）

唐五贵　帮我？帮我……

［切光。

第六场　英雄啊永记你

［夜色深沉。

［后面是一个谷仓改成的囚房，成正刚、夏鸣、百灵妹被关押在里面，两
个瑶练正拿着猎枪在看守，两支火把正在燃烧。

[唐五贵上。

唐五贵 （唱）

今晚的夜色好深沉，

看不见月亮和星辰。

我要重新找回自己，

不能在黑暗中沉沦。

我曾经是那么的狭隘，

邪火蒙蔽了我的灵魂，

怒火燃烧了我的身心。

我要重新站起来，

去保护我今生的爱人。

[唐五贵走到囚房前，那两名瑶练警觉。

瑶练甲 谁？

唐五贵 我，五贵。

瑶练甲 哦，是五贵哥。（松懈）

唐五贵 没什么事吧？

瑶练乙 没事。

唐五贵 你们回去睡吧，我来接更。

瑶练甲 好。（把猎枪交给唐五贵）枪里已经装了火药铁砂，你可要小心。

唐五贵 知道了。

[唐五贵接过猎枪。瑶练乙也把猎枪要交出来，但似乎发现了问题。

瑶练乙 怎么是你一个人来？

唐五贵 阿六今天晚上喝醉了，叫我一个人先来，把枪交给我吧。

[瑶练乙"哦"了一声，把猎枪也交给了唐五贵。

[两名瑶练将信将疑地下。

[待两名瑶练下后，唐五贵迅速跑到囚房前。

唐五贵 百灵——百灵——

百灵妹 （意外）五贵哥？

唐五贵 我来救你！

[成正刚和夏鸣也醒了过来。

百灵妹 你来救我？我不需要你救。

唐五贵 为什么？

百灵妹 因为我是个坏人，在这瑶山里，我永远都是个坏人。我走不出这山寨。就算走得出这山寨，我也永远回不来了……

唐五贵 不！坏人不是你，是……

百灵妹 是谁？

唐五贵 是、是我。

百、成、夏 （合）是你？

唐五贵 是我……（唱）

　　　　我听信了管事头的鬼话，

　　　　怕你离开八排二十四冲。

　　　　但我又不敢走下山去，

　　　　不敢陪你去关山万重。

百灵妹 五贵哥，这怎么是你的错呢……

唐五贵 （唱）

　　　　管事头拿来砒霜，

　　　　要我投进各家的水缸中。

　　　　就说解放军带来了瘟疫，

　　　　带来了这一场灾凶……

成正刚 （怒）原来，这些都是你们干的？！

百灵妹 （对唐五贵）你——（唱）

　　　　枉费我与你少年做伴童，

　　　　枉费我念你为我柴米送，

　　　　枉费我同你田间在耕种，

　　　　枉费我等你百年生死同。

　　　　枉费我为你心痛、对你情浓……

　　　唐五贵，瑶山的父老是不会放过你们的！（伤心地哭了起来）

唐五贵 （辩解）没有！我没有和他们一起去，是管事头带着他的两个心腹去投的毒。

　　　〔唐五贵拿出那包砒霜，隔着木栏递给成正刚看。

唐五贵 你们快走吧，后天时辰一到，管事头就会把你们烧死的！

　　　〔唐五贵说完，用自己随身携带的砍刀用力砍断囚房的木栅栏。

［三人走出囚房。

成正刚　我们走了，你怎么办？

唐五贵　我去把真相告诉八公，让八公来处置他们。

　　　　　［正在这时，那两个瑶练带着邓标堆一贵上。

瑶练甲　管事头，他们还在这里——

邓标堆一贵　（骂）五贵，你这个瑶家的叛徒！

唐五贵　是你把国民党兵藏在后山的大青岩，是你拿他们给你的银圆到处去拉拢
　　　　　人心，是你把砒霜投进别人家的水缸，到底谁才是瑶家的叛徒？

邓标堆一贵　（恼羞）我杀了你——

　　　　　［邓标堆一贵举枪向唐五贵射击，夏鸣见势头不对，赶紧冲过去把唐五贵
　　　　　推倒。

　　　　　［然而，邓标堆一贵的枪响了，夏鸣中枪倒地。

成正刚　（悲声）夏连长——

　　　　　［唐五贵爬起，愤怒地举起猎枪开枪，"轰——"一声，一团铁砂射向邓
　　　　　标堆一贵等人，瞬间三人都受了不同程度的伤。

　　　　　［唐五贵冲过去，用砍刀把邓标堆一贵砍死，那两个负伤的瑶练逃下。

成正刚　（抱着夏鸣）夏连长，你怎么了？

夏　鸣　政委，我不行了……你们赶紧去见八公……去把大青岩的敌人消灭，不
　　　　　然的话……就、就麻烦了……（话还没说完，牺牲）

三　人　（痛苦地）夏连长……夏连长……

成正刚　（果断地）五贵，马上带我去见八公。

　　　　　［成正刚向已牺牲的夏鸣敬了个军礼，与唐五贵急下。

　　　　　［大光渐收，追光在百灵妹和已牺牲的夏鸣身上。

百灵妹　（唱）

　　　　　　　英雄啊我铭记你——

　　　　　　　你为瑶山带来光明，

　　　　　　　你为瑶山带来春风。

　　　　　　　在这黎明的前夜，

　　　　　　　黑暗竟是这般的沉重！

　　　　　　　这春风到来前的日子，

　　　　　　　仍是冰雪凛冽的寒冬！

当黎明到来的时候，

一轮喷薄的太阳照亮长空。

在春风吹拂的季节，

是你的鲜血把杜鹃染红……

[光渐收。

尾 声　黎明啊已到来

[日，白石洞，盘王庙前，旌旗招展。

[邓卖尾八公带着唐五贵、百灵妹和众瑶长上。

[成正刚带着一队解放军上。

邓卖尾八公　（迎上）成先生——

成正刚　邓卖尾八公——

[两人的手紧紧地握在了一起。

邓卖尾八公　（歉意地）成先生，对不起……

成正刚　邓卖尾八公，不要这样说！敌人已经被我们消灭了。汉瑶两家是亲兄弟，任何人也破坏不了！

邓卖尾八公　对！汉瑶两家，亲如兄弟，谁也破坏不了！我邓卖尾八公宣布：汉瑶两家在白石洞，在开天辟地的盘王面前，永远结盟！

众　人　（排山倒海般的呼喊）汉瑶两家，永远结盟！（唱）

啊——

祖先的脚步不曾留停。

从青州走到连州，

从大川走到大岭。

啊——

我们的脚步在这里留停。

这里是我们的家园，

我们在这里迎接光明——

这里是我们的家园，

我们在这里迎接光明——

[众瑶家姑娘和瑶家汉子跳起瑶族长鼓舞，庆祝白石洞胜利会盟。

百灵妹 （走上一个高台，唱）

　　天上的英灵啊，

　　你可看到今天的盛景？

　　天上的英灵啊，

　　是你在守护永久的太平。

　　汉瑶两家在今天，

　　把千秋誓盟结定，

　　把千秋誓盟铸成。

唐五贵 （走了过来，唱）

　　难忘今天的盛景，

　　这是英雄用生命铸成。

　　汉瑶两家在今天，

　　把千秋誓盟结定，

　　把千秋誓盟铸成。

众　人 （和唱）

　　难忘今天的盛景，

　　这是英雄用生命铸成。

　　汉瑶两家在今天，

　　把千秋誓盟结定，

　　把千秋誓盟铸成。

　　[在歌舞中渐收光。

　　[剧终。

2019年1月22日第二稿

向南，向北

时　间：1947年春夏至1949年春天。

地　点：广州、香港。

人　物：**刘添明**　男，23岁，原国立中山大学学生，地下党员，达德学院文哲系
学生。

　　　　蓝　鹃　女，19岁，原国立中山大学附属中学学生，达德学院文哲系
学生。

　　　　郑清泉　男，23岁，原国立中山大学学生，达德学院商业经济系学生。

　　　　徐敬文　男，36岁，原国立中山大学教员，地下党员，达德学院文哲系
教授。

　　　　傅怀璞　男，50多岁，地下党员，达德学院文哲系教授，学院地下组织
负责人。

　　　　傅小兰　女，18岁，傅怀璞的女儿，达德学院法政系学生。

　　　　老　李　男，40多岁，广州地下党。

　　　　梁　湛　男，27岁，达德学院厨工。

　　　　郑师长　男，50多岁，国民党新编72师师长，郑清泉的父亲。

　　　　马汉良　男，26岁，香港钟表商的儿子，蓝鹃远房表亲，港英警察
密探。

　　　　麦自棠　男，年过四十，达德学院粮油供货商，军统特务。

黄包车夫、灰衣人、青年男女学生，国民党警察、港英警察等人。

第一幕

1

[1947年春夏之际，一个炎热的夜晚。

[一场浩劫过后的广州街头，几个木拒马被掀翻在一旁，被踏扁了的竹笠、被撕碎了的标语散落一地。店铺关门、街灯昏暗，空气中弥漫着让人窒息的气息。

[一个穿着短布灰衣的中年人和老李警惕地分头上。老李身穿长衫，职员打扮，灰衣人头上戴着顶土色的鸭舌帽，遮住了大半张脸。

老　李　（压着嗓门）少陵野老？

灰衣人　酒中谪仙？

[两人会意，四周看了看没人，转身到墙角。

老　李　杜同志——

灰衣人　老李——

[两人略一握手，灰衣人拿出一张纸。

灰衣人　这是"药方"，拿好。

老　李　（接过）欸……

灰衣人　老板说了：每一味都要抓齐，别漏了。

老　李　一味不漏。

灰衣人　（又掏出一包东西）这是"抓药"的钱，收好。

老　李　知道了。

灰衣人　赶紧找人！

老　李　明白。不过我现在最担心的……

灰衣人　（打断）担心什么？

老　李　都已经两天两夜了，不知道他们在里面会闹出什么事情来？这群孩子太年轻了……

灰衣人　所以才要快！把命保住，一切就有希望。

老　李　放心吧，杜同志！

[街巷那边传来黄包车铃铛的响声，两人对望一眼，迅速分头而下。

[铃铛声越来越近，一名中年人力车夫拉着黄包车跑上。

[车上坐着徐敬文，他在焦急地催促着车夫。

徐敬文　师傅，能不能快一点？我有急事……

车　夫　（喘着气，粗着嗓音）先生，再快那也是两条腿在跑呀……要不是上……上个月我老婆又生了个仔……等米下锅，这……这三更半夜的，谁还……还会出来挣这两个钱？

徐敬文 （心不在焉地）哦？又添丁进口了，恭喜啊……

车　夫 喜什么呀？这年头，以为赶跑了日本鬼子，就可以过几天好日子，没想到、没想到又要打内战……这米价，一天一变！老百姓呀，连粥水都……都快喝不上咯……

徐敬文 是啊，时局不稳。

车　夫 （边跑边说）你看这永汉路，前天学生游行到这里，被那些黑衣警察，打、打得头破血流，地上的血迹，还没洗干净哩……看来呀，这书读多了，也不是什么好事……

　　［前面就是永汉路与长堤路的路口，徐敬文叫停。

徐敬文 到了到了，停车。

车　夫 好咧——（停车）

　　［车停下，徐敬文下车。

徐敬文 （拿出两块银圆）辛苦了！这是车钱。

车　夫 （拿过钱，发现给多了）哎，先生，给多了。

徐敬文 （停下脚步）剩下的，给孩子买点牛奶吧。（想了想，又补充一句）将来可能的话，还是让他读点书，不是什么坏事。（急下）

车　夫 （向着徐敬文的背影鞠躬）先生，谢谢您！好人哪——

　　［车夫拉着黄包车下，渐收光。

2

　　［广州警察局拘留室里，分布在长廊两边的男女监仓人满为患。

众男生 （群情激昂）放我们出去……放我们出去……

众女生 （群情激昂）放我们出去……放我们出去……

刘添明 （看见了对面女监仓的蓝鹃，喊）蓝鹃，蓝鹃——

　　［蓝鹃也看见了刘添明。

蓝　鹃 （喊）添明——

刘添明 蓝鹃，不要怕，我们都在这里！

蓝　鹃 添明，我不怕，我们都不怕！

众女生 （合）我们都不怕——

众男生 （齐呼）反对内战，要和平——

众女生　（齐呼）反对内战，要和平——

众男生　（齐呼）反对饥饿，要温饱——

众女生　（齐呼）反对饥饿，要温饱——

众男生　（齐呼）反对压迫，要民主——

众女生　（齐呼）反对压迫，要民主——

　　　　　[这时，狱警带着两个狱卒，押着郑清泉等人上。

狱　警　（用手中的警棍敲打着铁栏栅，呼喝）吵什么吵？！都他妈给我闭嘴——

众　人　（齐声）放我们出去……放我们出去……

狱　警　（凶狠地）放你们出去？你们不是要"反饥饿、反内战、反压迫"吗？反呀！在这里面，让你们反个够——

刘添明　（痛斥）才赶跑了日本鬼子，你们就向自己的同胞举起屠刀，难道不怕被送上历史审判台吗？！

狱　警　历史的审判台？！（冷笑）嘿嘿……不快叫你们的爹妈把钱送过来，（大声地）我明天就把你们送上审判台！

　　　　　[众学生齐声咒骂："流氓！土匪！"

狱　警　（骂）你们这些国立中山大学的、广东文理学院的，还有中大附中的，整整三四千人，受了共产党的蛊惑，以为拉个横幅、举个标语，就能压过军警的刀枪和棍棒吗？找死——

蓝　鹃　革命群众你们是抓不完的——

众学生　（齐声）对！革命群众你们永远也抓不完、抓不完——

狱　警　（冷笑）那就有一个抓一个——（对狱卒）把这几个，关进去——

　　　　　[狱卒把郑清泉和那几个人关进了男监仓。狱警和狱卒下。

　　　　　[刘添明认出了郑清泉。

刘添明　郑清泉……

郑清泉　刘添明？

刘添明　（满腹疑惑地）你怎么进来的？

郑清泉　（不满地）你是中大学生，我也是中大学生，你可以进来，我怎么就不能进来？

刘添明　你不是有个当国军师长的父亲吗？

　　　　　[听到"国军师长"，众人把怀疑的目光都投到郑清泉的身上。

郑清泉　（恼）刘添明，你不要提这个好不好？

刘添明 怎么，提都不敢让人提了吗？

同学甲 （附和刘添明）怕被人揭了老底呗。

同学乙 恐怕有人是来做密探的。

郑清泉 （愤怒）刘添明，老子揍你！

刘添明 （毫不示弱）想动拳头是吧？来呀——

郑清泉 弟兄们，上——

　　〔与郑清泉一起进来的那几个同学，与刘添明身边的同学迅速形成对峙，眼看就要打起来。

蓝　鹃 （在对面的女监仓大声地）你们都不要吵了！好不好——

　　〔两边的人听到有女生在喊叫，下意识地停了下来。

蓝　鹃 都是中大的学生，在监仓里就打了起来，传出去不怕让人笑话吗？！

　　〔众人意识到真的不妥，情绪开始平伏，还传来一两声叹息声。

蓝　鹃 （在追光中，内心独白）我们是5月31日那天被关进这里的，闷热肮脏、阴森恐怖、臭气熏天、蚊蝇乱飞。没有人知道，等待我们的将会是什么……审判？坐牢？还是杀头？也没有人知道，郑清泉他到底是什么人、他又是怎么进来的？但我知道，外面的同志不会丢下我们不管。我们现在能做的，就是坚持，就是坚守……

　　〔一阵诡谲的声音从远处传来，渐收光。

3

　　〔永汉路里巷的一座旧民居，逼仄的小阁楼，屋内摆设简单、陈旧。

　　〔老李进门，随手把门掩上后点亮了小方桌上的油灯，把灰衣人给的那包"抓药钱"和"药方"掏出来放在桌子上，把"药方"展开，对着灯光看了又看。

　　〔突然，传来了"梆梆梆——"的敲门声。

　　〔老李迅速地把"药方"揣进长衫的里兜，把"抓药钱"藏在桌子底下。

老　李 （警惕地）谁？

　　〔门外的人低声地："老李，是我，徐敬文——"

　　〔老李走过去开门，"吱呀——"一声开了门。

老　李 敬文，你来了……

徐敬文 来了……

老 李 快进来——

　　　　[徐敬文进屋，老李赶紧把门重新关上。

　　　　[两人落座，压着嗓门在秘密交谈。

徐敬文 （着急地）老李，组织上同意我们的营救计划了吗？

老 李 就在刚才，已经派人把经费送过来了。

徐敬文 经费已经送过来了？

老 李 是的。

徐敬文 下一步，该怎么走？

老 李 你先看看这份名单。

　　　　[说着，老李把"药方"——营救名单拿出来，展开放在桌子上。

徐敬文 （仔细看了看）怎么那么多陌生的名字？

老 李 没看出什么特别的吗？

徐敬文 我们想要营救的刘添明、蓝鹃都在里面。

老 李 你还是没看出来。

徐敬文 （有点焦急地）老李，你就直说吧——

老 李 郑清泉！

徐敬文 郑清泉？

老 李 就是你们中大经济系的那个郑清泉。

徐敬文 （再仔细看了看）欸……他怎么也在这份名单里？

老 李 （深思熟虑地）他的父亲，你有没有见过？

徐敬文 （想了想）我们曾经在一起吃了顿饭。

老 李 这就好！

徐敬文 但他是国民党的师长……

老 李 找的就是他！

徐敬文 （疑惑地）找他？

老 李 眼下最要紧的，就是要找一个有身份、有地位的人物，请他出面，把钱
　　　　送出去，把人救出来。（把"抓药钱"从桌子底下拿出来）

徐敬文 我和那个郑师长，不过是一面之缘，恐怕……

老 李 已经足够。

徐敬文 但他毕竟是国民党的师长，愿意为我们去干这些事情吗？

老　李　（点了点名单上的名字）他儿子也关在里面，你说他愿不愿意？

徐敬文　（疑惑地）难道连上级组织，也不清楚郑清泉的背景？

老　李　组织上的事情，你我不必多问。

徐敬文　（想了想）具体工作，老李你就安排吧。

老　李　你拿着这些银圆，还有这份名单，以学校老师身份，去见那个郑师长，越快越好。

徐敬文　好！

老　李　（强调）记住！你也不知道郑清泉的父亲是谁，你只要告诉郑师长：请他动用国军师长的面子和人脉，帮忙把名单上的人营救出来！

徐敬文　知道了。

老　李　当务之急，是要先把人营救出来。至于下一步，组织上会有安排。

徐敬文　（领会）好！我现在去见郑师长。

老　李　你还要告诉他：这些钱不是贿赂他的，而是学生家长交来的"保释金"。

徐敬文　"保释金"？

老　李　对！就是"保释金"。

徐敬文　明白！我走了——

老　李　（叮咛）路上小心——

徐敬文　哎！（出门，下楼）

　　　　　〔楼上的灯光渐暗，徐敬文来到路边，在路边找黄包车。

徐敬文　（喊叫）黄包车——

车　夫　（从角落里拉着黄包车跑上）先生——

徐敬文　（认出来了）是你？

车　夫　（真诚地）这大半夜的，不好打车，就在这路边等着您……

徐敬文　谢谢！东山口，旧粤军驻防营。（上车）

车　人　就是那个门口垒了沙包、架了机关枪的驻防营吧？

徐敬文　是的。

车　夫　好咧，先生，您坐好！（拉起车子，边跑边说）您、您是个好人，将来我也让儿子去读书，做一个好人，像您这样的好人……

　　　　　〔车声、人声渐渐消失在沉沉的夜幕中。

4

　　[清晨的阳光，透过高墙上的那个换气小窗，斜射在监仓的地上。

　　[狱警左手拿着份卷宗、右手拿着那根警棍进来，身后还有两名狱卒。

狱　警　（手中的警棍敲打着铁门）起来起来！都他妈给我爬起来——

　　[被关押的人员撑着身子爬了起来。

狱　警　（打开卷宗里的名单）听到名字的，都给我站出来！打开了你们脚上的镣铐，你们就可以回家了——

　　[人群出现了一阵小骚动……

狱　警　（念名单）夏明波，蒋绍斌，郑清泉，雷雁塔，王安良，曾瑜，蓝鹃，刘添明，蔡平，麦少华，欧健山。

　　[听到名字的，拖着沉重的镣铐走出了监仓。狱卒分别为他们打开了镣铐。

狱　警　你们这11个人，都是前两天抓进来的游行学生。现在，你们的父母交来了保释金，你们可以回家了。

　　[还在监仓中的人乱了，喊叫着："还有我们呢！放我们出去，放我们出去——"

狱　警　（回过头来，对着还在监仓里面的人）你们这些拉洋车的、扛麻袋的、卖咸鱼的，都给我好好待着！什么时候你们家里的人把保释金交上来了，什么时候就放你们出去。

刘添明　（停下来，深情地）同胞们，不要怕！这种暗无天地的日子，终将会结束……

狱　警　（听着恼火）你他妈不想走了是吧？给我推出去——

　　[那两名狱卒听到命令，口中吆喝着"走走走——"，不由分说地用长枪把刘添明他们推了出去。

　　[随即传来"咣——"一声铁门关闭的声音。大光收。

　　[黑暗中，定点光起，学生甲站在光柱之中。

学生甲　新学期开始了，我被学校开除了……

　　[第二条定点光起，学生乙站在光柱之中。

学生乙　新学期开始了，我被学校开除了……

　　[第三条定点光起，学生丙站在光柱之中。

学生丙　新学期开始了，我被学校开除了……

〔第四条定点光起，学生丁站在光柱之中。

学生丁 新学期开始了，我被学校开除了……

〔第五条定点光起，刘添明站在光柱之中。

刘添明 新学期开始了，我也被学校开除了……

〔刘添明和众学生拿出一张《通知》。

五　人 （齐声念《通知》）"扰乱治安，操行丁等，饬令退学"。新学期开始，我们都被学校开除了……

〔定点光全收，甲乙丙丁暗下。

〔大光起，景转至徐敬文位于广州城高第街的家中。

刘添明 （掩盖不住内心焦急和不满的情绪）敬文老师，我被学校开除了……

徐敬文 今天你回中大了是吧？

刘添明 是的。（把"饬令退学"的通知书放在小书桌上）这是校务处给我的退学通知。

徐敬文 我已经知道了。

刘添明 （不解地）您已经知道？

徐敬文 这次由广州地下党组织领导"反饥饿、反内战、反压迫"大游行，已经达到预期的效果。但在这个过程中，你的身份已经暴露。

刘添明 我不怕！

徐敬文 这不是你怕不怕的问题。今天通知你过来，就是传达组织的安排：你必须转移。

刘添明 转移？

徐敬文 将来还有很多工作需要我们去做，眼下不能做无谓的牺牲。

刘添明 我服从组织的安排。

徐敬文 组织上决定，把你转移到香港。

刘添明 （半是意外地）转移到香港？

徐敬文 是的！我们必须把革命力量，尤其是青年的力量转移到香港保护起来。

刘添明 我到香港的任务是……

徐敬文 （明白无误地）读书，继续读书！

刘添明 （十分意外）继续读书？不！我不去——

徐敬文 你不去？

刘添明 不去！

徐敬文 为什么？

刘添明 国民党反动派已经向中原解放区发动大规模的进攻，内战已经全面爆发，要我暂时离开广州可以，要我去香港也可以，但我要到战斗的最前线去，用鲜血和生命去实现崇高的革命理想！

徐敬文 （赞赏地）添明，作为你的入党介绍人，我对你的态度十分赞赏！但你必须服从组织的安排，到香港去继续完成学业。

刘添明 （急）敬文老师！眼下中国时局纷乱，包括香港、澳门，还放得下一张安静的书桌吗？

徐敬文 （严肃地）不管时局如何纷乱，我们都需要一张安静的书桌！

　　〔刘添明见到老师严肃起来，也不禁随之思考起来。

徐敬文 （语重心长地）我们不但要善于打碎一个旧世界，更要善于为中华民族、为四万万同胞建造一个美好的新世界！

刘添明 建造一个美好的新世界？

徐敬文 你刚才说得没错，国民党反动派已经向中原解放区发动大规模的进攻，内战已经全面爆发，华南地区可能还会有十年的黑暗，也许还会更加漫长……

刘添明 还会有十年的黑暗？

徐敬文 （充满信心）但最后的胜利，一定属于我们！在这个漫长而艰苦的过程中，我们要为将来新生的人民政权做好包括知识上的、人才上的，以及接管城市政权所需要的种种准备。

刘添明 接管城市政权？

徐敬文 是的。我们今天向南而走，是为了将来向北而生！

刘添明 （有所感悟地）我明白了，敬文老师。

徐敬文 你知道香港有所达德学院吗？

刘添明 听说过。据说这是一所民主气氛浓厚的学校。

徐敬文 《中庸》有言："智、仁、勇三者，天下之达德也。"香港达德学院名义是由在港民主人士所创办，但实际上是由我党领导的高等院校。前年，董必武同志作为中国代表团成员，在旧金山参加《联合国宪章》的讨论和签署，见到了教育家陈其瑗先生，董老当面请陈先生回国办教育。去年初，周恩来同志在南京见到了廖承志，要他尽快请陈其瑗先生出面在香港把学院办起来，这就是创办达德学院的历史背景。

刘添明	去年底，我就听说有人去投考达德学院。
徐敬文	所谓的投考，不过是为了避人耳目。开办这所院校的目的，就是要把在内地已经暴露身份的进步师生，转移到香港保护起来。
刘添明	为了保护进步师生？
徐敬文	当然，所有这些都是在秘密之中进行。（拿出一张信笺）这是你的推荐信，有了它，你就可以作为插班生，在香港达德学院继续学业。
刘添明	（拿过推荐信看了看，念）"达德学院怀璞先生台鉴：国立中山大学中文系学生刘添明，素仰贵校之教学宗旨及办学体例，今欲投考贵校……"（放下推荐信）敬文老师，我可以服从组织的安排，但我还有一个请求。
徐敬文	你说——
刘添明	中大附中的蓝鹃，能不能也让她一起去？
徐敬文	她是你女朋友吗？
刘添明	我喜欢她，但还没有向她表白。她也是个进步青年，去年加入了青年团。
徐敬文	我知道，所以她也在这次的营救名单之中。（略担忧）达德学院去年才创办，那边的条件并不好，一个女孩子，我担心她待不下去。
刘添明	现在她也被学校开除了，家里正逼着她，要她嫁给那个姓赵富商的儿子……
徐敬文	你征求过蓝鹃的意见吗？
刘添明	（犹豫了一下）还没有……
徐敬文	那她愿意和你一起去吗？
刘添明	（略显底气不足）应该……愿意吧……
徐敬文	（想了想，拿起笔）那这样吧，我就在介绍信里，加上"同行者蓝鹃同学一人"，你看可以吗？
刘添明	（激动地）谢谢敬文老师！
	［徐敬文把蓝鹃的名字写在推荐信上，然后交还给刘添明。
徐敬文	（郑重地）这是一封密函，一定要面交达德学院傅怀璞先生。
刘添明	好。
徐敬文	落款我不署名字，他会问是谁写来的推荐信，你把我的名字报上，他就明白了。

刘添明　这是联络暗号吗？

徐敬文　算是吧。（嘱咐）现在斗争形势十分复杂，到了香港那边，你要时刻保持警惕，不要暴露党员身份，与组织实行单线联系。记住了吗？

刘添明　记住了。

徐敬文　到时候组织上会有人与你联系。

刘添明　哦……

徐敬文　祝你们顺利——

　　　　　〔大光收，徐敬文暗下。刘添明拿着推荐信，走进前演区。

刘添明　（看了一眼手中的推荐信）蓝鹃，你愿意和我一起去香港达德学院吗？

　　　　　〔蓝鹃出现在一个半高台的追光中，两人在追光中对话。

蓝　鹃　香港？达德学院？

刘添明　是的。

蓝　鹃　那是一所怎么样的学校？

刘添明　我不知道……

蓝　鹃　你不知道？

刘添明　敬文老师推荐我们过去。我想，那一定是一所好学校。

蓝　鹃　我们还回来吗？

刘添明　我也不知道。敬文老师说，也许会有十年……

蓝　鹃　太漫长了……

刘添明　你……不愿意去？

蓝　鹃　他们把我锁在这座小楼上，明天就要和那个姓赵的公子，举行婚礼……

刘添明　那我，祝福你……

蓝　鹃　（恼）刘添明，这是你的真心话吗？

刘添明　是的……

蓝　鹃　你……

刘添明　去年我介绍你加入了青年团，以为可以带着你，走向理想的彼岸和梦想的远方。（愧疚地）但这一年来，带给你的却只有抗争、流血、牢狱和逃亡……

蓝　鹃　这种抗争、流血、牢狱和逃亡的日子，也许很快就会结束。

刘添明　（误会）已经结束了……

蓝　鹃　（憧憬着）等待我的，将会是一种全新的生活。

刘添明 （失望）也许吧。那我走了……（欲走）

蓝　鹃 （叫住）添明，你等等我——

　　　　　［刘添明停住。

　　　　　［蓝鹃迅速把几件衣服塞进小藤匣里。

蓝　鹃 添明，接住——

　　　　　［蓝鹃从上面把小藤匣抛给下面的刘添明，刘添明慌忙接住。

刘添明 你要干什么？

蓝　鹃 我跳下来——

刘添明 别！危险——

　　　　　［话音未落，蓝鹃就从窗户上跳了下来！同时急收光。

　　　　　［黑暗中传来刘添明和蓝鹃"啊——"一声尖叫，旋即又传来男人、女人们杂乱的叫唤声："不好了，不好了！二小姐跳窗跑了——""二小姐跟一个男的跑了——"

第二幕

5

　　　　　［前演区的追光中，身着军装的郑师长在与郑清泉对话。

郑师长 （威严地）你决定了要去香港？

郑清泉 是的，父亲。我不想再给您添麻烦了。

郑师长 （愠怒）你给我制造的麻烦，已经够大了，知道吗？

郑清泉 知道！因为会对您的仕途有影响。

郑师长 但我还是把你从那里面"捞"了出来。

郑清泉 您后悔了吗？

郑师长 （恨恨地）我最后悔就是把你生了下来，还把你养那么大！

郑清泉 你完全可以叫人把我送回大牢去。

郑师长 （冷笑）你以为我不敢？

郑清泉 你不敢。

郑师长 浑蛋！（转而悲哀地）这是一场父子之间的对话吗？

郑清泉　我希望是。

[郑师长被眼前这个儿子气得浑身发抖。

郑师长　（尽力地让自己的情绪平复下来）好吧！你可以去香港，或者别的什么地方，作为父亲，我不反对，但我还是要告诉你：政治从来就不是你想象的那么简单，你不要卷入这场分不清黑白、说不清对错、看不到结局的争斗里来。

郑清泉　我没有卷入。

郑师长　但愿吧……（叹息地）远离这个无底的旋涡，或许就是你最好的选择。

郑清泉　父亲，我也希望您能够远离这个无底的旋涡。

郑师长　我？

郑清泉　（纠结地）因为我不愿意看到您的失败，但我更加不愿意看到百姓的痛苦……

郑师长　难！（摇头叹息）难啊——

[追光急收。

[大光全起。傅怀璞简朴的家，收音机断断续续播放的香港粤剧名伶马师曾《苦凤莺怜》中"乞儿腔"唱段："我姓余，我个老豆又系姓余，侠魂就系我个名字……"傅怀璞身穿长衫，有着中年知识分子的沉稳和儒雅。

傅怀璞　（向着房里的女儿喊）小兰，新学期马上就要开始了，我给你开的书单，你都读完了吗？

[傅小兰从里屋出来，只见她十七八岁、欢快清纯的样子。

傅小兰　Daddy（爸爸），读完你的书单，我就该毕业了。

傅怀璞　（苦口婆心般）不读完这些书，你就毕不了业！

傅小兰　知道了，Daddy！

傅怀璞　你去看看我们设置的课程，你再看看我们延聘的教授，一点都不比伦敦的那些学院差。甚至呀，比他们的都好！

傅小兰　（有点不耐烦地）知道了Daddy！我不去英国留学了，行了吧?！

傅怀璞　（苦笑了一下）要心安下来才行——

[门外站着麦自棠，他手里提着个用油纸包着的烧鹅，后面跟着带了行李的刘添明和蓝鹃。

麦自棠　（笑着脸）傅教授……

傅怀璞 哦，麦老板你来了，请进。

[麦自棠和刘添明、蓝鹃进屋。

傅怀璞 这两位是……

麦自棠 这两位在新墟站下了车，找不到来学院的路，我就把他们带过来了。

（对刘、蓝）这就是你们要找的傅怀璞教授。

刘、蓝 （齐致意）傅教授好——

傅怀璞 你们是来……

刘添明 我们是来投考达德学院的。

傅怀璞 （点头）哦，欢迎欢迎。

麦自棠 （递上烧鹅包）傅教授，这是昨天您的烧鹅，正宗的九龙明记烧腊。

傅怀璞 辛苦你了麦老板！小兰，谢过麦老板——

傅小兰 （上前，接过烧鹅）谢谢麦老板。（进厨房）

麦自棠 （没话找话地）教授您真是个美食家。

傅怀璞 明记烧腊是地道的广式口味，好多年前在广州就吃过，念念不忘啊！

麦自棠 要不是前几年老板"走日本仔"（避日本兵），也不会来香港开店。来到香港，人家还保留用荔枝木来烤的传统做法。

傅怀璞 这个就是传统风味。

麦自棠 傅教授以后还想吃点什么，尽管吩咐。

傅怀璞 （笑了笑）学院这里离九龙市区好几十公里，也不好再麻烦麦老板了。

麦自棠 不麻烦，不麻烦！我就是每天给学院送米送菜的，顺便就给您带了。

[麦自棠还是没有要走的意思，傅怀璞忍不住要下逐客令了。

傅怀璞 麦老板，有事你就忙去吧——

麦自棠 （讪笑着点头）欸，欸……（边点头边下，眼睛还不忘往里屋张望了几眼）

[傅怀璞随手把门掩上。

傅怀璞 两位是……

[刘添明赶紧掏出那份推荐信。

刘添明 这是我们的推荐信。

[傅怀璞拿起老花镜仔细看了起来。

傅怀璞 你叫刘添明？你叫蓝鹃？

[刘添明和蓝鹃分别点头。

傅怀璞　这封推荐信，是谁写的？

刘添明　中山大学的徐敬文徐教授。

傅怀璞　徐教授？

刘添明　（再次确认）是的！徐敬文徐教授。

傅怀璞　（会意，点头）哦，我知道了。

　　　　〔傅怀璞摘下老花眼镜，放下了手中的推荐信。

傅怀璞　达德学院刚刚起步，还没有设立中文系，我想安排你们在文哲系学习，
　　　　可以吗？

刘、蓝　（合）可以的，怀璞先生。

傅怀璞　达德学院是经港英政府注册立案的正式院校，按例你们接下来还要参加
　　　　入学考试。不过，以你们的学历条件，入学应该是没问题的。

刘、蓝　（合）谢谢先生——

傅怀璞　你们先安顿下来，希望你们会喜欢这里。（向着里屋）小兰，你出来
　　　　一下——

　　　　〔傅小兰内应了句"来了——"出来。

傅小兰　Daddy——

傅怀璞　你带两位学长去教务处办注册、找宿舍。

傅小兰　好呀！（对蓝鹃）我叫小兰，怎么称呼您？

蓝　鹃　我叫蓝鹃，蓝天的蓝，杜鹃的鹃。

傅小兰　以后我就叫您蓝鹃姐。

蓝　鹃　（点头）嗯！

傅小兰　（对刘添明）您呢？

刘添明　我叫刘添明……

傅小兰　（还没待刘添明说完，打断）这名字真好！天将黎明——

刘添明　是添加的添，光明的明。

　　　　〔傅小兰的一个会错意，让她有点小尴尬。

傅怀璞　（笑着为女儿打圆场）天将黎明，添加光明，都是十分诗意的词句。好了
　　　　小兰，你赶紧带两位学长去办手续吧——

傅小兰　哎！蓝鹃姐、添明哥，你们跟我来——

刘、蓝　（向傅怀璞鞠躬致意）先生再见——

　　　　〔三人走出房子，走在校道上。

傅小兰　蓝鹃姐，添明哥，你们来得太是时候了！去年这里除了那栋租来的行政主楼，到处都是荒地。上个学期法政系的男生在那边铲草，还抓了几只兔子！

　　　　［刘添明和蓝鹃听到这些，感到有点不可思议。

刘添明　怕是农民家里跑出来的吧？

傅小兰　都是野兔！被他们烤来吃了。

　　　　［校道上，不时有学生和小兰打招呼："Hi，小兰，他们是谁呀？"小兰："刚来的新同学。""傅教授在家吗？"小兰："在呀。"

蓝　鹃　小兰，他们都是你的朋友呀？

傅小兰　是啊！他们有的来自广州，有的来自客家、潮汕，有的来自广西、福建，也有香港、澳门的，还有南洋的。

刘添明　还有南洋的？

傅小兰　是呀！他们都是南洋的华侨子弟。

蓝　鹃　你也是在这里上学的吗？

傅小兰　去年我已经被伦敦的大学录取，Daddy怕我被坏小子拐跑了，非要我在这里上学。

　　　　［三人笑了起来。

傅小兰　还有不少同学和我一样，放弃了去英国、去欧洲留学的机会，来这里报读达德学院。

蓝　鹃　原来达德学院的学生，都是富家子弟呀……

傅小兰　不是的，蓝鹃姐！很多同学家里的条件并不好，有的同学交了学费就没有生活费，都是靠勤工俭学在维持。

　　　　［这时，挑着水的梁湛匆匆而过。

蓝　鹃　他就是勤工俭学的同学吧？

傅小兰　他不是。（叫住）梁湛，你等等——

　　　　［梁湛在前面停了下来。

梁　湛　你叫我？

傅小兰　今天挑了多少？

梁　湛　20担。

傅小兰　啊?！那么多。挑够了吗？

梁　湛　还要挑10担。

傅小兰　Oh, My god（我的天啊）！那还不得累死？

梁　湛　（率直地）不会的。

傅小兰　来，给你介绍两位新同学。

梁　湛　（面无表情地）我没空。（说着，挑起水桶快步前行）

傅小兰　（对着湛梁的远去的身影，气恼地）哎！梁湛，你这人怎么这样……

蓝　鹃　小兰，他忙着呢，我们不打扰他。

傅小兰　他是香港本地人，在学校做厨工，每天负责挑水。你们看见他额头上的
　　　　那条伤疤了吗？

蓝　鹃　看见了。

傅小兰　听人说，他杀过人。

刘、蓝　（闻言惊愕）啊？！杀过人……

　　　　［刘添明和蓝鹃面面相觑，大感意外！

蓝　鹃　警察不会来找他吗？

傅小兰　谁知道呢？我Daddy知道他的底细，但从来不给我讲。

刘添明　（半是自语地）他身上一定有故事。

傅小兰　（指着前面）欸，你们看——前面就是教务处了，我们进去吧——

　　　　［三人正准备进教务处，却见到了从里面走出来的郑清泉。

刘添明　（意外）郑清泉？！

郑清泉　（亦意外）刘添明？

两　人　（同时）你……

刘添明　（满腹疑惑地）你怎么也来到这里？

刘清泉　你能来，我就不能来？！

　　　　［郑清泉说完，拿起自己的行李头也不回地下，留下百思不得其解的刘添
　　　　明和蓝鹃。

蓝　鹃　（不解，自语）这到底是一所什么样的学校？

　　　　［大光渐收，刘添明拿着自己的藤匣、傅小兰拿着蓝鹃的藤匣下。

　　　　［蓝鹃走进追光中。

蓝　鹃　就这样，我来到了这个完全陌生的环境。在路上，添明给我说：达德学
　　　　院是一个培养革命干部的大熔炉。但就在来到这里的第一天，我们见
　　　　到了那个国军师长的儿子，见到了一个曾经杀过人的厨工……我不知
　　　　道，在香港的这块土地上，等待我们的将会是什么？我们要面对的又是

什么?

[大光渐起,蓝鹃走进课堂。

[傅怀璞教授在讲话。

傅怀璞 同学们,刘添明和蓝鹃这两位同学,插班进来已经好几天了,今天就利用这堂班会课,让大家相互认识一下。刘添明同学,请你站起来,做自我介绍——

刘添明 (站起)大家好!我是刘添明——

[课堂里响起了掌声。

傅怀璞 还有这位:蓝鹃同学——

蓝 鹃 (站起)大家好!我是蓝鹃——

[课堂里又响起了掌声。

傅怀璞 刘添明同学是广州中山大学中文系的学生,蓝鹃同学是中大附中的学生。他们为什么要来到达德学院,请他们谈谈自己的情况和想法吧。(示意)添明同学——

刘添明 (站起来,毫不忌讳地)我是被学校开除的。

[刘添明直接的"自我揭短",引来同学们的哄堂大笑。

刘添明 (继续)今年5月以来,南京、上海、北平、天津等地学生走上街头,举行了"反饥饿、反内战、反压迫"大游行,遭到反动当局的镇压,酿成了"五二〇"血案。广州的青年学生,从来都不是历史的旁观者,更不是现实的沉默者,在5月31日那天,我们组织了3000多名同学走向街头,为国家民族、为贫苦百姓大声疾呼,但换来的仍然是镇压和拘捕……(起抒情、深沉的气氛音乐)

[同学们在静静地听刘添明诉说。

刘添明 在广州,我就听说……(顿了顿)听说达德学院是一所充满民主气氛的院校,我要在这里完成我的学业,要和同学们一起成长、一起实现心中的理想!

[课堂响起了热烈的掌声。

傅怀璞 添明同学说得好!达德学院虽然身处香港,但始终与祖国内地血脉相连。我们所培养的,不是上流社会的纨绔子弟和豪门千金,而是对国家、对民族、对社会真正有用的人!学院创办至今快两个学期了,几乎每天都在接收来自全国各地以及南洋的学生,每个人来这里的原因可能都不大一样，但目标我相信都是一致的，就是为了反对强权和独裁，就是为了挽救灾难深重的国家！我们也请蓝鹃谈谈她的想法——

蓝　　鹃　（站起来）我也是被学校开除的。但我将来一定要回到广州、回到祖国内地！

　　　　　[课堂再次响起热烈的掌声。

傅怀璞　我还要给大家介绍一位新来的老师。（对着课室的门外）有请徐敬文教授——

　　　　　[徐敬文从门外走进来。

　　　　　[在同学们热烈的掌声中，刘添明满脸惊愕的表情，张开的嘴巴久久没合上。

　　　　　[徐敬文似乎也看到了刘添明的表情，他对着刘添明略略点头。

傅怀璞　根据学院的安排，今后我更多是协助陈其瑗院长管理院务，文哲系的工作，将由徐敬文教授承担。敬文教授在广州中山大学时主讲《中国古代文学史》，接下来他也将在我们这里开设这门新课程。下面请徐敬文教授也谈一下自己的想法。

徐敬文　同学们，其实我和很多第一次踏足达德学院的新同学一样，心怀忐忑，诚惶诚恐。与其说我们是怀揣着梦想而来，不如说我们是为了寻找一种路径而来。既然是一种需要寻找的路径，那么这条路一定不好走。但我们相信，沿着这条路走下去，一定能够去到我们想去的地方！

　　　　　[课堂里又响起热烈的掌声。

　　　　　[渐收光。

6

　　　　　[傍晚，达德学院不远处青山湾海边的小路上。

　　　　　[头发梳得油光水滑的马汉良手捧着巧克力和香水盒，在焦急地等人。

蓝　　鹃　（上，有点埋怨地）汉良表哥，你怎么找到这里来了？

马汉良　（半是娘娘腔）蓝鹃，你到香港都半年多了，也不告诉我，你是知道我们家地址的。

蓝　　鹃　（找借口）我的学业很忙。

马汉良　表姨妈写信过来，说你来到香港读书，要我好好照顾你。

蓝　鹃	我不需要你照顾。
马汉良	（递上巧克力和香水）拿着，这是我给你买的巧克力和香水。
蓝　鹃	（不接）我不要。
马汉良	读书多辛苦呀！这里离市区又远，有钱也买不到什么好东西。以后你想吃什么、用什么，给我打个电话，我立马给你送过来。
蓝　鹃	学校有饭吃，士多店也有东西卖，我不要你送。
马汉良	蓝鹃，以后毕业了你就留在香港吧，我在曼利投资公司有朋友，可以介绍你到里面去做事。
蓝　鹃	我还有那么多的同学，难道你也可以介绍他们去公司做事吗？
马汉良	当然可以啦！你把你的同学、朋友介绍给我认识，我保证他们都可以在香港过上高等人的生活。
	［蓝鹃对马汉良越发感到厌恶。
马汉良	我已经写信给表姨妈，说你不回去了，叫她退了赵家的那门亲事。
蓝　鹃	（气结）你……哼——（扭头跑下）
马汉良	蓝鹃，蓝鹃……你听我说……
	［麦自棠挑着一对空箩筐上。
麦自棠	不错呀马先生，又被人喷了一脸的屁。
马汉良	麦自棠？（恼）关你屁事！
麦自棠	屁事都是你嘛，当然不关我的事咯！哈哈——
马汉良	（气结）你……
麦自棠	（低着嗓门）好了好了，如果只为"沟女"（泡妞），犯不着大老远跑到这里来。我们之间合作的问题，想得怎么样？
马汉良	不怎么样！送你的菜去吧——（气嘟嘟地下）
麦自棠	马先生，我还会来找你的哦——（挑着箩筐下）
	［远处传来浪拍沙滩的声音，不时还有海鸥的鸣叫。徐敬文和刘添明上，他们在散步谈心。
徐敬文	添明，还记得离开广州前的那个晚上，我对你说的那句话吗？
刘添明	记得！您对我说"华南地区可能还会有十年的黑暗"。
徐敬文	不是这句。
刘添明	是哪一句？
徐敬文	我对你说"到时候组织上会有人与你联系"。（笑了笑）没想到，到了

香港，我还是你的联系人。

刘添明　其实从开学初见到您的时候，我就知道联系人还会是您。

徐敬文　在广州的时候我也没想到，其实我的身份也暴露了。

刘添明　他们对您下手了吗？

徐敬文　（笑了笑）幸亏跑得及时。

刘添明　他们连教员都不放过。

徐敬文　只要反对独裁的人，他们都不会放过。

刘添明　敬文老师，我们在香港的任务是什么？

徐敬文　学习，还是安安心心地学习。

刘添明　难道我们真的要在这里等待十年吗？

徐敬文　很漫长，是吧？

刘添明　是的。

徐敬文　眨眼之间，不是已经过去大半年了吗？或许我们需要在这里等待十年，（坚定地）但我们希望，这个等待的过程越短越好。（指向大海的方向）添明你看，那些正在海面上飞翔的是什么？

刘添明　海鸥。

徐敬文　是的！海鸥是一种能够预测天气的海鸟，当天气晴好的时候，它们成群结队地在海面上飞行、觅食；当暴风雨来临的时候，它们就会飞回岸边，躲藏在岩石的缝隙里。而这个时候，海面上只剩下一种飞鸟在迎风斗浪，它们是海的精灵——

刘添明　这种精灵，就是海燕——

徐敬文　（背诵着高尔基的散文《海燕》）在苍茫的大海上，狂风卷集着乌云……

徐、刘　（齐诵）在乌云和大海之间，海燕像黑色的闪电，在高傲地飞翔——

　　　　　[远处海鸥的叫声渐弱，仿佛已经被狂风雨暴卷走了。

刘添明　只有海燕，是迎风斗雨的海鸟。

徐敬文　（感慨地）是的！也只有革命者，才是引领风潮的人。

刘添明　今天晚上在民主礼堂有一场辩论会，我是"晨光读书社"的主辩人，邀请老师您前来指导。

徐敬文　（笑了笑）学生辩论，教员就不出席了，让你们更加自由地发挥。况且，晚上我还要备课，我先回去了。（下）

刘添明　敬文老师——

[景暗转至民主礼堂，这是达德学院的"大礼堂"。说是大礼堂，其实只是一间能同时容纳两三百人的简易木结构礼堂。今天晚上这里正在举行一场名为"中国之前途与命运"的辩论会。会场内人声嘈杂，傅小兰作为主持人在维持着会场。

傅小兰 同学们，请安静，请安静——

[刘添明走进会场。

[会场渐渐安静下来。

傅小兰 今天我们在民主礼堂举行"中国之前途与命运"辩论会，我是主持人傅小兰。前两轮的辩论，学院的各社团积极参加，现在进入第三轮、也就是决胜阶段。代表"春熙文学社"的，是郑清泉和吴浩宇两位同学。有请主辩人登场——

[郑清泉和那名叫吴浩宇的男生出场，会场响起掌声。两人在辩论台上入座。

傅小兰 代表"晨光读书社"的，是刘添明和蓝鹃两位同学。有请主辩人登场——

[刘添明和蓝鹃起立，会场响起掌声。两人在辩论台上入座。

傅小兰 老师们，同学们！当今中国，国共两党在华北摆开决战态势，但战况并未明朗。关于中国之前途与命运，各种预测纷至沓来，各种思潮大行其道。今天在这里，刘添明和郑清泉分别代表两个学生社团，代表两种不同的观点和思潮，展开激烈碰撞和争辩。而台下的你，不仅仅是个旁听者，更是一名见证者和评判人！先请"春熙文学社"的代表表达他们的观点——

[傅小兰向郑清泉一招手，郑清泉起立展开阐述。

郑清泉 决定中国之前途与命运，我认为不在于左派，也不在于右派，而在于中间力量，也就是我们现在所说的中间派。在任何一个社会里，中间派总是占绝大多数，谁能够争取到他们的力量，也就会成为最后的胜利者。

刘添明 首先我认为：郑清泉同学所说的中间力量，在当下中国，是不存在的！抗战胜利后，国共两党在重庆经过艰难的谈判，达成了和平建国的协议，却在去年被蒋介石无情撕毁！当下中国，除了中国共产党所领导的人民力量，以及国民党反动派所代表的顽固势力，没有所谓的"中间力量"。如果一定要说有，那么这种力量也是极其弱小的，是不可能改变和影响中国之前途和命运的！

郑清泉 不！我认为中间力量是存在的，他们也许是小资产者，他们也许是"沉默的大多数"。在特定的历史条件下，中间力量也会发展壮大，甚至能够走出"第三条道路"。

蓝　鹃 我不认为中国之前途和命运有"第三条道路"可走！辛亥革命以来，或者说从第二次鸦片战争以来，立宪制、无政府主义甚至是复辟帝制都曾经先后上演，但最终结局又如何呢？！在当今的中国社会，没有所谓的"中间力量"，也没有所谓的"第三条道路"可走！

郑清泉 刘添明同学显然是故意无视中间力量的存在，而蓝鹃同学的观点也极为偏颇！目前国共两党势力均敌，在可预见的未来，任何一方都无法战胜对方。随着时间的推移，第三种力量必将兴起，成为国共双方都想争取，甚至是必须争取的力量。如此一来，第三种力量就会成为"关键少数"，在历史发展过程中反而会起到决定性作用！

刘添明 郑清泉同学设定的前提，是国共两党无法战胜对方。首先，我认为：这个设定本身就是错误的！中国共产党领导的人民力量，一定能够战胜国民党。其次，即便"第三种力量"能够成为关键少数，但它也起不了决定性的作用。因为最后起决定性作用的，一定是人民的力量，是中国共产党领导的人民力量！

[会场的听众听了在交头接耳："国共两党斗争的终结，一定是中间力量的兴起。""不！第三条道路行不通，共产党一定能够战胜国民党。"……

傅小兰 同学们，请安静、请安静——

[会场逐渐安静下来。

郑清泉 （严肃地）请问刘添明同学：你知道眼下国共两党军队的力量对比吗？你掌握国统区和解放区的人口比例吗？

刘添明 目前我手头上没有这些数据，但……

郑清泉 （打断）那你就敢肯定共产党能够打败国民党？

[刘添明对郑清泉的打断感到恼火……

刘添明 郑清泉同学，请你允许我把话说完！不能因为你的父亲是国民党的师长，就处处维护那个腐朽、反动的政权！

[大家一听原来郑清泉的父亲是国民党的师长，议论纷纷："啊?！原来

他父亲是国民党的师长？""怪不得他处处在帮国民党说话……"

[郑清泉被刘添明揭了"家底"，恼羞成怒！

郑清泉 刘添明，你又在侮辱我——

[郑清泉"哗！"一声推倒面前的桌子，冲上前去要打刘添明。众人赶紧把两人拦住。

郑清泉 （叫喊着）刘添明，我他妈早晚收拾你——

刘添明 （毫不示弱）随时奉陪——

[切光。

7

[傍晚，傅怀璞正在书房里看书，傅小兰急匆匆地冲了进来。

傅小兰 Daddy！不好了、不好了——

傅怀璞 （不紧不慢地抬起了头）什么事呀小兰？慌里慌张的。

傅小兰 （喘了一口气）郑清泉带着"春熙文学社"的人，把刘添他们拦在了海边的小树林里，两边都要打起来了——

傅怀璞 （骂道）乱弹琴！赶紧叫人通知徐敬文教授——

傅小兰 蓝鹃姐已经去找敬文教授了。

傅怀璞 （边出门边骂着）成何体统、这成何体统？！

[傅怀璞、傅小兰急下，起紧张、强劲的气氛音乐。

[景转至海边小树林里，远处传来浪拍沙滩的声音。

[郑清泉带着"春熙文学社"的男生，围着刘添明他们几个，两队人马对峙。

刘添明 郑清泉，你这是什么意思？

郑清泉 什么意思？你不明白吗？

[刘添明一看这阵势，明白了。

刘添明 （笑了笑）你来了那么多的人，而我这边，总共才三人。你这，应该叫"偷袭"吧？

郑清泉 如果你觉得我们以多欺少，可以回去叫"晨光读书社"的人。

[刘添明身边的两个同学愤愤不平。

同学甲 添明，我回宿舍去，把"晨光读书社"的人都叫来！

同学乙　对！我们就要跟这个国民党师长的儿子干到底——

　　　　　[刘添明制止住两位同学。

刘添明　（对郑清泉）如果你觉得必须打，那也可以！我们回到内地去，你在你父
　　　　　亲那个阵营，我在共产党这边阵营，总有一天，我们会有机会打的！

郑清泉　（恼怒地）刘添明，我警告你：不要再提我的父亲！

刘添明　（严正地）为什么不能提？是你父亲的那个阵营，撕毁了"双十协定"！
　　　　　是你父亲的那个阵营，向解放区发起了全面进攻！（越说越急）是你父
　　　　　亲的那个阵营，在天津、在北平、在广州把反内战的学生关进大牢！是
　　　　　你父亲的那个阵营……

　　　　　[随着刘添明数点的罪行，郑清泉痛苦万分。

郑清泉　（大声地）刘添明，你给我闭嘴！弟兄们，揍他——

　　　　　[郑清泉带头冲向刘添明，刘添明和身边的两名同学应战，两边的人打了
　　　　　起来。

　　　　　[远处传来徐敬文的喊声："别打了，别打了——"随着呼喊声，傅怀
　　　　　璞、徐敬文、蓝鹃、傅小兰赶到。

傅怀璞　（威严地）都给我住手——

　　　　　[两边的人看到傅怀璞、徐敬文赶到，停止了打斗。

傅怀璞　（痛心地）你们就忍心把拳头砸向自己的同胞、砸向自己的同学?！

徐敬文　（严厉地）谁先动的手？

　　　　　[同学甲指着郑清泉："他先动的手，他们'春熙文学社'的人先动
　　　　　的手——"

傅怀璞　（严肃地）郑清泉——

郑清泉　没错，是我先动的手！（痛苦地）我一直在为我的出生家庭感到痛苦，
　　　　　我一直尝试着用种种方式逃离……（指着刘添明）可你，刘添明，却无
　　　　　时无处不在提醒着我、无时无处不在告诉所有的人：郑清泉来自一个罪
　　　　　恶的家庭、来自国民党反动派的家庭……（流着泪在诉说）在广州警察
　　　　　局的拘留室里，你是这么说；在那天的辩论会上，你还是这么说……

　　　　　[郑清泉的这段告白与诉说，让刘添明大感意外……

刘添明　（愧疚地）对不起，清泉……

郑清泉　我一直在靠近你们，一直在融入你们，但你们却在疏远我、在提防我……
　　　　　尤其是你——刘添明！你一直在用不信任的眼光来看我，在用不友善的

语气来对待我。难道你们真的想把我推进那个反动阵营吗？难道你们真的愿意我走进那个反动阵营吗？！

[郑清泉的声声诉说，引发在场的所有人的沉思。渐收光。

蓝　鹃　（走进追光，内心独白）直到现在，我们似乎才真正认识郑清泉，才开始看到他内心的挣扎、痛苦、纠结和希望。在他的身上，可能还会有更多不为人知的过去，更多不为人知的往事……

傅小兰　（走进追光，内心独白）在郑清泉的眼里，我看到了桀骜不驯，看到了一种深深的忧郁。这种忧郁，有时候会让我怦然心动，有时候又让我不寒而栗。难道，我爱上了他？

[追光收。

第三幕

8

[紧接上场，已经是深夜，傅怀璞的住所。

[傅怀璞连夜召集徐敬文等几名学院地下党员秘密开会。房子本来就不大，人一多就显得更加拥挤。

傅怀璞　（语气沉缓地）同志们，今天傍晚在小树林里发生的事情，大家都已经知道了，问题到底出在哪里？又该如何去解决？我和敬文同志交换了意见，决定临时召集教工党员来开个碰头会议。

徐敬文　（看了看手中的笔记本）我把刚才大家交流的情况归纳了一下，加上我手头掌握的情况，现在达德学院的中共地下党员，已经有70多人。

党员甲　已经70多人？

傅怀璞　这样看来，党员的占比并不低呀！

徐敬文　不排除还有个别单线联系的党员，我们还没掌握。

党员乙　还有为数不少的青年团员。

徐敬文　是的！目前达德学院的中共党员，主要来自以下九个地区或系统：一是来自中山大学爱国民主运动协会的，刘添明就属于这一条线；二是归港粤工委领导的，这部分党员主要是东江纵队、珠江纵队北撤后转入达德的；三是兴梅客属这条线，以客家人为主，郑清泉属于这条线。

党员甲 （略意外，打断）郑清泉也是党员？

傅怀璞 是的！我一直与他单线联系。

徐敬文 （继续）四是潮汕这条线，以潮汕籍人员为主；五是南路这条线，以下四府人员为主；六是归原广东区委领导的这条线；七是上海这条线，主要是来自江浙沪一带的党员；八是广西这条线，主要是广西籍的党员；九是南洋这条线，主要是侨生中的党员。

傅怀璞 （感叹地）全校70多名党员，分别归属九个相互保密的地下系统领导，出现今天小树林里的情况，也就不足为奇了！

党员甲 是的！现在来自各地区、各系统的党员，都是以读书社、文学社、同乡会的形式公开活动，还没有实现党的统一领导。

党员乙 各组织之间、党员和党员之间相互保密、缺乏信任，很容易被敌对势力所利用。

傅怀璞 这种局面必须改变，否则就会出更大的乱子。

党员甲 怀璞同志，你有什么想法？

傅怀璞 我想向中央香港分局报告，申请成立中共达德学院总支部。

众　人 （异口同声）成立党总支？

　　　　　　［传来众人交头接耳的声音："我觉得条件已经成熟。""但保密工作还要加强。""同时还要把青年团的工作领导起来。"

徐敬文 （站起来）我同意申请成立中共达德学院总支部，并建议由傅怀璞同志担任总支书记。党总支成立后，可以根据目前党员来源地域设9个支部，对外继续以读书社、文学社、同乡会的形式进行公开活动。

党员甲 我也同意成立达德学院总支，同意敬文同志的提议。

党员乙 我也同意。

党员丙 同意。

傅怀璞 我还要补充一点：我们申请建立党总支，是为了统一领导已经确认身份的党员。对于那些不能确认身份或者不便于确认身份的党员，不做硬性的要求。大家明白我的意思吗？还有……

　　　　　　［正在这时，传来有节奏的敲门声，众人警惕。

傅怀璞 谁？

　　　　　　［门外传来有点阴沉的声音："是我，梁湛。"

［傅怀璞向大家做了个"别慌"的手势，随后去开门。门外站着梁湛，他身后不远处还站着一个礼帽遮了大半张脸的人。

傅怀璞　（压着嗓门）有事吗？

梁　湛　（没进屋）家里来人了，要找徐敬文先生。

傅怀璞　（会意）哦。（回屋里）敬文，家里来人了，找你。

［徐敬文有点意外，向众人略致意，出门。傅怀璞和众人在讨论继续，屋里的灯光渐暗。

［梁湛见到徐敬文出来后，转身就退下。那个戴着礼帽的人上前，摘下头上的帽子，原来是老李。

徐敬文　（十分意外）老李——

老　李　（略一笑）没想到吧？（又把帽子重新戴上）我们到那边聊——

［两人边走边聊，昏黄的路灯把两人的影子拉得很长。

徐敬文　老李，你这次来香港……

老　李　当然是有任务的。

徐敬文　什么任务？

老　李　（没正面回答）国内的形势发展得很快，国共两党已经到了生死决战的阶段。

徐敬文　我们该做些什么？

老　李　要做的事情太多了。不过我要问的是郑清泉近来表现怎么样？

徐敬文　你问他干吗？

老　李　你说嘛——

徐敬文　就在今天，他在海边的小树林里，还和刘添明他们打了一架……

老　李　（大感意外）他和刘添明打架？

徐敬文　是的！

老　李　为什么？

徐敬文　刘添明他们一直在抵制、怀疑郑清泉，总以为他是那个国民党派来的奸细。

老　李　所以刘添明要揍他。

徐敬文　（苦笑）是郑清泉要揍刘添明！

［老李望了望徐敬文，不禁也哑然失笑！

老　李　傅怀璞没跟你说过郑清泉的身份吗？

徐敬文　前不久我才知道郑清泉也是地下党员，但总不能广而告之吧？

老　李　（点头）那也是。

徐敬文　现在好了，这架一打，郑清泉自己把心中的憋屈，竹筒倒豆子般都说了出来。

老　李　（有点意外）哦……

徐敬文　就在刚才，怀璞同志召集教工党员开了个秘密会议，决定向中央香港分局报告，申请成立中共达德学院总支部，要把已经掌握身份的党员同志组织起来、领导起来。（想了想）说了那么多，还没说你的任务。

老　李　是这样的：组织上决定把郑清泉调回广州去。

徐敬文　去干什么？

老　李　回到他父亲的身边。

徐敬文　（不解）回到他父亲的身边？

老　李　是的，回到他父亲的身边。

　　　　　〔两人边走边聊。光渐收。

9

　　　〔幕后民主礼堂里传出热闹的人声，还有那个年代特有的扩音喇叭声："尊敬的各位来宾、各位老师、各位同学，晚上好！在迎接新年元旦即将到来之际，达德学院在民主礼堂举行全院迎新联欢晚会。我是晚会司仪蓝鹃。参加今天晚会的，除了本院的教授、职员和全体学生，还有陈其瑗院长专门从市区请来的支持达德学院发展、参与达德学院教学的著名学者、作家、诗人，以及社会活动家，他们是：作家、诗人郭沫若先生——（响起掌声），社会活动家、诗人柳亚子先生——（响起掌声）小说家茅盾先生——（响起掌声），剧作家曹禺先生——（响起掌声），以及享誉海内外的社会活动家章伯钧、沈钧儒先生……欢迎你们——"

　　　〔掌声又响起，继续传来司仪蓝鹃的声音："下面这个节目，是商业经济系表演的歌舞《半个月亮爬上来》——"随即传来《半个月亮爬上来》的歌声和音乐声。

　　　〔刘添明走出礼堂，想在外面透口气，却见到在树底下抽烟的郑清泉。

［礼堂里的声音渐弱。

刘添明 （走过去）清泉，你不看晚会？

郑清泉 出来透透气。

刘添明 清泉，对不起，以前对你误解了。

郑清泉 没事，都过去了。

刘添明 可以谈谈你的家庭吗？

郑清泉 （淡淡地）没什么好谈的了，该知道的，你都已经知道。

刘添明 （感觉到了郑清泉的冷淡）看来，你还在怨恨我。

郑清泉 （摇头）不！我是在怨恨我自己……或许，我不该出生在那样的家庭；或许，我也不该走进你们的阵营……

刘添明 （打断，真诚地）不！这是"我们的阵营"。

郑清泉 其实，我可以做一个公子哥儿，每天纸醉金迷声色犬马；我也可以做一个商界名流，每天买空卖空公债黄金；我还可以做一名达官贵人，为了平步青云而不惜鱼肉百姓……

刘添明 但你没有！

郑清泉 因为我看到了底层百姓的种种苦难，也目睹了上流社会的种种不堪，同时也因为我读了很多进步书籍。在你们的身上，我看到了中国的曙光，看到了中国的希望。

刘添明 所以你加入了进来？

郑清泉 是的。

刘添明 这种曙光很快就会光耀中国，让我们一起迎接她的到来吧——

［这时礼堂那边传来司仪蓝鹃的声音："下面这个节目，是文哲系集体朗诵苏联作家高尔基先生的作品《海燕》——"

［伴随气氛音乐，礼堂那边传来合诵："在苍茫的大海上，狂风卷集着乌云。在乌云和大海之间，海燕像黑色的闪电，在高傲地飞翔。一会儿翅膀碰着波浪，一会儿箭一般地直冲向乌云……"

刘添明 清泉，让我们做那只迎风斗浪的海燕吧——

［刘添明向郑清泉半举起右手掌，郑清泉感受到他的真诚，也半举起右手掌。两只年轻有力的手掌"叭——"一声，紧紧地握在了一起。

［傅小兰小跑着从礼堂出来。

傅小兰 清泉，清泉——

郑清泉　小兰……

傅小兰　（急得要哭）你真的要回内地去吗？

郑清泉　是的……

傅小兰　（哭了出来）为什么不告诉我——

郑清泉　（搂着傅小兰）我不想让你担心。

　　　　[听到郑清泉要回去，刘添明也感到意外。

刘添明　清泉，你要回去？为什么……

郑清泉　国共两党已经在东北、华北摆开了决战的态势，我父亲的新编72师，已经接到命令，正在准备投入那个绞肉机般的战场……（自责地）我还曾经天真地认为，可以在国共两党之外走"中间路线"，现在看来，是那么肤浅、那么可笑。（意味深长地）我要回到父亲的身边，去协助他。

刘添明　（不解）你要协助他？

郑清泉　其实就在上个月，我父亲在信中还说道：敬文老师送来的那笔钱，他分文未动，将来一定当面奉还。

刘添明　哪笔钱？

郑清泉　就是我们在警察局的那笔保释金。

刘添明　（完全明白了，再次握着郑添明的手）谢谢你的父亲，还有你——
　　　　[光渐收。

10

　　　　[夜，九龙大富豪夜总会，留声机里正播放李春兰国语版《夜来香》的靡靡之音："那南风吹来清凉，那夜莺啼叫细唱……"。大厅里人不多，马汉良和麦自棠在一个不起眼的角落里。

马汉良　（手里拿着个高脚酒杯，不屑一顾的样子）麦老板，我马汉良是堂堂的港英政府密探，可不是你们军统的马仔。

麦自棠　（笑了笑）是吗？（话里有话，半威胁）你这个港英政府的密探，前几年替日本人做的那些烂事，还少吗？

马汉良　你……

麦自棠　那年英军海巡小队莫名其妙就沉了船，也不知道是谁干的？还有，美国联邦调查局的秘密雇员，光天化日之下被日本宪兵带走，也不知道是谁告的密？

马汉良　（被拿捏，惊恐）麦老板，过去的事，您就别提了，好吗？

麦自棠　不提可以，但你得让我高兴。

马汉良　咱们合作、合作……

麦自棠　（笑了笑）这就对了嘛马先生！替我们军统做事，黄金美钞，少不了你的。

马汉良　您吩咐——

麦自棠　去年4月30日，中共就发布了"纪念'五一'劳动节口号"，鼓动各党派和团体起来反对总裁、反对政府。

马汉良　（不以为意）都是一群穷鬼，成不了大事。

麦自棠　你可别小瞧了这群穷鬼！他们的这个达德学院，从开办的那天起，就是我们军统的监控目标。（压低嗓门）我们已经掌握了充分的证据，达德学院就是中共在香港开办的一所"干部培训学校"。最近，达德的院长陈其瑗，还有其他教授，将秘密北上参加中共的新政协会议，蒋总裁命令我们，阻止这批人北上。

马汉良　这不简单，我带人进学校，把要抓的都抓回来不就行了吗？

麦自棠　（冷笑）今天你进学校抓了人，明天那些报章就会大造舆论，逼着你放人。

马汉良　那怎么弄？

麦自棠　他们不是要秘密离港吗？我们就是车站码头，围追堵截，秘密抓人。

马汉良　（点头）明白了——

　　　　　［正在这时，梁湛不期而至，只见他把手中的一瓶啤酒重重地放在马、麦两人面前的桌子上。

梁　湛　二位如果用得着，兄弟可以帮你们一把。

　　　　　［两人一愣，仔细一看，麦自棠终于认出眼前的梁湛。

麦自棠　你不就是在达德伙房挑水的那个梁湛吗？

梁　湛　麦老板好眼力。

麦自棠　你到底是什么人？

梁　湛　我是三合会（当时香港的黑社会组织）的。

麦自棠　我凭什么相信你？

梁　湛　你每天给伙房送菜，我每天给伙房挑水，难道麦老板都没看出来吗？

麦自棠　我看出什么了我?

梁　湛　我杀过人!

麦自棠　(不相信) 你杀过人?

马汉棠　有证据吗?

梁　湛　(摘下头上的鸭舌帽,指着额头那条疤痕) 这,就是证据。

　　　　　[马、麦两人半信半疑。

马汉良　你有什么要求?

梁　湛　黄金美钞。

麦自棠　你能帮我们干什么?

梁　湛　你要我干什么就干什么。再说了,我认识里面的每一个人。

　　　　　[马汉良与麦自棠相视而笑。

　　　　　[切光。

11

　　　　　[舞台右演区光起,刘添明和蓝鹃上。

蓝　鹃　(有点焦急地) 添明,把陈院长他们送上船了吗?

刘添明　已经上船了。

蓝　鹃　还顺利吧?

刘添明　还算顺利。我和两位男生,化装成普通市民,护送陈院长登上了到尖沙咀的公共巴士。30多公里的路程,中途也遇到两次警察查车,但都没有被发现。

蓝　鹃　这叫舍近求远。

　　　　　[舞台左演区光起,麦自棠在对着马汉良发脾气。

麦自棠　你不是说已经布下天罗地网,怎么就让人跑了呢?

马汉良　你对我发脾气有屁用,那天你不也说重点布控是在青山湾码头这边吗?

麦自棠　(有点气急败坏) 人家陈其瑗已经在维多利亚港上船,坐着那艘挂了美国旗子的货轮北上了!

　　　　　[两组人物分别在两个演区。

刘添明　幸亏没有在青山湾码头上船。

蓝　鹃　他们已经在青山湾码头布下天罗地网。

麦自棠 谁他妈走漏了风声？

马汉良 （叫苦般）谁会想到他们坐货轮跑的呀……

刘添明 其实，他们在市区的火车站和客运码头，也安排了密探。

蓝　鹃 却没想到陈院长上的是外国货轮。

麦自棠 赶紧把那个梁湛找来。

马汉良 找他干吗？

麦自棠 （阴沉地）我怀疑是他走漏了风声。

刘添明 梁湛送来的情报是准确的。

蓝　鹃 不知道他会不会也有危险？

马汉良 找他算账？

麦自棠 （想了想，意味深长地）对！就说要跟他结一下账。

　　　　［马汉良和麦自棠这边的灯光收，两人暗下。

蓝　鹃 添明，我们来到香港，差不多已经两年了……

刘添明 （有点感慨）是啊！时间过得真快，差不多已经两年了。

蓝　鹃 你有没有想过我们的将来？

刘添明 没有……

蓝　鹃 （有点气恼）没有？

刘添明 因为我不知道，我们有没有将来。或者说，我不知道等待我们的将来，
究竟会是什么。最近风声越来越紧，形势越来越严峻……

　　　　［大光起，景转到文哲系课堂，刘添明和蓝鹃走进课堂。

　　　　［一群学生拿着手中的报纸议论纷纷："今日头版：达德学院在校内传播
共产主义学说，港英政府取消其注册资格……""北平和平解放，中共
筹备新政协会议……""达德学院有明显政治组织背景，屡次秘密举办
政治及政党集会……"

刘添明 （站上讲台，大声地）他们不是要学术自由吗？怎么唯独就不允许传播共
产主义学说？

学生甲 对呀！学院才办两年，怎么说取消就取消？

蓝　鹃 同学们，鲁迅先生曾经说过：不在沉默中爆发，就在沉默中灭亡。我们
到底是要爆发，还是要灭亡?!

　　　　［同学们热烈响应："对！我们不再沉默——""抗争到底，一定要抗争
到底——"

[传来脚步声和开门的声音，徐敬文急匆匆地走进文哲系的课室。

徐敬文 同学们，请安静，请安静——

[众同学安静下来。

徐敬文 （沉稳地）同学们！我刚刚参加完学院和董事会的联席会议。

[众人屏住呼吸，静听学院联席会议的重大决定。

徐敬文 会议决定：以学院及董事会的名义，通过媒体表达不满和遗憾，在校师生，不做针锋相对的抗议活动。

[众人不解，又议论纷纷："为什么？为什么？"

徐敬文 （满怀信心地）因为胜利的曙光，已经在我们的面前！

[同学们静了下来。

徐敬文 人民解放军取得了三大战役的胜利，解放全中国指日可待！达德学院作为保护和培养华南干部的历史任务，已经基本完成了！现在看来，华南地区不会有十年的黑暗，我们马上就可以回到内地，回到战斗的前线，去迎接解放大军的南下，去迎接人民政权的诞生——

[听到这里，大家感到十分振奋。

蓝　鹃 敬文教授，组织上有什么安排？

徐敬文 （压低嗓门，但清楚地宣布）所有的后续工作，都是在党的领导下进行，香港分局还专门安排了善后费用。关于人员的安排，有三个去向：第一，南洋回来的学生，和教员一起上北平；第二，商业经济系的学生，转到建中财经学院继续学习，等到华南地区解放后，再回内地参加新政权的建设；第三，其余的学生和职员，转移到华南游击区，参加武装斗争。为了安全，请大家做好保密工作，都听明白了吗？

[众人点头："明白了——"

[一阵紧张、强烈的气氛音乐起。渐收光。

12

[外面传来女歌手粤语情歌《花好月圆》的靡靡之音："送君千里也终别离，相思怕独回味……"

[在九龙大富豪夜总会包厢里，麦自棠、马汉良微醺的样子。

梁　湛 麦老板、马先生，这酒也喝了，舞也跳了，这账也该结了吧？

麦自棠　梁先生，这账肯定是会给你结的，但总得算一算，对吧？

马汉良　对呀，算清楚了才能结。

梁　湛　（不动声色）那该怎么算？

麦自棠　陈其瑗他人都跑到北平去了，你说该怎么算？

梁　湛　麦老板，莫非你们想赖账不成？

麦自棠　（冷笑）军统从来不会赖账，但也绝不会花一个冤枉钱。

马汉良　是不是你走漏了风声？

麦自棠　（断喝）说！你到底是什么人？

　　　　〔梁湛见形势向不利方向发展，迅速稳住。

梁　湛　既然你们有所怀疑，那我就坦诚相告吧——

　　　　〔麦、马二人等着梁湛说话。

梁　湛　我是当年东江纵队港九大队队员！

马汉良　（惊讶）啊，共产党……

梁　湛　没错！其实那时候，我就见过你马汉良。

马汉良　（惶恐）你……你不是杀过人吗？

梁　湛　（冷冷地）那时候杀的是日本鬼子，今天要杀的是你们这两个败类！

　　　　〔梁湛正说着，麦自棠已经掏出手枪。梁湛眼疾手快，一脚把麦自棠的手枪踢飞，顺势把手中匕首插进了麦自棠的胸口。

　　　　〔马汉良见状，慌忙中要奔门而出，却不料门被拉开之时，门外站着两条大汉，带头的正是老李。李老用力一推，把马汉良推进了包厢里，顺手又把门关上。

　　　　〔梁湛顺手又一刀，结束了马汉良的性命。

梁　湛　老李，你来得太及时了。

老　李　此地不宜久留，走——

　　　　〔梁湛稍做收拾，三人从容离去。歌厅里女歌手情意绵绵的《花好月圆》还在唱："百花争放更娇妍，春色惹人羡……"

13

　　　　〔青山湾码头，黎明前，刘添明和蓝鹃提着个装行李的小藤匣在等人。远处海面上传来波涛声，还有海鸥的鸣叫声。

[梁湛背着一个简单的行李包上。

刘、蓝 （迎上，合）梁湛——

梁　湛 添明、蓝鹃——

刘添明 （不舍地）接下来你怎么安排？

梁　湛 我？就留在香港。（笑了笑）我父亲是码头工人，我就是在这里长大的，省港两地来去自如。

刘添明 （点头）好！

梁　湛 （突然也有了离别之情）记得给我写信，寄我写给你的那个地址……

刘添明 （点头）嗯……

梁　湛 添明，真想和你们一起上前线。

刘添明 其实，你也在前线！

梁　湛 （郑重）是的！我们都在前线。

[那边传来船家压着嗓门的催促声："喂！快上船——"

梁　湛 添明、蓝鹃，我走了，再见——

刘、蓝 再见……

[三人惜别，梁湛下。

蓝　鹃 我一直不知道梁湛也是我们的同志。

刘添明 能来到达德学院的，都是我们的同志。

蓝　鹃 我想和你一起，申请到粤赣湘边区参加武装斗争，迎接解放大军南下。

刘添明 不！到北平参加新政权建设同样重要，甚至更为重要。

蓝　鹃 （痛苦地）我们还会见面吗？

刘添明 （肯定地）会的，一定会！前几天你不是在问我：有没有想过我们的将来？这几天我一直在想，（憧憬着）我们的将来，一定是个不再有饥饿、不再有战争、不再有压迫的新社会；一定是个不再要去抗争、不再见到流血、不再被迫逃亡的新社会。母亲可以带着孩子在花园开心地游乐，小伙子可以带着爱人在月下甜蜜地倾诉，学生可以在赛道里自由地奔跑。这就是我们的将来，一个快将实现的将来。

蓝　鹃 （若有所思）一个快将实现的将来……

[傅怀璞、徐敬文带着傅小兰和一群学生上，他们都带着简单的行李。

徐敬文 添明、蓝鹃——

刘、蓝 （合）怀璞先生好！敬文老师好！同学们好！

傅怀璞 （看了看眼前这些年轻的脸庞）同学们，黎明就要来临了！两年前，组织上安排我们向南迁移，来到香港完成学业。如今，组织上安排我们一路向北，有的到华南游击区参加武装斗争，有的到华北解放区参加新政权建设。达德学院虽然只有短短的两年零四个月，却已经深深地烙印在我们的灵魂里！今天的暂时离别，尽管每个人心中都充满了不舍，但我们不需要那么多的苦情，不需要那么多的悲切，因为胜利就在前面等着我们，新生的人民政权就在前面等着我们！

〔众人感到振奋。

傅怀璞 记得在去年元旦联欢晚会上，文哲系集体朗诵了高尔基的《海燕》。今天，在香港青山湾的这个码头，我还想用这首革命者的诗篇，为向北的同学们壮行——

〔众人围拢过来，在等傅怀璞领诵。

傅怀璞 （深情地领诵）一堆堆乌云，像青色的火焰，在无底的大海上燃烧——

众　人 （合诵）一堆堆乌云，像青色的火焰，在无底的大海上燃烧。大海抓住闪电的箭光，把它们熄灭在自己的深渊里。这些闪电的影子，活像一条条火蛇，在大海里蜿蜒游动，一晃就消失了。暴风雨！暴风雨就要来啦！这是勇敢的海燕，在怒吼的大海上，在闪电中间，高傲地飞翔；这是胜利的预言家在叫喊：让暴风雨来得更猛烈些吧——

〔随着阵阵海浪拍打岩石的声音，一轮红日喷薄而出，海面上、大地上一片金光。

傅小兰 （兴奋地）看！海那边，红日喷薄——

〔众人转过身去，迎接着这光芒万道的曙光。

众　人 （欢呼雀跃）香江曙色——红日喷薄——

蓝　鹃 （迎着红日的曙光，深情地）就在这个清晨，最后一批师生向北走上了新的征程。在短短的两年零四个月时间里，香港达德学院一共培养了800多名各类人才，为华南地区的解放和新中国的建设做出了重大贡献。他们之中有18名学子，在粤赣湘边区的武装斗争中献出了年轻的生命，牺牲在新中国的黎明前……

〔天幕的投影中出现18名达德英烈的英名和相片，起抒情、怀念的气氛音乐。

[渐收光，全剧终。

2024年9月1日第四稿

（本剧与练行村合作，2024年11月由广州话剧艺术中心首演）

我在黑暗中等待黎明

人物表

李　卡　男，原名李均海，广东化县长岐镇双牌村人，共产党员，出场时24岁，
　　　　牺牲时27岁。

徐　云　李卡的同学、恋人，地下党员，公开身份是广州中学教员。

潘寿鹏　男，李卡的同学、战友，后叛变。

刘玉阶　男，化县地下武工队负责人，李卡的革命引路人。

何　初　原系广州警察局侦缉队长，后为国民党曲江县保安司令。

三　叔　李卡的堂叔。

阿　豆　小男孩，孤儿，年约12岁，李卡的狱友。

青年学生、同村兄弟、新娘子、陪嫁姐妹、游击队员、警察、敌兵、狱友等人。

序幕　谁是李卡

[1946年6月的某个闷热的夜晚，广州城，广东国民大学。

[紧张、激昂的音乐起。身穿学生装的青年学生正在礼堂举行集会，黑衣
警察手持警棍和上了刺刀的长枪冲了进来，把学生们团团围住。

何　初　（举着手枪站在舞台中央，大声地）谁是李卡？！你有胆量在报章上写那
　　　　些反对政府的文章，就有胆量给我站出来！谁是李卡——

众警察　（用枪对着众学生，齐唱《谁是李卡》）

　　　　谁是李卡——

　　　　谁是李卡——

　　　　谁是李卡——

　　　　要把他抓捕，

　　　　要把他关押！

　　　　谁是李卡——

谁是李卡——

[台上所有学生的脸上都是愤怒的沉默，没有人回答、没有人理会何初的叫嚣。

何　初　（看见没有学生理睬，吼）我，是广州警察局侦缉队长何初——（唱）

　　　统统给我带回去，

　　　全部给我来关押！

　　　一个个来审查，

　　　一个个来拷打！

[警察准备动手抓人。

[李卡挪了挪脚要站出来，但被身边的徐云挽住了胳膊。李卡用眼神安慰徐云。

李　卡　（站了出来，大声地，唱）

　　　我——

　　　就是李卡！

徐　云　（也勇敢地站了出来，唱）

　　　我——

　　　也是李卡！

潘寿鹏　（也站了出来，唱）

　　　我——

　　　才是李卡！

[台上的所有青年学生都站了出来。

众学生　（怒吼，齐唱）

　　　我——

　　　就是李卡！

　　　我们——

　　　都是李卡！

[众青年学生无惧敌人黑洞洞的枪口和明晃晃的刺刀，步步上前。

众学生　（合唱）

　　　我就是李卡，

　　　我们都是李卡！

　　　不怕你们来关押，

不怕你们来拷打！

李 卡 （唱）

你们是反动派的爪牙，

用屠刀把人民残杀！

徐 云 （唱）

你们是官僚买办的犬马，

在葬送民族和国家！

潘寿鹏 （唱）

你们是一群流氓恶霸，

欺压百姓贪赃枉法！

众学生 （合唱）

我们要把你们那些，

那些见不得人的勾当，

一件件、一桩桩，

公诸天下！

　　　　　我就是李卡——

　　　　　我们都是李卡——

　　　　　我就是李卡——

　　　　　我们都是李卡——

　　　[学生们步步紧逼，黑衣警察步步后退，场面开始混乱。

徐　云　（一声高呼）同学们，冲出去——

　　　[场面顿时像炸了锅，一片混乱！

何　初　（大喊）给我站住！都给我站住！！

　　　[何初又举起了手枪，向天连放两枪。

　　　[没想到，枪声造成了更大的混乱，李卡、徐云和潘寿鹏等人趁乱冲出了
　　　警察的包围圈。

　　　[收光。

第一幕

第一场　我要投身这场风暴

　　　[半个月后，傍晚，化县乡间路上，不远处是一座富有南路地区特色的
　　　庭院。

　　　[四个形迹可疑的人，手里都拿着扁担、麻袋，在一段谐趣的音乐伴奏下
　　　上场。

　　　[那个年纪稍大的领头壮汉示意大家停下，向着庭院的方向张望，像是在
　　　等人。

壮　汉　（等得着急，唱《半边月亮爬上树梢》）

　　　　　眼看半边月亮，

　　　　　就要爬上树梢。

　　　　　还没看见人出来，

　　　　　怎么回去把差交？

　　　　　就像蚂蚁进热锅，

　　　　　又像有火烧眉毛！

三　人　（苦着脸，合唱）

　　　　　火烧眉毛呀火烧眉毛——

　　　　　怎么把差交呀怎么把差交——

甲　　　（唱）

　　　　　就怕他不出来，

　　　　　在里面待通宵！

三　人　（合）啊?！（说唱）不出来——待通宵——

乙　　　（唱）

　　　　　最怕走漏风声，

　　　　　那小子早溜掉！

三　人　（合）惨?！（说唱）那小子——早溜掉——

丙　　　（唱）

　　　　　实在不行冲进去，

　　　　　把人抓住往回跑！

三　人　（合）对！（说唱）抓住人——往回跑——

丁　　　（唱）

　　　　　那可是刘玉阶的家，

　　　　　都说他有枪又有炮！

四　人　（叹气）唉……（合唱）

　　　　　从来只听说，

　　　　　想进洞房把美人抱。

　　　　　没想到如今，

　　　　　拎着个麻袋把人找！

　　　[壮汉示意，众人在路边的草丛蹲了下来，光渐暗。

　　　[庭院里光起，刘玉阶家中，刘玉阶正和李卡等几名游击队员在召开秘密
　　　会议。

刘玉阶　同志们，（介绍李卡）他就是双牌村的李卡，在梅菉中学的时候，他还
　　　　是我的学生，现在是省城的大学生了。

李　卡　刘老师是我的革命引路人。

刘玉阶　李卡同志这次回来，主动要求参加我们的行动。（问李卡）你那边情况
　　　　怎么样?

李　卡　已经找到两条船。

刘玉阶　好！（布置任务）同志们！广东区委发来最新指示，要各地武工队马上恢复武装斗争。我们这次的目标，就是那个号称罗大胆的国民党化县党部书记长罗大继！此人手上有血债，还叫嚣要杀光化县的共产党，是时候让他尝尝我们的厉害了！

众队员　（摩拳擦掌）对！让他尝尝试我们的厉害！

刘玉阶　罗大胆昨天去了省城开会，过几天就会回来。每次回来，他都是坐船的，我们就在鉴江下游郑山岭伏击，先把他的船截停在江面上，然后两岸开火。

李　卡　刘老师，这两条船就让我来带领吧——

刘玉阶　好！这个任务就交给你。（想起一件事）今天晚上县城还有个秘密读书会，我这里走不开，李卡你代我去组织一下吧。

李　卡　好的刘老师，我现在就去——（出庭院）

　　　　〔刘玉阶和众队员围着桌子上的一张地图继续研究作战方案。光渐暗。

　　　　〔路边的光起，李卡从庭院出来。

李　卡　（唱《回到了久别的家乡》）

　　　　　　回到了久别的家乡，
　　　　　　这是个温暖美丽的地方。
　　　　　　这里有我童年的记忆，
　　　　　　这里有我少年的梦想。

　　　　　　我的童年走过那小河流淌，
　　　　　　我的少年在那小小学堂。
　　　　　　我曾经写下诗句，
　　　　　　赞美这片土地的芬芳。
　　　　　　我曾经流下泪水，
　　　　　　为我苦难的父老，
　　　　　　还有辛劳的爹娘……

　　　　　　回到了久别的家乡，
　　　　　　看南路革命风云激荡——

村庄里流淌着地火，

河流中暗涌着风浪。

回到了久别的家乡，

田野还是往日的安详。

但这是风暴前的宁静啊，

宁静得像二月的春江。

我要投身这场风暴，

去迎接风暴后的艳阳！

[李卡欲下，蹲在路边草丛的那四个人跳了出来，口中大喊"站住——"

李　卡　（吃一惊）什么人？！（再仔细一看，惊讶）三叔……是你们……

三　叔　（笑）没错，就是我们。

李　卡　你们来这里干什么？

三　叔　小子！今天是你的大喜日子，三叔为你高兴哩！

李　卡　（不解）什么大喜日子？

三　叔　（没好气）你结婚的大喜日子！三叔就是要把你抬回去，成亲！

李　卡　（急）三叔，不行！

三　叔　少废话！家里给你定了三次婚期，你都不回来。这次好不容易回来了，
又天天在外面乱跑。你爷爷说了：你是李家的长孙，今年都二十四了，
不能再等了，今天晚上必须回去，洞房——成亲——

李　卡　（大惊）什么？！今天晚上？

三　叔　没错，就今天晚上！

李　卡　这洞房谁爱进谁进，我不进！

三　叔　早料到你小子会来这一套！弟兄们，动手——

[两个同村兄弟拿起麻袋，趁李卡一个不留神，从他的头顶直罩而下。

[急收光。幕后传来李卡挣扎的声音："哎，你们……你们……"。

[一阵诙谐、欢快的音乐起，带出下一场。

第二场　我心中的痛伤

[喜庆热闹的李家，灯火通明，一场有着浓郁化县乡村特色的婚礼正在进

行，陪嫁姐妹和同村兄弟在洞房外载歌载舞，对唱、群唱此起彼伏。

众姐妹 （齐唱《今天是谁的好日子》）

今天是谁的好日子？

今天是谁立业成家？

今天是谁娶了邻村的妹子？

今天是谁把新娘接到了家？

众兄弟 （齐唱）

今天是谁的好日子？

今天是谁盘起了头发？

今天是谁哭别了爹娘？

今天是谁坐着轿子出嫁？

众姐妹 （齐唱）

今天进了你的门，

明天就让我当家！

众兄弟 （起哄）哈哈、哈哈——（齐唱）

从来在我们双牌村，

没有女人来当家！

众姐妹 （齐啐）呸！小看女人——

兄弟甲 （唱）

女人能赶牛把田耙？

众姐妹 （齐唱）

女人会缝补和绣花！

兄弟乙 （唱）

女人敢下河把网撒？

众姐妹 （齐唱）

女人会做饭和煮茶！

兄弟丙 （唱）

女人懂买卖把算盘打？

众姐妹 （齐唱）

女人会生儿和育娃！

［众兄弟和姐妹你一句我一句地对唱，把婚礼气氛推上高潮。

众　人　（大合唱）

　　　　今天是谁的好日子?

　　　　今天是谁立业成家?

　　　　今天是郎才女貌,

　　　　今天是绵绵情话。

　　　　今天是儿女情长,

　　　　今天是春宵无价!

　　〔正在这时,外间传来:"新郎新娘进洞房——"

　　〔众青年男女下。景转至红烛高燃的洞房,光柱中的新娘子端坐在梳妆台
　　　前,身穿大红嫁衣,头顶红盖头。在舞台深处,站着六个女歌队。

新娘子　（惴惴不安,但又充满期待,唱《谁才是我的新郎》）

　　　　大红花轿走得紧,

　　　　抬进夫家来拜堂。

　　　　谁才是我的丈夫?

　　　　谁才是我的新郎?

　　　　自小定亲李家,

　　　　他却一直在外闯荡。

　　　　前些年听说在读梅菉中学,

　　　　后来又说考进省城大学堂。

　　　　婚期改了三次,

　　　　今天终于和我拜堂……

女歌队　（齐唱）

　　　　他青春年少风流倜傥——

　　　　他饱读诗书见多识广——

　　　　他鹏程万里志在四方——

　　　　那个未曾见过面的人啊——

　　　　在我的心中千百次地念、千万次地想……

　　〔李卡上,只见他身穿袍褂礼服,胸前还挎着一条大红绸花。

李　卡　（万分懊恼地唱）

　　　　没想到被三叔他们,

　　　　抬回家来成亲拜堂……

空有一腔远大抱负，

徒有一幅蓝图理想……

但我也躲不过——

躲不过包办婚姻的下场……

难道我只能把真爱，

藏在心底、独自哀伤……

[另一演区的追光中，出现徐云。

徐　云 （唱）

昨天夜里做了个梦，

梦见他走进婚姻殿堂。

但我不是那个——

那个幸福美丽的新娘……

这种不祥的感觉，

令我痛苦、让我哀伤……

新娘子 （唱）

为什么眼前的他，

迟迟不走进洞房？

李　卡（唱）

难道说眼前的她，

就是我今生的新娘？

徐　云（唱）

不知道远方的他，

是否还是往日的模样？

三　人（合唱）

又该向谁诉说啊——

诉说我心中的痛伤……

李　卡（唱）

当我走进这洞房，

再也不是往日的模样。

这种吃人的旧制度，

早该进入历史的坟场。

但却在今天，

让我为它陪葬。

自由美好的爱情啊，

曾经那么令人向往……

徐　云（唱）

自由美好的爱情啊，

是那么令人向往。

我们是时代的新青年，

一直在追逐心中的梦想。

我们曾经许诺，

为了梦想一起走向远方。

我们还曾许诺，

许诺把爱留给对方……

新娘子（唱）

我已经把所有的爱，

留给了我的新郎。

这个故事讲了千百年，

千百年来还在重复地讲。

他要读书求功名啊——

他是男儿走四方。

我在为他等候，

等候着他的归航……

李　卡　（唱）

进退之间，

心底彷徨……

女歌队　（和唱）

他心底彷徨……

李　卡　（唱）

但不能辜负，

养育我的爹娘……

女歌队　（和唱）

他想到了爹娘……

李　卡　（唱）

从此把心中的爱恋，

在记忆深处埋藏……

女歌队　（和唱）

他把爱恋埋藏……

新娘子　（唱）

我还在等待，

等待他走进洞房。

李　卡　（唱）

我没有权利选择，

选择今生的新娘……

徐　云　（唱）

我相信远方的他，

还是往日的模样。

女歌队　（齐唱）

一个是独自哀伤,

一个又心底彷徨,

一个在傻傻地想。

三个都柔肠寸断啊、寸断柔肠……

[徐云拿起一封给李卡的信。

徐　云　卡,组织上安排我做你的联络人。敌人还在到处缉捕你,当你收到这封信的时候,请尽快赶赴香港达德学院。达德学院是我党在香港筹办的一所进步学院,一来可以完成你的学业,二来为避开敌人的缉捕。这是党的秘密安排,请你执行!

[急收光。

第二幕

第一场　是时候走出这个书斋

[光渐起,上场数月后。

[香港达德学院,明亮的课堂,一群青年学生正在晨读古诗《春江花月夜》——

　　……

白云一片去悠悠,青枫浦上不胜愁。

谁家今夜扁舟子?何处相思明月楼?

可怜楼上月徘徊,应照离人妆镜台。

玉户帘中卷不去,捣衣砧上拂还来。

　　……

[书声渐弱,同学隐去,课堂里只剩下李卡。

李　卡　(唱《身边是战后恢复的繁华》)

身边是战后恢复的繁华,

枝头上绽放美丽的鲜花。

窗外海天相连,如诗如画。

课堂琅琅书声,意气风发。

如今再拿起书卷，

学习知识文化。

身边是战后恢复的繁华，

维多利亚卷起美丽的浪花。

但我那灾难深重的故国啊——

依然是战火卷黄沙。

还有我那苦难的父老啊——

依然在用生命挣扎……

虽然再拿起书卷，

享受这身边的繁华，

但谁又知道我的迷惘，

还有心中的牵挂？

　　[刘玉阶上，只见他行色匆匆、风尘仆仆。

刘玉阶　李卡——

李　卡　（意外地）刘老师？你怎么也来香港了？

刘玉阶　我们到外面谈。

　　　　[两人走到课堂外。

李　卡　（歉意地）刘老师，我没有参加伏击罗大胆的战斗……

刘玉阶　我知道你接到了广州组织的任务。

李　卡　走得很匆忙。

刘玉阶　那天我们成功打死了罗大胆，南路特派员也给我们发来了表扬通报。但没过多久，敌人就进行了疯狂的反扑……

李　卡　哦？敌人进行了反扑……

刘玉阶　那个罗大胆的爪牙，杀害了我们20多位同志，以及很多无辜的村民，还把你三叔……

李　卡　（急问）我三叔怎么啦？

刘玉阶　他们听说长岐双牌村李家有人参加了游击队，就把你三叔抓去，严刑拷打……

李　卡　（吃惊）他们把我三叔……

刘玉阶　你三叔是条汉子，他始终没说出你的名字，最后被他们活活烧死了。

李　卡　（痛切）三叔！三叔是为我而牺牲的……

刘玉阶　我这次来香港，就是要找爱国同乡筹集经费，准备重新购买一批武器弹药，顺便采购一些急需药品带回去，准备下阶段的行动。

李　卡　准备下阶段的行动？

刘玉阶　是的。广东区委给我们发来指示：无论遇到什么困难，都必须坚持武装斗争，准备迎接全国解放！

　　　　［闻言，李卡深受鼓舞。

李　卡　（唱《是时候走出这个书斋》）

　　　　　　是时候走出这个书斋，

　　　　　　去拿起战斗的枪和刀。

刘玉阶　（唱）

　　　　　　是时候再拿起枪和刀，

　　　　　　为牺牲的同志把仇报。

李　卡　（唱）

　　　　　　我要回到前线，

刘玉阶　（唱）

　　　　　　我们要回到前线，

李　卡　（唱）

　　　　　　用我的青春——

刘玉阶　（唱）

　　　　　　用我的热血——

两　人　（合唱）

　　　　　　把旧河山重新缔造！

李　卡　我要给徐云写信，请她转达我向党组织的申请——（唱）

　　　　　　我要离开这港岛，

　　　　　　去追逐这场席卷大地的风潮。

　　　　　　不能再躲在这个书斋，

　　　　　　忍看三叔和群众被敌人杀、被烈火烧……

　　　　　　不能再躲在这个书斋，

　　　　　　忍看同志们把热血洒、把头颅抛……

[李卡的身后，出现了一群青年学子的身影，与李卡、刘玉阶齐声合唱。

众　人　（齐唱）

是时候走出这个书斋，

去拿起战斗的枪和刀。

是时候走出这个书斋，

为牺牲的战友把仇报。

用我的青春和热血，

把旧河山重新缔造！

重新缔造！！

[急收光。

第二场　终于又见面

[光全起，广州珠江边的码头，人来人往。码头上还有戴着墨镜卖唱的盲人男琴师，有卖花的小姑娘，有脖子上挂了小烟摊的小贩……

[各种叫卖声不绝于耳：小姑娘："先生，买枝花给太太戴吧——"

小烟贩： "先生，正宗美国香烟——骆驼牌，来一包吧？……好啦，谢谢……"

[琴师拉响二胡，把码头上的人都吸引过来。琴师用粤语开唱，唱的是当年流行于省港的名曲《客途秋恨》。

[徐云上，她混在人群里边听曲，边张望着码头。

琴　师 （唱）

凉风有信，秋月无边，

亏我思娇情绪好比度日如年。

小生缪姓莲仙字，

为忆多情歌女麦氏秋娟。

见佢声色与共性情人赞羡，

更兼才貌两双全……

[警察甲带着两名身背长枪的黑衣警察上。

警察甲 （一脚踢飞了琴师放在地上要钱的锡皮小罐）警察巡查，不得挡路——

[这时，码头上传来一声汽笛，有船靠岸。乘客陆续上岸，刘玉阶肩上扛着个大大的行李箱上。

警察甲 （指着刘玉阶，喝令）你！给我站住——

刘玉阶 （一怔，停下，放下肩上的箱子）老总……

警察甲 （指了指箱子）里面装的是什么？

刘玉阶 （连忙递烟）都是些衣物行李。

警察甲 （拨开刘玉阶递过来的香烟，不容置疑地）打开！

[徐云与几个路人站在不远处，看着警察对刘玉阶的盘查。

刘玉阶 （开始紧张，哀求）老总行个方便吧，都是些不值钱的小东西……

警察甲 （不怀好意地笑了笑）不会是从香港带回来的金银珠宝吧？

刘玉阶 不是，不是……

警察甲 （对两个同伴）把它打开！

[两名警察就要动手去打开箱子，气氛骤然紧张。

徐　云 （上前）老总，这是我们家的东西。

警察甲 你们家的东西？你们家是干什么的？

徐　云 我们家开了个药房，叫吉庆堂，他是为我们家带货的刘先生。

[刘玉阶会意，向徐云点了点头。

警察甲　吉庆堂就在警察局的对面，我怎么没见过你？

徐　云　我刚从法国留学回来。

警察甲　那你告诉我，箱子里到底装的是什么？

徐　云　吉庆堂的货物，当然就是药品了。

　　　　　〔警察甲一步上前，打开箱子一看，果然是满箱子的药品。

警察甲　（怒）奎宁，还有吗啡，都是违禁药品，全部没收！

徐　云　（并不着急）这些药品，都是警备司令部托我们家从香港带回的。

警察甲　（不解）是警备司令部的？

徐　云　是呀！到时候，你们两家打起来，那可不能怪我。

警察甲　（半信半疑）警备司令部还会向你们买药？

徐　云　（笑了笑）何止是警备司令部？就连你们警察局，也曾托我们家从香港带回紧缺药品呢。

　　　　　〔徐云这番有鼻子有眼的言语，令三个警察面面相觑。

徐　云　（趁热打铁）你们不相信？那这样吧：你们把药品都带回去，回头我告诉警备司令部，叫他们到你们警察局去领。

　　　　　〔徐云的这番话，让这几个警察彻底没了脾气。

警察甲　得罪了！我们走——（三人悻悻下）

　　　　　〔见警察走远，刘玉阶收拾起箱子，与徐云走到一个僻静的角落。

刘玉阶　你就是徐云同志？

徐　云　是的，刘老师！

　　　　　〔两人握手。

刘玉阶　（后怕）刚才太危险了！你是怎么认出我来的？

徐　云　李卡在信中说要和你一起回来，还说要带些药品回来。他还说过，你总是戴着一副黑边眼镜。

刘玉阶　（托了托鼻梁上的黑边眼镜，赞叹地）你刚才的表现，太大胆了！

徐　云　药品被他们拿去不要紧，我想人千万不能被他们抓走。

刘玉阶　你这个吉庆堂的千金，演得可真像！

徐　云　吉庆堂的账房是我们家邻居，所以我知道里面的一些事情。

刘玉阶　（提起箱子）此地不宜久留，我先走了。

徐　云　（有点着急）李卡他人呢？上粤北的船就要到了……

刘玉阶　为了安全，我们没有坐同一趟船。他就在我的后面，很快就到。

徐　云　那我在这里等他。

[刘玉阶匆匆下。

徐　云　李卡从香港寄回了思想报告，向党组织提出申请，要回到战斗的第一
线。（唱《他可知道我心中的思念》）

　　　　这半年的别离啊——

　　　　他可知道我心中的思念？

　　　　这半年的思念啊——

　　　　只换来这片刻的相见……

　　　　我对他的情感和爱恋，

　　　　不改从前，

　　　　一如初见。

　　　　曾担心时空的阻隔啊——

　　　　把心灵的距离拉远。

　　　　更担心灯红和酒绿啊——

　　　　把一个人的心性改变。

　　　　在信中我读到了他的信仰和信念，

　　　　不改从前，

　　　　一如初见。

　　　　这一去啊山高路远，

　　　　这一去啊战火连绵。

　　　　盼望着日后重逢，

　　　　再说当年，

　　　　两情不变。

[光全起，潘寿鹏背着行装上。

潘寿鹏　（向着徐云，警惕而不又失热烈）徐云——

徐　云　（迎上）寿鹏——

潘寿鹏　（压低嗓门）终于又见到你了！收到你的指令，我就收拾行装，从惠州老
家赶了过来。

徐　云　这是组织的安排，不是我徐云的指令。

潘寿鹏　（笑）不都是一个样嘛！

徐　云　现在斗争形势很严峻，广东区委决定抽调各地的青年干部，支援粤北的
　　　　武装斗争。

潘寿鹏　放心吧，将来坐天下的，一定是我们！

徐　云　是的，最后的胜利，一定属于我们。

潘寿鹏　云，等将来胜利了，你有什么打算？

徐　云　我……我还是想当好一名教员，因为我喜欢那些孩子。

潘寿鹏　（意味深长地）是的！我们今天参加革命，不就是为了孩子嘛！将来，我
　　　　们也会有自己的孩子，有我们自己的幸福生活！

　　　　〔言语之间，潘寿鹏有意无意地拉起徐云的手。

徐　云　（羞赧，挣脱）寿鹏……我……

　　　　〔这时，李卡也背着简单的行装，跑上。

李　卡　徐云、寿鹏——

徐、潘　（迎上，合）李卡——

李　卡　我们终于又见面了！

三　人　（三重唱《终于又见面》）

　　　　　　终于见面——

　　　　　　终于见面——

　　　　　　终于见面——

　　　　　　终于又见面——

　　　　　　分别了已经整整半年。

　　　　　　多少话儿，

　　　　　　留在心底、藏在心间。

徐　云　（略伤感，唱）

　　　　　　但是马上就要分开，

　　　　　　又要走到海角天边……

李　卡　（唱）

　　　　　　虽然马上就要分开，

　　　　　　但革命的理想一定会实现！

潘寿鹏　（唱）

　　　　　　尽管马上就要分开，

但不能改变我对她的爱恋！

徐　云　李卡、寿鹏，根据广东区委的安排，你们去韶关曲江县，向粤赣湘边先遣支队报到。

李　卡　是时候为我的三叔、为牺牲的同志报仇了！（唱）

　　　　终于可以拿起刀枪，

　　　　走上杀敌的第一线。

潘寿鹏　（唱）

　　　　终于可以拿起刀枪，

　　　　来把人生梦想实现。

李、潘　（合唱）

　　　　终于可以拿起刀枪，

　　　　站在战斗的最前沿。

三　人　（合唱）

　　　　今天在这个野渡别离，

　　　　是为了明天凯旋相见！

用我的青春和生命，

去创造美好的明天——

[潘寿鹏走到舞台中央。

潘寿鹏　（唱《她是我心中的爱恋》）

她是我心中的爱恋，

她是我梦里的婵娟。

为了她，

在学校我参加了进步社团。

为了她，

今天我要走上战斗前线。

蒋家王朝就在崩溃边缘，

全国胜利为期不远。

是时候——

为锦绣前程做铺垫。

是时候——

告诉她我心中的爱恋！

[码头的一边，徐云从袋子里掏出一支钢笔，递给李卡。

徐　云　（动情地）卡，我在这支钢笔上面刻了个"卡"字，送给你……

李　卡　（接过笔）刻了个"卡"字？

徐　云　是的。记得写信给我……

李　卡　（郑重地点头）我会写的。

[潘寿鹏正转过身来，想向徐云表白，却看到了徐云与李卡递送钢笔，心里怅然若失。

[这时，码头传来"去韶关的，赶紧上船了——"的叫喊声。

[急收光。

第三幕　突围

[粤北崇山峻岭之中，不时传来阵阵枪炮声，一队游击队在山野中穿梭。

[追光中出现徐云，她手里拿着李卡的书信。另一追光中出现刘玉阶，他

手中拿着一张报章。两人分别在不同的舞台空间里。

徐　云　我又收到了李卡的来信，他说他已经担任曲南工委副书记，兼武工队长。他们在组织农会、设立交通站，多次击退敌人的"清剿"。

刘玉阶　（看了看手中的报章，念）"在粤北曲南地区，有一支共党游击队，人数众多，神出鬼没。领头的名叫李卡，绰号'古怪李'。我军多次与之交手，损失惨重……"（合起手中的报章，不由赞叹）没想到才走出校门的李卡，如今成为让敌人闻风丧胆的"古怪李"！

徐　云　在曲南凡洞山区，他们又取得了一次重大胜利……

刘玉阶　敌人正调集更多的兵力，对曲南地区进行新一轮的"清剿"。

徐　云　但敌人是不会善罢甘休的。

刘玉阶　这是他们最后的疯狂。

徐　云　李卡他们很危险……

刘玉阶　李卡他们很危险……

　　　　〔徐云、刘玉阶隐去。

　　　　〔光全起，在一个废弃的小村子里，李卡手持驳壳枪，带着一队拿着长枪、大刀的游击队员和工委机关的人员急上。

众队员　（合唱《突围》）

　　　　　突围——突围——
　　　　　一定要突围——
　　　　　冲锋——冲锋——
　　　　　全力去冲锋——
　　　　　战斗了三天三夜，
　　　　　杀声四起、危机重重……

　　　　　突围——突围——
　　　　　一定要突围——
　　　　　冲锋——冲锋——
　　　　　全力去冲锋——

　　　　　敌人来了个保安团，
　　　　　把我们重重包围。

十倍于我的兵力,

漫山遍野、来势汹汹……

突围——突围——

一定要突围——

冲锋——冲锋——

全力去冲锋——

[潘寿鹏手里也拿着驳壳枪,带着一小队游击队员迎面而来。

李　卡　寿鹏,你那边情况怎么样?

潘寿鹏　队伍都快打光了,还是冲不出去!(抱怨)这仗打得太苦了,怎么办呀?

众队员　(围着李卡)队长怎么办、怎么办?

李　卡　看来,只剩下向北突围一条路了。(想了想,发号令)全体集合——

　　　　[全体队员整队集合。

李　卡　(凝重地)同志们!我们曲南工委武工队成立一年来,打了一场又一场的
　　　　胜仗,但现在到了最严峻的时刻。我决定:二排、三排,负责带领工委
　　　　机关的同志,向北突围。一排的所有同志,由我和潘副队长带领,负责
　　　　断后,掩护工委机关撤退!大家听明白了吗?

众队员　明白了——

李　卡　二排、三排:前面哪怕是刀山、火海、地雷阵,你们也要给我蹚出一条
　　　　血路来,把工委机关安全护送出去!能做到吗?

二三排　(坚定地,合)能!

李　卡　(转而大声地)一排!

　　　　[一排剩下的同志迅速整队,成队向前迈出两步,人数并不多,而且几乎
　　　　每个人的身上都有伤,但脸上写着的都是坚毅。

一　排　(齐声)到——

李　卡　(对一排的同志)同志们,哪怕今天我们全部战死在这里,也要掩护工委
　　　　机关突围出去!

一　排　(齐声)明白!

李　卡　(对全体,深情地)无论是突围出去的同志,还是留下来掩护的同志,我
　　　　们都是在用生命和鲜血,去迎接革命的胜利……

　　　　[又一阵枪声响起,而且越来越近。

李　卡　执行命令!

[一队游击队员和机关工委的人员迅速向北突围。

[敌兵已到,枪声大作、火光冲天。李卡和潘寿鹏带领负责掩护的队员留下准备阻击敌人。

李、潘　(齐唱)

突围——突围——

一定要突围——

冲锋——冲锋——

全力去冲锋——

为掩护战友撤退,

我们抵挡敌人的进攻。

用我们的鲜血,

去把河山染红。

用我们的生命,

去换明日的东风。

哪怕弹尽粮绝,

我们仍在战斗中!

哪怕只剩一人,

我们仍在战斗中,

我们仍在战斗中!

[敌人开始进攻,李卡和潘寿鹏带领队员奋起阻击,身边不断有战友中弹牺牲。

队员甲　(跑过来)队长,没子弹了……

李　卡　上刺刀——

[李卡从牺牲的战友身上抽出一把大刀,众游击队员上刺刀,气氛悲壮。

[这时,一群敌兵蜂拥而上,李卡带领游击队员以大刀、刺刀迎上。

[双方展开近身肉搏战,李卡连杀数敌,但自己也伤痕累累、血迹斑斑,身边只剩下两名队员。

[这时,队员乙报上。

队员乙　报告队长,他们已经突围出去了——

李　卡　好！寿鹏，现在轮到我们了——（举起大刀，要做最后的突围搏杀）

潘寿鹏　对！杀出去——（端起手中上了刺刀的长枪）

　　　　〔但这时的敌兵，还在源源不断地上，一个小头目模样的人指着李卡喊着。

小头目　那是个当官的，抓住他！

　　　　〔李卡一惊，下意识地摸了摸身上的挎包，从挎包里掏出文件，揉成一团往嘴里塞。

小头目　（气急败坏）别让他吃了！

　　　　〔小头目和几名敌兵扑倒李卡，然后把李卡反剪着双手架了起来。

小头目　（喝令）把嘴里的东西，给我吐出来！

　　　　〔李卡不理会，用力地把嘴里的文件往肚子里咽。小头目端起长枪，用枪托狠狠地向李卡的胸脯撞去。

　　　　〔痛苦之中，李卡终于把文件全部咽下了肚子。

　　　　〔其他敌兵则围着潘寿鹏等队员，潘寿鹏身边的三名队员先后牺牲，潘寿鹏被俘。

　　　　〔何初带着几名敌兵急上。

小头目　（跑过去报告）报告司令，抓到两个活的——

何　初　（骂）妈的，又给他跑了不少！（叫喊）把那两个活的给我押过来！

　　　　〔敌兵把五花大绑的李卡和潘寿鹏押到何初面前。

　　　　〔何初仔细地看了看李卡和潘寿鹏，嘴角不禁泛起一丝冷笑。

何　初　看来，这一仗没白打！二位，还认得我吗？

　　　　〔李卡和潘寿鹏对视了一眼，然后都摇了摇头。

何　初　（有点得意地）我，就是何初！两年前在广东国民大学，我还是个侦缉队队长，如今是这里的保安司令！那时候，我们要缉捕的是李卡，今天我们要"清剿"的，还是李卡！（冷笑）两年前，让二位成功脱逃，今天恐怕就没那么幸运了。

　　　　〔何初用眼神在李卡、潘寿鹏两人的脸上逡巡，突然盯住了潘寿鹏。

何　初　（恶狠狠地）你，就是李卡！

潘寿鹏　（没有回答何初，旁唱《到底谁才是李卡》）

　　　　　　李卡是他们的目标，

　　　　　　不能让他知道谁是李卡！

何　初　（见潘寿鹏没有回答，转过头来对李卡）你，才是李卡！

李　卡　（旁唱）

　　　　　我的身后是整个工委，

　　　　　不能让他知道谁是李卡！

李、潘　（合唱）

　　　　　为了组织的安全，

　　　　　为了同志们的性命身家。

　　　　　不能让他知道，

　　　　　到底谁才是李卡。

　　　　　[见到两人都沉默以对，何初十分恼怒。

何　初　（唱）

　　　　　到底谁才是李卡？

　　　　　这个疑团从广州带到粤北，

　　　　　从城里带到乡下……

　　　　　到底谁才是李卡？

　　　　　这个人就在眼前，

　　　　　我却不能确定，

　　　　　到底哪个才是他……

　　　　（白）二位，都给我听好了——（唱）

　　　　　如果你是李卡，

　　　　　只要你说出实话，

　　　　　我保证你——

　　　　　高官厚禄，香车宝马；

　　　　　封妻荫子，富贵荣华！

　　　　　[李卡、潘寿鹏还是不为所动。

何　初　二位，还需要我把话说得更直白吗？（唱）

　　　　　如果你不是李卡，

　　　　　也请你说出实话！

　　　　　我保证你——

　　　　　黄金美钞，百万身家；

升官发财，飞黄腾达！

[李卡、潘寿鹏仍然沉默以对。

何　初　（阴险地）我知道，这些话你们都听进脑子里了，我给你们时间，我可以
　　　　等。（转头对士兵，大声地）都给我押回去，关进大牢里——
　　　　[急收光。

第四幕

第一场　无边黑暗

[粤北曲江芙蓉山监狱。

[阴森恐怖的牢房里，关押了数十名衣衫褴褛的"犯人"。

[令人意外的是，这一群狱友之中，还有一个十二三岁、长得豆芽般羸弱
的小男孩，大家都叫他"阿豆"。

众狱友 （合唱《无边黑暗》）

> 不见阳光，无边黑暗。
>
> 身陷牢笼，重重铁栅。
>
> 谁来捅破，
>
> 这无边的黑暗？
>
> 谁来拆除，
>
> 这重重的铁栅？

[两名狱卒押着戴着镣铐的李卡进来，把李卡推进牢房里。

两狱卒 （合唱）

> 闭上你们的破嘴，
>
> 睁开你们的眼睛看看——
>
> 这是你们的葬身地，
>
> 这是你们的鬼门关！
>
> 看谁还敢暴动？
>
> 看谁还敢造反？
>
> 看谁还敢暴动？
>
> 看谁还敢造反？

众狱友 （合唱）

> 造反——造反——
>
> 我们不想造反。
>
> 身无衣穿，吃不饱饭。
>
> 是官逼民反，
>
> 是官逼民反！

[阿豆和一名狱友扶起地上的李卡。

李　卡 （唱）

> 连年战火，生灵涂炭！
>
> 有压迫就有反抗，
>
> 有血债就要血还！
>
> 是你们把国家推向苦难，
>
> 是你们把人民蹂躏摧残。
>
> 人民已经觉醒，

不再忍受蹂躏和摧残!

有压迫就有反抗,

有血债就要血还!

众狱友 （合唱）

人民已经觉醒,

不再忍受蹂躏和摧残!

有压迫就有反抗,

有血债就要血还!

狱卒甲 （唱）

你们这些贱骨头,

看来还要享受皮鞭大餐!

狱卒乙 （唱）

把你们送到西天去,

叫你们有命来、无命还!

[两狱卒举起手中的棍子和皮鞭开始打人,狱卒甲一鞭子打在阿豆身上,阿豆哭。

[众狱友围上前,一起护着阿豆。

李　卡　住手! 他还是个孩子。

狱卒甲　孩子? 给共产党送信的时候,他怎么不说是个孩子? （又举鞭）

李　卡　（夺下皮鞭,唱）

你们这群魔鬼,

你们这帮浑蛋——

骑在人民的头上,

作威作福、明目张胆。

时代发展的潮流,

不是你们可以阻拦。

革命战士的鲜血,

永远不会流干。

南下解放大军,

正在准备渡江作战。

百万雄师过长江,

红旗将插遍江南岭南。

温暖大地的春风，

很快就要吹到粤北韶关。

我们一定要捅破，

捅破这无边的黑暗。

独裁的蒋家王朝，

一定会被人民推翻！（把皮鞭扔在地上）

［两名狱卒想过去把皮鞭捡回来，李卡与众狱友挽成人墙，步步逼向
狱卒。

众　人　（齐唱）

不见天日，无边黑暗。

身陷牢笼，重重铁栅。

有压迫就有反抗，

有血债就要血还！

时代发展的潮流，

不是你们可以阻拦。

革命战士的鲜血，

永远不会流干！

我们一定要捅破，

捅破这无边的黑暗。

独裁的蒋家王朝，

一定会被人民推翻！

我们要捅破这无边的黑暗，

我们要把独裁的王朝推翻！

把黑暗捅破，

把独裁推翻！

把黑暗捅破，

把独裁推翻！

把独裁推翻——把独裁推翻——把独裁推翻——

［李卡和众狱友如排山倒海般的气势，把那两名狱卒逼出了牢房。

［歌声、音乐戛然而止，随之而来的是一阵让人心悸的小静场。

[这时，幕后传来"提审李均海——"的叫喊声。

[景暗转。监狱审讯室，门边分别站着两名虎背熊腰、袒胸露背的打手。正中间烧着一盆通红的炭火，火里放了几块烧红了的烙铁，墙上还挂满了各式各样的刑具。

[何初上，站到了审讯室的中间。

何　初　把人都给我押上来！

[两边的灯光起，李卡和潘寿鹏被绑在刑架上。

何　初　你们两个，一个自称李均海，一个自称潘寿鹏，但我知道，其中一个，就是李卡！我已经给了你们足够的时间，但还是没人告诉我，到底谁才是李卡。（恶狠狠地）我再问一遍：谁才是李卡？！

[李卡和潘寿鹏没有回答。

何　初　不说是吧？给我打，狠狠地打——

[狱卒用泡了水的皮鞭、烧红的铁条拷打李卡和潘寿鹏。

李　卡　（咬着牙，旁唱《又是一番严刑拷打》）

又是一番严刑拷打，

烧红的铁条烙在身上。

潘寿鹏　（忍着痛，唱）

又是一番严刑拷打，

泡水的皮鞭抽在身上。

李　卡　（唱）

我的意志，

不允许我举手投降！

潘寿鹏　（唱）

我的身体，

还剩下多少血液流淌？

[李卡和潘寿鹏进行二重唱。

李、潘　（合唱）

哪怕被打死在这牢房——

李　卡　（唱）

也不能出卖同志，出卖党！

潘寿鹏　（唱）

也不敢出卖同志，出卖党……

李　卡　（唱）

在这里用我的鲜血，

去践行一生的理想！

潘寿鹏　（唱）

在这里流干了鲜血，

怎么去实现人生理想？

李　卡　（唱）

最遗憾啊——

看不到新中国，

第一缕阳光……

潘寿鹏　（唱）

最害怕啊——

没人把消息，

告诉我的爹娘……

〔打手一边拷打，李卡和潘寿鹏一边在唱。

打手甲　（打累了）司令，再打下去，人就死了……

何　初　（不耐烦地）押回去——

〔狱卒把李、潘从刑架上松绑，何初和狱卒押着潘寿鹏下。

〔李卡拖着沉重的镣铐走进追光中。

李　卡　（思念远方的人）云，在沙溪宝山的战斗中，我和寿鹏都被俘了，关押在曲江芙蓉山监狱。如果你和家里给我写信，可以先寄到老地方，就写李均海收。监狱里也有我们的同志，可以把信带进来。李均海是我家谱里的名字，你是知道的。云，你送的那支钢笔，我好不容易才把它藏了起来，它是我对你的唯一纪念……云，今天他们又把我拉去审讯、拷打……（唱《我的灵魂欢畅》）

肉体是痛苦的，

但我的灵魂却是欢畅。

因为我知道，

这是他们最后的疯狂！

我仿佛已经听到——

大军南下的脚步铿锵。

我仿佛已经听到——

独裁政府的丧钟敲响。

我仿佛已经听到——

南粤大地在呼唤解放！

［众狱友身影渐现。

众狱友　（和唱）

我们已经听到——

大军南下的脚步铿锵。

我们已经听到——

独裁政府的丧钟敲响。

我们已经听到——

南粤大地在呼唤解放……

［音乐不断，带出下一场。

第二场　往日的时光

［徐云和刘玉阶走进监狱会见室。徐云打扮成村妇的样子，手里挽个小
篮子。

徐　云　（唱《今天进监狱来》）

今天进监狱来，

把信息向他传达。

在那个码头一别两年，

两年来都是对他的牵挂——

他在战斗中受伤了吗？

在狱中又受了多少严刑拷打？

这一切就要结束，

我们将迎来一个新的国家。

因为我已经听到，

大军南下的步伐。

因为我将要看到，

东方喷薄的朝霞——

［两名狱卒押着戴着镣铐的李卡上。

刘玉阶　（小声告诉徐云）他来了……

［李卡进入会见室，见到刘玉阶和化装成村妇的徐云，大感意外。

徐　云　（连忙提醒）阿海，姑父和我来看你了——

李　卡　（会意）姑父，你们怎么来了……

刘玉阶　（赶紧向狱卒赔笑脸、套近乎）两位老总，他们小夫妻要见个面，多关
　　　　　照、多关照。

［刘玉阶说着，掏出几块大洋，塞给狱卒甲。

［狱卒甲掂了掂手中几块沉甸甸的大洋，对同伴暧昧地笑了笑，两人下。

李　卡　（激动地拉着刘玉阶和徐云的手，低声地）刘老师、徐云……

刘玉阶　（压低嗓门）组织上派我和徐云来粤北，先把你营救出去，下一步再设法
　　　　　营救潘寿鹏。

李　卡　感谢组织的关心，但你们这样做太冒险了。这次抓我的那个保安司令，
　　　　　就是前两年在广州追捕我的侦缉队长，如果他认出徐云来，那就麻烦了。

徐　云　（安慰）我穿成这个样子，他们认不出来。

刘玉阶　南下大军的前锋部队，已经抵达赣南，很快就会解放广东、解放全中国。

李　卡　（感动振奋）太好了！

刘玉阶　但我们现在最担心的，就是敌人在最后的日子里疯狂杀人……

李　卡　只要他们还不确定我是李卡，就不会马上有危险。

刘玉阶　那就好！经费我们已经准备得差不多，中间人也已经找到，他说只要钱
　　　　　到位，就可以为你办假释。你们两个长话短说，我在外面等你们。

［刘玉阶向外走了两步，突然又想起什么停了下来。

刘玉阶　哦，差点忘了，你在老家的那个妻子，托我给你带个口信，说她在等
　　　　　你。唉……（摇头，下）

［徐云闻言，一时间竟然愣住了，李卡也愣住了。

徐　云　（伤痛，唱《往日的时光》）

就像一把利剑，

直插进我的心房……

没想到我深爱的人，

原来是别人的新郎……

李 卡 （唱）

就像一把利剑，

直插进我的心房……

没想到我最爱的人，

要承受这最痛的伤……

二 人 （重唱）

忘不了往日的时光——

徐 云 （唱）

与你组织读书会，

李 卡 （唱）

与你创办"播种社"，

徐 云 （唱）

从此有了革命理想。

李 卡 （唱）

同学少年畅谈理想。

徐 云 （唱）

多少个日子，

与你讨论问题在课堂。

李 卡 （唱）

多少个寒暑，

为我一针一线补衣裳。

徐 云 （唱）

多少个夜晚，

与你橘黄灯下写文章……

李 卡 （唱）

多少个清晨，

为我送来饭食慰饥肠……

二 人 （合唱）

往日的时光啊——

长存心间，无法淡忘！

李 卡 （唱）

> 在生命中最好的岁月，
>
> 我们见证了彼此的成长。
>
> 但我只是你命中的过客，
>
> 不敢辜负你青春的芬芳。
>
> 我是你窗外的守望，
>
> 守望着你书声琅琅。
>
> 我是你窗外的守望，
>
> 守望着你月照西窗。

徐 云 （唱）

> 在生命中最好的岁月，
>
> 我们见证了彼此的模样。
>
> 你不是我命中的过客，
>
> 你的名字在我血液中流淌。
>
> 你是我窗外的阳光，

有春日般的明亮。

你是我窗外的阳光，

像秋天般的晴朗。

两　人（合唱）

春花秋月，

寒来暑往。

云山叠翠，

珠水荡漾。

穿越了多少羊城风雨，

见证了多少怒潮珠江……

徐　云（唱）

你第一次向我表白，

却是在说你的信仰。

你问我敢不敢陪你——

陪你去追逐心中梦想？

李　卡（唱）

那时候我以为用文章，

就可以推翻那堵高墙。

是敌人用明晃晃的刺刀，

告诉我血淋淋的现状……

徐　云（唱）

啊……

月已沉——

李　卡（唱）

月已沉——

徐　云（唱）

夜未央——

李　卡（唱）

夜未央——

徐　云（唱）

雨未停啊——

李　卡（唱）

　　　　雨未停——

徐　云（唱）

　　　　风正狂——

李　卡（唱）

　　　　风正狂——

徐　云（唱）

　　　　那往日的时光啊——

　　　　有火一样的炽热，

　　　　有水一样的忧伤。

　　　　在我的心中，

　　　　永久珍藏……

李　卡（唱）

　　　　那往日的时光啊——

　　　　有火一样的炽热，

　　　　有水一样的忧伤。

　　　　在我的心中，

　　　　不敢存放……

　　　　（痛苦地）云，对不起，我伤害了你……

徐　云（平复了一下情绪，摇头）不，你没有伤害我……（幽幽地唱《你我之间》）

　　　　你我之间，

　　　　纯洁得冰雪一样。

　　　　你我之间，

　　　　清白得碧玉无双。

　　　　你没有伤害我，

　　　　我还是原来的模样……

李　卡（痛切）不！云，你知道，我是爱你的！（唱）

　　　　你我之间，

　　　　相识七年长，

　　　　相知在他乡。

我们同欢乐，

我们共忧伤。

我们却无力去冲破，

这张千年的罗网……

但我们还有——

还有共同的信仰。

我们都坚信——

坚信明天的曙光。

今生今世啊——

只能把你对我的爱，

在心底里深深埋藏……

只能把我对你的情，

在记忆中深深埋葬……

如果还有来生——

我们一定沐浴着自由的阳光。

如果还有来生——

我们一定相亲相爱、地老天荒……

徐　云　（安慰）卡，你放心，组织一定会把你营救出来，我在外面等你。

李　卡　你在外面等我？

徐　云　是的！眼前的一切都会过去，等你出来以后，我们从头开始。

李　卡　（痛苦地）但我……但我已经不是原来的那个我，我们已经不能从头开
　　　　始了……

徐　云　（大声地）不！你错了——（唱《你是个勇敢的战士》）

我们曾经许诺，

为了梦想一起走向远方。

你也曾经说过，

我们有共同的信仰。

为了唤醒民众，

你在报刊上写文章。

为了打倒反动派，

你又放下书本、拿起刀枪。

你是个勇敢的战士，
你是个铁骨的儿郎。
既然你敢打碎旧世界，
既然你要建设新家邦，
为何又不敢冲破，
冲破这张千年的罗网?!
你不该脑子里装了新思想，
身上还披着历史的旧装!
你不该手中拿着自来水笔，
纸上却在写八股旧文章!

你可以辜负我的情深，
但不能辜负你的信仰!
你可以辜负我的等待，
但不能辜负我们往日的时光……

　　〔徐云这一番掷地有声的言语，让李卡深受感动。

李　卡　（紧紧地握着徐云的双手）云，我知道了! 等走出了这座监狱，我们从头
　　　　开始!

徐　云　（感动，流泪，但又不敢放声哭）卡……

李　卡　云……

　　　　〔两人痛苦地拥抱在一起。

　　　　〔追光中，何初和那两名狱卒押着潘寿鹏上。

何　初　（问狱卒）那个女的进去了吗?

狱卒甲　进去了。

　　　　〔何初和潘寿鹏等人站在会见室外。

何　初　（见到会见室里拥抱在一起的李卡和徐云，问潘）那个女的，你认识吗?

　　　　〔潘寿鹏一眼就认出了徐云，一时间感到如雷轰顶。

潘寿鹏　（旁唱《她为什么不见我》）

　　　　她从广州上来，

为什么不见我?

我一直在追求的女人,

在我面前和人拥抱着……

老天爷啊——

我到底做错了什么?

我到底做错了什么?

要这样来惩罚我……

她从广州上来,

为什么不来见我?

她到底爱李卡什么?

李卡哪点强过我?

为了她,

我舍弃了安逸的生活。

为了她,

我每天面临生死战火。

到头来,

被抛弃的那个却是我。

到头来,

被横刀夺爱、无可奈何……

何　初　(逼问)我再问你一遍:那个女人,你认识吗?

潘寿鹏　(略一迟疑,但最终还是摇了摇头)不认识……

何　初　(半信半疑地)那好!我最后告诉你:我们已经接到上头通知,监狱很快就要转移,所有重刑犯,一律就地解决!

[听到这里,潘寿鹏一惊。

[李卡和徐云演区的灯光渐暗,李卡和徐云隐去。

何　初　(威胁)李卡就是重刑犯!如果到了转移的时候,还不能确定谁是李卡,那么,我只能把你们两个都当成李卡。最后的结果,你是知道的。

潘寿鹏　(闻言,内心波澜起伏,唱)

已经死到临头,

　　　　　　为什么还要替情敌"背锅"？

　　　　　　这不是我的过错，

　　　　　　是你们在逼我，是你们在逼我……

　　　　　　我要带着我的女人，

　　　　　　去追求新的生活！

　　　　〔潘寿鹏终于拿定了主意。

潘寿鹏　（对何初）那个李均海，就是……就是你们要找的李卡……

何　初　（严厉地）说下去——

潘寿鹏　他是曲南工委副书记、武工队长。整个曲南地区的地下组织情况，以及
　　　　武装力量的布局，都掌握在他的手里……

何　初　（缓缓地）我怎么知道，你说的不是假话？

潘寿鹏　来到这里的第二天，我看见他把一支钢笔藏在床底下的墙缝里。那支笔
　　　　的笔身，刻了个"卡"字……

　　　　〔听到这里，何初哈哈大笑——

　　　　〔音乐不断，景暗转下一场。

第三场　我在黑暗中等待黎明

　　　　〔审讯室投射出来的逆光，把一个吊在刑架上的被打者和两个打人者的身
　　　　影，落在墙上形成剪影。

　　　　〔审讯室里传来阵阵鞭笞声，以及打人者"你说不说？你到底说不说？"
　　　　的骂声和被打者痛苦的号叫声。

　　　　〔逆光渐收，剪影渐淡，大光全起。

　　　　〔监狱监仓，何初手里拿着一条皮鞭，两腿叉开与肩同宽，傲慢地站在
　　　　那里。

何　初　（大声地）把李卡给我押上来——

　　　　〔两名狱卒把遍体鳞伤的李卡拖上来，打开牢门扔回牢房。

众狱友　（关切地）阿海，你没事吧？

阿　豆　阿海哥哥，你没事吧？

李　卡　谢谢阿豆，谢谢大家！我……不要紧……

何　初　（把玩着手中的皮鞭）李卡啊李卡，你不要再做无谓的牺牲了！只要你把

共产党在曲南地区地下组织的情况告诉我，金钱美女、高官厚禄，任何
要求我都可以答应你。

李　卡　（深深地吸了一口气，慢慢地）任何要求……都可以答应我？

何　初　（以为李卡屈服，窃喜）是的！（强调）任何要求。

李　卡　只怕何司令说了不算。

何　初　（信誓旦旦）这里是我何初的地盘，一切我说了算！

李　卡　那好——（唱《请你答应我》）

　　　　　请你答应我——
　　　　　把所有囚犯放回家。
　　　　　请你答应我——
　　　　　把杀人的屠刀放下。

　　　　　请你们答应我——
　　　　　把祸国的贪官捉拿。
　　　　　请你们答应我——
　　　　　让人民来作主当家。

还请你们答应我——

让耕者有其田，

让居者有砖瓦；

让病者有医治，

让饿者有饭茶；

让老者有所养，

让幼者有爹妈……

再请你们答应我啊——

让四万万同胞，

共建华夏！

从此天下不再，

只属蒋家！

何　初　（越听越恼，气急败坏地）你给我闭嘴！天堂有路你不走，地狱无门你偏
　　　　来！你就等着吃枪子吧！（对狱卒）把牢房锁好！（头也不回地下）

　　　　〔两狱卒随下。

　　　　〔众狱友把李卡扶回墙角的床位。

李　卡　（痛心地）云，我们的队伍出现了叛徒，你送给我的那支钢笔，已经被
　　　　他们搜去，我的身份已经暴露。他们威胁要杀了我，因为我没有泄露任
　　　　何党的秘密。看来，我是走不出这座监狱了……（唱《我在黑暗中等待
　　　　黎明》）

　　　　这黎明前的黑暗啊，

　　　　就像一张无边的网。

　　　　当日寇把战火烧到了我的家乡，

　　　　当独裁政府摧毁了和平的希望，

　　　　我李卡用笔写文章，

　　　　我李卡拿枪上战场，

　　　　敢把热血抛洒，

　　　　来让青春绽放……

这黎明前的黑暗啊，

我却看到东方的曙光。

一百年前的《共产党宣言》，

把人类的思想照亮。

三十年前嘉兴的红船，

一群人在寻找中国的路向，

敢把热血抛洒，

来让青春绽放……

我在黑暗中等待黎明，

等待黎明第一缕阳光。

当年在我的家乡，

南路革命风云激荡，

启蒙我思想，

哺育我成长。

如今在华夏大地，

英雄儿女为了家邦，

敢把热血抛洒，

来让青春绽放……

[众狱友和阿豆等人围拢过来，与李卡群声合唱：

这黎明前的黑暗啊，

就像一张无边的网。

这黎明前的黑暗啊，

我却看到东方的曙光。

我在黑暗中等待黎明，

等待黎明第一缕阳光……

李　卡　（沉重地）云，昨天我给你写了一封信，这恐怕就是我留给这个世界的一
　　　　封遗书了，希望你能收到……

[另一演区中，追光中徐云拿着李卡的遗书。

徐　云　（泪流满面）卡，你的书信我已经收到……组织一定会把叛徒找出来，但

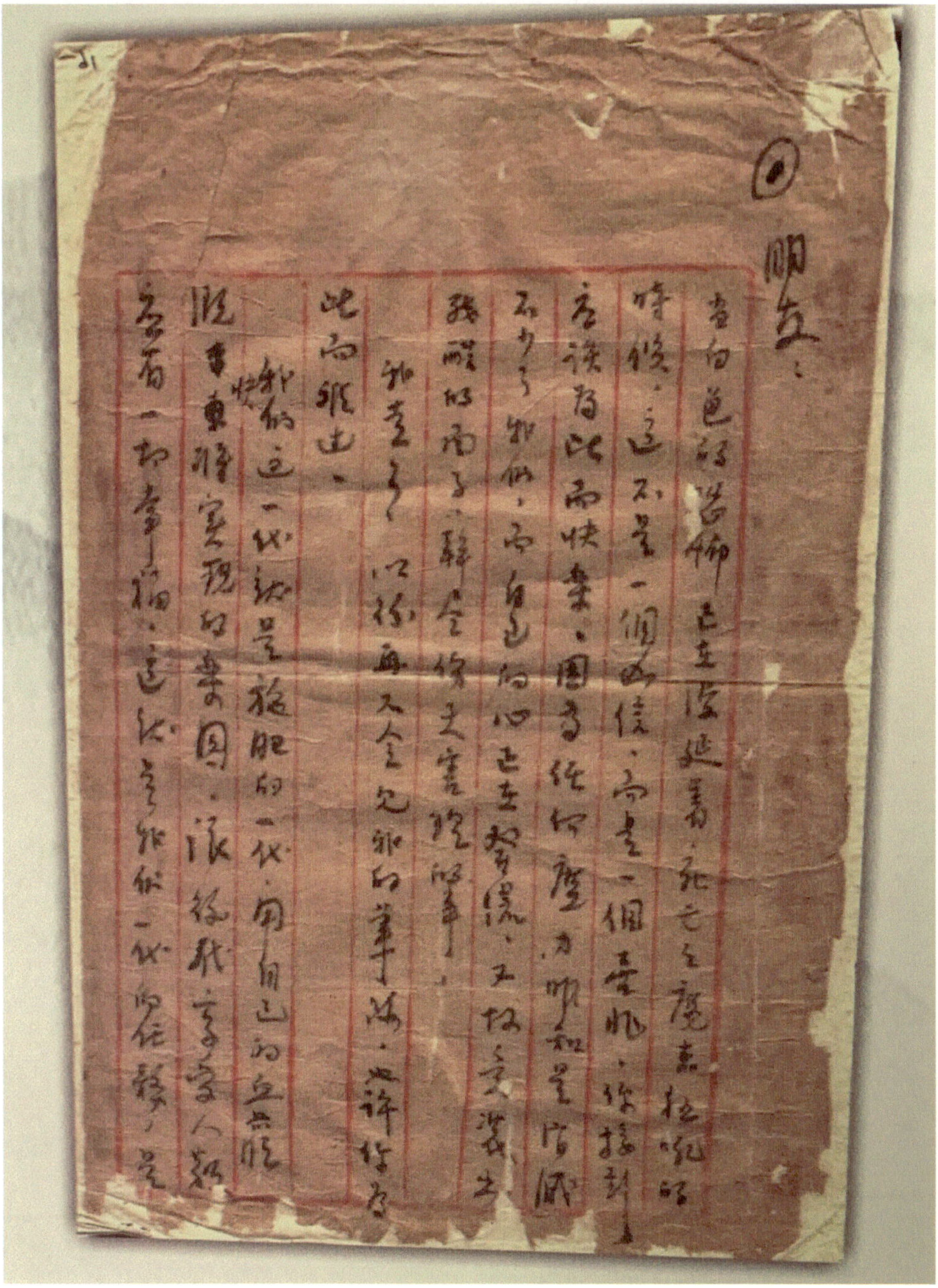

李卡烈士遗书手迹

你不能倒下……不能……

李　卡　（动情地）云，谢谢你！我知道，你已经原谅了我……

徐　云　不！如果你不能活着出来，我是不会原谅你的！（痛哭）我是不会原谅你的……

李　卡　在信中，我是这样写给你的——

徐　云　在信中，你是这样告诉我的——

　　　　[李卡诵读他在狱中写下的遗书。

李　卡　当白色恐怖正在蔓延的时候，当死亡之神正在狂吼的时候，我们不能寄望魔鬼的仁慈，来获得自己的生存。我们是播种者，是施肥的一代，用自己的鲜血灌溉即将收获的乐园，让我们的后代能够享受人类应有的一切幸福，这就是我们这代人的任务，是最光荣不过的事业啊！云，我走了，请不要为我悲伤，因为黎明很快就会到来。天一亮，你就会看到太阳的微笑，你跟着它呀、永远地跟着它……

徐　云　（大哭）卡，我答应你、答应你……（唱《黎明一定会到来》）

　　　　　黑暗终将过去，

　　　　　黎明一定会到来。

　　　　　寒冬终将结束，

　　　　　春天也会到来。

李　卡　（唱）

　　　　　黑暗终将过去，

　　　　　黎明一定会到来。

　　　　　哪怕在等待中死去，

　　　　　我依然在等待黎明的到来……

徐　云　（手捧李卡的绝笔遗书，悲痛欲绝）李卡——（晕厥倒地，隐去）

　　　　[天幕的LED出现李卡的狱中遗书。

　　　　[李卡和众狱友一起群声和唱：

　　　　　这是黎明前的黑暗啊——

　　　　　这是黑暗笼罩的时代！

　　　　　我们是播种者，

　　　　　我们是施肥的一代。

　　　　　我们在等待，

等待黎明的到来。

我们在等待，

等待春暖花开……

[在李卡和众狱友的歌声中，一阵密集的枪声响起，李卡和众狱友倒下，
舞台上一片红光。

[阿豆从倒下的烈士中慢慢爬起。

阿　豆　（撕裂着嗓门，童声清唱）

我们在等待，

等待黎明的到来。

我们在等待，

等待春暖花开……

[一群学生在徐云的带领下，手捧烛光，向阿豆围拢了过来，且歌且舞：

我们是播种者，

我们是施肥的一代。

我们已经看到，

看到黎明的到来。

我们已经看到，

春正暖，花正开……

[天幕上的LED出现李卡存世的唯一相片。相片里，他是那么年轻、英俊、刚毅……

[伴随着敲打电脑的声音，LED上出字幕：1949年9月4日，李卡在粤北曲江被国民党反动派杀害，年仅27岁。和李卡一起遇难的还有很多战友，他们牺牲在新中国的黎明前，鲜血染红了脚下的这片土地……

[歌声渐弱，渐收光。

[全剧终。

全剧曲目：

1.《谁是李卡》

2.《半边月亮爬上树梢》

3.《回到久别的家乡》

4.《今天是谁的好日子》

5.《谁才是我的新郎》

6.《身边是战后恢复的繁华》

7.《是时候走出这个书斋》

8.《他可知道我心中的思念》

9.《终于又见面》

10.《他是我心中的爱恋》

11.《突围》

12.《到底谁才是李卡》

13.《无边黑暗》

14.《又是一番严刑拷打》

15.《我的灵魂欢畅》

16.《今天进监狱来》

17.《往日的时光》

18.《你是个勇敢的战士》

19.《你我之间》

20.《她为什么不见我》

21.《请你们答应我》

22.《我在黑暗中等待黎明》

23.《黎明一定会到来》

（本剧与练行村合作，2021年6月由茂名市文化传媒集团首演，是茂名市为庆祝中国共产党成立100周年、创新形式开展党史学习教育而策划组织创作的重点作品。王哲、张楚华分别饰演李卡，徐瑶、李焕焕分别饰演徐云，郭俊宇、傅文健分别饰演潘寿鹏，黄大顺饰演刘玉阶）

我在南沙等你

人物表

刘明峻 男，"90后"澳门人，本科毕业于中央财经大学，研究生毕业于北京大学，广州南沙新区产业园区开发建设管理局招商引资专员，系首批在广州担任公职的港澳青年。

小　乔 女，上海人，刘明峻的女朋友、本科同学。

潘世杰 男，澳门人，刘明峻的本科同学，澳门盛丰集团项目经理。

徐少辉 男，刘明峻北京大学舍友，毕业后回到大西北工作。

何局长 男，南沙新区产业园区开发建设管理局局长，刘明峻的领导。

刘父、刘母、盛丰集团陈总、工地工人、办公室同事等人。

序　幕

[2022年8月某天。

[广州南沙新区大岗先进制造业基地园区工地，那边传来"咣——咣——咣——"的打桩声，还有汽车往来的嘈杂声。

[甲工头到乙工地上讨说法。

甲工头 （气势汹汹地跑上来）你们又把我的电缆挖断了？！赶紧找人接上——

乙工头 （不甘示弱）要接你自己接！上次压爆我们的水管，那笔账还没跟你算！

甲工头 （气结）你……耽误了我的工期，你负得了责吗？！

乙工头 就你工期紧？

[乙工地上的那群施工工人跟着起哄："就是，就是，我们还急着赶工呢——"

甲工头 （更气）人多是吧？好！你们在这里等着——（气冲冲地下）

[乙工地的工人继续起哄："放心，我们都在这里！"

[办公室桌子上的电话声骤然响起，刘明峻接听。

刘明峻 （接电话）喂……什么……好！我们马上过来——（放下电话，对办公室的同事）新联工地那边又出事了，我们快点过去——

　　［众人出门急促的脚步声，随即传来汽车启动的声音。

　　［汽车行驶的声音渐弱，刘明峻自述："那天，我们及时赶到了现场，阻止了一场可能发生的冲突。我叫刘明峻，是一个土生土长的澳门人，在北京读了6年书，参加过无数次大小演讲，（自嘲地）没想到工地才是我最好的舞台。两年前，我通过公招，入职广州南沙新区产业园区开发建设管理局，担任招商引资专员。我每天的工作，就是为落户项目提供全方位的服务，当然也包括处置那天发生在新联工地的纠纷。这两年来，我作为一名澳门籍公职人员，参与了南沙的建设，见证了南沙的成长……"

　　［一段抒情、柔和的音乐，播放演职员表，以及剧名《我在南沙等你》。

1

　　［2020年4月，广州南沙新区产业园区开发建设管理局。

　　［外面传来汽车停车的声音，以及几个人进门的声音。盛丰集团的考察团来到建设管理局，局领导何局长带人迎接。

何局长 陈总，您好——

陈　总 何局长，您好！

何局长 欢迎澳门盛丰集团前来到南沙考察。

陈　总 其实我们早就想过来了。我来介绍一下：这位是我们集团的董事谢先生，这位是公关部的邓小姐，还有这位是项目部的潘世杰潘经理。

潘世杰 何局长，您好！大家好！

　　［众人寒暄。

何局长 为了迎接各位的到来，我们提前做了南沙全域展示沙盘，请各位移步我们的展示厅。

　　［众人进入展示厅。

何局长 这位是我们的新同事刘明峻先生，他连续加了两个夜班，带人把这个沙盘做出来的。

刘明峻 陈总，您好！大家好！

何局长 小刘也来自澳门，是毕业于北京大学的硕士研究生。

陈　总 （诧异）哦?! 那太巧了，我们的潘经理，也是在北京读的大学。

[刘明峻这才发现人群中的潘世杰。

刘明峻 （意外地）世杰?! 怎么会是你……

潘世杰 （笑了笑）最近我又换公司啦!

何局长 小刘，你向大家介绍一下南沙的概貌吧——

刘明峻 好! 南沙位于珠江出海口，全域总面积803平方千米，现阶段规划了七个功能区块。大家请看我的激光笔所指示位置：这里是明珠湾起步区，也是南沙未来的CBD（中央商务区）。这里是大岗先进制造业基地，将承接国内外数控机床、智能装备等高端制造业项目。这里是南沙站，是一类客运枢纽，近十条大湾区城际轨道，以及时速高达160公里的广州地铁18号线将在这里交会。南沙是整个大湾区的"地理几何中心"，因为它的东南38海里就是香港、深圳；西南41海里是澳门、珠海；向北60公里，就是广州中心城区。

陈　总 （满意地）何局长，今天小刘先生的讲解十分清晰、到位，看来我们的合作前景十分广阔。

何局长 （热诚地）南沙欢迎各位!

2

[刘明峻旁述："那天见到的潘世杰，是我的大学同学，2013年秋季学期，我们作为港澳生，一起考进了中央财经大学。在央财大，我还认识了来自上海的小乔。

[2016年夏天，中央财经大学校园，校道上还传来单车的铃铛声。

小　乔 明峻，下个学期就大四了，毕业后你有什么打算?

刘明峻 回澳门。

小　乔 回澳门?

刘明峻 澳门社会没有内地那么"卷"，找份高薪职业并不难，然后有假期就全世界旅游。

小　乔 然后就结婚、生子、退休、养老……

刘明峻 小乔，你是不是觉得我特别没出息?

小 乔	（略叹息）人各有志吧……
刘明峻	那你呢？
小 乔	我打算继续考研究生。
刘明峻	你不是说过，你阿爸要你早点回他的公司去帮忙吗？
小 乔	但我不想过那种一眼就望到底的人生。
刘明峻	（自语般）一眼就望到底的人生？
	［拨打电话的声音，电话里传来刘父的声音。
刘 父	"衰仔"（臭小子），（半是玩笑地）好久没打电话给老爸了，又没钱啦？
刘明峻	阿爸，我这个暑期不回澳门了。
刘 父	要陪女朋友呀？上次你阿妈说，你在北京谈了个女朋友。
刘明峻	不是的阿爸。我是想好好准备一下，明年考研究生。
刘 父	那你是打算考香港的研究生，还是英国的研究生？
刘明峻	我要考北京大学的研究生。
刘 父	北京大学？听说这间学校很难考的。
刘明峻	难考我也要考。
刘 父	仔（儿子），只要你好好读书，就算你是去考状元，我同你阿妈都支持你。
刘明峻	（感动）阿爸……
	［刘父在电话"天凉要记得加衣服，'热气'（上火）就要饮凉茶……" 絮叨，渐弱。

3

［2020年11月某天，管理局楼下的河边绿道，鸟语花香。何局长与刘明峻在散步。

何局长	明峻，你入职已经有半年了吧？
刘明峻	已经半年了。
何局长	每天都要你下工地，一身泥土一身汗，是不是与当初的预期有落差？
刘明峻	何局，如果只是想过安逸的生活，我就不会报考南沙的公职部门了。
何局长	（赞赏）明峻，你的回答我很满意！看来，我的担心是多余的。
刘明峻	（不解）您的担心？

何局长 组织要向你们这批新入职的港澳青年压担子，（笑了笑）但我又怕把你吓跑了，所以就约你出来谈谈心。

刘明峻 何局，有什么任务，您就安排吧。

何局长 去年国家出台了《粤港澳大湾区发展规划纲要》，南沙建设进入了快车道，好几个独角兽企业、行业龙头企业准备落户大岗先进制造业基地，我想安排你专门负责这个园区。

刘明峻 （疑虑）我一个人负责？

何局长 （鼓励）你的背后，还有我们管理局，以及整个南沙新区！

[刘明峻旁述："大岗基地面积8.2平方千米，约等于澳门25%的面积。我有承接这个担子的信心和勇气，应该说是源自那年报考研究生的决定，源自北大燕园的两年浸润……"

[回到2016年夏天，中央财经大学的饭堂，傍晚时分，人来人往的样子。

潘世杰 明峻、小乔，你们两个真的要考研究生？

刘、乔 （合）是啊。

潘世杰 小乔你要考清华，明峻你要考北大，你们两个在比赛还是在斗气？

小　乔 嗯……应该是比赛吧。

刘明峻 作为男生，我不能够输给女朋友。

小　乔 你考上了才好说！

[众人笑。刘明峻旁述："一年后，小乔考入清华大学读公共管理专业，我也如愿考上了北京大学，攻读行政管理硕士学位。世杰回到澳门，进入了一个大公司，他天性多动，每次回澳门见到他，第一句话就是'最近我又换公司啦'！在北大，我认识了新舍友徐少辉，一个高大黝黑的西北汉子，大家都叫他老徐。"

[在学生宿舍，传来其他舍友"吃饭咯——吃饭咯——"的声音。

刘明峻 （敲了敲徐少辉的床架）老徐，去吃饭咯——

徐少辉 （正躺在床上看书，爬起来）明峻，帮我打几个馒头回来。

刘明峻 你都吃半个月馒头了，要减肥？

徐少辉 减啥肥？度饥荒。

[刘明峻旁述："刚开始，我还以为老徐的家里穷。那天，他吃着我给他打回来的馒头，在讲他的故事。"

徐少辉 本科毕业那年，我报名参加"三支一扶"，在青海的一个边远乡村开展扶贫工作。我对村子里的那三个高中生说：只要你们考上大学，徐书记每个月资助你们500元。哦，忘了告诉你，我在那个村子里担任第一书记，他们都叫我徐书记。

刘明峻　他们都考上大学了吗？

徐少辉　今年都考上了，昨天我才给他们每人转去500元。

刘明峻　他们可以申请助学贷款。

徐少辉　如果仅仅靠助学贷款，他们还是不能走入校园。但我又不能增加父母的负担，我已经成功申请勤工助学岗位，（充满信心）等过了眼前这一关，就不用天天啃馒头了。

刘明峻　那你用我的饭卡吧。

徐少辉　（爽快地）行啊！到时会还给你。（继续啃馒头）明峻，可以问你一个问题吗？

刘明峻　什么问题？

徐少辉　你为什么从澳门跑到北京来读书？

刘明峻　（想了想）嗯……我不想过那种一眼就望到底的人生。

徐少辉　我们除了要改变自己的人生，还要用自己的力量，去改变身边的这个社会。

刘明峻　改变身边的这个社会？

徐少辉　（举了举手中的馒头）刚到那个村子的时候，很多人连吃这种白面馒头都是个奢望。（憧憬着）以后我还要回去，要为乡亲们带来更大的改变。

刘明峻　（鼻子有种酸酸的感觉，真诚地）老徐，我觉得你们这样的人好伟大。

徐少辉　（笑了笑）如果这也是一种伟大，那么，你也可以。

4

[2021年初，建设管理局办公室。

[电话铃声此起彼伏的办公室，刘明峻敲门。

刘明峻　何局，您找我？

何局长　是的。请坐——

[刘明峻落座。

何局长　盛丰集团的项目有进展吗？

刘明峻　我一直在跟进。

何局长　（把一份报纸推到明峻面前，不无严厉地）这份是今天的报纸，人家的项目已经在另一座城市落户！

[刘明峻大感意外，急忙抓起报纸翻看。

何局长　上个月局里才安排你负责大岗基地，这个月就流失了澳门盛丰这个潜在的大项目，我们如何向上级交代？如果因为工作疏忽而造成项目流失，我们就会成南沙发展的"罪人"，你知不知道？

刘明峻　（诚恳地）对不起，何局……

[拨打电话的声音，对方传来潘世杰的接听，两人在通电话。

潘世杰　喂——明峻，你还好吧？

刘明峻　（半是怒气）我不好！世杰我问你：盛丰集团为什么放弃了南沙？

潘世杰　这是集团高层的战略决定，不是我可以左右的。

刘明峻　那你总可以向我通报一下吧？

潘世杰　对不起，明峻！在正式发布之前，这些都属于商业秘密。

刘明峻　我被你这个"商业秘密"搞得好狼狈，你知道吗?！

潘世杰　明峻，如果干得不开心，回澳门来吧！南沙如今看来不过是一块大工地，工作辛苦，压力又大，而且薪酬并不高，你又何苦呢？上次到南沙，我们陈总十分欣赏你，盛丰集团正在开拓内地业务，如果你愿意加盟，一定会有个好职位。

刘明峻　（真诚地）世杰，多谢你！你或者不知道，为了南沙的发展，我身边的同事付出了多少的心血和汗水。所以，我不能就这样离开南沙，尤其不能在这个时候离开……

[挂断电话的声音。

5

[2021年春节期间，广州"夜游珠江"的游艇上。

[传来游艇行驶的马达声，以及粤语贺年曲《新春颂献》："年，又过年，共庆欢乐年年——"

小　乔　你真的不能离开南沙？

刘明峻　不能……

小　乔	那我怎么办？（情绪有点失控）我到底怎么办？你讲——
刘明峻	小乔，你冷静一下。
小　乔	我无法冷静！你知不知道？这没到一年的时间，父母给我安排了十二次相亲，他们就我这个女儿，他们希望我早日成家、早日接过他们的家业！
刘明峻	（情绪也变得有点激动）三年前，是你要我放弃了那种一眼就望得到底的人生，到头来，你自己又选择了这种人生！
小　乔	刘明峻，我不准你讲这样的话！我好不容易才利用春节假期来一趟广州，不是来听你讲这样的话！但我真的很难，你知道吗?!你知道吗……（哭）
刘明峻	（把小乔搂在怀里，安慰）对不起，小乔！三年前如果不是你启发了我，我不会选择报读研究生，也不会选择报考南沙的公职部门。如果在这个时候向现实妥协，将来我会后悔的。
小　乔	你会后悔？
刘明峻	（迎着习习江风，不无感慨地）如今，我每天都在见证南沙的巨大变化，它已经不是世杰所说的"一块大工地"，很多配套设施正在完善，连接广州市区的地铁18号线，是国内首条高速地铁，节假日我和港澳籍的同事，经常坐地铁来市区玩，去逛陈家祠，去看西关大屋，去吃广府美食，有时还去游乐城玩一场"剧本杀"。
小　乔	你说了这么多，无非就是告诉我：你不会离开南沙！
刘明峻	我更加希望你到这边来。
小　乔	（嗔）你呀……
刘明峻	（深情地）我在南沙等你。

[船上的广播传来导游播音："各位游客，我们的右前方，就是被称为'小蛮腰'的广州塔……"渐弱。

6

[2022年8月某天，大岗先进制造业基地工地。

[微信视频的呼叫声，刘明峻与徐少辉在微信视频通话。

刘明峻	（呼叫）喂——老徐——有信号吗、你那边有信号吗？
徐少辉	喂——明峻，我看到你了，哈哈！

刘明峻	你又晒黑了。
徐少辉	天天在外面跑，能不黑吗？看到没有？我的背后，青海湖——
刘明峻	看到了，太美了！
徐少辉	你现在就在大岗基地吗？
刘明峻	是啊！（转动手机镜头）我后面的这些厂房，都是这两年建起来的。
徐少辉	（赞叹地）太宏伟了！明峻，我刚刚被提拔为副镇长，负责镇里的乡村振兴项目，你那边如果有安排不了的"小项目"，统统给我介绍过来——
刘明峻	（痛快地）没问题！
徐少辉	小乔她决定过来了吗？
刘明峻	正在做她父母的工作，估计问题不大。
徐少辉	什么时候喝喜酒告诉我，我发200元微信红包过来！
刘明峻	老徐你也太抠了吧?！你吃了我半个学期的馒头，忘了？
徐少辉	忘不了——
	〔两人开怀大笑。
刘明峻	（严肃起来）老徐，给你说个事。
徐少辉	什么事情？一下子变得这么严肃。
刘明峻	今天上午，我已经正式向党组织递交了入党申请。
徐少辉	（也严肃起来）你思考成熟了？
刘明峻	思考成熟了，我想成为你们当中的一员。
徐少辉	欢迎你！祝你早日成为我们队伍中的一员。

7

〔刘明峻旁述："小乔的父母终于同意她来南沙发展，为了迎接她的到来，我的父母专门从澳门过来。那天，我开着车，载着父母和小乔，来到我负责的大岗先进制造业工业基地园区。"

〔远处传来打桩机"咣……咣……咣……"的打桩声，还有汽车行驶的声音。

〔刘明峻旁述："其实，我很快就从盛丰集团的挫败中走了出来，最近还获评建筑工程管理助理工程师职称，这对我这个文科生来说，可以说是一次重大跨越。目前，大岗基地进驻企业已达19家，比两年前我接手的时候多了13家，总投资超过270亿元。这些项目达产后，每年将为南沙带来400亿元的产值，以及18亿元的税收，同时还将带动1万多人就业。"

刘　母 仔，那个正在吊装设备的是什么厂呀？

刘明峻 阿妈，那是中邮信源项目的车间，主要研发生产国际先进的物流分拣传输装备。

刘　父 那边的那个呢？

刘明峻 那个是中国商业航天独角兽企业——中科宇航项目基地，明年他们就可以顺利投产，每年将生产30枚商业运载火箭。

刘　母 （惊奇地）啊?！连火箭都在这里生产啊？

小　乔 阿姨，除了商业火箭，这里还有数控机床、智能机器人、无人机等高新项目。

刘　母 小乔，你怎么知道的呀？

小　乔 明峻他为了要我过来这边发展，早就把这些情况向我讲了无数遍。

　　　　[众人开心地笑了。

　　　　[汽车继续在行驶。

刘明峻 阿爸、阿妈，你们看前面那个楼盘，环境很好，还可以望到大海。

刘　父 海景房，贵不贵的？

刘明峻 阿爸，你放心啦，这里的房价，还没到澳门的35%，将来我同小乔都可以供的。

小　乔 我们打算买大一点，到时候接叔叔、阿姨过来住。

刘父母 （开心地齐应）哎，好——

　　　　[刘明峻旁述："如果算上在北京上大学的时间，我已经在内地生活了10个年头。在这10年里，我的爱情和事业在这片土地开花、结果。当我看到一座座厂房拔地而起，看到一个个大型项目顺利投产，那种成就感、自豪感油然而生。国家的发展潮流正在浩荡向前，大湾区有足够的舞台和空间，我在南沙等你……"

　　　　[抒情的音乐起，剧终。

2022年8月28日第四稿

　（本剧于2022年10月5日在中央广播电视总台大湾区之声粤语、普通话双语首播）

到横琴去

人物表

黄浩贤 男，35岁，澳门人，澳门浩贤律师事务所首席合伙人，后为中致浩贤（横琴）联营律师事务所管委会副主席，港澳律师。

罗　莎 女，澳门土生葡人，葡文名Rosa，黄浩贤妻子、合伙人。

黄荣炜 男，60多岁，黄浩贤的父亲，澳门执业律师。

刘中致 男，40多岁，原系珠海中致律师事务所首席合伙人，后为中致浩贤（横琴）联营律师事务所管委会主席，律师。

蒙凯丽 女，20多岁，英文名Kally，澳门浩贤律师事务所实习律师。

潘锦洪 男，60来岁，澳门居民。

潘太太、罗莎父、罗莎母、黄母、服务员、两个孩子等人。

1

[2021年夏天某日，外面传来车来车往的声音。

[澳门某社区居民楼，天气炎热，居民都是关着铁门而打开了里面的门。蒙凯丽正在为客户送达法律文书。

蒙凯丽（拍打铁门）喂——你好，潘锦洪潘先生在家吗？

[屋里中老年男子气呼呼的声音："这里没你们找的潘先生，你们走吧——"

蒙凯丽 我是澳门的浩贤律师事务所的律师，我们昨天来过的，有一份法律文书要送给潘先生。

[屋里有个中老年妇女（潘太太）声音："他已经搬走了，你到别处去找他吧——"

蒙凯丽 潘锦洪先生预留的通信地址就是这里，麻烦你们开开门吧——

[屋里男子："你们再来骚扰，我就报警——"话音未落，屋里飞出一个

酒瓶，"咣——"一声，砸在铁门上，"叭——"碎了一地。

［蒙凯丽被吓了一大跳。这时，传来一阵上楼的脚步声，黄浩贤赶到。

黄浩贤　（关切地）Kally，情况怎么样？

蒙凯丽　（惊魂未定）浩哥，你来就好了。他们还是不肯开门，还拿酒瓶砸我，吓死人了……

黄浩贤　让我来吧。（对屋里）潘先生，我知道你就是潘锦洪先生，我是昨天来过的黄律师，我们只不过是来送一份法律文书……

［屋里男子："我不收什么法律文书，有事你们回珠海去，找高尔达公司吧——"

黄浩贤　我们当然会去珠海找高尔达公司，但按照内地关于物业管理方面的法律法规：你购买了珠海东安地产的物业，并且同东安物业公司签订了《物业服务协议书》，就应该缴交物业管理费。

［屋里男子："我在珠海的物业，已经委托高尔达公司代租代管，你们要收物业费，去找他们吧——"

黄浩贤　潘先生，其实只要按照你预留的地址寄出法律文书，即视为送达。（真诚地）但我们真的想为你们这批业主解决问题，所以才一户一户上门走访。如果你们继续拖欠物业费，是要负法律责任的。

［屋里男子："那难道我们和高尔达公司签署的代租代管委托，就没有法律效力吗？"

黄浩贤　当然有了！所以才需要我们面对面商量，找到最终的解决办法。

［屋里一阵沉默。

黄浩贤　（故意地对蒙凯丽）这事，看来只有到法庭才能解决了，我们走吧——

［就在黄浩贤他们正要离开之时，屋里传出男子："你们等一等——"

［随即铁门"吱呀——"一声被打开。

2

［马路上，汽车行驶的声音。

［黄浩贤边开车边自述："我叫黄浩贤，是澳门浩贤律师事务所主要负责人。我出生在一个法律世家，父亲、姐姐都是澳门的执业律师。我2009

年毕业于澳门大学法学院，2015年获得中山大学法学硕士学位，现在仍
在攻读中山大学法学博士学位。我的父亲是澳门第一位华人律师，在当
地业界享有较高名望。我不想在父亲的庇护下成长，2017年底和我的妻
子Rosa，在澳门开了这间浩贤律师事务所，开始了我的创业之路。"

[手机响，黄浩贤打开车载电话，接听。

黄浩贤　Hello！Rosa——

[电话里的罗莎："浩贤，潘先生情况怎么样？"

黄浩贤　基本OK啦！他已经同意支付所拖欠的物业费，同时签字委托我们向高尔
达公司追讨相关费用。

[电话里的罗莎开心地："太好了！正所谓'浩贤出马，不在话下'！"

黄浩贤　（叫苦般）老婆大人啊！这单Case（案子、案例）在澳门共有38个苦主，
现在解决的，不过是一半多一点，还要一户一户上门去解决。

[电话里的罗莎："最难缠的潘先生都已经搞定，曙光在前！"

黄浩贤　希望如此吧！Rosa，现在回内地创业、置业的人越来越多，我上次和你
提过的，到横琴开办联营所的设想，你有没有认真考虑过？

[电话里的罗莎："我觉得还不是时候……"

黄浩贤　中央最近出台了《横琴粤澳深度合作区建设总体方案》，很快就会掀起
新一轮的琴澳合作高潮。（有点急躁地）现在还不是时候，那等到什么
时候才是时候呀？

[电话里的罗莎："浩贤，电话里我们不要吵架好不好？"

黄浩贤　（平复了一下情绪）对不起，Rosa。昨天我在广东省司法厅的网站看到，
我参加的粤港澳大湾区律师执业资格考试已经通过，等联营所办起来以
后，我就可以在大湾区内地城市执业了。

[电话里的罗莎："等你回来我们再谈，OK？！"

黄浩贤　我现在去横琴，珠海中致律师事务所的首席合伙人刘中致先生约我去见
面谈。

[信号不好，传来了电话断线的声音。

黄浩贤　喂，喂——Rosa、Rosa——

3

[黄浩贤和刘中致在横琴某咖啡店见面，钢琴曲《致爱丽丝》抒情柔和。

刘中致 （热烈地）你好呀，浩贤兄！

黄浩贤 你好，刘中致先生！

刘中致 好高兴我们又在横琴见面。

黄浩贤 （赞赏地）你选的这间咖啡厅，环境好雅致。

刘中致 地主之谊嘛！这次东安物业追讨38个澳门籍业主物业费的案件，如果没有你在澳门协助，我的中致律师事务所远在珠海，都不知道怎么去找那些人。

黄浩贤 既然接受了你们的委托，当然要全力以赴了！

刘中致 好！我们坐下谈——

[两人落座。

刘中致 你喝点什么？

黄浩贤 来杯拿铁吧——

刘中致 （呼叫）服务员，两杯拿铁——

[服务生内应："OK——"

刘中致 浩贤兄，你那个关于"澳门浩贤律师事务所"与"珠海中致律师事务所"在横琴开设联营合作事务所方案，我已经详细看过，我认为OK！

黄浩贤 刘先生，多谢你！现在国家鼓励支持港澳律师事务所在大湾区内地城市开设联营所，这可是港澳法律界盼望已久的事情啊！

服务员 （端着咖啡上）两位，你们的咖啡。

黄浩贤 Thank you（谢谢）！

刘中致 浩贤兄你讲得对！乘这股政策的东风，我们是时候要把联营所办起来了。

黄浩贤 希望浩贤律师事务所能够与贵所联营成功！

刘中致 一定！

[两人握手。

[悠扬的《致爱丽丝》到了高潮处，令人振奋、陶醉。

4

[夜晚，黄浩贤回到家中。

黄浩贤 我回来啦！嘉嘉和欣儿呢？

罗 莎 （嘘）你小点声，刚睡下。（边帮丈夫脱外套边说）浩贤，你真的要去横琴发展？

黄浩贤 我和珠海的刘中致先生，已经就开设联营所的问题谈得差不多了。

罗 莎 NO！我不同意。

黄浩贤 （竭力解释）Rosa啊，澳门的空间有限，现在国家设立了横琴新区，目的就是为澳门拓展新的发展空间。

罗 莎 我们在澳门的律师所刚上轨道，现在还没到去内地发展的阶段。再说了，澳门与内地社会制度不同、思想观念不同，还有法律不同、货币不同、关税不同，甚至连工作语言都不同。所有这些，你有没有想过？！

[夫妻俩因回内地办联营所的问题又吵了起来，彼此不能说服。

黄浩贤 这些不同，都是可以克服和解决的。

罗 莎 但内地的业务收益不高你又不是不知道，就拿我们正在做的那单巴西大豆贸易Case来说，它的收益，至少是内地同类业务的三倍。

黄浩贤 但我更看重的，是未来的发展空间。

罗 莎 你已经考取澳门大律师资格，如果一定要走出澳门，去香港、去英国发展不行吗？全世界还有9个葡语国家，发展空间还不够大吗？

黄浩贤 Rosa，我声明：我们不是要放弃澳门的业务，而是要搭建一座港澳地区、葡语国家甚至是全世界通往中国内地的桥梁。我们在澳门的"夫妻店"已上轨道，由你主持，我抽身去横琴办联营所。OK？！

罗 莎 （抗议般）NO！嘉嘉和欣儿的童年需要陪伴，我要做一个称职的母亲。

黄浩贤 这并不矛盾！难道你愿意做一名拿着执业律师资格证的全职太太？

罗 莎 （气结）黄浩贤，你——

[罗莎气得背过身子去。

[黄浩贤也意识到自己刚才的语气太硬了。

黄浩贤 （道歉）老婆大人，你别生气了，原谅我吧——

罗 莎 （赌气地）我不原谅你，因为你忘记了当初的承诺。

[黄浩贤内心独白："是的！10多年前，我曾经向她承诺：学好葡语，将来要去葡语国家发展。我和罗莎是澳门大学同学。那一年，我们获得了学校的邵逸夫奖，一起走上领奖台。罗莎的父亲，退休前是澳门特区政府的一名葡萄牙籍公务员，能说一口地道的葡语。如果说澳门与内地之间，有制度、法律、货币、关税的种种不同，在我的这个小家庭里，还有种族和文化背景的不同。"

黄浩贤　（真诚地对妻子）Rosa，我没有忘记当初的承诺，但这10多年来，我们身边的这个世界，已经发生了巨大的变化。

罗　莎　你的意思是说：你已经变了？

黄浩贤　只有我对你的爱，才是永恒不变。

罗　莎　（半嗔半怒）你呀——

[这时，黄浩贤的手机响起。

黄浩贤　（接听）喂——你好！

[电话里传来潘太太急促的声音："黄律师，我是潘锦洪的太太，你快点过来呀！"

黄浩贤　潘太太，发生了什么事？

[电话里潘太太："哎呀！总之就'大件事'（大麻烦），就要'死人冧楼'（天就要塌下来）啦……"

黄浩贤　（安慰）潘太太你不要急，我马上过来——（挂断电话，出门）

罗　莎　（在后面关切地呼叫）路上开车慢一点……

5

[一阵汽车在路上急驰的声音。

[急步上楼、敲门的声音，潘太太开门。

潘太太　黄律师，你来就好了……

黄浩贤　（进屋，见到坐在沙发上喘着粗气的潘锦洪）到底发生了什么事呀？潘先生——

潘锦洪　唉！是这样的黄律师：我的母亲死得早，父亲二十几年前在广州娶了个"细妈"（后母），还出钱在广州天河买了套房子。前年我父亲去世，上两个月"细妈"也走了（去世），现在"细妈"的女儿要卖那套房子！听人说，房子现在市值人民币超过千万。你说，我能不着急吗？

黄浩贤　（安慰）潘先生，你先不要急。从这样的情况来看，这套房子你是有继承权的。

潘太太　（追问）那有多少呀？

黄浩贤　大约会有一半。

潘锦洪　（又急起来）才一半？当时买房的钱，都是我父亲出的！

黄浩贤　除非你们能够证明：房屋是你父亲的婚前财产。

潘锦洪　（一拍脑门）哦！我想起来了，当时"细妈"要我父亲先买新屋，然后才同意去做婚姻登记，这算不算婚前财产？

黄浩贤　如果真是这样的话，情况对你十分有利。

潘太太　（恳求）你要帮我们呀，黄律师！如果就这样没了这套房子，老潘他迟早"爆血管"的……

黄浩贤　放心吧，潘先生、潘太太，我有信心去维护你们的合法权益。

潘锦洪　（拉着黄浩贤的手，愧疚地）多谢你呀，黄律师！上次东安物业的纠纷，是你帮我们协调解决的，这次又要劳烦你。如果没有你呀，我们都不知道去找谁……

　　　　［黄浩贤内心独白："在潘先生此刻的眼神中，我看到他的需要和托付。这种需要和托付，不是简单的收益所能够估量的，从某个角度来看，它是一种情感的需要，更是一种身家的托付。"

6

　　　　［傍晚，罗莎带着一对儿女回到父母的家。

罗　莎　（进门）爹地、妈咪，我们回来了——

　　　　［两个孩子一进门，就欢快地叫"公公（外公）——""婆婆（外婆）——"

罗莎母　（迎上）噢，宝贝！婆婆带你们去洗手——

两孩子　公公，我们一起去洗手。

罗莎父　（乐呵呵地）外婆带你们去，外公已经百毒不侵。

　　　　［两孩子呼叫着："洗手喽，洗手喽——"在外婆的带领下离开了客厅。

罗莎父 （对罗莎）Rosa，你在电话里说，浩贤和你吵架了？

罗 莎 是的，爹地。

罗莎父 还是因为回横琴办联营所的事？

罗 莎 （点头）嗯……

罗莎父 （感慨地）Rosa，中国人骨子里的那种家国情怀，有时候我们是理解不了的。

罗 莎 但从业务发展情况来看，回内地去办联营所，显然没有价值。

罗莎父 浩贤他看好内地的发展前景，这是对的。毕竟，中国这些年的发展，有目共睹；中国未来的前景，值得期待。

罗 莎 爹地，你真的是这么想？

罗莎父 这些年来，我也见证了中国的发展。我们这些所谓的"土生葡人"，其实早就把脚下的这片土地，当成自己的家乡了。中国有句古话，是怎么说的……

罗 莎 叫"此心安处是吾乡"。

罗莎父 对！就是这个意思。澳门的发展离不开国家的支持，同样也需要每一个澳门人的积极参与。眼前收益减少是暂时的，以后会越来越好。

罗 莎 我明白了，爹地。

7

[黄浩贤父亲黄荣炜的家中。

[黄母在厨房忙着准备晚饭，锅碗瓢盆响个不停。

黄 母 （在厨房边做菜，边埋怨地）阿浩，怎么不带嘉嘉和欣儿回来？

黄浩贤 Rosa今天带他们去了外公家。

黄 母 我都两个礼拜没见到两个乖孙了。

黄浩贤 下个礼拜带他们回来。

黄 母 冬虫草竹丝鸡就快煲好啦，你和你老爸先吃点菜。

黄荣炜 我们先吃吧。陪你老爸喝两杯？

黄浩贤 （点头）好的，阿爸。

[父子俩入席，开酒，边吃边聊。

黄荣炜　你刚才说要到横琴去办联营所，已经决定了吗？

黄浩贤　（点头）算是吧。

黄荣炜　既然已经做出了决定，还来问你老爸的意见？

黄浩贤　我……

黄荣炜　（笑了笑）心里头没底，是吧？

黄浩贤　是的。

黄荣炜　Rosa支持你吗？

黄浩贤　她总是认为我去葡语国家发展可能会更好。

黄荣炜　那你自己认为呢？

黄浩贤　最近这段时间，我正在协助一位姓潘的客户，争取他在内地的家庭财产
　　　　权益。我觉得除了那些跨国大公司、大企业，基层市民同样需要粤澳两
　　　　地的法律服务。除了赚钱收益，还有好多事情都值得我们去做。

黄荣炜　（赞赏）阿浩，老爸支持你！（回忆般）当年你的太爷爷，从珠海三灶划
　　　　着小船来到澳门，算起来，至今已经一百年了。当年在葡萄牙人的管治
　　　　之下，我们吃过不少苦，遭过不少难。你老爸我年轻那时候，在船厂当
　　　　过技师，在银行做过职员，后来考上澳门大学读法律，1996年开始在澳
　　　　门正式执业。那时好多基层市民来找我帮他们打官司，开始我都不知道
　　　　是什么原因，后来才慢慢明白：就因为我是澳门第一个华人律师，他们
　　　　觉得我们同是中国人，我不会骗他们，我会真心去帮助他们。

黄浩贤　（诚挚地）阿爸，多谢你的支持！

黄荣炜　（语重心长地）如果只看到收益，只想到赚钱，任何事业都不可能长久
　　　　的！我支持你到横琴发展，那里会有你更广、更大的舞台。

　　　　［黄浩贤的手机响。

黄浩贤　（看了一下来电，对父亲）是Rosa的电话。（接听）喂，Rosa——
　　　　［电话里的罗莎："阿浩，我爹地批评我了！他说你是对的，我们国家的
　　　　发展前景是全世界最大、最好的，你应该去横琴发展。"

黄浩贤　（真诚地）代我向爹地说一声"多谢"！（收线）

黄荣炜　（半开玩笑地）怎么？你那个葡萄牙岳父都支持你了？

黄浩贤　是的。

黄荣炜　（痛快地）我这里还有两瓶好酒，明天给他拿去——
　　　　［父子俩举杯，开心地说了句"Cheers"（干杯），"叮——"一声碰杯。

8

[2022年5月，横琴。中致浩贤（横琴）联营律师事务所开业当日。

[开场音乐《步步高》悠然传来，与来宾的问候声交融。

[蒙凯丽做临时司仪，她把音乐声调小，拿起话筒。

蒙凯丽 欢迎各位来到横琴新区，莅临中致浩贤（横琴）联营律师事务所的开业庆典，我是今日的司仪Kally。下面，请我们的管委会主席刘中致先生致辞——

刘中致 各位朋友、各位同行，大家上午好！中致浩贤联营所是在中央出台《横琴粤澳深度合作区建设总体方案》大背景下琴澳法律界合作的产物。我们将立足横琴，面向大湾区，服务粤港澳。联营所管委会副主席黄浩贤先生是澳门大律师，是第一批通过粤港澳大湾区律师执业考试并取得执业资格的律师，最近他还获聘为横琴新区首批澳门籍劳动仲裁员。他是成立联营所的首倡者和推动者，在这个重要的时刻，我想请浩贤先生上台来讲几句——

[众人鼓掌。

黄浩贤 谢谢刘中致先生！如果没有他的支持和襄助，就没有联营所的成功开办。今天来到横琴现场的，有我的父亲黄荣炜律师，有我的太太Rosa女士及我的岳父，还有我的客户朋友潘锦洪先生。

潘锦洪 （大声地）黄律师维护了我的合法权益，他的新律师所开业，我当然要来捧场啦！

[众人笑。

黄浩贤 一年前，当我决定来横琴开办联营所的时候，曾经也有过种种顾虑，因为粤港澳三地的社会制度不同、法律不同、货币不同、关税不同，甚至连工作语言都不同。但除了这些所谓的"不同"，我觉得我们还有更多、更大的"相同"：我们身上流的血是相同的，我们为了国家强盛的目标是相同的，我们在中华民族伟大复兴道路上的方向是相同的！

[黄浩贤的三个"相同"，赢得了众人的一片叫好声和掌声。

黄浩贤 横琴澳门，江月相同；一桥相连，人心相通。我想，在未来的日子里，澳门和横琴一定能够相互成就，一定能够创造更加辉煌的明天！

　　　　〔众人再次叫好！

蒙凯丽　请刘中致先生、黄浩贤先生移步，一起为中致浩贤（横琴）联营律师事务所揭牌。

　　　　〔刘中致和黄浩贤上前准备揭牌。

众　人　（齐声）中致浩贤（横琴）联营律师事务所，开业大吉！耶——

　　　　〔联营所招牌上的红绸布被揭下，礼炮声、欢呼声、掌声响起。

　　　　〔欢快、明朗的广东音乐《步步高》又再响起，全剧终。

2022年12月27日第六稿

（本剧于2023年12月20日在中央广播电视总台大湾区之声粤语、普通语双语首播）

创作谈

向改革者致敬
——粤剧《风起南粤》创作谈

在部队服役期间，我曾经当过两年新闻报道员，这段经历培养了我对人物、事件有较强的、敏锐的观察力。现在不写新闻改写剧本了，但很多时候依然摆脱不了这种思维方式，好处就是能够较好地关注当下，坏处就是容易把剧本写成"易碎品"，时效一过，啥也留不下。但话又说回来，谁又能保证自己的作品一百年后还会有人看、有人读呢？

在2016年年底，省里有个剧团约我，想出一部庆祝改革开放四十周年的作品，但他们提供的几个人物和故事，我觉得都没有太大的价值，我觉得如果要写广东的改革开放，最有代表性的题材莫过于深圳蛇口。不是不可以写"三来一补"的外资企业、写洗脚上田的农民、写在珠三角创业的打工仔，但"最广东"的，我认为还是深圳蛇口的故事，以及在那儿奋斗的改革者。

一、我的"四十年观"

窃以为，中国的改革开放有两个源头：一个是安徽凤阳的小岗村，一个是广东深圳的蛇口。小岗村十八位农民在党的十一届三中全会前夕按下了血红手印，以"分田到户"的方式开启了中国农村、农业改革的序幕。这在当年，绝对是个惊天举动，是影响着亿万农民生存的重大事件。但冷静一想，中国农村千百年来的生产方式，不都是"分田到户"的吗？小岗村农民的这一创举，它的历史意义在于对苏联"集体农庄"模式的拨乱反正，在于对适合本国生产方式的尊重和回归。同样是在党的十一届三中全会召开之前，广东蛇口（那时候还没深圳市）就开始探索"外贸型工业区"模式。如果说小岗村农民的举动更多的只是自发行为，那广东蛇口创举，就是在地方党政领导和基层干部群众的联动之下，最后形成了一股前所未有的洪流。

当年在蛇口创办的工业区，是中国有史以来的第一个工业区，是第一个以外资为主的外向型工业区，它在生产方式、管理方式等方面大胆吸收中国香港、澳门乃至国外的先进经验，因此让蛇口在整个20世纪80年代都站在了全国思想解放的前沿。"蛇口模式"催生了一波又一波的改革热潮，而在这热潮的背后，就是一连串的人物和故事，可供作者在作品中使用的人物和故事。作为广东的剧作者，如果放着这么个富矿不挖，是不是有点太可惜了呢？

二、那一条"血路"

关于中国的改革开放，关于经济特区的创办，被引用得最多的莫过于邓小平同志对习仲勋书记说的那段话："就叫特区嘛，当年陕甘宁就是特区。中央没有钱，可以给政策，你们广东自己去搞，杀出一条血路来。"

"文革"结束后，粤港边境地区一带风传英女王伊丽莎白二世将要实行"大赦"，跑到香港那边最多半年就可以永久居留。一时间，被"文革"折腾怕了的人们蜂拥至边境线上，形成了史上的第三次"逃港"高潮（第一次是20世纪50年代中后期，其时正值内地搞"大跃进"；第二次是20世纪60年代初期，其时正逢"三年经济困难时期"），每天成千上万的群众在边境线上伺机越境。1978年4月，中央派恢复工作不久的习仲勋同志到广东任省委主要领导，其任务就是要"镇守祖国南大门"。

在"逃港"东线的梧桐山下，香港警察每天挥舞着警棍驱逐、遣返内地"逃港"者；在中线罗湖桥，黑压压的人群与双方的边防人员咫尺对峙，就等人数到了极限后喊"一二三"强行冲关；在西线蛇口，每天夜里都是弄潮儿的天下，然而能够幸运游到对面的毕竟是少数，更多的则变成了海滩上的累累白骨……在书籍资料上看到这些触目惊心的人物、故事和数据时，我的眼泪无数次奔涌而出：人民何辜？！

习仲勋同志到广东工作后，第一次外出考察就来到"逃港"的"重灾区"宝安（今深圳）、东莞、珠海等边境县，他甚至走进"学习班"与外逃人员面对面对话。边防军也拦不住，惊涛骇浪也挡不住，"堵"看来是堵不住的了，那能不能"疏"呢？创办出口加工区的想法在习仲勋的脑海里逐步形成，于是才有了向邓小平同志、向中央要政策的由来。

这就是血路！这就是中国改革开放的滥觞！

三、改革者的争议

剧中的男一号杨汝山，他是香港招商局常务副董事长，是蛇口工业区的创办人。明眼人一看，就知道杨汝山的原型是袁庚。为什么剧中不用袁庚的实名呢？其中，也有我的一番小纠结。

在出任香港招商局常务副董事长之前，袁庚在"文革"中蹲了五年的大牢。他是个老革命，当年南下的时候担任两广纵队炮兵团团长，蛇口及大铲岛等珠江口岛屿就是他率领部队解放的。让他没想到的是，三十年后，在他担任中资企业招商口常务副董事长后，又回到了蛇口。而此时的蛇口，与三十年前并无太大的区别，甚至更为凋敝……

我始终觉得袁庚不是那种指点江山的人物，他回蛇口的最初目的，只是为招商局买块地皮、建个修船厂，重振这家当年由李鸿章创办的百年航运企业。就算后来他决定把修船厂改成工业区，也只是想让老百姓有个地方挣口饭吃，别整天只想着逃来香港打黑工。当他把自己的计划递交广东省委的时候，与习仲勋书记创办出口加工区的设想高度吻合，这仿佛挤开了一条门缝，开始迎接那一缕黎明的阳光。

然而，袁庚在当地一直都有很大的争议。整个80年代，改革者袁庚都在与习惯势力、保守思想斗争，在人才、资金、市政、通信、地皮、税收等方面与周围的人较劲，正如剧中杨汝山所说："（敌人）在我的心里，也在你自己的心里！"但袁庚有尚方宝剑，因为当时国务院有个特区办，地方上解决不了的问题，袁庚就到北京找特区办。他一找特区办，问题就解决了，但同时也就把上下左右的人都得罪了。他的所有争议，莫过于此！历史上的改革者，又有哪个没争议呢？譬如商鞅，譬如王安石，譬如康梁。

为了慎重起见，当然也有为了让剧本顺利排演的"私心"，我还是把袁庚改成了"杨汝山"。袁庚本名欧阳汝山，"杨汝山"正是来源于此。剧中的很多事件，也大都来源于当时蛇口的真实记载，包括那个轰动一时的"4分钱奖金风波"，也是在时任总书记胡耀邦同志的批示下才得以解决的。2018年12月18日，中央在北京隆重召开庆祝改革开放40周年大会，表彰了100名为改革开放做出突出贡献的"改革先锋"，袁庚作为蛇口模式的创办人名列其中。我想，所有的争议也该烟消云散了吧？

四、从此再无"吴大龙"

《风起南粤》2018年11月27日晚由广东粤剧院首演。首演结束后，观众准备离场，坐在我旁边的一个老太太对身边的老头说："这个戏不就是写你的么？"我觉得好奇，就用粤语问那老头："阿叔，你都逃过港啊？"没想到老头指着舞台激动地说："我就是那个吴大龙，只不过没被淹死嗟！"

剧中的吴大龙三次"逃港"不成，第四次被淹死在深圳湾，但他的这一次却是要阻拦别人。而在真实记载中，最多的一个"逃港"者居然逃了十二次被抓十二次。1979年7月，中央同意在广东的深圳、珠海、汕头和福建的厦门设立特区，消息传来，蛰伏在粤港边境线上准备出逃的人员几乎一夜之间全部消失。生活有奔头了，谁还逃呀？

感恩改革开放，致敬改革者！如果没有这场始于40年前的改革开放，我不敢保证，我会不会成为又一个吴大龙。

（原载《剧本》月刊2019年第2期）

用文化的符号，承爱国之精神

——大型现代粤剧《东江传奇》的创作谈

两年前深圳市粤剧团约我写一个本地题材，他们提供的题材，我都觉得不是很适合粤剧舞台的呈现。当时我提出能不能写一写东江游击队当年的文化大营救，并且简单地说了一下自己对这个题材的一些感悟和想法，院团领导当场拍板：行，就写这个题材！

发生在1941—1942年间的文化大营救行动，可以说是一件影响极其深远的历史事件、文化事件。这次前后历时两年的行动，从日本侵略者眼皮底下，成功营救了300多名滞留香港的中国文化名人及他们的家属。这次营救行动，从根本上粉碎了侵略者"文化占领"的野心，保存了国之文脉。

如果说抗战时期浙江省立图书馆西迁抢运馆藏文澜阁《四库全书》，是对中华史籍进行物理意义上的保护，那么东江游击队对滞留香港文化名人的北迁营救，则是对文化传承者——知识分子进行精神和躯体的双重保护。我始终认为：文化就是一个族群的集体记忆，而这种记忆的记录者、传承者就是我们通常所说的"文化人"。当某种文化失去了它的记录者、传承者，这种文化就有走向灭失的风险。在人类历史上，已经灭失的文化和文明不计其数，能够延绵下来的，都是因为它幸运地拥有了记录和传承的维系链条。

粤剧《东江传奇》2019年11月在深圳首演，一年来都在进行反复地调整打磨，但无论台词如何变动，唱段如何调整，场次如何整合，全剧的主旨依然坚如磐石，人性的光辉、文化的坚守、英雄的气概始终贯穿全剧。

一、文化征服和文化图存的剧烈斗争

以1937年的七七事变为转折点，是中华民族全面抗战的开始。以1941年12月日军轰炸珍珠港为标志，太平洋战争全面爆发。太平洋战争爆发是日本帝国主义作死的选择，加速了它走向坟墓的速度。

但在当时，疯狂的帝国主义者是不会感受到这种死亡气息的，他们在轰炸珍

刘飙，晓毅饰

珠港的同时，迅速占领了东亚重要国际港口、重要国际金融中心——香港。香港沦陷，意味着抗战时期中国内地最后的一个出海口被封，国际社会援助的战略物资、武器装备、药品器械统统都不能再通过海运抵达中国。无奈之下，国民政府被迫在西南大山开辟出一条崎岖无比且运力极其有限的滇缅公路，盟军被迫开辟飞越喜马拉雅山脉的"驼峰航线"。驼峰航线是一条死亡航线，因为在整个抗战时期摔了数百架飞机，以至于后期飞行员在空中可以根据地面飞机残骸的反光进行导航。

然而，更让远在重庆的周恩来感到忧心的是：当时走避香港的数百名内地文化名人，马上就会成为侵略者的目标。于是，就是香港沦陷的第二天，周恩来同志就向中共南方局和八路军香港办事处发来密电，要求南方局马上动用我党在省港两地的力量，对滞留香港的内地文化名人进行营救，想尽一切办法把他们送回内地。

周恩来同志的担心并不是多余的，几乎就在他给南方局发来密电的同时，侵略者已经在香港的电影院，利用电影换片的间隙，用幻灯打出了在港文化名人要"限期报到"的告示。这些告示指名道姓，要求谁谁谁在多少天之内，必须到日本军部报到，否则"格杀勿论"！一时间，香港街头风声鹤唳，文化名人一日三迁，四处躲藏。

当然，滞留香港的这些文化名人也可以不选择四处躲藏，前提条件就是按时向日军"报到"。但这些文化名人之所以来到香港避难，一是因为他们不想当亡国奴，二是因为他们大多数是左翼人士，从一开始就是主张抗日救国的。在内地各大城市相继沦陷之时，他们选择了相对平静的、当时仍在英美庇护之下的香港作为栖息地，在保护自己及家人生命的同时，也保存自己作为文人的脸面和傲骨。然而，侵略者用飞机大炮占领了香港，同时又要用"限期报到"来羞辱他们的尊严。

现在回过头来看，我们不得不承认侵略者的用心之苦和用计之毒，他们深谙文化征服才是永久征服的道理，他们想通过恐吓、收买、奴役等手段"征服"这些文化名人，然后再通过他们对中华文化进行改造、奴役，直至消灭。

这场文化征服和文化图存的斗争，注定了将是一场你死我活而又刀光剑影的斗争。

二、"山河虽已破，文化不能亡"的集体意识

《东江传奇》一剧的冲突，其实就是文化征服和文化图存两种力量在斗争。而在文化图存的背后，就是"山河虽已破，文化不能亡"集体意识的觉醒。

在剧中，"山河虽已破，文化不能亡"是东江游击队政委曾民的一句唱词。曾民在剧中虽然不是一号人物，但他的角色很重要，因为他代表着党，传递着来自中央高层的意志和精神。

"山河虽已破，文化不能亡"最初是"山河虽可破，文化不能亡"，把"可"字改成"已"字。虽改一字，意蕴大不相同。山河可破，这对于中国人固有的家国情感来说，毕竟还是不太容易接受的，纵横万里的大好山河，怎么可以随随便便就破了呢？虽然在中华数千年历史长河里，山河破碎的情境时常出现，但在国人的情感世界里，山河是牢不可破的！如果让演员在台上唱出"山河虽可破"，会让人觉得有了某种程度上的接受和认可，容易让人产生歧义。而"山河虽已破"背后的意蕴，虽有无奈和愤怒，但即将出现的一定是不屈的抗争。

"山河虽已破，文化不能亡"，这是从中共高层到东江游击队员的集体意识。这场文化征服与反征服的斗争，在侵略者的铁蹄踏入香港的那一刻已经同步展开。一群连脚后跟牛屎还没来得及洗干净的游击队员，在中国共产党的领导下，开启了这场文化图存的战斗。这群泥腿杆子，他们中的大多数人，可能连大字也认识不了几个，但他们每一个人，都对文化有着一种近乎宗教般的信仰。也许，这就是中华文明延绵不绝的根本原因。同时，这也是我选择这个题材进行创作的最初冲动。

中华文明之所以延绵五千多年，最根本的一个原因是我们的文化没有中断过，我们的历史纪录清晰可见，我们的文化传承薪火不绝。五千年来的山河，可以说历尽沧桑、饱受劫难，但因为我们的文明不断、文化不绝，才使得我们这个民族始终屹立于世界民族之林，始终站立在地球的东方。

三、如花般灿烂、如火般炽热的生命绽放

日本侵略者要在港文化名人前去他们的军部"报到"只是一个开始，他们最根本的目的，就是要收买和利用这些文化人，为他们写文章、为他们唱戏、为他们演电影……总之，就是接受他们的占领，接受他们的奴役，从而实现他们"文化占领"的野心。

在剧中，为了救出已经被日军扣留的《华商日报》副主编苏志留，戏班名伶小秋红毅然进入日本军部，向日本文化特务山本太郎"报到"。但令人没有想到的是，天生傲骨的苏志留，与山本太郎面对面发生了激烈的冲突，被山本一刀捅

杀。营救苏志留失败，但小秋红成功地从苏志留手上，把文化名人的联系方式带了出来。

然而，日军随后在香港实行了宵禁和口岸封锁，已经联系上的文化名人一时难以启程北返。剧中男主角、东江游击队港九大队手枪队长刘飙与小秋红合计：答应山本，在那个所谓的"盛大典礼"上为三千占领军献唱。

山本太郎要的就是这个结果，他要让全世界看到他的"文化占领"成果，他点名要小秋红陪他唱充满侮辱性的《游龙戏凤》，要痛快淋漓地、完完整整地羞辱一把中国人。而刘飙和小秋红则要利用这个机会，制造一场巨大的混乱，让被营救人员能够顺利通过封锁北返大陆。

台下三千占领军抱着猫耍老鼠的心态在看戏，台上梁红玉身穿大靠、手执缨枪，与扮作皇帝的山本同台演戏。此时此刻、此情此景《游龙戏凤》是不存在的，《梁红玉击鼓退金兵》是在血液里的！场景转换之间，小秋红改扮的梁红玉，与扮演韩世忠的刘飙并肩，在舞台上迎战侵略者山本太郎，最终成功将敌人击杀。

与此同时，舞台上出现了十个与小秋红一般装束的梁红玉。她们的每一个人，以及身上的大靠和手中的缨枪，既是中华戏曲中的文化符号，如今又是杀敌的武器。十个梁红玉用手中的缨枪挑下占领军的旗帜，协助刘飙和小秋红勇杀敌寇。

当然，台下的三千占领军也不是什么善男信女，他们用密集的机关枪代替了锣鼓点。梁红玉、韩世忠是爱国的，小秋红、刘飙及背后那一众红伶也是爱国的，他们如花般灿烂、如火般炽热的生命，在那个特别的舞台、特殊的战场上绽放。

戏剧人物是编剧塑造的，戏剧情节是编剧构建的，但是那三百多个从日本侵略者眼皮底下被成功营救回来的文化名人，却是无比的真实，他们包括：茅盾、夏衍、田汉、何香凝、欧阳予倩、胡绳、柳亚子、梁漱溟、邹韬奋、范长江……

在全剧终结的时候，望着天幕上这些文化名人的名字和影像，直叫人怆然而涕下……

（原载文化和旅游部主管的大型文化类核心期刊《文化月刊》2021年1月）

去写时代的痛点

——从《风云2003》到《负重前行》

　　始于2019年年底起于2020年年初的新型冠状病毒肺炎疫情，给国人造成的伤痛至今仍未平复。有意无意间，人们会把这次疫情与十七年前的非典疫情相比较，因为两者之间有不少相同之处，或者叫有类似的地方。凑巧的是，非典十周年之时（2013年），我创作了一部纪念非典抗疫的粤剧《风云2003》，现在受广州粤剧院委托，为响应当前的抗疫形势，创作今年的小粤剧《巍巍南山》。两部作品虽然事件不同，但人物原型都是同一个人——钟南山。

　　对编剧而言，写这样的题材最是吃力不讨好。无论是事件或者人物，无论是当年非典还是当前的新冠疫情，都已经被放置于社会的放大镜之下，媒体的实时报道比舞台作品来得更加及时、真实、细致。要创作这样的作品，该从哪个方面入手？又该在哪个方面突破？

　　我个人认为：编剧只能通过故事，去写这个时代的痛点，去写人物内心的痛楚，这才是文艺作品、戏剧作品有别于实时新闻报道的地方，才会找到艺术创作的灵感和空间。

　　《风云2003》是在非典疫情结束十年后写的，相对来说作者更加的从容，也有了深入的思考。非典疫情初发之时，同样经历了隐瞒、封锁等让人无语的过程，当年还有所谓的"权威"把引起疫情的病毒定性为"衣原体"，要求各地按照防治衣原体的办法进行防控治疗。但以钟南山（剧中人物为"关山"）为代表的广东医学工作者，通过艰苦细致的研究发现疫情是由冠状病毒引起的，并拿出了自己一套切实有效的防控、救治方案。

　　在这部作品的创作过程中，我用了很大的篇幅去写关山内心的痛苦：如果按照上头定性的"衣原体"去救治和防控，效果肯定大打折扣，甚至是无效的，被疫情夺去的生命将会更多。但关山如果按照自己的方案去组织防控和救治，有效尤可，无效的话轻则坐牢，重则人头不保。在剧中，人物处于这样的情境之中，内心是极度痛苦的，他的痛苦其实就是时代的痛点。我认为只要把这种痛苦、这些痛点完整地写出来，这就是戏，就是舞台所需要的艺术效果。

眼下的新冠疫情仍未结束，小粤剧《巍巍南山》已经完成创作并由院团排演，同时通过网络与观众见面。但这部只有二十来分钟的小作品，并不能承载这样厚重的题材，也不能很好地挖掘人物内心的复杂，同时也不足以表达作者述说的欲望。在写小作品的同时，我已经在构思一部同题材的大型作品，就是现在已经改到第四稿的《负重前行》。其实写这样的题材是冒着很大"风险"的，因为我们不知道这场疫情什么时候结束，如果像当年非典一样，半年后疫情就销声匿迹，还有排演的意义和价值吗？又或者疫情仍在延续，但社会的热点已经转移别的地方，院团还有排演的冲动和热情吗？但所有的这些，都不是我思考的核心，因为写作才是我情感和内心的最大表达，发表也好，排演也罢，副产品而已。新闻报道是写给现在的人看，而文艺作品却是留给后世的。慢一点没关系，不排演也没问题，重要的是作品有没有写到人情、人心、人性的深处，有没有写到时代的堵点和痛点。

关注这次新冠疫情的人都知道，这次疫情的中心不在广州（当年非典的中心在广州），按理来说钟南山不会成为国人目光聚焦的中心。如果一切按规律正常发展的话，他在这次疫情中的作用，最多也就是通过媒体教教大家怎么戴口罩、怎么洗手、怎么喝凉茶（中药），仅此而已。

然而，历史又一次选择了钟南山，在国家连续派遣两批专家到武汉都没有得出准确判断的情况下，钟南山作为第三批专家连夜奔赴武汉。在广东的时候，他就掌握了疫情已经通过人员流动扩散到深圳的确切信息。到达武汉后，他通过自己的学生，以及向当地官员的严肃追问，得出至少已经发生14例医护人员感染的信息。有了社会传播的证据，又有了医护人员感染、院内传播的证据，因此，钟南山就认定疫情已经发生了"人传人"，继而果断地戳破了"有限的人传人"和"持续人传人风险低"的谎言，为中央出台空前规模的防控措施提供了强有力的支撑。仅凭这一点，钟南山在这场疫情中的历史作用已经实现，关于他的故事的情节链已经完整，因此我可以写到故事的结局。

现在新冠疫情还没有结束，创作所需要的故事、情节我只能寻找媒体披露的片段，然后用艺术的手段进行联结和呈现。人们通过新闻报道，大致可以看到事件发展的脉络，但不能看到人物内心的波澜，也看不到人物进退取舍之中的纠结。作为编剧，我最大的任务，就是要把此时此刻人物内心的波澜和进退之中的纠结写出来、讲出来，然后让演员演出来。当然，这时候人物的内心，或许不是现实中钟南山的真实内心，但绝对是剧中人物林启山、我笔下人物林启山的真实内心。

写《风云2003》的时候，我曾经心豪气壮地让人物说出："如果将来还遇到这种情况，我们一定会做得比现在好。"十七年过去了，现在写《负重前行》，我只能让人物说出："对于外面的这个世界，我们还有太多太多的未知。"

　　或许，这才是时代留给我们最大的痛点。

（原载《中国戏剧》2020年第五期，略有删节）

广东戏剧创作现状浅见及个人创作体会

近年来重大时间节点很多，改革开放40周年、中华人民共和国成立70周年、中国共产党成立100周年等重大节点接踵而至，各地、各院团推出了一系列的新创剧目，可以说是争奇斗艳、异彩纷呈。其中一些重点剧目，经过反复打磨，可以经得起时间的洗礼，能够成为这个时代留给后人的经典剧目。

在当今的戏剧舞台，尤其是戏曲舞台，作品大致分为三大类型：一是历史题材，通常是指辛亥革命以前的题材；二是革命历史题材，通常是指红色题材；三是现实题材，是写当下生活的题材。有的作者喜欢给自己的作品安一个新的名称，颇有开宗立派的意味，比如"现实反腐题材剧""现代高新科技题材剧"等，这些都是花里胡哨的，其实全部可以归进前面所说的三大类型题材中去。

前些年，很多院团或作者喜欢用一些借古喻今、含沙射影的写法，用古装戏来表达一种所谓的当代理念（或理想），比如用《廉吏于成龙》来讲廉政，用《商鞅》来讲改革，用《曹操与杨修》来讲知识分子与统治阶级的关系。

用这种写法的作者可能会为自己的"发现"而激动不已，但观众可能会觉得很别扭、很违和！用清代官吏于成龙，来教育今天的党员干部廉洁从政，这到底有多大的作用呢？当下的生活形态、社会制度、意识形态，与于成龙的年代相差何止十万八千里？用《人民的名义》不是更直接、更有力吗？用两千多年前的商鞅变法来隐喻今天的改革，这样的类比又能有多大的价值和意义呢？当然，剥去作者埋藏在故事背后的隐喻，《商鞅》《曹操与杨修》《廉吏于成龙》依然是一部好戏。

近年来，党委、政府倡导的革命历史题材和现实题材创作，对创作者的创作理念与创作方法提出新的要求和新的考验。我们再也不能钻进故纸堆里去穿凿附会、借古喻今了，我们必须直面现实、关注当下，为人民而创作，为时代而书写。

结合近年来广东省戏剧创作的现状和个人的创作，我想谈以下三点体会：

一、任何时候都不要忘记戏剧的本体是叙事文学

戏剧的本体是什么？很多人可能都忘记了，或者说根本就不知道。我认为戏

剧的本体是叙事文学，与小说、电影一样，是需要讲故事的，所以王国维才说中国戏曲是"以歌舞演故事"。歌舞只是手段，演故事才是本体。但近年来，我们看到一些自称为"剧"的作品，其中看不到故事，或者说没有故事，这也许是作者不屑于讲故事，但我看他是根本不会讲故事，或者讲不好故事。

不会讲故事的"戏"，只能把一个事件接一个事件地连接起来，这样的作品很难称之为"戏剧"，只能称为"用人物演起来的晚会"。

反观自己的创作，可以说故事编得好的戏，观众就喜爱看，演员也爱演，也就演得多。而那些故事没编好的作品，演得就不好。现在我们很多时候都是在进行主题创作，在现有的，甚至是已经固定了的人物和事件中进行创作。如何才能够搭建一个有趣的、有价值和意义的故事，这是作者真正的目标和任务。把几个事件通过人物，用台词和唱段串联起来，这其实并不难，难就难在作者要在这些已经选定的人物和事件中，编织出一个有戏剧性的故事来，然后通过这些人物和故事，表达一种思想或者理念。

可能会有人说：现在西方的戏剧已经跳出了故事，但我们看看经典音乐剧《悲惨世界》《猫》《妈妈咪呀》，还有歌剧《魅影》，哪个不是在讲一个完整的、好看的、有戏剧性的故事？我们不能因为经典作品中有精彩的唱段、优美的音乐，以及奇幻的舞台，而忘记了它是在讲一个故事。

在今后的创作中，我仍会去讲好、写好每一个戏剧故事。可能会有人说：故事只是基础，人物、情感、理念才是戏剧高层级的追求。这句话是对的！故事只是基础，但如果基础不扎实、不成立，建构在这个基础上的人物、情感、理念会成功吗？演员在舞台上唱生唱死，人物在舞台上慷慨激昂，如果故事不成立、不可信，观众就会觉得主创是在侮辱他的智商，他不是在看戏，而是在看笑话。这些年来，我们看到的、在故意侮辱观众智商的作品还少吗？

二、如何去写本地题材？如何选择本地题材？

创作本地题材，是我们的职责和任务。本地题材我们不去写、不去挖掘，难道还指望别人来写、来挖掘吗？我们生长在这个地方、成长在这个地方，对于本地的故事和题材，对于本地的风土和人物，感受和认知一定比别人深，写起来也更加得心应手。

但近年来我们看到的一些本地题材，人物、故事和视野都很小，基本是走出了这个县、这个地区就没有人知道。选择这样的题材，在本地演一演是没有问题的，但比较难在外地的观众中获得认同，难以走出本地。那些放在本地是"第一"（比如"第一个党组织""第一家股份制公司"）的题材，放在全省、全国，可能就会有成百上千。这样的题材如果不是故事本身有足够的戏剧性，很难做成一部走得出去的作品。

去年茂名文化传媒集团邀请我和练行村院长写一个本地题材。当时他们提供的素材，一个是革命年代的秘密交通站，这个交通站为当年的南路革命做出了很大的贡献，另一个是革命烈士李卡。在看了相关资料后，我们认为李卡这个人物更有特点，更有普遍的价值和意义。李卡虽然是茂名化州人，但他却是在广州求学，由于参加学生运动受到国民党当局迫害，在广州地下组织的安排下到香港达德学院继续学业。在香港学习期间，李卡主动向组织申请回内地参加武装斗争，在粤北韶关参加了粤赣湘边纵队，

李卡（1922—1949年）遗像

后来在一次战斗中被俘，于1949年9月4日被国民党反动派在韶关监狱杀害，年仅27岁，此时离新中国成立也仅有27天。李卡牺牲前，还留下了大量的书信，其中遗书《永远跟着太阳走》感人至深。

李卡的人物和故事，完全可以看作是广东版的《红岩》，他也可以说是男版的"江姐"，所以我们就把这个题材和故事做成了音乐剧《我在黑暗中等待黎明》，创新党史学习形式，在建党百年之际在茂名市连续演出，社会反响十分热烈。

所以我个人认为题材选择十分重要，选对了题材，等于已经成功了一半。

三、要写人物的大情大爱，不要局限于男女之情

在戏曲创作行里有这样的一句话，叫作"无情莫写戏"，这句话本身没有错。前面说到戏剧的本体是叙事文学，是要讲故事的。但讲故事只是基础，戏剧的终极目标是塑造人物、抒发情感。个人以为，戏剧作品中的情感，既包括人物本身

的情感，也应当包括通过人物来抒发的作者情感。

我们现在看到的很多舞台作品，尤其是戏曲、粤剧作品，不管写什么题材，不管写什么故事，最后的落点一定是爱情、一定是男女之情，一定要让男女主角在舞台上唱得死去活来，好像不这样写，就不是戏曲，就不是粤剧。

爱情是文艺创作的永恒主题，但并不是所有文艺作品的主题都是爱情。除了爱情，还有很多东西能写、可写、值得去写。

除了男女之情的爱情，我们还可以根据题材的内容和特点，去写人物的家国情、兄弟情、师生情、战友情、父母情等。"写得人情透，便是好文章"，这个"情"当然包含男女情，但绝不局限于男女情。近年来我创作的剧本中，有不少是"纯爷们"的大戏，里面不但没有男女情，甚至连女性角色都没有，但这些作品同样能得到观众的接受和认可，因为这是内容和题材所决定的，如果硬要加上男女情这些桥段，反而显得多余。我在写话剧《康有为与梁启超》时，最初的版本中就有梁启超的妻子，以及他的"红颜知己"，但在康梁的家国情、师生情之中，男女之情显得是那么多余、那么微不足道。在后来的修改中，我干脆把所有的女性角色从剧本中去掉，集中笔力、集中篇幅写好康梁的家国情和师生情。

在我创作的话剧《穷孩子·富孩子》《铁血道钉》和粤剧《风云2003》《风起南粤》《初心》等作品中，是有女性角色，但情感的主线却是兄弟情、战友情、家国情。我并不是在标新立异，而是在证明舞台戏剧除了讲男女之情，还应该有更广阔的情感空间，作者也应该有更宽广的情感视野。事实上，那些没有男女之情或者不以男女之情为主线的影视剧也能大热、大卖，比如《亮剑》，比如《士兵突击》。这么多年来，我一直认为京剧《曹操与杨修》中杨修与鹿鸣女这条线是多余的。可能是为了让人物关系更加紧凑，作者虚构了曹操女儿鹿鸣女这个角色，还编排了杨修与鹿鸣女这段感情。在剧中，鹿鸣女的戏剧作用主要是证明曹操"会梦中杀人"，但进行更深层的考虑，我认为作者是要解决全剧没有女性角色的问题。

以上就是我对广东戏剧创作的一些个人浅见，以及近年来的一些创作体会。

（2022年1月，在广东省艺术研究所2022年全省创作会议上的书面发言稿）

用戏曲的乡音记住你我的乡愁

——从创作改编《镜海魂》所想到

不知道从什么时候开始，方言慢慢式微，乡音开始远离我们。中国戏曲作为传统文化的精髓，寄身于方言，代表着地域文化，在用古老的乡音，承载着我们沉甸甸的乡愁。

乡愁不仅是乡村里那一炷袅袅炊烟，也不仅是乡河里一湾潋滟波光，更有那山间河边唱起的乡曲和那黄昏中母亲唤儿的乡音。在当下的艺术门类中，能够唱起乡曲、说起乡音的，除了传统戏曲和一些民间小调，还有别的吗？

我始终认为，所谓文化，就是一个族群的集体记忆，梁祝因为是汉民族的集体记忆，所以成为汉文化的一个组成部分。我们不能预知一百年以后的事情，但我们现在可以用戏曲的方式，保存曾经的和当下的记忆，留予后人、传诸后世，正如我的老师罗怀臻先生所言："戏曲是我们对于文化传统和时代记忆最好的保存。"作为一名粤剧编剧，我远在南岭之南，站在南海之滨，在用戏曲、用粤剧记住你我那份或浓或淡的乡愁，在用笔墨、用唱段记录你我所处的这个时代。

一、一个鲁莽的闯入者，注定要比别人付出更多的艰辛

相对于身边的"编二代"、梨园世家和戏校科班，我只能算是一个半路的闯入者，对戏曲的真正接触，是在我33岁以后。

那一年，我实在是厌倦了银行的工作，厌倦了每天对着那一堆并不属于我的钞票，厌倦了每天对着数据写没完没了的材料，我觉得这辈子不能淹没在这些毫无情感的钞票和数据之中，我是个文学青年，我还有诗和远方。刚好那年广东省文联和中山大学准备举办一个粤剧编剧研究生班，要培养粤剧创作人才。还不知道"粤剧编剧"为何物的我，向银行递交了辞职报告，然后报名参加考试。我想既然培养的是创作人才，总比天天待在市银行的办公室写材料好吧？但现在回想起来还是有点后怕：如果当时没被编剧班录取，银行是回不去了，那今天的我，又会在哪里呢？又会在干些什么工作呢？

也许是这种背水一战、自断后路的勇气感动了上苍，最终我还是被编剧班录取了。说起这个编剧班，可谓是出身名门。当时粤剧艺术家红线女老师有感于粤剧编剧断层的危机，向时任广东省委书记张德江同志写信，建议由省政府出资，举办一届培训期为三年的编剧班。张德江书记欣然接受红线女老师的建议，于是这个由广东省政府出资、由广东省文联和中山大学联合举办的"广东省粤剧编剧研究生班"在全省招收了25名学员，于2014年9月正式开班。

说来惭愧，我是进了这个班后才完完整整地看完第一部粤剧大戏，此前我没看过一出完整的舞台演出戏剧。在同班同学里，不少人已经能够独立创作，有的同学的作品甚至已经搬上了舞台拿了奖，那时候我看他们的眼神除了崇拜还是崇拜。

在大量研读别人的剧本后，尤其是那些已经在舞台演出的粤剧剧本，我觉得只要解决了技术问题，自己完全可以写。不少已经上演的剧本，除了那几个唱段值得学习，里面的故事结构、情节安排、人物塑造实在不敢恭维。不记得是哪位前辈说过："多看戏，尤其是烂戏，看得越多，你的信心就越足。"话虽调侃，却不无道理。

信心当然不能来源于别人的"烂"，而是来源于自身的努力。从来没有哪位老师在课堂上讲过编剧是门技术活，但在那几年的学习中，我却真真切切地感受到戏曲编剧尤其粤剧编剧是门技术活，只有把技术问题先解决了，才能谈后面的艺术。前几年广东的一些院团迷信外省的编剧，请大咖出个戏曲本，然后再请一个本地能写粤剧曲牌的写手，把所有唱段按粤剧的格律"改造"一遍，美其名曰"粤剧翻译"。戏曲戏曲，戏的一半是曲，如果全剧的唱段都要通过别人之手进行一番改造，那最后出来的东西，还有多少是原著精神？还有多少是原作者的本意？我不想我将来的作品被人去"改造"，于是老老实实地从每一个板腔、每一个曲牌学起。没有家传，不要紧，去拜师父；没有在剧团待过，也不要紧，多看戏多听曲；没有人把填曲最微妙、最奥秘的东西告诉你，就用时间去琢磨，用心去领悟。因为你是半路出家，所以注定了你要比别人付出更多的努力。

二、坚守粤剧的板腔、曲牌

粤剧板腔、曲牌的存废之争已经好几十年，曾经有文化官员说过："人家京剧剧本里都看不到曲牌了，你们粤剧怎么还死抱着这些曲牌不放？"其实我也没弄明白，为什么各大剧种都放弃了剧本中的板腔曲牌，而粤剧和昆剧等两三个少得可怜的剧种还在"抱残守缺"？

我当然知道每个剧种都还保留着本剧种的行腔，板腔的安排和设计可能是在音乐设计上体现，而不是在剧本中体现，更不是由编剧来安排和决定。但粤剧不一样，粤剧编剧本身就是半个唱腔设计，全剧的板腔、曲牌都是由编剧设计、安排好的，一个成熟的粤剧演员，如果手上拿着的是一个严格意义上的粤剧剧本，张口就可以唱，而不需要再找人谱曲。这到底是进步还是保守，我不敢妄下结论，但从联合国教科文组织把粤剧列入人类非物质文化遗产名录来看（在中国所有剧种之中，昆曲第一个被列入人类非物质文化遗产名录，粤剧是第二个），这似乎又代表着某种认同。

请外剧种导演、舞美、灯光、服装等大咖加盟不再是新鲜事，请话剧导演来导戏曲也成为"潮流"。我不知道别的剧种有没有请外剧种的唱腔设计来做音乐，反正粤剧就不敢。再一细想，他不是不敢，而是不能。记得那次是创作粤剧《青春作伴》，剧院请来的音乐设计觉得开场曲"老土"，在我的唱词上重新谱了一次曲。谱就谱吧，但这位仁兄不懂粤乐、不懂粤语，反正是他觉得怎么好听就怎么谱。当曲子拿给了乐队和演员，全傻眼了，半句都唱不了。最后没办法，导演只好回过头来找我："新华，你就按他的曲子，重新填一填吧。"我依曲重填当然可以，但那种不懂粤乐、不懂粤语的人来为粤剧作曲根本行不通。

这个世界上很多东西是在"求同"，但文化偏偏追求的是"存异"。如果真到了那么一天，全国的戏曲都在说同一种语言、唱同一个腔调，那将是中国戏曲的死亡之日。有时候翻看一些外剧种的老剧本，还能看到唱段前写有板腔曲牌，但在近些年新创作的剧本中却看不见板腔曲牌了，原因不明，得失未知。

粤剧唱腔追求字音和谐，从演员口中唱出来的字，一定就是这个字本来的音，因此在唱词的写作中不但要押韵，还要押声。我发现很多剧种的唱词都不押声，普通话歌曲也不押声，可以把"我是一个兵"大大方方地唱成"我是一个饼"，也可以把"五星红旗迎风飘扬"唱成"五醒烘起英逢飘嚷"（八个字之中有六个字跑了声调）。在粤剧唱段里，包括流行粤语歌曲里，是不允许出现字音分离现象的。为什么普通话歌曲可以字音分离，而粤剧（包括粤语歌曲）却要求字音和谐呢？其中的原因，我觉得可能是普通话分四声而粤语分九声的缘故，四声对应的音阶相对有限，而九声对应的音阶就比较宽阔。

就是这依曲填词、字音和谐，让粤剧编剧在创作中遭了大罪！"合辙押韵"已经容易因韵害义，再来一个全曲"押声"不知道又"害死"了多少人？但这又是没有办法的事情，因为这是粤剧的最大传统，是粤港澳三地粤剧人百十年来共同坚守的传统。很多剧种分散各地后都有不同程度的流变，花鼓戏有湖南花鼓和荆州花鼓，采茶戏分江西采茶和粤北采茶，但广东粤剧叫粤剧，香港粤剧也叫粤剧，澳门粤剧也叫粤剧，广西粤剧还是叫粤剧，各地粤剧始终保持着同声、同调、同曲。

如果粤剧在我们这一代人的手中放弃了依曲填词和字音和谐，祖宗会骂我们，将来子孙也会骂我们。除了坚守，我们还能做些什么呢？

三、遵从作者内心的创作才能获得持久的动力和激情

作为一名专业编剧，我经常会有"为什么要创作""为何而创作"的思考。从大处来说，作为一名体制内的作者，当然是要为人民而创作，是在为这个时代而创作，因为文明的续延必须有艺术作为支撑。从行业特点来看，有人说中国戏曲是"角"的艺术，编剧在根本上是为演员而创作。

"剧团不养编剧"已经叫唤了十多二十年，编剧和剧团的依附关系越来越弱。为大演员、名演员创作是每一位编剧的愿望，但因为编剧和剧团的依附关系越来越弱，依附某个大演员、名演员开始变得不再现实。退一万步来说，即便是某个编剧成功依附了某个演员，专门根据这个演员的戏路、喜好而写戏，那就是一种完美的结合了吗？就能够产生惊世之作了吗？我看也未必！汤显祖是为某个演员写作的吗？莎士比亚是为某个演员写作的吗？在中外戏剧史上，留下了灿若星河的剧作家，但又留下了几个名演员？

我从来都不否认，好的导演、好的演员是和编剧一起提升与丰富剧本。但同时我们也不能否认，一些导演和演员是在戕害剧本。他们要作者、要剧本，甚至要戏里面的人物服从他、适应他。有的"名演员""大导演"，觉得自己怎么好演、怎么好导就要作者怎么改剧本，自己怎么舒服就想怎么来，而不是去深入理解题材的意蕴、作者创作的意图，不是去活化剧本的文字，不是去塑造戏里的人物。为这样的演员写戏，知道作者有多么痛苦吗？与这样的导演合作，知道编剧是多么无奈吗？作为作者，我们希望剧本最好的状态是演出后的状态，如果最后的演出本连作者本人都不堪卒读，那这部戏又能有多成功呢？

真正好的戏剧作品，一定是作者内心的真实流露。记得前些年郭启宏老师在课堂上讲过一个故事：他的一个朋友特别血性，"文革"时因为看到父亲被批斗而与"造反派"打了起来，因此蹲了几年大牢。出来以后，这位朋友变得见谁都赔

着笑脸，见谁都唯唯诺诺，于是郭老师就特别瞧不起这个朋友。有一天那个朋友对他说了一句："你也进里面蹲两年看看。"那一瞬间他就明白了：自己没在"里面"蹲过，有什么资格瞧不起人家？于是，在郭老师的话剧《知己》里，顾贞观开始对从宁古塔流放回来的吴兆骞感到失望，当得知吴兆骞在宁古塔"为了多吃半碗高粱米粥，我可以去告发同伙"的时候，顾贞观选择了原谅，"因为你我都没有去过宁古塔"。

前几年我创作了话剧《康有为与梁启超》，尽管人们对康梁已有评价，但我实在不愿意在我的剧本里臧否这两位前贤，因为康梁师徒二人的恩怨离合，皆为性格和历史使然，三十七年来的"所争所辩，都是为了国家民族"（剧中梁启超语），"都是为了国家能够强盛起来，不再受外人的欺凌"（剧中康有为语）。前两年我创作了粤剧《风起南粤》，主人公杨汝山在创办蛇口工业区的过程中，最大的痛苦莫过于"（敌人）在我的心里，也在你自己的心里"！

郭启宏老师的《知己》是为某位演员度身定做的吗？看起来不是，它更像是作者对社会人生的独特理解。我的《康有为与梁启超》《风起南粤》是为某位演员创作的吗？也不是。它是我阅读了这些人物、故事后内心的激动与感想。事实上，我的这两部剧作是先有剧本，费尽了周折才找到演出单位，如鱼饮水，冷暖自知。只有这种遵从作者内心的创作，才能获得持久的动力和激情，才能在或浮躁或冷寂的尘世中保持定力和执着。对真正的作家来说，值得托付的，只有文字。

四、粤剧是粤港澳三地民众共同的乡音和乡愁

在二十世纪三四十年代，粤剧有两个中心，一个是广州，另一个就是香港。省港两地戏班云集、名家辈出、新作涌现。数十年之后，广州这边（或者说广东这边）由于有国家文艺政策的支持，粤剧事业在继续发展。而在香港那边，由于一直都是以私人班的形式存在，在影视及流行歌曲等新文艺样式崛起的大背景之下，粤剧日渐式微，虽然现在还有专门的剧场在演粤剧，但已经基本沦为票友会或堂会。由此看来，寄望戏曲院团在商业社会中独立生存、发展并不现实，现在内地随便一个地市级以上的粤剧院团到香港演出，都可以用"惊艳"来形容。究其原因，就是公办院团和私人班的区别。

如今倘徉香港、澳门的公园和社区，不时会见到一群人围在一起弹唱粤曲，这和在广州的情形几乎是一模一样，连唱的曲目都八九不离十，如果你是个票友，完全可以加入进去高唱一曲。这些唱粤剧、粤曲的曲艺社，粤港澳三地都叫"私伙

粤剧《镜海魂》

局"，可见港澳两地民众对粤剧所爱之深。前几年澳门创作了一部本地题材的历史京剧《镜海魂》，在国内各地进行了巡演，还进了国家大剧院，获得了很大的成功，但在澳门当地却引发了一个话题，话题的焦点不在戏本身，而是"为什么不写成粤剧"？澳门文化局倾听民意民情，决定把这部京剧改编为粤剧，于是找到我作为粤剧编剧。

京剧版《镜海魂》的戏剧结构已经很完整，人物鲜明、故事曲折，改编为粤剧的主要工作就是把唱段粤剧化。在剧中，我不但使用了粤剧梆子、二簧中的曲牌，还使用了大量粤剧特有的歌谣、小曲，如"龙飞凤舞""天上人间""花好月圆""剑归来""千般恨"等，以及岭南水乡的"南音""咸水歌"。粤剧版《镜海魂》已经进入排练，将在2019年6月参加第三十届澳门艺术节。对于粤剧《镜海魂》，我最大的寄望，就是剧中的唱段能在澳门当地传唱，能够成为当地私伙局的选唱曲目。

港澳两地的居民，祖籍大都是珠江口水乡，一曲南音、咸水歌寄托了几代人悠远的乡思。眼前的大都会繁华喧嚣，当年的乡下早已经沧海桑田，正在规划的粤港澳大湾区呼之欲出，唯有这一曲粤曲粤韵，还在承载着百年的乡愁……

（原载《中国戏剧》2019年第十期）

评论

传统戏曲表演程式与现代戏剧叙事的融合
——评新编现代粤剧《风起南粤》

莫岸洪

《风起南粤》在历史与现实、写意与写实之间自由穿行，既保留了传统戏曲表演程式优美抒情的特点，又融入了现代戏剧叙事的技法，叙事流畅，主题深刻，情节感人，发人深思，是表现改革开放历史与精神的优秀剧作，也是粤剧在当代现实题材方面又一次创新突破。

众所周知，现代题材的戏曲不好编剧、不好编演，因为传统戏曲是讲究写意的，唱腔和音乐是节奏舒缓的，舞台设计和道具安排是写意与象征性的，艺术整体的呈现是优美抒情的，这导致传统戏曲在表现现代题材时会有限制和障碍，而现代舞台戏剧则相对灵活多变，能按照题材和剧情的不同去设计相适应的表演技法。新编现代粤剧《风起南粤》作为一部向改革开放四十周年献礼和首届粤港澳大湾区文化艺术节戏剧演出的剧目，敢于展现改革开放历史的大题材，这是粤剧敢于尝试宏大历史叙事主题的体现，极为罕见。笔者鉴于观众的反响及自身的观感，认为《风起南粤》是成功的，这归功于编剧、导演和演员能做到使传统戏曲表演程式与现代戏剧叙事融合起来。

首先，在编剧上，采用抒情意境与现代戏剧叙事技法相结合。该剧作为现代戏曲，能采用现代舞台戏剧灵活的叙事技法，如时空重叠、演区间离、倒叙等技法，使剧情出现"戏中戏""戏外戏"的特效，能适应表现宏大历史主题的叙事需要。该剧开幕采用时空穿越的形式，为观众渐渐呈现四十多年前那一场没有硝烟的战争——讲述了主人公杨汝山为了改善百姓生活、遏止逃港潮，顶住巨大压力率先在蛇口兴建外向型工业区以招商引资，使百姓在家门口就可以安居乐业的感人故事。这个开幕方式看似老套，但结尾却同样以此方式呼应，大屏幕中的雕塑逐渐清晰，原来那是象征着开拓精神的"拓荒牛"，如此却能达到抒情意境的效果。该剧编剧的巧妙之处更在于，运用时空重叠的方式，使全剧交替出现两场相隔三十年的、对比鲜明的重大战役，第一次战役是解放蛇口，是一场局部战斗；第二场战役

是建设蛇口工业区，却是影响着国家前途命运的重大抉择。第一场战役深受广大军民的支持和拥护，万众一心；第二场战役却是有着同志的不理解和阻挠、百姓的误解和质疑、上级政府的不支持。而这两场战役，又是主角杨汝山、桂婶和火生两母子亲历的，所以两场战役在全剧的贯穿变换就显得很自然、不突兀。而剧中大量运用了"蒙太奇"的手法，通过舞台间离或变换的方式，让两场战争在舞台上穿越，再现革命者与建设者勇敢而无悔的奋斗。

具体在剧情上，火生的哥哥海生在三十年前的战争中牺牲了，母亲桂婶因思念过度而精神失常，火生作为白坭湾生产队队长，引出了"拉尸费"和"逃港热"的历史，而杨汝山作为三十年前解放蛇口的解放军炮兵团长、现今驻港招商局常务副董事长，正是前后两场战役的主角，这一身份有助于剧情逻辑发展，正是三十年后目睹当年自己和战友们凭着不怕牺牲的精神解放的蛇口，老百姓却过着贫困的生活，才刺激他要为老百姓过上好日子而勇于改革，开拓进取，创办蛇口工业区，最后获得成功。如此安排，全场剧情显得既紧凑，又合情合理。而剧情不时穿插表现主角内心感情的戏段，包括桂婶催人泪下的哭诉和展现杨汝山无悔和坚毅精神的内心独白，都通过运用传统戏曲的表演程式，展示粤剧的抒情意境。

该剧深化主题也能别具匠心。以创办深圳蛇口工业区为故事主线，以蛇口工业区的创办者袁庚为创作原型，围绕蛇口码头建设过程中"4分钱奖金风波"展开矛盾冲突，表现以剧中主角杨汝山为代表的第一代创业者，敢于冲破各种思想禁锢、为百姓过上富足生活敢为人先的精神风貌，展现南粤改革开放的历史画卷。这是该剧明显的思想主题，然而该剧令人省思的是主角在全剧高潮中唱出的"我一直不相信，眼前这困局，会是堵翻不过的高墙！我更加不相信，这道所谓难题，可以阻拦我们共产党！"其实，"4分钱奖金风波"导致的矛盾与斗争，归根结底是思想路线的斗争，是改革思想与守旧思想的斗争，因此，剧中舞台呈现的工地上拉的竖幅大字"解放思想、实事求是"才是全剧的真正主题，这也是该剧能发人深思的闪光之处。

其次，采用新颖的舞台表现形式。该剧在舞台调度上，运用演区间离的形式，借助几个电动的台子切换场景，减少了工作人员在场次变换之间跑出来匆忙搬换道具的情形，也省去了观众等待的时间，提升了观赏的流畅感。另外，戏中有好几处运用了舞蹈剧的形式，例如杨汝山在回忆过去战争岁月时的情景，扮演海生和其他战士的演员出场后，杨汝山以"杨团长"的角色直接加入表现战斗场景的舞剧，这样的呈现方式令人耳目一新，虽然杨汝山身穿西装而战士们身穿作战服装，站在一起却毫无违和感，这是因为观众已预知主角是在回忆过去，当然这也有赖于主角出色的演技。

最后，在唱腔上，创作悦耳动听的抒情戏曲。该剧设计的唱腔，选用的是节奏舒缓的粤剧小调，既悦耳动听，又能展现传统粤剧优美抒情的意境。例如李虹陶饰演的桂婶在破旧的渔船边的几段饱含思念和悲伤的唱段，催人泪下，牵动了观众的心。

《风起南粤》由著名编剧李新华担任编剧，国家一级导演韩剑英担任创作指导，国家一级导演徐光华担任导演、青年导演文观塱担任副导演。国家一级演员彭庆华、李虹陶、刘建科、王燕飞，国家二级演员冼鉴棠、严金凤，优秀青年演员苏临轩等主演。演员们的演技也是可圈可点，例如王燕飞饰演的吴大龙虽然是作为配角的悲剧人物，但表演诙谐，充满喜剧感。

可以说，《风起南粤》在历史与现实、写意与写实之间自由穿行，既保留了传统戏曲表演程式优美抒情的特点，又融入了现代戏剧叙事的技法，叙事流畅，主题深刻，情节感人，发人深思，是表现改革开放历史与精神的优秀剧作，也是粤剧在当代现实题材方面的又一次创新突破。

（原载2019年08月07日《中国艺术报》）

宁当一位痛苦的清醒者

—— 新编现代粤剧《风起南粤》给当代人的启迪

苏能业

近日，全国优秀现实题材舞台艺术作品展演（广东站）在广东粤剧艺术中心揭开帷幕。一出新编现代粤剧《风起南粤》的亮相首演，备受各界人士关注。笔者有幸应邀前往观看，留下了很深的印象。

本剧反映了广东改革开放初期，发生在蛇口令人刻骨铭心的故事："文革"结束不久，杨汝山（剧中主角，彭庆华饰演）被派到香港担任招商局常务副董事长。到任后，杨汝山计划在蛇口一带买地皮办后勤基地，重整招商局业务。在蛇口，杨汝山亲身体会当地百姓生活的困苦，意识到这是"逃港潮"甚盛的主要原因。他决定调整思路，立志把当地由后勤基地改成外向型工业区，为老百姓特别是青年创造更多就业机会。

《风起南粤》在剧情上虽起伏不大，却真挚感人。剧中几位人物如潘震（冼鉴棠饰演）、张火生（刘建科饰演）、吴大龙（王燕飞饰演）、桂婶（李虹陶饰演）、晓燕（严金凤饰演）、罗镜忠（潘健饰演）、小芸（朱晓琪饰演）、海生（苏临轩饰演）、小宋（陈思杰饰演）等，均被塑造得有血有肉，对其心理活动的刻画也颇为到位。

剧本中尤其出彩的是两个细节：一个情节是，开场不久后，群众向刚到蛇口的杨汝山披露的辛酸往事。在"逃港潮"的人群当中，有人"成功越境"，有人被抓回，亦有人不谙水性，不幸溺亡海底。生产队不得已组织当地百姓去打捞这些越境死者的尸体，给出的劳务费相当微薄，可贫穷的村里仍然无力支付，只好给村民们打白条，生产队队长手上拿着的一百二十六张"白头单"，一年多都还无法兑现。另一个情节是，杨汝山经上级同意，带领招商局在蛇口先行建设一个自用码头。他勇闯禁区，实行了金额为4分钱的激励制度。但就是这区区4分钱，几乎给杨汝山带来灭顶之灾，码头工程得到停工"指示"，而复工遥遥无期，"逃港潮"无可奈何地再度出现。

但是，杨汝山并没有放弃，而是在艰难的环境中坚持各项改革举措，宁当一名清醒的痛苦者。他决定直接向广东省委和中央反映情况，寻求党和国家更高层领导人的支持。随着党的十一届三中全会召开，杨汝山的做法得到了中央和广东省委的支持，蛇口工业区正式创办，边陲改革开放成为旋风之始，风起南粤，席卷华夏。

李新华不愧为一位有实力的编剧家，把中国改革开放这一厚重的历史题材，通过蛇口工业区建设这一代表性的事件举重若轻地表现出来，在粤剧舞台上成功展现出当年改革开放的先驱者们万众一心、开天辟地的万丈豪情，让现场观众，尤其是笔者这代亲历过改革开放的观众获得强烈的情感共鸣。尾声中，编剧别具匠心地设置情节，通过人们对"4分钱""15元"的价值的认识差异展开讨论，尤其引人深思。全剧高度赞扬了40年前改革先行者们，对他们身上敢为人先的历史担当和革命胆略予以高度礼赞！

《风起南粤》一剧兼具思想性、艺术性和观赏性，可以说是近年来难得一见的优秀作品，经得起时间和观众的检验。作为一部向改革开放40周年的献礼剧目，其叙事流畅，主题深刻，情节感人，能够引发广大当代干部和群众的思考，让我们学习那些为改革开放敢于担当的无畏者身上宝贵的精神品质。

（原载2018年12月4日中国粤剧网、戏曲文化网）

曾鸣快评：观新编粤剧《风起南粤》

曾　鸣

前年，看过一部由李新华编剧的话剧《康梁》，印象深刻。那时候，我们还没有过交往。

今年，应广州文学艺术创作研究院梁郁南副院长和戏剧研究室罗丽主任邀约，我多次参与了广州市"戏剧孵化计划"的研讨评审工作，拜读过李新华的剧本，有过一些接触，知道他是一位有实力的高产编剧。

上周，他私信约我看他的新戏《风起南粤》的首演，故欣然赴约，诚心学习。

现代戏，尤其是现代戏曲，不好写、不好排、不好演，这几乎成为圈中共识，更何况这还是一部向改革开放40周年献礼的剧目。《风起南粤》讲的是招商局在蛇口勇闯观念禁区，敢碰政策红线，为断穷根而开山建厂、破浪筑港的故事。

这是一个世人皆知的大题材。李新华能不能写出不一样的动静来，我将信将疑地走进了剧场。

这部戏，以一种静态的、时空穿越的手法入戏，这并不是我所喜欢的叙事方式。

今天是首演，主演彭庆华因为还没有与观众就这个角色进行过现场交流，获得更多真实的表演体验和共识，加之他扮演的是一位有相当行政级别的干部，虽然抓到了几个典型情态，但内心依据还是略显不足，有演的痕迹。

戏剧是现场发生的艺术。好戏是演出来的，磨出来的，更是不断与观众交流，相互激励，积淀出来的。我相信，再好的演员，每一部新戏，都绕不过这道坎。但是，好"角儿"能够更为快捷地进入角色，缩短这个过程。

彭庆华就是这样的好"角儿"，他很快从观众的反馈中，找到了自我与角色之间的平衡，完成了"演戏"与"演人"的对接。越演越入佳境，越演越敢演。

演现代戏，对戏曲演员是一大考验。

这部戏，导得也不错。舞台调度张弛有序，运用了一些时空重叠、演区间

离、戏中戏、戏外戏等手段。

几段武戏的插入，是遵循戏剧逻辑的呈现，所以不突兀，并不是简单地追求观赏性。

那个开头虽然我不太喜欢，但结尾兜回来却显现出了深意，所以，也是符合结构逻辑的。

开演前，与郁南兄在剧场边一小面馆碰见，交换了一下对另一部戏的看法。我表达了一个疑惑，为什么有些戏，两个多小时，主要角色所占戏份也很大，但怎么总感觉不饱和、没过瘾呢……

但这部戏，作为一部戏曲大戏，不到两个小时，并不觉欠缺和局限。人物丰满了，戏够了，见好就收，这是对的。

这部戏，最值得肯定的，无疑还是剧本。一部"献礼"属性的剧目，能够塑造出一位情感夯实、诉求纯粹、令人信服的主人公形象，并不容易。

我相信，李新华一定研读了大量史料，做过深入考量，才抽丝剥茧，号准了人物个人命运，与这片土地、与那个时代，一脉相承的戏剧动因和行动依据。

在我看来，改革开放，观念之争，纷繁复杂也好，作茧自缚也罢，说到底，无非是"土地价值"问题。要不然，为什么会守着金山银滩，要讨饭"逃港"？

剧中披露，"逃港"人群中，不时有人溺亡。公社书记的主要职责，就是带领民兵抓逃，抓回来也无奈，办个学习班了事。

淹死了的，要生产队去打捞，捞一具尸，打15元劳务费的白条子。一拖再拖，生产队长拿着一百二十六张白条子，找书记搏命要兑现，那可是一百二十六条人命，但是，书记没钱。

我相信，这不是李新华敢瞎编的桥段。这触目惊心的历史，就发生在几十年前……

而这一幕幕悲剧，就发生在曾任解放军炮兵团长，带兵在此流血奋战；现任招商局副董事长，带香港客商来此考察办厂的主人公眼前！

这就是真正的戏核！

我来广州定居近二十七年，二十七年中，我起码到过十多次蛇口、一百多次深圳。那片土地的价值，提升了多少倍？打捞一具"逃港"者尸体的15块钱，在深圳，现在只能停车一小时！

这就是中国！这就是"一条血路"！这也就是改革开放四十年，不一定要欢呼雀跃，而一定要反思与纪念的道理！

这部戏，正是因为把握了这样一个基本道理，就不酸、不腻，可赞、可喜！

这几天，我也在琢磨一部与土地相关的戏剧，虽然用眼过度，肩颈酸痛，但看完此戏，还是忍不住要用手机主动写几句。因为有话可说，有几句说几句。

这年头，值得说几句的戏，并不多见。

2018年11月27日夜

澳门粤剧《镜海魂》文化现象背后

胡　瑶　邓瑞璇

今年6月，大型原创粤剧《镜海魂》亮相第三十届澳门艺术节，随后亮相广州艺术节。作为庆祝澳门回归祖国20周年的重点剧作，该剧由粤澳两地的粤剧表演艺术家联袂打造，力图带领观众探寻澳门的"根与魂"，更是粤港澳大湾区深度文化合作的成果。

《镜海魂》将1849年发生在澳门的真实事件搬上舞台，讲述了澳门农田村的村民为保家卫国而掀起的一场抗争，是澳门首部以传统戏剧形式呈现本土历史题材的作品，传递了澳门人爱国爱澳、守望相助的家国情怀。

该剧原为京剧作品，由澳门女作家、特区政府文化局局长穆欣欣编剧创作，自2014年推出以来先后在澳门和内地十个城市上演。在京剧版原创的基础上，为使这一故事更加本土化，特区政府文化局于2017年征得原创作者同意后，开始着手粤剧版的改编工作，并邀请国家一级编剧李新华执笔粤剧版的改编。

"当时创作《镜海魂》的初衷，是我们开始关注澳门本土题材，挖掘澳门的历史，让澳门本土观众，尤其是年轻一代观众，知道澳门过去发生了什么事情，了解澳门生生不息的精神力量。"穆欣欣日前对记者表示。

粤剧版《镜海魂》主创人员则在原创剧本的基础上，收集大量史实资料，发掘更多细节，在遵循京剧版的走向和结构的同时，也迸发出更多新的创作理念与火花。

在舞台布景上，粤剧版《镜海魂》特地加入了澳门的大三巴牌坊、中葡建筑、海岸农田、大炮台、教堂等设计，让观众感受澳门中西结合的独特风貌。在音乐创作和粤剧唱腔上则进行了技术创新，加入了具有人物个性的主题音乐、粤剧小曲和粤剧念白，更加通俗易懂，颇受年轻观众的喜爱。

李新华认为，《镜海魂》承载着深厚的历史记忆和澳门本土文化的根脉，此次粤澳合作是促进粤港澳大湾区文化融合的良好契机。

为了让粤剧版《镜海魂》更容易走进粤港澳大湾区，让更多大湾区的居民了

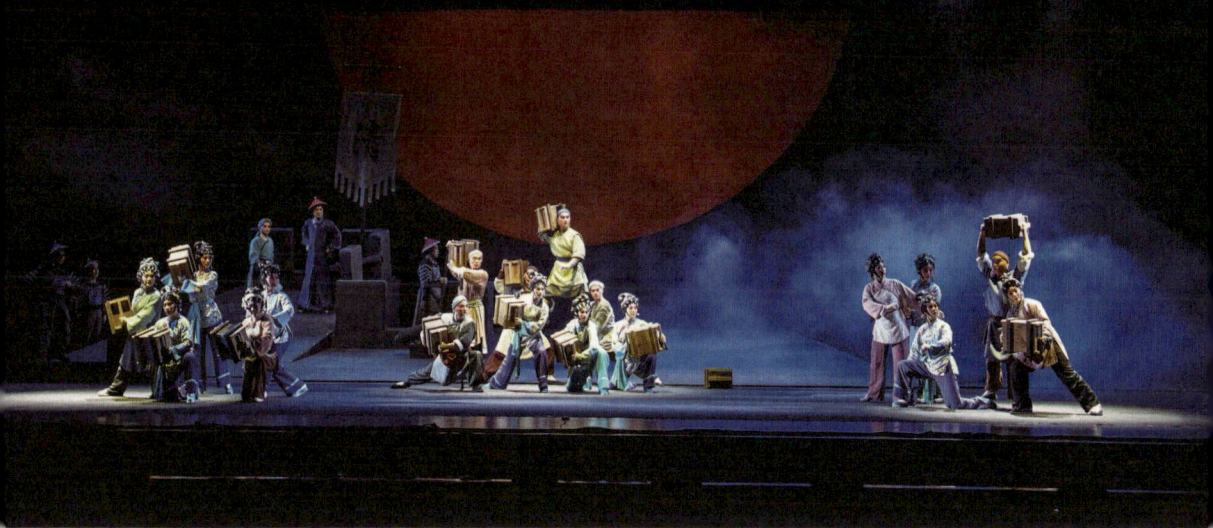

解澳门的历史，特区政府文化局经过考察，选取了佛山粤剧院承担粤剧版《镜海魂》的演出。

为了呈现最完美的作品，双方经过一年多的认真排练，彼此建立了良好的合作关系。在排练过程中，双方经常互相沟通，就观后感反复讨论，不断对作品进行打磨调整。

为了表演好国家级非物质文化遗产名录——澳门"舞醉龙"，佛山粤剧院在彩排过程中，多次邀请澳门鲜鱼行总会副会长关伟铭前往指导"舞醉龙"的表演功架。佛山粤剧院的青年演员则认真练习取经，一招一式力图准确传达"舞醉龙"表演的精髓，让观众可以亲身感受澳门"舞醉龙"表演雄浑威武的魅力。

"这不仅是一次传统与传统之间的'亲密对话'，也希望在舞台上营造出划时代的视觉冲击，给观众全新的观演感受，体现粤港澳大湾区文化深度合作。"粤剧版《镜海魂》女主角若莲的扮演者、佛山粤剧院院长李淑勤对记者说。

李淑勤认为，粤剧深深吸引着岭南地区乃至更广范围的观众，粤剧表演者常常需要往返粤港澳三地表演。今后佛山粤剧院将继续推进与港澳的粤剧表演团体合作，推动粤港澳青年戏剧学习交流。

穆欣欣表示，《镜海魂》是粤澳两地深度文化合作的成果，今后澳门将继续与粤港澳大湾区的其他城市展开文化合作，推动粤港澳三地在演艺等方面的合作，优势互享，丰富大湾区人文交流的内涵，将大湾区文化合作做深做实。

（原载2019年12月13日新华社海外网，同日人民网等网站转载）

家国情怀与文化传承

——新编粤剧《东江传奇》的时代表达

唐德亮

深圳，是中国改革开放前沿地、社会主义先行示范区，但我们同样不能忘记，这里也是一片红色的土地。七十多年前，那场惊心动魄的文化大营救，已经成为历史长河中的永久记忆。茅盾先生是那场大营救的亲历者，同时也是300多名被营救文化名人中的一员，许多年后，他用这样的文字来表述这次行动："抗战以来（简直可以说是有史以来）最伟大的抢救工作"。

习近平总书记多次指出："文运同国运相牵，文脉同国脉相连。"七十多年前的那场民族灾难，国运受难，文运受厄。然而，因为有了这场伟大的营救，文脉得以延续，国运得以重光。

深圳市粤剧团作为一个国有专业院团，他们没有在才子佳人、帝王将相的故纸堆里打滚，而是倾全团之力，以这次文化大营救为基本故事载体，以高度的历史责任感和文化自觉，打造了《东江传奇》这部有风骨、有温度、有高度、有情怀的舞台艺术作品，这正是文艺工作者守土有责、守土负责、守土尽责最直接的表现，是对个人、民族、国家命运最深刻的把握。

家仇国恨之下的沉重记忆

1941年12月，太平洋战争爆发，侵华日军从广东东江地区迅速跨过深圳河，先后占领了九龙、港岛。日军此举不但封锁了中国抗战的最后一个出海口，截断了国际援助线。更为严重的是，让当时大量滞留香港的内地文化名人，随即面临生命及精神上的双重危险。

全面抗战爆发后，上海、武汉、广州等内地重要城市相继沦陷，一大批不愿做亡国奴的文化界人士走避香港。他们之所以选择香港，一是因为香港当时是英殖民政府管治地，而日本与英美还没有开战，相对来说还是安全的。另外还有一个重要原因，这些文化名人大都是左翼人士，这几年来他们在用文章、作品进行民族救亡，早已成为某些人的眼中钉、肉中刺，大西南对他们来说并不安全。于是，香港就成了他们当时为数不多的选择，是他们心目中最好的走避之地，饱受战火折磨的身体和灵魂可以在这里得到片刻的喘息。

然而，侵略者用带血的刺刀和无情铁蹄，彻底击碎这些文人、学者的避乱之梦！

当时滞留香港的内地文化名人数以百计，其中不乏业界翘楚和文坛领袖，如文学界的茅盾、田汉、夏衍、欧阳予倩等人，新闻界的范长江、邹韬奋等人，学术界的梁漱溟、胡绳等人，电影界的蔡楚生、胡蝶等人。他们之中的大多数人，日后都成为新中国文学、艺术、新闻、思想界的杰出代表。

粤剧《东江传奇》没有从头开始讲述这300多名文化名人的营救，而是以整个营救行动的尾声作为全剧的切入，可见编剧李新华的匠心。戏剧是叙事文学，但戏不一定是在事件开始的时候开始，戏可以在事件高潮的时候开始，甚至也可以在事件的尾声中开始。日军侵占香港后，中共南方党组织在中央和周恩来同志的领导下，已经成功营救300多名滞港文化名人，但仍有戴浪、吴坤浦等五名左翼作家失联。中央指示东江游击队，无论如何都要找到这五名作家，并把他们安全护送回内地。戏，就是从这里开始的。

为了营救这五名作家，男主人公刘飙、女主人公小秋红，以及他们身边的同人，前赴后继地倒在了侵略者的屠刀之下，他们用鲜血和生命的代价，让中华文脉得以续延。

民族危亡面前的文化图存

文化是一个国家、一个民族的灵魂，当时中国共产党虽然还没有取得全国政权，但已经深深明白了其中的道理。就在太平洋战争爆发的第二天，远在重庆的周恩来同志就给南方党组织发来电报，要求马上做好在港文化名人转移的准备。周恩来已经敏锐地意识到，日军占领香港后，必定会对在港的左翼文化人士动手。那些来自内地的文化名人绝大部分都不会说广东话，一口的南腔北调在香港那个弹丸之地极容易暴露身份。

果然不出周恩来的预料，日军的地面部队占领港九后，那些先期潜伏在香港的文化特务，随即浮出水面开始行动，他们在电影院播放幻灯片，在街头张贴告

示，点名道姓要文化界人士限期到他们的军部"报到"，否则"格杀勿论"！街面上一时间风声鹤唳、人人自危。

就在敌人"限期报到"的告示贴满街头巷尾的同时，中央密电和上级指示精神紧急送到，政委曾民出场的一段中板，把这种危急情势摆在了观众的面前："这两年文化人走避香港，原以为在港九可把身藏。不承想到头来又临险况，我华夏五千年文脉绵长。决不能让日寇来伸魔掌……"

日本帝国主义者对我中华的侵犯，不仅是军事上的占领，也不只是政治上的统治，他们的终极目标是要从思想上、文化上彻底地占领和征服。他们深谙"灭人之国，必先去其史"的道理，清楚地知道中国历史与中华文化浑然一体的特征，他们想霸占中国的领土、篡改中国的历史、抢夺文化的话语权，最直接、最有效的手段，莫过于收买和控制文化人。在剧中，日军文化特务山本有段这样的台词："该劝降的劝降，该抓捕的抓捕，该杀头的杀头！总之，能够要他们为天皇陛下效忠的心，就要他们的心。不能要他们的心，就要他们的命！……只有文化的征服，才是永久的、彻底的征服！"这就是日本侵略者在占领香港后要文化人"限期报到"的根本目的，是他们要灭绝中华文化的狼子野心！

然而，让侵略者没有想到的是，他们不但在军事上、政治上遇到了强大的对手，在文化上同样遇到了比他们高明得多的老师，那300多名文化名人，连同他们的家属共800多人，几乎是一夜之间消失在他们的眼皮底下。在剧中，中共东江游击队政委曾民这个角色无疑就是代表着党，来自中央的命令通过他传达给前线的战斗员，编剧李新华为他安排了一个这样的唱段："营救任务已东方见亮，最后这一战意味深长。要保证全部名人安全离港，山河虽已破但文化不能亡！"

好一个"山河虽已破但文化不能亡"，这就是共产党人对国家、对民族的历史担当！

湾区宏图之中的时代表达

历史与艺术在《东江传奇》中获得了和谐的统一。该剧不仅展示了当年省港两地黑云压城、风雨如磐的历史氛围，更从沧海横流的矛盾斗争旋涡中塑造时代的英雄与民族的脊梁。这一创作意图，在剧中通过刘飙、曾民与小秋红等主要人物的形象得以呈现。女主人公小秋红，是个已经红遍省港的戏班名伶，因此不可避免地成为要"限期报到"的对象，因为山本觉得："只要她愿意为我们粉墨登场，作用将堪比半个师团！"在东江游击队港九大队手枪队长刘飙的感召下，为了让最后那几位文化名人安全离港，小秋红这个江湖艺人，毅然决然地答应山本，在那个所谓的"盛大典礼"上面对三千占领军，与山本共唱一曲带有侮辱性质的《游龙戏凤》。就在那个"盛大典礼"上，小秋红的《游龙戏凤》，转瞬间变成了铿锵激越的《梁红玉击鼓退金兵》。而手枪队长刘飙，则化身成梁红玉的丈夫韩世忠，手执长矛，在舞台上当着三千占领军，刺杀了那个存心戏弄的山本。刘飙和小秋红在舞台这个虚拟的战场上，凭自己的生命、以最独特的方式、用最真实的手段，践行救亡图存的诺言，让青春在血与火的激荡中如花绽放。习近平总书记在中国文联十大、中国作协九大开幕式上的重要讲话中指出："典型人物所达到的高度，就是文艺作品的高度。"刘飙、小秋红这两个典型人物已经达至一定的高度，同时也代表着本剧已经达至的思想、艺术高度。

抗战时期，艺人救国的故事比比皆是，南有红线女（当时在香港）走避广西，沿西江一带唱演救亡戏剧；北有梅兰芳先生蓄须明志，不为日本人唱戏。在高台上慷慨激昂了上千年的中国传统戏曲，家国、民族、忠义等元素如血液般渗透在每一个用字和行腔，不但教化了世间芸芸众生，同时也哺育了一代代有民族气节的爱国艺人。

粤港澳无论是在历史还是当下，都是同一文化体，语言、饮食、风俗等方面无差异地存在。时至今日，绝大部分的香港人，祖上三代的乡土都在珠三角的县市，说粤语、看粤剧、听粤曲、吃粤菜是他们文化基因的底色。随着湾区时代的来临，这种来自灵魂深处的文化基因将会被进一步唤醒。

香港永远是中国的一部分，日军用刺刀和铁蹄换来的，不过是四年短暂的占领。当年英国人以坚船利炮骗取的一纸租约，在1997年之后也烟消云散。一时的阴霾，永远阻挡不了历史前进的车轮，正如剧中人物、进步报人苏志留痛斥侵略者的一个唱段："香港这一片土地，从来属于大中华。我有四万万同胞，见惯了风吹雨打。迟早送你下地狱，最终赶你们回老家！"

家国、民族和文化，是粤剧《东江传奇》关于七十多年前的那段历史记忆，同时也是生活在深圳这块热土上的时代新人，对已经到来的新时代最真诚的表达。

（原文先后载《中国戏剧》杂志2020年第二期、2020年2月17日人民日报客户端、2022年6月10日《中国艺术报》）

艺术再现 1941 香港文化大营救行动

——大型现代粤剧《东江传奇》观后感

松 涛

我作为戏曲界的老人，看过无数的精彩好戏，有点波澜不惊的老到，而此次对深圳粤剧团新排的《东江传奇》倒是格外地兴奋和期待，因为我知道这部戏是他们沉寂十年后打造的第一部大戏。大型原创现代粤剧《东江传奇》没有让我失望，它精彩地演绎了抗日战争时期东江游击队营救滞留香港文化名人的历史事件。整部戏跌宕起伏、扣人心弦，艺术感染力之强，大出我的意料。在舞台上，一幅幅深远的图景、一段段精彩的唱段、一句句气势恢宏的对白，在观剧者心中缠绕徘徊。

1941年12月，日军占领香港，当时在香港开展抗日救亡工作的茅盾、夏衍、邹韬奋、何香凝、胡绳、柳亚子等大批内地文化人士和知名民主人士处境十分危险。为了营救这批文人志士，保护中华文脉，在中共中央和中共南方局的直接领导下，活跃在广东一带的重要抗日武装力量东江游击队临危受命，历尽艰险，从沦陷的香港陆续营救出300多位文化名人。这次大营救为中华民族、为新中国保存了一大批文化精英，在中国革命历史上具有重大意义，被茅盾先生称为"抗战以来最伟大的抢救工作"。所有这些，就是当年文化大营救的历史背景。

大型原创现代粤剧《东江传奇》的创作，正是取材于这次文化大营救，在尊重史实的基础上，根据戏曲舞台的时空特点，对故事结构、人物设置、情节铺排进行了合理的虚构，以使其更有戏剧性和艺术感染力。

一、巧妙的人物设置，为戏剧增加悬念

本剧着力塑造了东江纵队港九大队手枪队长刘飙、蜚声省港的戏班名伶小秋红、《华商日报》副主编苏志留、东江游击队政委曾民等爱国、爱港、心怀民族大义的抗日英雄形象。刘飙足智多谋、多才多艺、骁勇善战，戏院营救小秋红，深夜偷探敌营，营救报社主编苏志留，智斗山本太郎，获取文化名人居住信息，成功营

救出戴浪等文化名人。最后在日军的"胜利庆典"演出中，刘飙亲手刺杀了山本，为掩护文化名人撤退而英勇牺牲。《东江传奇》成功塑造了刘飙这位有血性、有担当的传奇抗日英雄。

剧中的刘飙是有原型的，他就是当年名震港九的抗日英雄刘黑仔。当年的刘黑仔，就是东江纵队港九大队手枪队队长，他一时码头工人打扮，一时商贾大款身份，于省港两地神出鬼没，杀敌无数，令敌伪闻风丧胆。在大营救行动中，刘黑仔就是负责联络在港文化名人并秘密护送上船的任务。

故事还刻画了一位蜚声省港的粤剧名伶小秋红。在刘飙的影响和引导下，小秋红逐渐成长、成熟，从被动卷入到主动参与营救《华商日报》副主编苏志留，协助刘飙化解了一次次困难和危机，并用粤剧艺人独特的文化武器，与"粤剧拥趸"山本太郎在舞台上展开博弈。那个号称"中国通"的日军文化特务山本太郎，以所谓《游龙戏凤》羞辱小秋红和中国人。而小秋红则不畏强势，以戏为武器，顺势而为奋起反击。在那一瞬间，十二位身穿战袍、飒爽英姿的女英雄"梁红玉"，挥枪立马，列阵破敌，击鼓助夫韩世忠抗金，把全剧推向了最高潮。小秋红人物的成长和人格的升华，正是代表了中华儿女不屈不挠的文化自信和民族自信精神。

值得一提的是，在全剧最后一场，把日军的"胜利庆典"演绎成戏中戏，把一场文化征服演绎成了一场彻彻底底的文化抗争，并在现代戏中嵌入传统戏曲的表演程式，既符合剧情需要，又为演员提供了亦文亦武、亦新亦古的表演空间，可谓是神来之笔。剧中《华商日报》副主编苏志留、东江游击队政委曾民、日军文化特务山本太郎、文化名人戴浪、汉奸程九、三姨太等人物性格鲜明，各具特色，精彩纷呈。

二、名家加盟创作，提升剧目艺术品质

邀请名家加盟，做好剧目创作的顶层设计，也是该剧的一大亮点。大型原创现代粤剧《东江传奇》主创阵容强大，由国家一级编剧李新华担任剧本创作，国家一级导演王晓鹰担任艺术指导。导演学硕士、新锐青年导演陈涛执导，粤剧行家郑卫国担任粤剧导演，国家一级作曲朱立熹和广州市粤剧院音乐总监邹裕伟分别担任音乐、唱腔设计，国家一级灯光师周正平和中戏舞美系张华翔教授分别担任灯光设计、舞美设计，国家一级舞美设计师蓝玲担任服装、化妆设计。

三、以老带新，以戏育人、以戏兴团

本剧特邀深圳"文艺名家""二度梅"获得者、著名粤剧艺术家冯刚毅扮演香港《华商日报》副主编苏志留，他凭借六十多年的从艺经验，在舞台上熠熠生辉，唱、念、做、打可谓炉火纯青，气场强大，堪称一绝。

国家一级演员、著名粤剧文武生黄伟坤扮演东江游击队政委曾民，戏份虽然不多，却显功力十足，演唱韵味醇厚，举手投足恰到好处，与其擅演的"赵子龙""狄青"一样，光彩夺目。

此次大型原创现代粤剧《东江传奇》，剧中全部角色均由深圳市粤剧团演员担纲，东江游击队手枪队长刘飙由文武生晓毅饰演，戏剧名伶小秋红由花旦谭兰燕饰演，日军文化特务山本太郎由武生林海涛饰演，三姨太由卜美玲饰演，汉奸程九则由青年演员苏小惠饰演。之所以要把本团的优秀青年演员推到一线担纲主演，目的是让他们挑担子、受磨砺、长功力，这样也符合深圳粤剧团"出精品，出人才""以戏立团，以人兴团"的发展方向和办团理念。

四、让音乐和舞美更贴近现代审美，更具城市文化气质

在音乐呈现方面，该剧在保留浓郁的粤剧声腔特色的前提下，融入了交响乐伴奏，使粤剧音乐更具张力。同时，也力图贴近现代人的欣赏习惯，凸显与深圳城市相匹配的艺术特质。

舞美设计追求戏曲写意、空灵、简洁的舞台风格。设计师在天幕中以香港地图为背景支点，上面布满星星点点，既写意，又写实，虚实结合。当十二位身着大靠的女英雄"梁红玉"出场时，悬挂在"庆典"活动上的日本军旗从天幕滑落，众人脚踏坠落的日本军旗出场，一股正义战胜邪恶、反抗外敌侵略的爱国激情油然而生。

五、保持戏曲本体优势，嫁接现代元素

在表演处理上，主创把《东江传奇》这部现代戏与传统戏曲程式化表演巧妙嫁接，将传统粤剧《梁红玉》做诗意化的表达，借古喻今，艺术地再现了中华英雄儿女的抗击外来侵略、誓死保护大好山河的悲壮与震撼，是全剧的亮点之一。

导演在强化戏曲艺术唱、做、念、打方面，做足了功课，第二场设计了"偷

袭敌营"的现代短打武戏；小秋红练功的一场，运用了传统的枪花、串翻身、卧云等传统技巧；给山本太郎设计了类似中国太极功夫的舞蹈，在最后"胜利庆典"一场设计了日本浪人舞蹈和十二副"大靠"的大开打，场面十分有气势，也有很多看点。

交响乐与粤剧民乐、打击乐的有机融合，也是本剧的艺术亮点，同时也是难点之一。导演、作曲、唱腔设计在这方面做了大量工作，共同确定音乐主题，确定音乐风格定位，使之协调、契合，既坚守粤剧本体特色，又对戏曲音乐的创新发展做了有益探索。

历经数度修改的《东江传奇》，在展现精彩故事的同时，始终注重彰显中国共产党领导的这次文化营救的价值，突出东江游击队刘飙在此次营救行动中的主导作用。与此同时，以小秋红这个粤剧名伶的成长和成熟为过程，从另一个侧面开掘和强化了文化这个核心概念，用与日军"戏中戏"的文化战斗来诠释这次文化大营救的意义。同时，全剧注意塑造好每一个舞台人物，成功塑造了东江游击队刘飙、戏剧名伶小秋红、文化精英苏志留及日军文化特务山本太郎等一系列舞台艺术形象。

特别是小秋红，她从一个卖艺为生的戏班名伶，成长为有家国情怀的文化战士，最后以自己宝贵的生命与山本展开殊死搏斗，成为协助刘飙完成这次营救行动的核心人物之一。小秋红为了掩护文化名人撤离，答应在三千占领军的"胜利庆典"上与山本共唱一曲，当山本洋洋得意地向全世界昭示"文化占领"得逞时，小秋红突然身着大靠，变成抗金女英雄梁红玉，带领十二个身着大靠的梁红玉出现在舞台上，在激昂急促的鼓声中，痛斥侵略者的丑恶行径，在戏中与日本侵略者真实搏杀，舞台变成战场，小秋红和刘飙他们用怒放的生命，谱写了一曲壮丽的赞歌。

习近平总书记曾经指出："要把红色资源利用好、把红色传统发扬好、把红色基因传承好。"粤剧《东江传奇》把东江纵队营救文化名人这一段恢宏历史展现给现代观众，正是重温历史足迹，弘扬爱国精神，传承铁心向党、赤心为民、不畏艰险、不懈奋斗的"东纵精神"，也是践行"不忘初心、牢记使命"的具体体现。

粤剧《东江传奇》这部戏，从思想内容到艺术形式和剧种创新等方面已经具备了良好的基础，但仍需在现有的基础上进一步加工打磨，要在接下来的演出中不断提高和完善。假以时日，这部剧目一定会立得更稳，行得更高、更远。

（原载《南国红豆》杂志2020年第五期）

英烈的诗句和他背后的故事

——关于音乐剧《我在黑暗中等待黎明》的思想主题和艺术呈现

练行村

白当色恐怖正在蔓延的时候，

当死亡之魔正在狂吼的时候，

这不是个凶信，

而是一个喜兆……

我们是播种者，

是施肥的一代，

用自己的鲜血，

灌溉快将实现的乐园……

我走了，

请不要为我悲伤，

因为黎明很快就会到来。

天一亮，

你就会看到太阳的微笑，

你跟着它呀、要永远地跟着它……

这是革命烈士李卡1949年8月25日在粤北韶关芙蓉山监狱留下的遗书《永远跟着太阳走》。十天后，1949年9月4日，李卡被国民党反动派杀害，牺牲在新中国的黎明前，年仅27岁。今年上半年，我和新华同学创作的大型原创音乐剧《我在黑暗中等待黎明》，就是以李卡的革命事迹为故事题材，艺术地再现了李卡烈士光辉而又短暂的一生。

李卡出生于1922年，广东化州长岐镇双牌村人，是一名忠诚的共产主义革命者，他少年在家乡读中学时就参加革命运动，在广州读大学时因在报章发表进步文

编剧李新华（左）、练行村（右）与李卡烈士女儿李水田（中）合影

章，抨击反动当局的黑暗统治而受到追缉。组织派他到香港达德学院完成学业，但他并不满足于安定的生活，多次主动向组织提出回内地参加武装斗争的申请。其后，组织上派他到粤北韶关参加游击战，在一次战斗中他不幸被俘。在狱中，他坚贞不屈，表现了对党和人民的忠诚。组织上组织多次营救，但没有成功。他生在子夜中星火萌起之时，死在黎明前最后的黑暗之中，他的生命如此短暂，零落于最美的青春年华，但他的生命之光又是如此壮丽，永远闪烁在中华人民共和国的历史长河之中。

触动我们创作这部作品的，除了人物、事件本身具备的故事性和戏剧性，更多的是英烈留下的诗句和文章。那一行行饱蘸情感的诗句，那一篇篇充满着革命理想主义的文章，今天读来，依然让人激情澎湃，依然让人热泪盈眶。是怎么样的一种理想和信念，让李卡坚定地走上了血与火的战场？是怎么样的一种精神和动力，让李卡在敌人的屠刀前留下了如此壮美的诗篇？创作《我在黑暗中等待黎明》的过程，同时也是探寻李卡心路的过程。

在剧本的创作过程中，我们主要在以下几三方面对题材的思想主题和艺术特色进行挖掘与升华：

一、重点讲好共产党人为追求人民解放和百姓幸福而不畏牺牲的革命精神

习近平总书记指出："要把革命烈士那些感人至深的文章、诗文、家书编辑成册，用于干部教育，让各级干部常常看、常常思、常常反求己身，党校可以先做起来。"2020年7月，中共中央党校出版社《永远跟着太阳走——李卡烈士诗文集》出版发行后，李卡烈士的革命事迹再次感动了广大读者，尤其是他最后的遗书《永远跟着太阳走》被人们喻为"最美遗书"，在社会上广泛地传播开来。很多党员干部、广大读者，特别是青年一代读者纷纷表示，李卡的诗文深深影响和教育了他们，他们矢志要做李卡式的英雄人物。

我们认为，在李卡身上，既有共产党人的革命气概，又有中国传统诗人的傲骨气质，无论是过去的革命峥嵘岁月，抑或是今天的新时代中国特色社会主义建设，我们都需要李卡这种正能量的革命精神引领，都需要李卡这种不朽灵魂的深深洗礼。李卡的事迹和故事，本身就是中国革命历史的一部分，需要让更多的人去认识和学习。歌颂英烈，铭记历史，把李卡的革命故事搬上舞台。让广大干部群众在艺术享受的同时接受革命教育，本身就是最好的党史教育行为。

二、在舞台上艺术再现广东南路革命运动

南路地区通常指广东省西部和广西壮族自治区东南部，包括高州六属（茂名、信宜、化州、电白、廉江、吴川）、雷州三属（遂溪、海康、徐闻）、钦廉四属（合浦、灵山、钦县、防城）、两阳（阳江、阳春）十五县和梅菉市。南路革命是指20世纪20年代发生的由中共早期党员骨干、广东省农民运动著名领袖黄学增在广东雷州半岛发起，抗日战争时期崛起，解放战争时期席卷两国（中国、越南）四省（广东、广西、云南、贵州）的革命运动。从1922年7月底至1949年12月，历时27年又5个月的革命斗争，有党史研究专家认为，南路运动是"开始最早而结束最迟"的革命运动，在地方革命历史上是罕见的。生长于茂名化州的李卡，自小受到家庭书香重教的文化熏陶，以及南路革命先贤的进步思想影响，在学生年代便加入了进步的读书会，传播革命思想，他青年时期先后辗转到广州、香港等地求学，有感于解放战争如火如荼，决意投笔从戎，放弃在香港较为安定的生活，向党组织申请到前线，担任广东曲江曲南工委副书记、武工队长，最后不幸被俘、遇害。可以说，李卡是南路革命孕育出来的革命一代，他和千千万万的南路革命英烈一起，在长达27年多的南路革命斗争中，谱写了一部可歌可泣、丰富绚丽的红色文化历史长卷。

三、以音乐剧为呈现方式，艺术地再现了那一代革命青年为党和人民抛洒热血壮烈情怀

李卡牺牲在新中国的黎明前，他年轻的生命定格在27岁。他生命的长度很短，但他的事迹影响很长。他最后的遗书《永远跟着太阳走》影响了一代又一代人，他被捕后的"狱中书简"被人们广为传颂，感动了无数的人。为了在舞台上更好地表现以李卡为代表的一批共产党人形象，全方位地展现革命时代背景，塑造革命先烈的光辉形象，剧本从"抗战胜利后，李卡在广州发动学生演讲揭露国民党反动派的黑暗统治"切入，一直写到他"牺牲在黎明前的最后黑暗之中"，艺术地再现了他光荣伟大的一生。全剧的创作构思和艺术特色主要体现在以下三个方面：

（一）以李卡及志同道合的同学徐云为故事原型，塑造了李卡、徐云、刘玉阶等一批共产党人形象，阐述了什么是共产党人的初心与使命

为什么千千万万的革命先烈可以藐视死亡，义无反顾地投身到民族独立、人民解放的革命事业中来？透过李卡烈士给我们留下的文章和诗篇，我们已经找到答案，同时可以强烈地感受到他那朴实而炽热的赤子之心，平凡而高尚的不朽灵魂，战斗不息的革命精神。为突出戏剧矛盾，剧中设计了何初与潘寿鹏两位反面人物，何初代表的是国民党反动势力，他起初任广州警察局侦缉队长，剧中第一场便带兵缉拿进步学生李卡，以失败告终。后来任国民党曲江县保安司令，是抓捕李卡及杀害李卡的反动派头目。潘寿鹏是革命队伍中的叛徒，是革命队伍中的摇摆分子，他的意志不坚定，他的信仰不纯洁，最终走上了背叛革命、出卖同志的道路，落得被人民唾弃的下场。

（二）以音乐剧的形式更能塑造李卡这位"江姐式"的革命人物

铁肩担道义，妙手著文章。富有信仰激情的作品，总是能一下子抓住人心，不需要渲染，就会一传十、十传百，使人们耳熟能详，不断受到灵魂的洗礼。李卡烈士的诗文就有这么一股强大的魅力。在李卡遗书《永远跟着太阳走》中，可以强烈感受到他直面死亡，将生死置之度外，他写道："当白色的恐怖正在蔓延的时候，当死亡之魔正在狂吼的时候，这不是一个凶信，而是一个喜兆……"多么铿锵有力的文字，力透纸背，气吞山河，充满了革命浪漫主义色彩。在舞台上，我们将这些充满力量和激情的诗文通过艺术的再加工呈现出来，配以音乐、舞蹈、演员的歌唱，产生非常强烈的艺术效果，既是革命的史诗，又是革命的赞歌；既鞭笞了旧社会的丑恶，又赞美了即将到来的新社会的美好。

（三）按照时间顺序展开叙述，以李卡革命斗争事迹为主线，以他的爱情故事为辅线，艺术地再现李卡的革命故事

在创作过程中，我们和主创团队深入南路运动革命遗址和纪念场馆采风，访问了当地有关人士，近距离接触了李卡烈士的女儿李水田女士，掌握了很多宝贵的创作素材。我们利用艺术手段巧妙处理历史真实和艺术真实的关系，使作品能经受得起党史专家的检验，并得到烈士家属的认同。

在叙事表达上，我们没有停留在讲故事的层面，而是对剧中人物的所作所为进行了深刻地思考，重重地叩问，力求还原一个真实的李卡。在感情线方面，围绕

首演结束后，茂名市委书记、市人大常委会主任袁古洁（右一）亲切慰问李卡烈士女儿李水田（左一）

李卡与妻子、与同学恋人徐云展开，李卡与妻子是封建包办婚姻，而与徐云是革命伴侣，但是他与徐云之间又是那么纯洁无瑕，那么令观众揪心。这些情感戏在剧本里做了大胆处理，既表达了李卡对封建婚姻的控诉，又传递出革命情谊超越个人的小爱，是为追求全人类解放的大爱。可以说，该剧正是在召唤家国情怀和理想主义，让青年一代树立正确的人生观、价值观、世界观，让人民有信仰、国家有力量、民族有希望！

2021年6月24日，《我在黑暗中等待黎明》作为茂名市庆祝中国共产党成立100周年、创新形式开展党史学习教育活动的重点题材，在茂名市石化职工文化中心首演，茂名市委、市政府等四套班子领导成员和全市干部职工代表现场观看了演出，李卡烈士的女儿李水田女士和其他亲属也参加了首演式。茂名市文化传媒集团作为排演单位，还将会把本剧带到各县区和各学校，让英烈的诗句和他背后的故事被更多的人认知，被更多的人学习。

（原载《广东艺术》2022年第一期）

后记

不知不觉之间，《新华剧作》已经出版到了第三部，如果说第一部《行走集》主要收录话剧剧本，第二部《沉吟集》主要收录粤剧剧本，那么第三部《长啸集》则包含了粤剧、话剧、歌剧、音乐剧、广播剧剧本，还有一部还不太好定剧种类型的戏曲剧本。当然，在收入的11部剧本中，还是以粤剧为主，占了5部。

在现实创作过程中，编剧一般会遇到两种情况，第一种情况是委约创作，就是院团或主演向编剧约稿创作。这种创作一开始往往比较痛苦，因为你所接到的题材或人物，可能是你完全陌生的，你要花相当多的时间和精力，去研究这个题材的材料、背景、历史甚至是技术，要对所塑造的人物进行如同女娲造人般的构建。然而，这种情况通常是先苦后甜，只要你把前期功夫做足，写出来的故事不至于太糟糕，塑造出来的人物不至于太差劲，舞台排演的机会就比较大，大概率不会白写、白干。

而另一种情况，就是编剧自己对某个题材、某个人物有种不吐不快的感觉，不把它写出来就浑身不舒服。写出来了，那种愉悦、那种享受、那种痛快难以言表。但那种愉悦享受和痛快往往是短暂的，当编剧拿着自己的"心血之作"满世界去找人排演的时候，多半会碰得一鼻子灰。其实，这也怪不得别人，你激动的题材别人未必激动，你喜爱的人物别人未必喜爱，又或者你写的题材和人物未必对他的戏路，未必接得上这个院团的艺术生产方向，剧本被束之高阁也就变成大概率的事情了。

在被收入这本集子的11部剧本中，还有3部未能实现上演。但我并没有感到失落或沮丧，人家约我写的剧本，我会融入编剧个体的感受，写出人物内心深处真实的情感。而我自己想写的人物或题材，我会动用我所有的心血和笔力，去营造我想要的戏剧环境、情节故事和人物情感。有时候我会莫名其妙地想：剧本没能实现舞台排演，对编剧来说未必是件坏事，因为至少人物和故事百分之百都是你自己的。

最近几年来，重大时间节点比较多，有"改革开放40周年""新中国成立70周年""中国共产党成立100周年"，以及《粤港澳大湾区发展规划纲要》的出台。作为一名拿国家"俸禄"的专业创作人员，时代的痕迹不可避免地会在我的作品中体现出来。

很显然，粤剧《风起南粤》当属"改革开放40周年"题材。2018年前后，广东省艺术研究所组织专题创作，我报送了《风起南粤》这个题材，得到了重视与支持，这部剧本最后由广东粤剧院排演，彭庆华主演剧中的杨汝山。这部作品获得了国家文化和旅游部2018年度剧本扶持工程项目，入选了2019年度全国舞台艺术重点创作项目。在创作排演这部作品的过程中，我和导演、主演都尝试了一些新的讲述手法和方式，最后看来效果还是不错的。

如果说民族歌剧《白石洞会盟》及音乐剧《我在黑暗中等待黎明》属于"新中国成立70周年"题材，那么粤剧《东江传奇》、话剧《向南，向北》、戏曲《匿名者》就属于党史故事题材。其实这两类题材并没有泾渭分明的界限，有些作品的属性是重合的。粤剧《镜海魂》属于历史题材，而《大吉岛的春天》则属于现实题材，是讲述发生在当下的新农村故事。在创作这些剧本的过程中，我常常为自己所塑造的人物感动，在音乐剧《我在黑暗中等待黎明》中，所塑造的人物李卡是个真实人物，他当年在粤北韶关监狱中留下了《永远跟着太阳走》的遗书，被誉为广东版《可爱的中国》；他在狱中斗争的经历，并不逊色于《红岩》里所讲述的故事。但长期以来，广东的文艺创作尤其是舞台艺术创作，都把李卡的人物和事迹忽略了，音乐剧《我在黑暗中等待黎明》可以说是第一次在舞台上补上了这一笔。2021年"七一"前夕，茂名市把《我在黑暗中等待黎明》作为全市党史教育活动的创新学习形式，组织全市干部职工现场观看，社会反响热烈。

最近这几年来，我除了尝试民族歌剧、音乐剧的创作，还开启了广播剧创作。广播剧《我在南沙等你》和《到横琴去》，都是中央广播电视总台大湾区之声频道的邀约作品。参与广播剧创作，在某种意义上说又为我的戏剧创作打开了另一扇窗。因为没有了舞台的约束，广播剧的创作手法相对自由宽松一些，但同时要花更多的心思，去用声音营造戏剧氛围。这两部广播剧作品已经在中央广播电视总台大湾区之声频道以粤语、普通话双语播出。为创作《我在南沙等你》，我专程到广州南沙自贸区进行采访，主办方为了制作前期推广视频，专门派了一个摄制小组陪同我去南沙。那天他们带去了好多摄影、摄像设备，还专门带了一台无人机。那台无人机在天空中飞来飞去，航拍南沙各个工业园区的实景。却不料，不知道是因为操作手的失误，还是被什么信号干扰，那台无人机居然飞丢了，找了半天也没有找回来。"损失了一台无人机……"操作手沮丧地打电话向他的上司报告。我既担心他回去会被扣工资，又担心会不会来扣我的稿费。

在这本集子即将完成汇编的时候，我专门打电话向唐栋老师请序。唐栋老师是中国当代著名作家、剧作家，他一生戎马，从西北边塞来到南海之滨，创作了小说《兵车行》《沉默的冰山》等"冰山系列"作品，被誉为中国"冰山文学"的开拓者。唐栋老师近年创作的话剧《岁月风景》《天籁》《红帆》《共产党宣言》等作品，在全国、全军产生了极大的影响，获得了一个又一个的国家级奖项。前些